ディスクールの帝国

明治三〇年代の文化研究

金子明雄
高橋修
吉田司雄
【編】

DISCOURSE
OF IMPERIALISM

新曜社

装幀――難波園子

ディスクールの帝国――目次

凡例

一、引用文中のルビ・圏点は、必要に応じて省略した。また、引用に際して原文にないルビを補った場合は、原則として（ ）で括って区別した。
一、引用は、変体仮名以外の仮名遣いはそのまま、漢字は常用漢字に直した。

はじめに

地球が大気という透明な層に包まれているように、われわれはナラティヴという目に見えない薄皮を身にまとっている。月面に降り立つ宇宙飛行士が、その内側に空気を包み込んだ防護服によって、真空の脅威から身を護っているように、われわれはナラティヴという透明な媒体によって、現実そのものの脅威から身を護っている。われわれにとってナラティヴとは、自らの意志によって選択し、また着替えることのできる衣服というよりも、むしろそれを通すことによってわれわれの呼吸が可能になる皮膚、あるいは、われわれという非定形の流動体に形をあたえる容器のようなものとイメージすることができるだろう。

この二つの比喩はいずれも、ナラティヴの役割のある側面をかなり正確に視覚化してくれる。しかしながら、「皮膚」という比喩の喚起する有機体的なイメージは、「容器」という無機の物体のイメージと比べて、本質的に優勢であるように思われる。われわれにとってのナラティヴは、「容器」という比喩の喚起する物質としての安定性や、構造の均質性、そして単一の機能性の対極にある性質を帯びているからである。確かにある時代、ある社会において一つのナラティヴが強力に機能し、さまざまな微細な物語を呑み込み、あらゆる場面で反復されているように見えることはある。しかし、そのような場合でさえも、そのマスター・ナラティヴが内容として常に首尾一貫し、構造的に均質であることは稀であろう。それはパイ皮のように重層的に構成されており（しかも、互いに異質な皮の重なりによってできている）、なおかつその皮の一枚一枚には無数のつぎはぎや亀裂が認められるはずである。そして、一つの生き物のように自らの形を作りかえ、いわば自己生成＝再生産を続ける。それが最も強力に機能するのは、細部まで矛盾なく構築された滑らかなメカニズムが期待どおりに動作する時ではなく、それを構成する異質な要素の間につぎはぎがあてられ、別の亀裂を生み出しつつ一つの亀裂が埋められる瞬間であるとさえ言ってもよいだろう。ナラティヴに関するこのようなイメージは、はたして荒唐無稽なものであろうか。

本書を構成する論文は、基本的に明治三〇年代前後の日本社会に存在したさまざまなナラティヴの働きを解明しようとするものである。日清・日露の二つの戦争を足がかりに日本が「強国」への仲間入りをはたし、資本主義の世界制覇の波が日本を呑み込んでいくこの時期は、今日的には「国民国家」形成のスプリング・ボードを準備した時期という明確な位置づけを与えられているにもかかわらず、その時代を支配するマスター・ナラティヴを見いだすことの困難な時代である。日露戦後の状況と比較して、あらゆる領域で過渡期的なイメージが付与されるのは、一つのキャッチフレーズに還元することのできないこの時期の錯綜した言説状況と関わるものであろう。より正確に記述するならば、単に支配的なナラティヴが抽出できないのではなく、一つのナラティヴが機能すべき言説領域が明確に画定され、配置されていないことによって、あるナラティヴと思わぬ領域が接合してしまったり、一つの領域で重層するナラティヴの諸レベルの間の不整合や、複数の領域の間に存在する亀裂があからさまに露呈したりするのである。そのためにナラティヴの全体像は全く不透明なものとなってしまう。その一方で、さまざまなナラティヴは、さまざまな言説領域で一見すると全く独立した生成＝再生産の過程を示し、相互に共有される変化の方向性など全く存在しないかのように振る舞う。そのような時代の言説状況を分析・記述するにあたって、安定し、首尾一貫した一つの大きな物語を再構成しようと努めるべきであろうか。「皮膚」としてのナラティヴの有機的なイメージは、このような対象領域にこそ有効性を発揮するにちがいない。この時代のナラティヴは、そこに存在する不整合やつぎはぎや亀裂の生み出す力の記述を通して浮かび上がってくるのである。

もちろん、われわれは「いま‐ここ」（「かつて‐そこ」）で現に作用しているナラティヴを記述する言葉をすでにもっているわけではない。ナラティヴには、それを客観的に記述できる外部の位置がない。それを記述しようとするわれわれの言葉は、ナラティヴに呑み込まれることによって、多かれ少なかれその生成＝再生産を助ける役割を果たしてしまうであろう。あるいは、外部的な記述の位置を仮構することによって、既に起こってしまった事件として事後的に記述される出来事は、一つの物語としてのまとまりと安定性を獲得するかわりに歴史的な「いま－ここ」との接点を失うことになるだろう。しかしながら、だからこそ、単一の大きなナラティヴに呑み込まれることに抗い、一つのナラティヴが固有の言説領域を画定しようとする瞬間に生じる内部的な亀裂や不整合、そしてそこにあてられるつぎはぎに目を向け、ナラティヴが自らの領域を獲得する（あるいは、獲得に失敗する）過程の記述を目指すことが重要なのだ。少なくとも、そのような立場に立たないかぎり、一九世紀末から二〇世紀の初頭にかけて日本という「帝国」に生じた出来事を相互に関連づける有効な視角は生じないだろう。

産業資本主義が地球を覆いつくし、「強国」の軍事的、経済的、文化的な世界支配の野望がおおむね実現する時代。この「帝国の時代」（ホブズボーム）に少し遅れて日本が参入した時期を本書では「明治三〇年代」と呼んでいる。しかしながら、誤解を恐れずにいえば、本書は「明治三〇年代」において形成された日本「帝国」の言説編成をトータルに記述しようとするものではない。少なくとも、本書は、単一のマスター・ナラティヴに還元可能な個別的な言説領域を記述することによって、その集合体として「帝国」の言説編成の全体像を明らかにするというプランを前提とするものではない。むしろ個々の論文の関心は、「帝国」日本を支える大きな物語を構成＝再構成しようとする志向によって意図的に背景に押しやられるものに向けられているといってもよいだろう。それは、安定した物語を構築し、それを永続させていく予定調和的なベクトルに抗う、ナラティヴの間の偶発的で一回的な結びつきであったり、ナラティヴに刻印された裂け目であったり、ナラティヴの内部で忘れられようとしている矛盾の痕跡であったりする。そこに現われているのは、事後的にのみ語ることのできるナラティヴの、まさに事後的に語れるようになるそのこと自体に、そこに働いた力の痕跡を見いだそうとする姿勢である。

ここで本書の構成を簡単に説明しておこう。

第一部が扱うのは、芸術という領域、精神の病という領域、短歌という領域、写実派という領域など、境界線が引かれることによってある特定の領域が画定される瞬間、あるいは時期を違えてその境界線が引き直される瞬間をめぐる問題である。線を引く力がどのような関係のなかで生じ、その力が別のどのような領域を画定する力と接合するかが検討される。

そこでは、ある瞬間に引かれる分割線の出来事的な一回性と、ある場合には重なり、またある場合にはズレを生じつつ時間を違えて繰り返し引かれる複数の境界線との関係の問題が浮上するであろう。

第二部が扱うのは、消費する「女性」、よいと認められた食欲をもつ「身体」、猿を鏡として自己を同定する「人間」など、主に「自己」という領域の形成に関わる問題である。資本主義的な消費のシステムに組み込まれた自己の欲望に向けられる意識や、帝国主義、植民地主義的な拡張のシステムに組み込まれた自己の成長に向けられる意識が、ジェンダー化された自己を、あるいはまた理想的な消費者、さらには卓越化された人間として自己を自ら形成するメカニズムを作動させる。

そこでは、個人のあり方の決定にかかわる極めて個的な要素と、社会という集合的なレベルでの人のあり方との相互反射的な関係が問題となるであろう。

第三部が扱うのは、日本をめぐる空間的、領土的な表象と、表象された空間を生きる人々の生活を縁取るモデル形成をめぐる問題である。まず、海外に広がる外部的な空間に対応する日本の内部的空間の表象や、移民・殖民論というかたちでの膨張の論理の非均質的な反復が検討される。そして、領土拡張的な空間表象が人生という時間の表象に変換されて、個人としてよりよく生きるためのメソッドにつながっていく過程や、冒険という人生のスタイルがその空間表象の拡張への参画を促しつつも、そこにノイズを混入してしまう過程が検討される。

そこでは、領土的な表象のさまざまなレベルでの変奏と、それを内面化した人間の生き方との接続が中心的な問題となるであろう。

さて、このような構成に従った本書の末尾で、読者はどのような地点に到達するのであろうか。いうまでもなく、それがどのような場所であるかは、この文章を書いている今の時点でわれわれのうかがい知るところではない。しかし、少なくとも、それが明治三〇年代の言説編成を一望する場所でないことは確かであろう。これは常套的な謙遜の表現ではない。もちろん、本書に収録された個々の論文にはさまざまな問題点や不十分さがあるだろう。また、限られたページ数のなかで扱える問題の広がりが始めから限定されたものにすぎないのも事実である。それらの点については、真摯に読者の批判を仰ぎたい。しかしながら、ここで確認しておきたいのは、この書物が検討しようとしている問題の中心は、明治三〇年代の言説編成がどのようなものかという点よりはむしろ、明治三〇年代の言説編成として一つの物語が語られてしまうという点にあることなのだ。われわれが事後的に物語を反復することによって、研究が現代のナラティヴの生成＝再生産に荷担するという事態の生じるなかにあって、われわれは明治三〇年代の言説編成に関して何をいかに記述できるかという問題が、この書物の中心的な課題なのである。その課題にうまく答えることは、現状ではほとんど不可能に近いかもしれない。しかしながら、それゆえにこそ、この書物の末尾で読者が明治三〇年代の言説編成の全体的な理解に到達するのではなく、困惑をもって、その問題領域と〈読み＝書く〉主体の関係の前に佇むことがわれわれの望みであり、その場所において、われわれは初めて読者との出会いを果たすことができるであろう。

（金子明雄）

I

〈境界〉のゆらぎ——溶解と切断

裸体画・裸体・日本人

——明治期〈裸体画論争〉第一幕

中山　昭彦

1　〝芸術〟をめぐる〝境界〟

明治期の裸体画をめぐる論争は、ほぼ三つの出来事がその中心をなしている。そのうちの第一は、裸胡蝶論争として知られるものであり、それは、明治二二（一八八九）年一月、山田美妙が雑誌『国民之友』に発表した小説『胡蝶』に、一枚の裸体画の挿絵が掲載されたことをきっかけに惹き起こされる。その六年後には、黒田清輝がフランス留学中に描いた裸体画が、京都で開催された第四回内国勧業博覧会に出品され、その公開の是非をめぐってまたしても論争が巻き起こるが、これが裸体画論争の第二幕ともいうべきものだ。それに続く第三幕は、さらにその六年後、やはり黒田の手になるもう一枚の裸体画が、その師ラファエル・コランの裸体画とともに、下半身を布で覆って公開されるという事件を契機に生起する。この第三幕の発端となったのが、いわゆる腰巻き事件として記憶されることになるものである。

このように明治期の裸体画論争は、なぜか六年周期で惹き起こされることになるが、こうした論争を扱う際にある意味でいまだに無視できないのが、芸術対社会、芸術対政治権力といった対立図式である。そのような古典的ともいうべき構図に関していうなら、なるほどこの三つの出来事には、裸体画を猥褻としか見做さない人々が姿をみせるし、それは芸術への無理解を示しているともいえるものだ。当の裸体画の制作者たちが、そうした理解の欠如に憤慨し、芸術への正当な理解を要求するといった振舞いも、そうみようと思えば確かに存在するかにみえる。第三幕の腰巻き事件のように、警察当局によって裸体画の下半身が覆い隠されるといった事態は、明治の強権的な政治権力の芸術への介入を意味するともいえるのだし、それに対する芸術家の抵抗ともいえる身振りもこの当時から存在しないわけではない。その意味で、芸術対社会、芸術対権力といった構図でこの三つの出来事を位置づける古典的な言及を[*1]、全面的に否定し去ることにはある種の困難がつきまとう。

だが、たとえそうだとしても、このような構図に依拠して事態を語るとき、人はそこで、芸術をめぐる重要な局面を快く忘れている。実際、裸体画論争に関する古典的な言及がそうであるように、そのような構図にあっては、権力や社会が裸体画に対して下す評価が、いつも気まぐれで無定見なものとして表象され、一方、芸術はそれとの対比において、時代を超えた不変の価値をもつものとして位置づけられる。あるいはそうした社会や権力が、明治期の日本のようなそれであった場合、その芸術への無理解を文化的な後進性と見做す振舞いの反照として、芸術の普遍的な価値が担保される。それは逆に、芸術の不変＝普遍性が暗黙の前提となっているからこそ、社会や権力が無定見で遅れたものとして表象されるともいえるが、いずれにせよそうした局面では、一見対立するかにみえる両極が相互に依存していることに変わりはない。そして、こうした相互に依存し合う偽の対立がいつも忘却させるものこそ、芸術と芸術ならざるものとの〝境界〟なのだ。

そうした〝境界〟の忘却において、芸術はひそかに社会や権力と結託しながら、本質主義的な構えを整える。印象派だのアール・ヌーヴォーだのキュビスムだのといった新たな思潮や流派の出現が、確かに芸術の内部には大きな変革をもたらしはしても、それらをその根底で芸術として擁護する不変の価値は揺るがない。明治初期の日本がそうであるように、芸術の普遍性を解さぬ文化があるとするなら、それは単にその後進性を物語るものでしかないだろう。

そのように芸術の名において語るときにこそ、偽の対立に支えられた芸術の本質は温存され、〝境界〟の存在は不問に付され続ける。いわば、芸術と非芸術との境目が誰の目にも明白であると映るが故に、〝境界〟自体は決して問題にされることがない。

そうした本質主義の罠ともいうべき事態に遭遇するとき、われわれの視界には、リンダ・ニードが『ヌードの反美学』[*2]で試みる芸術の枠そのものの再定式化が、きわめて貴重なものとして浮上してくる。ケネス・クラークがその古典的な名著『ザ・ヌード』[*3]で提示したヌードと裸の区分、ニードはその〝境界〟をこそ芸術のフレームとして問題化するが、そこで露わになるフレームの性格とは、枠を縁取る機能をはたしえないからこそ逆に縁取ることが要請されるといったすぐれて逆説的なものだ。

実際、ニードはまずそこで、クラークが芸術としての女性ヌードのフレームを、男性の性的欲望を喚起しないといった定義によって縁取りながら、ヌードも時に欲望を惹き起こすことがあると呟いてしまうクラークのためらいに注目する。芸術としてのヌードのフレームに当たる部分には、この逡巡が端的に示しているように、芸術とも猥褻とも受け取れる際どさがある。現にそのフレーム＝境界とは、芸術という内部の縁であると同時に外部の縁でもあって、そのどちらとも定めがたい。そのような「境界部《エッジ》」にあっては、芸術と猥褻との「二つのカテゴリー」が、「境を接し、触れ合い、圧力をかけ合っ」て、「心地悪いほど近接している」。そして、そのような曖昧で過剰な領域であるからこそ、クラークがそうしたように、ヌードと裸との分離が、その曖昧な過剰さを抹殺せんとする暴力として行使されるだろう。それに、その分離はまた、女性の〝裸〟を男性の性欲とともに、「統御できないもの」として芸術の「外部に締め出」し、逆にヌードとして芸術の内部に囲い込んだ統御可能な女性身体にこそ、女性の「自然《ナチ》〔本性《ユラル》〕」を見出す振舞いと共起してもいるだろうと、そうニードは指摘する。つまり、かくして女性は、ヌードへの囲い込みにおいて〝自然性〟という本質を獲得し、芸術もまた本質化されるというわけだ。

しかし、ニードによれば、こうした分離による曖昧なる過剰さの抹殺は、実は完全に遂行されるわけではない。クラークがヌードを裸から分離しようとしたとしても、「そこには、その否定的な『他者』である裸という亡霊が、つねにつきまとっている」。その「亡霊」とは、フレームが芸術と猥褻とを、「心地悪いほど近接」させる曖昧なる過剰としてあったことの痕跡だ。フレームは、芸術を縁取れない曖昧なる過剰さをもつが故に、逆に縁取ることを過度に要請されるといった、それ自体、逆説的な環境であり、いわば二つの顔をもつ。だからこそ、縁取り＝分離という身振りに、もうひとつのフレームの顔が、つまり曖昧なる過剰さがまといついていたとしても不思議はない。そして、それはまた、縁取りによって遠ざけられたはずの裸＝猥褻が、「亡霊」として芸術につきまとっていることをも意味しているのだ。

かくして、芸術としての女性ヌードに寄生することになる猥褻の「亡霊」。それは、いつでも縁取り＝分割を無効にする可能性を秘めているし、実際、一定の条件がそろえばそれは起こるだろう。しかし、だからといって、ニードはこうして芸術が猥褻と決定不能になる事態が本来的だと考えているわけではないし、それを惹き起こすフレームの曖昧なる過剰さの顔が、もうひとつの顔に対して本質たりうるともいってはいない。そうした事態が起これば、縁取れないからこそ縁取りを要請されるといったフレームの逆説性が発動され、再び芸術と猥褻の分割が行なわれる。その意味で、これは一種の鼬《いたち》ごっこであり、縁取りの可能性と不可能性のいずれかを本質と決めねば気がすまぬ思考と*4はまったく異質なものだ。ジャック・デリダのディコンストラクションを潜在的、顕在的に引用しつつ織りなされるニードの思考は、その意味において、分割とその廃棄とをともに容認し、分割が可能でありかつ不可能だという逆説性のうちに踏みとどまる。だが、それは、デリダにあっても実はそうであるように、ただの鼬ごっこの容認、単なる反復の顕揚といった事態とも違っている。

分割をめぐるこうした逆説に止まる限り、たとえ分割がなされたとしても、そこには常にその廃棄の可能性が「亡霊」として棲みついている。先に述べた猥褻の「亡霊」とは、この廃棄可能性でもあるわけだが、こうしていつでも分割が廃棄しうるということは、分割が「暫定的」であることをも意味するとニードはいう。たとえ縁取りが一応、完了し、芸術と女性とに本質を付与するかにみえたとしても、その本質はあくまで「暫定的」なものだ。それも、この場合の暫定性とは、同じ縁取りが何度も回帰し、それがその都度、同じ仕方で廃棄されることを意味しない。同じ事態が反復されるだけなら、同じ本質をもつ芸術が再認され続けるだけなのだが、ニードはそこに〝歴史性〟の介入をみる。つまり彼女は、芸術が女性ヌードにおいて縁取られるといった「抑制＝包摂のプロセスが、高級芸術《ハイ・アート》の伝統の慣習の内で正しい美的経験の定義や社会的に権威ある文化的消費の形式とどのようにリンクさせられているかを、見ること」をめざすのだ。猥褻を芸術から遠ざける縁取りは、当の芸術だけで決定されるものではない。いいかえれば、廃棄された縁取りは、「社会的・芸術的・哲学的」な諸要素が多元的に織りなされることで再形成されるのであり、したがって縁取りの性質はそのたびごとに異なる可能性があること、つまりその都度、引き直されるものだというのである。そのとき、こうした暫定化された本質としての〝境界〟は、東浩紀がデリダから読みとった「訂正可能性」――「社会的文脈」の違いによって、まったく異なる〝事態〟へと移送される可能性[*5]に接近することになるだろう。

だが、われわれはここで、こうして暫定化された芸術と猥褻の〝境界〟を、実はそのまま援用しつつ論を展開しようとしているわけでない。明治の三幕に及ぶ裸体画論争のうち、第一幕の論争を取り上げることになるこの試みは、少なくとも芸術と猥褻をめぐるこうした〝境界〟の問題には部分的にしか関わることがないだろう。そして、にもかかわらず、ニードが提示する〝境界〟の問題は、別の対象に接続され、時に読み変えられたりしながらも、この試みの内部で有効に機能することにもなるはずだ。

そうしたいささか謎めいた予告からもわかるように、これから始められる裸体画論争第一幕の分析は、必ずしも芸術を中心とするものではない。むしろこれからなされようとしているのは、こうした中心の不在によってみえてくる複数の線を可能な限り丹念に辿ることで、〝日本人〟とある種の可視的な領域へと、裸体画論争第一幕を節合する試みである。

2　裸胡蝶論争と〝ハイパーリアリズム〟

既に冒頭でも述べたように、裸胡蝶論争の第一幕ともいうべき裸胡蝶論争は、山田美妙の小説『胡蝶』に付された一枚の挿絵がその発端をなしている。明治二二（一八八九）年一月二日の発行とされる、『国民之友』誌上に掲載されたこの挿絵の描き手は渡辺省亭。菊池容斎の弟子としても知られるこの日本画家は、一八七八年のパリ万博と八三年のアムステルダム万博に出品した作品で、それぞれ銅牌と銀牌とを与えられ、ヨーロッパにおけるジャポニスムの流行とも無縁ではないとはいえ、既に国際的な評価を獲得している存在である。それにまた、明治一四（一八八一）年の第二回内国勧業博覧会でその作品が妙技三等の栄誉に浴したのを始め、東宮新殿の屛風を描き、皇居の造営に際しても天井飾りの下絵を制作したりしているのだから、国内的にも単なる挿絵画家として片づけられるような存在ではまったくない。そうでありながら、なぜその裸体画の挿絵が、論争のなかで多くの非難をこうむったのか。

それは、きわめて興味深い問題だが、われわれはその問いからこの記述を始めようとは思わない。そして、われわれがそうしないのは、裸胡蝶論争において、渡辺省亭の社会的地位がほとんど問題にされないという理由からだけではない。むしろそれよりも、そのように問うことが、国内的にも国際的にも〝芸術家〟として公認されている存在といった暗黙の前提を、それと意識することもなくひき寄せてしまう危険性が高いからであり、そのような前提にたってしまえば、〝芸術〟を理解しない後進性を問題化するといった既に触れた歴史記述の紋切り型を、まともに踏襲しつつこの論争に踏み込むことになるからだ。

そこで、そうした罠を避けるためにも、ここではまずこの挿絵が、美妙の小説『胡蝶』とどんな関係にあるかという点から考えてみたい。地の文が〝ですます体〟の言文一致で書かれる一方で、会話の部分はすべて擬古文体とも思しき文体で統一されるといった奇妙な文体的特徴をもつこの小説は、壇ノ浦の戦いにおける平家の滅亡を背景としながら、そうした歴史に翻弄される一人の若い女性の姿を浮き彫りにしたものだ。その冒頭で、「胡蝶」という名をもち、「源内侍」に仕える十七歳の「官女」として紹介されるこの女性は、身代わりが入水したその隙に、小舟で逃げのびようとする安徳帝の後を追って、やがて別の舟へと乗り込むことになる。ところが帝の舟を見失ったばかりか、舟の漕ぎ手の雑兵に襲いかかられ、もみ合ううちに胡蝶は海へと落ちてしまう。

しばらく後、〝ですます体〟で語る人称性を帯びた語り手は、壇ノ浦にほど近い浜辺の黒松の根方に、「裸体のまゝ腰を掛けて居る」胡蝶の姿を見出すが、「裸体」とはいっても、「濡果てた衣物を半ば身に纏って」いると、より細密な観察による訂正が加えられる。のみならず、その裸体は「美術の神髄とも言ふべき曲線でうまく組立てられた」ものだと形容され、「あゝ高尚。真の『美』は即ち真の『高尚』です」といった語り手の美の定義が、すぐさま胡蝶の裸体を枠付ける。そして、そうしたところへ、不意に胡蝶の前に鎧姿の武者が現われ、それが、胡蝶がかねてから慕っていた二郎春風という名の平家の武者だといった紹介が施される。人の気配を感じて振り返ったまま、身がすくんで動けない胡蝶に二郎が語りかけ、二人の間で短い会話が交わされるこの場面。それが、省亭の挿絵とほぼ対応する場面である(図1)。

裸体画の挿絵が問題になりはしないかといった憂慮のためか、あるいは裸体の女性の前に武者が出現するといったこの場面自体の性的な暗示が問題化するのを恐れてのことなのか、ともかくこの件《くだり》には、裸体を「高尚」な「美術の神髄」とする枠が付与され、それが道徳的な口実となっているといえなくはない。胡蝶が、「美術の神髄」を誇示したりすることなく恥じらいをみせ、二郎もまた裸体から目をそらすといった節度を示していることも、それが道徳的な意味をもっていることを裏付ける。人称化された語りによる裸体=美という枠付けは、その限りで、道徳的な配慮と関連するともいえるものだ。

だが、挿絵や小説が猥褻と見做されることへの道徳的な防御壁ともいえるこうした裸体の枠付けは、この作品のその後の展開と接続したとき、綱渡り的な危うさを露わにする。実際、二人が短い会話を終えたところで三年の時間の飛躍が告げられ、既に夫婦となっていることが明らかにされるといった展開は、この挿絵になった場面が、最初の性的な交渉の機会であったことを暗示しているともうけとれる。確かにそれも、二人が愛情によって結ばれたのだと強調することで免罪されているかにみえるが、そうした説明が語り手によって付与されるのは、逃げのびた安徳帝の行方がわかったことをきっかけに、二郎が源氏方の「忍びの者」であることを告白する場面なのだ。安徳帝の居場所を源氏方に知らせようとする夫を、苦悩の果てに胡蝶が殺害するといった忠義が強調される結末になっているとはいえ、以前から慕っていたことが裸体での遭遇場面で明かされる胡蝶はともかく、二郎の方に愛情がなかったとすれば、少なくとも裸体は、敵方の女への気まぐれな欲望を惹き起こし、さらには帝の所在をつきとめるために、その女を利用する契機を提供したものでしかなくなってしまうだろう。その意味で、「美術の神髄」とされる胡蝶の裸体とその挿絵とは、二郎の愛情をわざとらしく確認する言辞を欠いていたなら、たちどころに猥褻と通底してしまう危うさを秘めている。

図1　渡辺省亭による『胡蝶』の挿絵

だが、あえて芸術と猥褻との〝境界〟に引き寄せる形で試みたこうした読解は、実は裸胡蝶論争にあって言明されたものではないし、それどころかこの論争には、美妙の小説をまともに問題にしたものさえあまりみられない。たとえば、美妙の作品を一応、問題にする尾崎紅葉の批判[*6]にしても、小説では「濡果た衣物を半ば身にまと」っていることになっているのに、挿絵の方は「死すとも陰《かく》すべき処をえも陰さ」ない「あられもなき立姿」になっているといったズレを衝いたものだ。確かに着物を小脇に抱えた姿であるとはいえ、よくみると挿絵でも陰部と乳房とをわずかに隠す仕草がみえるのだが（図1）、そんなことはまったく顧慮していないかにみえる紅葉は、「源典侍」に仕えるほどの身分の者がこんな「あられもなき立姿」をしている点をも厳しく批判する。つまり、一度も省亭を名指してはいないにもかかわらず、紅葉の批判は、主に胡蝶を全裸に近い姿に変えてしまった省亭の挿絵に向けられているのだ。そして、そこで要求されているのは、挿絵が小説の本文に忠実であるべきだということであり、また小説が描く時代の風俗や習慣に合致した絵であるべきだという点なのだ。[*7]

このように、わずかに小説の描写の問題に関わる批判に対して、それとは別の傾向をもつものとして目につくのは、小説の描写や内容それ自体には踏み込まぬどころか、挿絵の構図すら問題にしないといった類のものである。たとえば、この当時は発表されることのなかった二葉亭四迷の手記「落葉のはきよせ」では、「裸体は人間の目を以て之を見れバ寧ろ醜な」るが故に、「紙絹に載せて」人目に触れさせるべきではないといった裸体画批判がなされるにすぎない。[*8]あるいは、美妙がその後に試みた弁解[*9]のわかりにくさを揶揄し、小説と挿絵のズレにも一言だけ触れる巌谷小波のものにしても、むしろその主張の眼目は、「不体裁なる裸体の婦人を美の神髄としてものしたる小説」に、あまつさえ「不体裁なる裸体の婦人を無遠慮に画きたる図を入れ」たことへの批判であるかにみえる。[*10]つまり、こうした批判にあっては、裸体そのものをどうみるかが最も重要な問題であり、それを「醜」というか「不体裁」というかの違いはあっても、そこでは裸体＝醜陋という裸体観が前提とされている。そして、だからこそ、裸体画も、裸体を「美術の神髄」などといって登場させる小説も、描かれるべきでないとその主張はさらに発展する。いいかえれば、二葉亭と小波にあっては、裸体と裸体画の区別もなければ、裸体と小説中のそれとの区別もない。そして、そうした区別がないからこそ、小説の描写や挿絵の構図がそれ自体として問われることがない。

「胡蝶」とその挿絵を直接、問題にしたものではないが、同様の論法は、雑誌『美術園』に寄せられた投書[*11]にあっても見出せる。裸体画が「美術の進歩を表す者」であるが故に、「枕草紙類の如き猥褻のもの」ではないとする説に反論するこの投書では、「壮年男子」がこれを見た場合、「其志操を緩《ゆる》ふするに至らん」といった理由から、裸体画は「猥褻」であり、「枕草紙」とも差異はないと決めるつけられる。いわば、ここでは、「壮年男子」が性的な欲望にかられる限りにおいて、美術としての裸体画と「枕草紙」の間に違いが設けられてはいない。そして、同じ「壮年男子」の性的欲望を煽るのが現実の裸体であってみれば、絵画と現実の裸体との違いもここではないことになるだろう。つまり、この投書にあっても、裸体は見る者の性的欲望を煽る猥褻なものだという論理が暗黙の前提になっており、その上で絵としての裸体画や「枕草紙」が、実際の裸体と等置されているのだ。

ところで、このような投書が寄せられた背景には、裸胡蝶論争の翌年にあたる明治二二（一八八九）年の一一月、絵草紙屋での裸体美人画（＝石版画）の販売が、内務省の告示によって禁止されたという事情があるのだが、同じ問題を俎上に載せる珂北仙史[*12]は、「元来物の真を写すは西洋画法の最も主とする所」だと、一応、「美術」への理解を示している。「真を去ること遠きは美術に於て固より可とする所にあらず」と、それはさらに強調されるが、しかし「真を写す」が故に、裸体画は「少年男子」の心を動揺させてしまうのだとして、その論は裸体画批判へとにわかに反転する。そしてこの論は、裸体画や裸体彫刻の展覧会への出品を自粛するよう美術家に要請して閉じられるのだ。

またしてもというべきか、美術としての裸体画は、「真を写す」ものとして石版画と差別化されながら、人目にさらすことを好まれない点ではほとんど区別されることがない。それに何より、「少年男子」に悪影響を及ぼす点では、裸体と裸体画もまた同一視されている。いわば、ここでは、石版画との差別化のためにもち出される「真を写す」という定義が、裸体と裸体画との差異を否認するのだ。「本邦は昔より裸体美人を以て無上のものとせず之を厳正の席に列するは寧ろ恥辱となすの風あり」といった理由から、裸体画や裸体彫刻の公開自粛が求められる点では、裸体忌避の心性もまたもり込まれているが、ここではそれが「昔より」の習慣として、さらに〝伝統〟の厚みを付与する形で語られる。絵草紙屋における裸体美人画の発売禁止を告げる『朝野新聞』[*13]は、「裸体画の一度新聞紙雑誌の挿画に登りし以来」という書き出しによって、裸胡蝶との関連を仄めかしてもいたのだが、こうしてみると、両者はそれぞれの事件おいて出現した裸体画批判においても、ほぼ同じ裸体観＝裸体画観を共有し合っているのだ。

だが、そうした同じ台座の共有といった事態以上にこの論にあって重要なのは、裸体と裸体画の等置を可能にするものが示されている点である。つまり裸体と裸体画とが、「真を写す」ことによって媒介されること。そうした絵画の表象＝代行性などまったく顧慮することのない独特のリアリズムが介在するからこそ、裸体は裸体画と〝同じ〟であるとみることが可能になる。発禁となった石版画から、「美術」としての裸体画を差別化するために差し出されたこのリアリズムは、単に裸体画を裸体とともに猥褻なものと見做す契機を提供するのみならず、これまで検討してきた裸体画批判に対する一種のメタ言説をなしている。この時期の裸体画論にあって、描かれたものとその素材との間に、それぞれの論者がまったくといっていいほど差異を認めようとしないのは、この現実の裸体と限りなく密着したリアリズムに拠っているからである。それと意識するか否かにかかわらず、裸体＝裸体画と見做す際に二葉亭や小波が結果的に容認してしまっているのは、いわば、このような〝リアリズム〟なのだ。

裸体と裸体画の間に差異が不在であるが故に、それらがともに猥褻とみなされること。そうした裸体画批判は、かくして根強く存在する。そして、だからこそ、裸胡蝶論争に介入する森鷗外は、[*14]「洋服を着て店を張つて居れバ、プロも上品で女湯に行ッて居りやァ奥様も下品」なのかと、それを皮肉らずにはいられない。裸体か否かで人品が決められるのか。あるいは裸体がいつも猥褻だというのか。裸胡蝶を婉曲に擁護しながら鷗外が試みているのは、そのような反語的な問いかけだ。

だが、そのような反語において婉曲に擁護されているのは、実は裸体であって裸体画ではない。というより鷗外の擁護は、裸体を擁護できれば裸体画も擁護しうるという構図に、はからずもなっている。つまり鷗外は、裸体を猥褻と決めつけて忌避しない点では違っていても、裸体と裸体画とを区分しない点では批判派と通底してしまっている。

その上、さらに奇妙なことにというべきか、このような批判派との通底という問題は、自作と省亭の挿絵とを擁護すべく書かれた美妙の弁明においても指摘できることである。裸胡蝶の掲載が騒動になることを察知していたかのように、掲載号の一〇日後に発売された次号で弁明に及ぶ美妙は、[15]小説と挿絵の矛盾を指摘する声に答える一方で、「美人裸体の図は春画に類す」るという説にも反論する。だから、確かにその点では、その直後に発表される紅葉の批判のみならず、翌年に書かれることになる『美術園』の投書などへの前もって書かれた裸体画擁護になっているともいえるものだ。

ところが、裸体画が春画とはまったく異なる「美術」だと主張する際にまず美妙がもち出すのは、裸体画ならぬ裸体の美なのである。実際、古代ギリシャにおいて、「凡そ人界の有るべき完全の美」が、「裸体を究めて始めて作出し得た」のはなぜかと問う美妙は、「曲線の配合の工合、裸体ほど美の上乗のもの」はないからだと自ら答えを出してみせる。そしてその上で、「是を一度び美術館の中へ入れて、その雪のやうに潔白な白玉の肌膚のキユーピツト、獅子を愛した神女の肖像でも見れば曲線の勾配は果たして不道徳の原となるか、どうだか分解りましやう」などと、裸体画擁護に転じるのだ。ここでは確かに裸体は猥褻とは見做されないが、裸体が「美の上乗のもの」であるならば、それをそのまま美術館に入れたかのような裸体画もまた同じだというこの論理のうちに宿っているのは、またしても裸体＝裸体画ともいうべき定式なのである。あるいは、「曲線の配合」といったいいぶりには、裸体美を個々の肉体が示す表情としてでなく、美的な身体に共通の構造として把握する〃実在論的〃な視線が胚胎しているともいえるが、それを絵画としていかに表現するかといった問いを欠いているところに露呈しているのは、やはり裸体＝裸体画といった図式なのだ。そうした、描かれたものと実際との差異をほとんど問題にすることのない、いわば絵画の記号性を極限まで透明化してしまうリアリズム。それを、とりあえずこの時期における〃ハイパーリアリズム〃と呼んでみるなら、それはこのように裸体画の批判派と擁護派の双方に共有されている。いいかえれば、裸体と裸体画とを批判したり擁護したりする振舞いを可能にしているもの、つまりはそれらを問題として問題化することを可能にしているものこそ、このハイパーリアルな視線なのだ。[16]

このような検討を経てみればもはや明らかだろうが、こうした〃ハイパーリアリズム〃は、最初に分析を試みた紅葉の挿絵批判にも、実はぬかりなく浸透している。現に、『胡蝶』が描いた源平争乱の頃の「官女」に相応しからぬ振舞いとして、省亭の挿絵の「あられもなき立姿」が批判され、あるいはさらにそれが、小説の描写を正確に現わしていないと難じられること。それこそ、その時代の風俗や習慣をそのまま描くべきであり、また挿絵は小説の〝再現〟であるべきだといった二重の〝ハイパーリアリズム〟の要請ではないのか。あくまで明治期に理想化された平安朝の女性たちの風俗・習慣である可能性が残るとしても、ともあれ、それを絶対的な盾として、絵画におけるその〝現前〟を要求することを可能にしているものこそ、こうした言説なのではないか。あるいは、表象＝代行といった今日的な概念に拠らずとも、言語と絵画をまったく交換不可能な媒体と見做すことも十分に可能であるにもかかわらず、そうした差異などまったく顧慮することなく、そのままの〝再現〟を要求するときに紅葉がはからずもとらわれているのも、やはり〝ハイパーリアリズム〟というべき言説ではなかったのか。

そうだとするなら、小説『胡蝶』が猥褻へと転落する危うさをその物語に秘めているにもかかわらず、そのことを問う論評が存在しない理由もいまや明らかだ。ハイパーリアルな紅葉の視線は、挿絵と小説中の描写の等置を要求し、さらには小説中の描写と素材となった時代の風俗との等置を要求してもいるが、それはいい方を変えるなら、挿絵と小説とを透過し、彼の視線が〝現実〟の方へと向かうことを意味している。そしてそれはまた、他の裸体画論者が裸体画を透過して、裸体へと向かうこととも響き合うだろう。紅葉や他の裸体画論者の視線はその意味で、ともに絵画や小説をすり抜ける。というか、絵画や小説を〝現実〟と等置する〝ハイパーリアリズム〟に内属しているからこそ、小説や絵画を即時的な現実の〝再現〟とは見做さないまったく別の視覚から見れば、それは透過と映ってしまうだろう。同時期の小説の問題としてみれば、坪内逍遙の『小説神髄』[*17]を始めとして、物語の構造や文体を問う思考がまったく欠落していたわけではないのだが、裸体と裸体画の問題に触れると、なぜかこうして〝ハイパーリアリズム〟が発動し、構造や文体を問う視線を一気に透明化してしまう。そして、それ故に、語りによる枠付けの問題に関わる小説『胡蝶』の危うさは、裸胡蝶論争にあっては顕在化することがない。

ところで、このような読みは、芸術と猥褻との〝境界〟の問題に引き寄せた、あくまでありうべき可能性としての分析でもあったのだが、そうした事情を思い起こすなら、そこにはさらに別の裸胡蝶論争の性格が浮上してくる。というのも、こうした読みの可能性が透過されるということは、芸術と猥褻の〝境界〟の問題もまた不問に付されることを意味するからだ。少なくとも、これまで分析してきた裸体画論に関する限り、芸術と猥褻の〝境界〟は、明確に区分すべき〝問題〟としては語られていない。確かに珂北仙史のように、「真を写す」ことにおいて美術を石版画から差別化する試みがなされても、その「真を写す」が裸体と裸体画とをともに猥褻と結論付けてしまう結果に陥るところにこそ、〝ハイパーリアリズム〟の所在が端的に示されているとともに、芸術と猥褻の〝境界〟を問う思考の稀薄さが、はからずも露呈されているともいえるだろう。その意味において〝ハイパーリアリズム〟は、こと〝境界〟の問題の浮上に関する限り、明らかに障害として立ちはだかっている。

だが、そこで、さらに山田美妙に話をもどしてみるなら、この時期の彼は、すべての面で〝ハイパーリアリズム〟にとらわれていたわけではない。美妙が『胡蝶』執筆の直前に、〝だ体〟から〝ですます体〟の言文一致の採用へと転向するのは、話し言葉そのままの「写真派」と袂を分かち、言文一致の美化を目的としてのことである。[*18] あるいは、会話部分に擬古文体を用いてみせる『胡蝶』の序文にあっても、そうした文体の採用には、源平争乱の「時代の口気を写」す目的があったといいながら、とはいえ「たゞ目先を変へただけ」で、「是と言つて褒めるほどの事でも有りません」などといい直し、そうした写実性への配慮を声高に主張しはしない。言語の表現という点では、美妙は既に〝ハイパーリアリズム〟からの離脱を試み始めている。そして、にもかかわらず、美妙はこと裸体と裸体画に関する限り、なぜかそうすることがない。

だが、そうした容易には調停しがたい亀裂が垣間見られるという点でなら、まさに言葉の「写真術」たる速記術もまた例外ではないだろう。たとえば、明治一八（一八八五）年に刊行された『ことば乃写真法』の巻末に掲げられた文章で、日本の速記者の草分けの一人である源（田鎖）綱紀は、「たとへ一分間に其と云ふ字を百も二百も云はふが、それが今の日本の人の言葉なれば、お粗末ながらも其通り記載して摘発公布したならば、（略）竟《つい》には言語文章一様になりゆくは、明々瞭々として火を見るよりも明らかなり」[19]と記している。つまり、そこには、言葉を話されたままに写しとれば、同じ言葉が何回も出現するといった「日本人の言葉」の冗長さの自覚のもとに、それを整った「言語文章一様」のものに改良するための一助として速記を位置づけるといった発想がみてとれるのだ。今日からみれば、確かに速記術が言文一致体の形成に寄与したといえるとしても、話された言葉をそのまま写しとるのが当初の目的であったことを考え合わせるなら、その目的の達成が冗長で乱雑な言葉しか浮上させはしないといった指摘に露わになっているのは、言葉の「写真」をとるだけでは不十分だという意識なのである。そして、だからこそ、ここでは言語改良への貢献といった速記術の新たな意義付けがなされてもいるのだが、しかし、そうした言葉が速記術のマニュアルに記される一方で、その「演ずる所の説話を其儘に直写し片言隻語を改修せずして印刷」したなどと、噺の「写真」を喧伝される三遊亭円朝の『怪談牡丹燈籠』[20]を手始めに、落語や講談の講演速記が続々と刊行され、人気を博していたという状況[21]もまた存在していたのである。

そうした点において、速記術もまた、容易には調停しがたい亀裂を広げ始めている。実際に円朝などの講演筆記の〝文体〟がどうであったかといった問題とは別に、一方には冗長さなど顧慮することのない視線があって、その視点に従うなら、地の文が言文一致で会話が擬古文体の『胡蝶』なども、それぞれの時代の話し言葉が「直写」されたものとして読まれる余地がある。しかし「直写」された言葉の冗長さが問題化されるような機制からすれば、それこそ『胡蝶』の序文にみられるような「時代の口気を写」す目的は、もはや肯定的に語られはしないだろう。そうした点において、『胡蝶』や速記術は、亀裂に隔てられたどちらの圏域からも、こうした解釈の横領をこうむる他ない界域におかれているのだ。そして、そのうちの前者の解釈を支えるのが〝ハイパーリアリズム〟なのだとすれば、そのような言説は、もはや亀裂の一方の側をしか、その傘下に収めてはいないことになるだろう。

だが、それは、はたしてその通りなのか。それを確かめる前に、ここである種の迂回を試みて、これまでとは別の角度から裸体画へのアプローチを試みてみたい。

3　裸体観と〝日本人〟

いま、それが及ぶ範囲の限定性が明らかになりつつありながらも、裸体画論争の領域では裸体と裸体画の等置を可能にしている〝ハイパーリアリズム〟。しかし、こうした〝ハイパーリアリズム〟は、実は裸体画を猥褻と見做すことには間接的にしか貢献していない。というのも、既にいくつかの裸体画論を分析する途上で明らかにしてきたように、一方に裸体忌避ともいうべき心性があって、そうした裸体観が〝ハイパーリアリズム〟によって裸体画と等置されるからこそ、裸体画は猥褻なものとして問題化することになるからだ。

そうだとするなら、われわれはここで、裸体忌避の心性の系譜を辿ってみなければならないが、しかしその問題は、既に解決済みであるかにみえる。現に、明治以前の日本人が、路上で裸になることさえ厭わぬ習俗をもっていたことを明らかにした上で、それが裸体忌避に転じる理由を、外国人の裸体観の内面化に求める研究[*22]はいくつも存在する。あるいは、そうした裸体観の形成こそが裸体画批判の要因となったとする指摘[*23]も既になされている。さらには、そうした裸体観の形成の法的な契機として、春画の販売とともに、裸体で出歩くことを禁じた明治五（一八七二）年の違式註違条例をあげ、それもまた欧米系の外国人の視線を意識したものであったことが今日では明らかになっている。[*24]だから、そうした点でなら、それは確かに解決済みの問題であるかにみえるのだが、とはいえ、そこでいささか気がかりなのは、今西一の次のような指摘なのだ。というのも、やはり外国人の裸体観の内面化という説をとりながらも、幕末から明治初期の外国人旅行記を幅広く分析し、裸体が忌避される以前の日本の裸体習俗に注がれる外国人の「まなざし」を問題にする今西は、その書き手たちのなかに、裸体を単に「淫ら」なものとみるだけでなく、自国との「生活文化の違い」としてみる「まなざし」の所有者がいたことをも報告しているからである。[*25]

そうした今西の指摘に導かれて、外国人の旅行記を概観してみるなら、確かに日本の裸体習俗に注がれる視線は、混浴を「淫蕩な人民」の証しとみる東インド艦隊司令長官ペリー[26]のようなものだけではない。たとえば大森貝塚の発見で知られる動物学者のエドワード・S・モース[27]は、日光・中禅寺湖への旅の途中で温泉に立ち寄り、どうやら混浴であるらしい浴場で、前日、山道で手を貸そうとした自分の好意を遠慮深く断った二人の若い娘が、今度は裸のままで無邪気に挨拶してくるといった事態に出会って驚きを露わにする。だが、この山道と浴場での娘の態度の落差は、日本人を野蛮視することに貢献しているわけではない。むしろモースは、「日本人のやることで我々に極めて無作法だと思われるものもすこしはある。我々のやることで日本人に極めて無作法だと思われることは多い」と、自身の文化への反省を促す契機にさえしているのだ。

こうしたモースの感慨には、それぞれの文化圏にはそれぞれ別の作法があるといった文化相対主義的な視線がたくしこまれているともいえようが、そうした点でなら、幕末にスイス遣日使節の団長として来日した、エーメ・アンベール[28]の混浴に注がれる視線にも同様のことが指摘できる。単に混浴が行なわれているというだけではなく、入浴後に「風に当たりたいと思ったら」、通りへ出て「裸で歩いても、日本の習慣では当り前のこととみなされ」ると報告するアンベールは、こうした風習が「われわれにとってはどんなに奇異なものと思われても」、日本人は誰もそうは思わなかったのだと強調する。それを、風呂に足を踏み入れた「ヨーロッパ人」が「くすくすと笑ったため」に、「至極当然なこととして映っていたものを、ふさわしからぬものとしてしまった」のだという件《くだり》には、確かに「ヨーロッパ人」の価値観を受け入れつつある日本人の姿が捉えられてはいるだろう。しかしアンベール自身は、こうした風習をもって「日本人には羞恥心がない」と結論づけることに、「同意することはできない」というのだ。今西が指摘する如く、日本人の「造形美」に対する感性の不在を説く際には自文化中心主義的な尺度をもち込んでいるとはいえ、「この国民には羞恥心がない」とヨーロッパ人が叫べば、「外国人には道徳感がない」と日本人が応酬したと報告したりもするアンベールの視線は、むしろ自文化とは異なる文化の存在を容認しているようにみえる。つまり、モースにしてもアンベールにしても、自文化を基準に日本の習慣を遅れたものと見做す面がまったくないわけではないが、その一方で、文化相対主義的に日本の裸体習俗を捉える視点を備えているのだ。

だが、このような文化相対主義な捉え方は、モースやアンベールの旅行記を、特権的な例外へと仕立て上げるものではない。たとえば、アメリカの初代駐日総領事タウンゼント・ハリスは、混浴の品の悪さは理解しがたいものだと表明して、彼らより遥かに自文化中心主義的な見方を露わにしながらも、こうした裸体の「露出こそ」が「欲情の力を弱める」働きをするのだと「彼らは主張している」[*29]ともらすことで、わずかに文化相対主義への傾斜を示すだろう。あるいは、あのトロイの遺跡の発見でも知られるシュリーマンが、「禁断の実を食べる以前のアダムとイヴそのままの姿」で男女が入り混じる混浴に驚愕しながらも、「ヨーロッパ人が考えている品位の概念が、日本に欠けているからといって、それがヨーロッパで必然的に生じるような結果を日本では決して生じえないということを信じている」[*30]というときにも、やはりそうした捉え方が表明されている。そして実はそれと同様の捉え方は、ごく最近の研究で、ハンス・ペーター・デュル[*31]がノルベルト・エリアスの『文明化の過程』[*32]に潜在している自文化中心主義を批判しつつ、日本の混浴の習慣に触れるときにも姿をみせるものだ。現に、デュルはそこで、「眺める者の視線は他の入浴者を通り過ぎるか、すり抜けるかであって、〈見れ〉ども心に留めずなの」だと入浴者の視線を説明する。その上、他人を凝視することを厭う日本文化の特質とそれを結びつけもするのだから、ここには西洋文化＝自文化中心主義に対する反措定として、文化相対主義的な視線が浮上していることは明らかだ。

しかし、だからといって、われわれはこうした柔軟な〝外国人〟の視線を顕揚したいわけではないし、その多様性が見過ごされている点だけを問題にしたいわけでもない。多様性という点でなら、たとえば丹尾安典[*33]が、いたるところで裸体をさらす日本人を古代ギリシャ人になぞらえるエミール・ギメ[*34]について指摘するように、日本を「アルカディア」に見立てる視線もまた存在する。そのような失われた世界と日本との重層は、いわば、自文化中心主義の裏返しとして他の文化を理想化すること、つまり、西洋文化に欠けていたり失われたものを、一方的に理想化した他文化に投影することであって、それは一種のオリエンタリズムにすぎないともいえるだろう。そして、その点でなら、西洋文化中心主義の反措定として、文化相対主義が動員される際にも、同じ問題がつきまとっているはずだ。現にデュルばかりか、モースやアンベールが混浴の習慣に出会って自らの文化をふり返る際に起こるのは、異質な他者との遭遇がもたらす未知の体験であるより、むしろ既知の自文化批判の格好の材料として、日本をもち上げるといった振舞いではないのか。その意味で、彼らの視線は、いっけん、まったく異なる文化との遭遇を語っているようにみえながら、実は自文化の欠落した部分を、一方的に日本に投影するといったオリエンタリズムを宿している。それにまた、文化相対主義には、各文化にはそれぞれの作法があるという理由から、文化間の〝交通〟を封じる方向に突き進み、閉鎖的なナショナリズムを肯定してしまうといったもうひとつの負の側面がつきまとってもいるだろう。それらの点において、この種の多様性の背後に潜むのは、むしろ単調な光景だ。

だが、にもかかわらず、こうした〝外国人〟の視線を敢えて多様さとして問題にしたいのは、実はもうひとつの単調さが裸体の周囲にはりめぐらされているからである。というのも、「外国人に於ては甚だ之を鄙《さげ》しみ候より」[*35]といった理由で裸体が禁止される、明治五（一八七二）年の神奈川県布達に端的に示されているように、今西が広範な調査を試みている明治初年の裸体禁止令の多くには、旅行記に示された外国人の多様な視線が欠落している。確かに当時は日本で出版されることのなかったこれらの旅行記が、多くの日本人の目には触れなかったという事情があるにしても、ハリスの旅行記に記されていることが事実なら、裸体の「露出こそ」が「欲情の力を弱める」のだと主張する日本人が確かに存在したことになる。それにまた、当時の日本人が、裸体に対してさほど無邪気ではなかった可能性を説くひろたまさき[*36]は、西洋人の裸体忌避に遭遇する以前から、「武士階級や町人・農民の上層には裸体への羞恥心」が「ゆきわたっていた」と指摘してもいる。多くの裸体禁止令の理由として強調される外国人の裸体忌避は、その意味において、ある種の外国人旅行記に出現する視線とも通底する裸体観を無視してもいるし、しばしば下層民を対象に禁令を発布しはしても、日本の上層にあった裸体観が、外国人の裸体忌避と結びつくことで形成された側面をもそぎ落としているのだ。逆にいえば、そこで見過ごされているのは、日本人の視線と外国人のそれとが、密輸のように通底してしまうといった事態だ。あのリンダ・ニードが芸術と猥褻との関係として述べたように、そこでは日本人と外国人とが、「心地悪いほど近接している」[*37]。だが、近接といい通底といっても、それは、日本人が近代以前から国際的な裸体観を獲得していたということではないし、双方に共有されているかにみえる裸体忌避が普遍的なものだったということでもない。

たとえば、覗きと性的欲望との関係において裸体を問題にするヨコタ村上孝之は、それ以前の日本人が覗きにあって欲望を煽られるのは、自慰や性交などを垣間見るときに限られている[*38]といっている。そうだとするなら、混浴にあっての日本人は、たとえばデュルのいうような、「大きな〈衝動の断念〉[*39]」を強いられていたのではなく、むしろ浴場と性的場面での裸体とをまったく異質なものと捉えていたが故に、混浴においては欲望を抱かなかった可能性がある。裸体をみれば欲望するといった原則を前提に、混浴における強度の欲望の抑制をみる外国人の視線と、少なくとも浴場では裸体と欲望とを結びつけなかったかもしれない日本人。ここでいう近接や通底とは、このように視線がすれ違いつつも〝交通〟が起こってしまうといった逆説的な事態であり、それは予め交換レートが決められていない局面でなされる密輸のようなものだ。

そのような密輸は、普遍性にも行きつかなければ、特殊な日本といった表象とも一致しない。双方の裸体観には、実は決定的な差異が存在するにもかかわらず、それらは「心地悪いほど近接する」。あるいはそうだとするなら、それは、日本の上層の裸体忌避と、外国人のそれとが結びつけられるときにも起こっていない保証はない。そして、そうした近接＝通底の軸が強度をもつなら、それは当然の如く外国人／日本人といった〝境界〟を、過剰に曖昧なものにしてしまうことにもなるだろう。

裸好きの日本人といった表象＝代行が意味をもち始めるのは、まさにそうした力学が働くときである。文明開化とともに押し寄せる外国人と日本人の〝境界〟が曖昧になることを避けるには、何らかの形で外国人を枠付けなければならないし、それが枠付けられれば、日本人の枠組みもまた確定する。それには、ある種の日本人の視線とも通底する文化相対主義的な視線や、日本を失われた「アルカディア」とみる外国人の視線には敢えて目をつぶり、〝裸体を忌避する外国人〟という表象＝代行に事態を一元化すればよい。そしてその対極には、既に裸体を忌避し始めている人々の存在などなかったかのように、〝裸好きの日本人〟という表象＝代行が浮上する。その上、そうしてしまえば、〝境界〟が曖昧な過剰さにさらされるといった事態は解消するし、さらには、この〝裸好きの日本人〟という表象＝代行を否定的な媒介にするなら、ただちに〝文明化〟への路線がひかれることになる。つまりは〝裸体を忌避する外国人〟の表象＝代行に向けて、〝裸好きの日本人〟の一掃をはかること。あるいは、特殊な〝日本人〟の枠を、〝外国人〟の枠組みとの関係において確定した上で、そうした〝日本人〟の普遍性への転換をはかること。それが、たとえそうした意図はなくとも、一連の裸体禁止令が結果的に生産してしまう抽象化された〝外国人〟と〝日本人〟の肖像なのであり、そこでは特殊な〝日本人〟と普遍的な基準とが、まだ稀薄な輪郭でありながらも姿をみせる。確かに、そうした特殊な〝日本人〟の肖像もまた、裸体を忌避する外国人が実際に存在したことから形成された面がないではなかろうが、それをすべての外国人が裸体を嫌悪しているかのような表象＝代行に仕立て上げ、日本人にはそんな存在がひとりもいないかに見做すとき[*40]、特殊な〝日本人〟の認定と、その一掃による普遍化の構図が整えられるのだ。

ただし、こうした稀薄な特殊性と普遍性の表象＝代行において生じているのは、単なる視線の密輸の隠蔽だというわけではない。むしろそれは、名付けることによる代行＝遮断なのであり、〝境界〟を曖昧化する視線の密輸は、〝日本人〟や〝外国人〟という表象＝代行によって枠付けられ、密輸のルートを遮断される。逆にいえば表象＝代行が、こうした名付けによる暴力的な質的転換として立ち現われるときにこそ、密輸のもつ批評性も同時に輝きを帯びるのだろう。つまり、そのとき密輸性は、「亡霊」として棲みつくわけだ。

いずれにせよ、かくして裸体禁止令は、密輸ルートを遮断しつつ、まったく異質なものへの転換、つまり普遍—特殊に関わる表象＝代行への置き換えとして顕現する。そしてその点からすれば、日本の裸体習俗を「原始の純潔さ」

と捉える点ではオリエンタリズムに染まってはいても、混浴の禁止といった取り締まりが、「官製の偽善」によるものだとするロシアの革命家レフ・イリイッチ・メーチニコフの指摘[*41]は、ある意味でこうした事情を鋭くついたものだ。さらにはそこに、「明治国家による羞恥心の新しい造出・編成」をみてとり、こうした禁止令を「イデオロギー」と呼ぶひろたまさきの最近の研究[*42]もまた、その意味ではきわめて重要なものだともいえるだろう。

だが、そこで問題なのは、禁止令が「偽善」や「イデオロギー」であることを浮上させるために日本の〝現実〟をもち出しても、事態はいっこうに改善されないことである。たとえば、ひろたまさきは、日本の上層に「裸体への羞恥心」があるだけでなく、「一般民衆」にあっても浴場で「お互いの裸体をジロジロ見ないという礼儀正しさ」が存在すると指摘して、「日本民衆には独自の裸体の基準があった」と断言し、それを『「文明」の名のもとに』禁じるところにこそ裸体禁止令のイデオロギー性があるという。そこで上層と「民衆」といった階層性の問題が持ち出されていることは、〝日本人〟を一元化しない上でも重要であり、また上層と外国人の視線の密輸の痕跡を物語る点でも貴重なものだ。

しかし、問題はそこで、「日本民衆」の〝現実〟として「独自の裸体の基準」があったとされる記述から、「民衆」が省かれればたちどころに一元化された〝日本人〟の表象＝代行が回帰してしまうことにある。〝裸体好きの日本人〟に対する〝裸体に関する独自の作法をもつ日本人〟。たとえそれが〝現実〟だとしても、そこでは〝日本人〟の枠は少しも揺らいではおらず、ただその枠内でのイメージの交代があるだけだ。つまり、ひろた自身はそれを免れてはいるが、裸体禁止令のイデオロギー性を衝くために別の一元化された〝日本人〟をもち出せば、そうした陥穽が待ち受けているのだ[*43]。

もちろん、そうした陥穽は、最近の研究において、〝日本人〟の裸体忌避が外国人の視線の内面化であることを〝証明〟するために、〝裸好きの日本人〟という〝現実〟をもち出したり、またその確認の上に立って、〝日本人〟が全員一致で裸体忌避という〝国際基準〟に参入したかに語られる際にもつきまとっている。そこでは、〝裸好き〟だったり、〝裸嫌い〟だったりするといったイメージの交代は問題化されていても、〝日本人〟の枠はほとんど疑われることがない。そして、その点で最近の研究は、〝裸好きの日本人〟という枠組みを作り上げ、その枠だけは護持したまま裸体忌避への参入を目標として掲げたかつての裸体禁止令と、同じ台座を共有し合っている。その多くが近代日本の国民国家としての形成を批判的に考察するという射程をもちながら、そこで温存され補強され続けているのも、〝日本人〟の枠組みだ。そして、そうした問題において問われていないのは、〝日本人〟の枠組み自体を曖昧化しながらも、完全に外国人と一致するにはいたらない密輸ルートなのだ。

　そのような確認を経た上で再び裸体画論争に話をもどすなら、裸体画批判を支えている裸体観もまた、二重三重に密輸の痕跡を表象＝代行化してしまっている。「本邦は昔より裸体美人を以て無上のものとせず之を厳正の席に列するは寧ろ恥辱となすの風あり」*44と、あの珂北仙史が語る裸体観に端的に示されているように、裸体忌避はもはや日本の〝伝統〟と化しているのだ。明治初年の裸体禁止令において、裸体好きとして枠付けられた〝日本人〟は、普遍的な裸体忌避へと参入して内面化を完遂するどころか、裸体画の伝統をもつ西洋人を裸体好きと決めつけ、裸体忌避が日本に特殊な伝統であるかのように語る地点にまで移送されている。そうして〝日本人〟の枠を守りながら、イメージを巧みに入れ替え、普遍と特殊のいずれかに自らを位置づけるといった移送の軌跡はまた、〝日本人〟の〝境界〟を過剰に曖昧化する密輸の痕跡を、二重三重の表象＝代行によって遠ざけていることを意味しているだろう。

　だが、密輸ルートは、実は日本人と外国人の間にのみ築かれるものではないし、明治初年にだけ姿をみせるわけでもない。たとえば、成田龍一*45によれば、一八八〇年代から、「貧民窟」には非衛生や混沌、無秩序のイメージが集中的に付与され始めるとのことだが、その「貧民窟」を明治二三（一八九〇）年に探訪した桜田文吾が、そこでの裸体の多さを指摘している*46ことからもわかるように、裸体もまたそうしたイメージの一つをなしている。一方、再び今西一*47によるなら、明治三三（一九〇〇）年に内務省が混浴を禁止する省令を出していることからも想像できる如く、再三の混浴禁止例にもかかわらず、それはなかなか徹底されなかったということだ。混沌や無秩序のイメージを折り重ねることで、「『貧民』を自らの世界の外部にお」こうとしているという成田の指摘に従うなら、裸体を忌避する〝日本人〟の枠は、裸体好きの「貧民」を外部化＝差別化することで、強化されているともいえるだろう。しかしその傍らには、いまだに混浴を続ける日本人がいるのだ。

外部にしかないはずの公然化された裸体は、実は内部にも存在する。無秩序や非衛生と結びついて局在化しているはずの裸体が、もはや秩序を旨とする衛生的な場所であるはずの浴場で、いまだ男女の別なくさらされ続けている。無教養というイメージで覆われた「貧民」ならともかく、文明化された〝日本人〟の内部にそれが存在することは、いかにもすわりが悪すぎる。それも、公然化された裸体を禁じることで〝日本人〟が成立し、だからこそ裸体を厭わぬ「貧民」を外部化しえているにもかかわらず、混浴を楽しむ日本人には、どうも禁止の声さえ届いていないらしい。裸体忌避を内面化して、禁止の声に怯えつつこそこそと混浴するのでなく、ほとんど禁令などないかのように、野放図に男女の別なく裸体をさらし続ける不遜な、しかも階層的な輪郭すらつかめぬ不特定多数の日本人。明治の後半になってさえ発せられる混浴禁止令から読みうるのは、あるいは現在にいたるまで続くこの習慣から漂い出してしまうのは、こうした稀薄な、しかし執拗な〝声〟ではないか。

そうだとするなら、そんな日本人は、明治初年に封じたはずの裸体観を招き寄せてしまいかねない存在だ。あのデュルの「大きな〈衝動の断念〉」という言葉に端的に示されていたような、裸体からは常に既に欲望が喚起されるといった裸体観とは別に、性的な局面でしか裸体が欲望とは結びつかないような裸体観が、この野放図な混浴においては甦るどころか継続している余地がある。それもそうした裸体観は、裸体忌避の視線など、まったく前提にしてもいなければ受け付けてもいはしない。そしてその点では、むしろ裸体忌避を大前提にした上で、それを理解しない無秩序としてネガティヴに描き出される「貧民」の裸体イメージとは、明らかに異質なものだ。

だが、にもかかわらず、ここでは「貧民」のイメージ化された裸体と混浴する裸体とが、密輸ルートを開いている。通約不能なはずの双方の裸体は、ここでは衛生や秩序に関わるイメージを招き寄せながら、〝日本人〟から外部化された「貧民」と、当の〝日本人〟であるはずの存在を、「心地悪いほど近接」させる。「貧民」ならぬ娼婦にこと寄せた言辞ではあるが、「洋服を着て店を張つて居れバ、プロも上品で女湯に行ッて居りやァ奥様も下品」[*48]なのかといった、あの裸体画論争における鷗外の問いかけは、この種の接近を見事についたものだといえはしまいか。それも、こうした接近は、明治初年の記憶に関わる点では、あの裸好きの〝日本人〟の成型に「亡霊」としてまといついていた、もうひとつの密輸ルートを表面化させかねない危うさを秘めている。そして、〝ハイパーリアリズム〟において裸体と結ばれているが故に、裸体画もまたこの問題と無縁ではありえない。

だから、そうであればこそというべきか、裸体画論争にあっては、日本人は昔から裸体を忌避していたかのような言辞が呟かれなければならないし、二葉亭のように、「文化は今は古に優れり」という進歩史観のテーゼのもとに、裸体好きの習俗を、いつとも知れぬ「古」に封じ込めねばならない。あるいは若い男子の俗情を煽るといった口実のもとに、裸体画の公開にも反対が表明される必要がある。

ノーマン・ブライソンがいうように、女性を描いた裸体画へのこうした「性的衝動」[*49]が、日本人を西洋人に接近させ、女性の裸体画を一方的に描き鑑賞し語る近代的な男性がそこから出現することも確かだろうが、このような文脈においては、そうした普遍的な男性性にいきつく構図以外にも、問題がないわけではない。というのも、裸体画が煽るとされる男子の欲望は、〝日本人〟の裸体忌避の裏側に張り付いた重要な掛け金だからだ。現に裸体が常に既に欲望を喚起するという前提がなければ、裸体を忌避する理由も説得力を失ってしまうだろう。そして、そうなってしまえば、裸体忌避において成型される〝日本人〟もまた枠付けられることはない。それにまた、裸体がいつも欲望を喚起するわけではないといった、混浴の継続とともに回帰する裸体観も、あるいは外国人の視線との通底の危険も、封じ込められはしないだろう。裸体への恒常的な欲望はその意味で、〝日本人〟の表象＝代行に必須の台座なのだ。いいかえれば、この〝日本人〟の表象を守るためにこそ、正常なる〝日本人〟男子は、常に既に女性の裸体に欲望し続けていなければならないのだ。〝日本人〟たりうるためには、女性は裸体をさらしたら絶対に欲望を喚起せねばならず、男性は常に欲望を喚起されねばならない。またそうでなければ、外国人にも「貧民」にもなりかねない。密輸ルートからみえてくるのは、単に近代人一般が欲望する／される身体をもつといった原則ではなく、こうした〝歴史〟の封殺に基づくあくまで〝歴史的な〟身体の生成なのだ。

そうだとすれば、〝ハイパーリアリズム〟の介入ゆえに、裸体と等置される裸体画には、もうひとつの重要な意味が存在していたことになる。裸体画論争は、単に裸体忌避に、〝創られた伝統〟の厚みをもたらす絶好の機会であるばかりではない。それは、『美術園』の投書や珂北仙史の裸体画論に端的に示されていたように、「壮年男子」や「少年男子」の裸体＝裸体画への欲望を言表することで、恒常的な欲望を成型化し固定化する上でも、絶好の機会だったわけだ。逆にいえば、裸体が裸体画と等置されている限り、それに欲情しない存在があってはこまるのだ。そんな存在が表面化すれば、密輸ルートの「亡霊」が浮上しかねないのだから、裸体＝裸体画は、常に既に欲望を喚起しなければならない。そしてその点では、鷗外はともかく、裸体画を美として擁護する美妙もまた例外ではありえない。

だいいち、胡蝶と若武者の性的な暗示が広がり出す場面で、裸体美の「高尚」が叫ばれる『胡蝶』がはからずも物語ってしまうように、それは欲望を前提に、あるいはそれに依存してなされる差別化の試みであって、その意味で美は秘かに欲望を黙認している。そして、このように欲望に依存したところにしか場所を見出せない美妙は、〝日本人〟の枠を危険にさらしもしなければ、密輸ルートを浮上させてもいない。彼が美の規範とする古代ギリシャの美学は、あくまで〝日本人〟の資格で行なわれる、正規のルートの〝輸入〟でしかないのだ。欲望に対する美による差別化や、猥褻に対する芸術による差別化の試み。それは、こうした意味において、むしろ欲望と猥褻とに依存し、またその限りで、〝日本人〟へのひそかな帰属を表明していることが少なくないのである。

4　可視化される〝ハイパーリアリズム〟

ところで、こうして表象＝代行としての〝日本人〟とも関わる〝ハイパーリアリズム〟は、2節で述べておいたように、歴史の亀裂ともいうべき事態にさらされていた。とりわけ、言語の領域で呟かれ始めるのは、言葉の「写真」を撮ることの限界性ともいうべき事態であり、そうすることでむしろその冗長性を浮上させてしまった言文一様の言葉には、その美化が叫ばれ始めてもいたのだ。

そうした〝ハイパーリアリズム〟からの離脱ともいうべき傾向は、裸体画論に関わる領域でいえば、美妙などにも及んでいたわけだが、実はそれだけにとどまらない。たとえば、雑誌『美術園』に二回にわたって掲載される「裸体画の美術たる所以を論ず[*50]」は、まずその冒頭で、「凡そ画の美なる所以ハ能く物の性情を写すにあり」と宣言し、だから「婦人の裸体画」も、「感情が脂肪の下に沈みて微に隠見する模様を理想して之を写す」のだと論を展開する。そして、裸体の「筋線の形状」の描写において「其性情」を写すには、裸体の解剖学的な把握が不可欠だと説いた上で、そうした把握に技術がともなえば、「性情」は十分に描き出せるし、決して「猥褻」なものにはならないという。確かに、それでもなお「猥褻なる情感」を起こす者がいることは想定されているが、しかし「其罪」は、「裸体画にあらずして之を見る人にあり」とするのだ。

こうした論の展開ぶりをみればわかるように、ここでは描かれた裸体が、それ自体において価値をもつのでなく、その内部に潜む「性情」を「隠見」させる媒体として捉えられている。それも、解剖学の知見が求められているところからすると、ここでは佐藤道信がちょうどこの頃から定着し始めるとする「実在論」的な知のあり方、つまり浮世絵などのように「人肌の質感の再現に意を注い」だものではなく、「人体構造」として裸体を把握する知[*51]とも連動しているとみることができる。いいかえれば、あらゆる女性裸体に共通する人体の構造を〝本質〟として把握する知、それが不可視の「性情」を描くという「美術」のテーゼと結びつけられているのだ。そして、描かれた裸体自体が、その二次的な媒体にすぎないとされ、それ故に現実の裸体とはまったく別のものとして裸体画が定位されている点で、もはやこの裸体画論は、〝ハイパーリアリズム〟の地平には属していないだろう。

もっとも、こうした〝ハイパーリアリズム〟からの離脱を示す裸体画論は、少なくとも裸胡蝶が話題になる前後にはほとんどみられない*52。ただし、この裸体画論のテーゼは、「美術」としての「小説」の重要な要素として、人間の内部にある「情態の真を写す」ことを挙げる坪内逍遙の『小説神髄』を想起させもするし、また逍遙はそのなかで、「冗長」ぶりと「美」の欠如を理由に、通常、話されている「俗談平話」の小説の「文体」としての採用をみあわせる点で*53、いわば話し言葉の「写真」をも拒んでいる。あるいは、「美術」の領域にあっても、既に明治一五（一八八二）年にアーネスト・フェノロサが、「天然ノ実物ニ疑似スルヲ以テ美術」とするなら、「写真」が「高尚ナル物件ノ墨画ヨリ貴カラザルヲ得」ないことになるという理由などから、リアリズムを批判する*54こととともそれは響き合ってしまうだろう。そして逍遙にフェノロサとくれば、〝ハイパーリアリズム〟などたやすく消滅するごく限られた知の領域だということに、現在の見取り図からすればなってしまうかもしれない。

だが、そのようにフェノロサや逍遙を特権化することは、ある可視的な領域との関係を封印してしまうことになりかねない。その可視的な領域というのは、さしあたり、生《いき》人形または活人形と呼ばれる見世物において浮上する。それはたとえば、幕末から明治初期にかけてのさまざまな見世物を博捜する木下直之*55が、「生人形のリアリズムはあまりにも突出していた」と、その圧倒的な生々しさに注目しているものだ。

なかでも特に木下が注目するのは、松本喜三郎という名の人形師である。安政二（一八五五）年というから、幕末に江戸デビューをはたし、生人形でかなりの人気を博したらしいこの人形師は、安政六（一八五九）年、大阪の難波新地でも興業をうち、「長崎遊女が入浴する様」が評判になったという。喜三郎の生人形は消失してほとんど遺っていないが、どうやらこのときに公開されたものらしい人形の写真が遺っている。

図2　松本喜三郎の生人形

不鮮明な写真（図2）ではあるが、それでも、人形ならぬ実際の人間を撮った写真ではないかと見まごうほどの「リアリズム」は、それなりに伝わってくるだろう。全体に弛緩しかけた肌の肌理は、確かに木下のいうように、「盛りを過ぎた女の肉体」を生々しく表わしているし、特に乳房からつき出しかけた腹部にいたるあたりには、何本か皺さえよっていて、しかもその窪みと隆起とがもたらす疲れた肉の量感は、とても人形とは思えない。ほぼ等身大だったとされるこの人形の、大きすぎる顔や短い手足といった点もさることながら、特にその笑って何かをみつめている顔の表情はどうだろう。そこには、現在のわれわれからみると、のっぺりとした素っ気ない無表情にみえてしまう浮世絵などの顔とは、明らかに異質な生々しさが漂っている。あるいは、そこに、写楽の大首絵のデフォルメに近いものをみることもできるかもしれないが、しかしこれは、そこまで大仰な顔でもない。

もっとも、こうしたリアルな表現にも、それなりの系譜が辿れないわけではなく、たとえば木下は、喜三郎がやがて現在の東大医学部の前身である大学東校から、人体模型の制作を依頼されるという事実を梃子に、『解体新書』に関わった秋田蘭画以来の系譜を示唆している。あるいは、近世から近代にいたる裸体表現の系譜を追究する宮下規久朗は、やはり『解体新書』に端を発する系譜として、円山応挙から葛飾北斎を経由して生人形へといたる、細い「リアリズムの流れ」[*56]を描き出す。いずれも解剖学的な知との関連を指摘しているが、しかし喜三郎の人形が生み出される過程自体には、それらが直接的に影響した痕跡はない。その上、両者がともに強調するのは、幕末から明治初期にかけての可視的な領域でおこる特異なリアリズム、特に生人形に象徴されるその異様な突出ぶりなのだ。

幕末から明治初期にかけて突出するリアリズムは、こうして稀薄な系譜が辿れはしても、むしろ突出しているが故にその系譜の探索を戸惑わせる。なかでもわれわれが興味をひかれるのは、宮下規久朗の探索が描いてしまう奇妙な軌跡だ。先の長崎遊女の生人形には触れていないものの、人類学者のシュトラッツが遺した生人形をもとにその系譜を検討する宮下は、確かに「妊婦の腰の肉付き」や「老女の肌の弛み」を如実に描いた『北斎漫画』(図3)などの裸体表現の系譜に、淡い「リアリズムの流れ」をみる。ところがその一方で、生人形を「迫真的だが近代彫刻とはまったく異質の、日本的な裸体像とでも言うよりほかのない像」とする宮下は、その多くが浴女の人形であることに着目し、浮世絵の出浴図の系譜をもち出している。そして「喜三郎の人形も、裸体の迫真性という点では画期的であったが、やはり伝統的な入浴美人のジャンルを越えるものではなかった」と結論づけるが、ただしその結論は、「日本的な裸体像とでも言うよりほかのない」といった、ためらいを含んだ生人形の定義から出発して得られたものだ。

ところで、その際、この結論のもうひとつの根拠とされるのが、浮世絵が描く日本人的な体型である。「現在の感覚からすれば、プロポーションの理想化はあまり見られ」ないという宮下は、「貧弱な胸、長い胴、短い脚に小さい手足」、それに「腰のくびれ」の欠落といった要素を挙げる。それは、確かに図2の生人形とも共通する特徴だが、しかし、はたしてそれだけなのか。たとえば生人形の腹部のあたりの量感豊かな皺。それを、やはり「リアリズムの流れ」のなかにある図3の北斎の漫画と比べてみた場合、確かに北斎は老女や妊婦の肉体の崩れを描きとってはいるが、浮世絵と共通する輪郭線を基調とした肉体の描写からは、肉の襞の生々しい隆起と陥没

図3　葛飾北斎『風呂屋の女湯』
(『北斎漫画』第十二編)

図4　『浴後納涼』林信広刊
（黒船館蔵）

図5　黒田清輝『裸体婦人像』

の表情はうかがえない。それに北斎の顔は、当然といえば当然のことながら、生人形の生々しさとは違って、浮世絵の顔以上に類型化されている。そして、そこにひっかかってしまうと、人形と絵の比較に無理があり、宮下が図2の生人形を直接的な対象にしていないのをも承知していながら、先のためらいがちないい淀みがどうしても浮上してきてしまう。はたしてそれは、「近代彫刻とはまったく異質の、日本的な裸体像とでも言うよりほかのない像」なのか。

そこでさらに興味をそそられるのは、裸体画論争でも触れた、明治二二（一八八九）年に発禁処分になる石版画（図4）に関する宮下の記述に、またも姿をみせるいい淀みである。彼はここでも、「いずれも、きわめて日本人的な裸体が描かれており、小さな手足や狭い肩、片膝を立てて振り向いたポーズなどは、浮世絵の入浴美人図の焼き直しといってよい」という。しかし、そのすぐ後で、「かなり写実的に陰影を駆使して、女体らしい肌合いや肉付きを表現しているものの、洋画家によるヌードとは一線を画している」ともいうのだ。つまり、ここで宮下は、浮世絵の系譜に石版画を位置付けながらも、その枠には収まりきらぬ「陰影」を見出し、しかもそれを洋画の系譜にも回付できずにいるのだ。

だが、それにしても、系譜をたどりつつも、個々の図像をも丹念に追う宮下の言辞を、奇妙にいい淀ませるものは何なのか。その疑問を解くきっかけとなるのが、宮下の言辞にも登場する「陰影」ではないか。特に図4の石版画の臀部の下側には、明らかに浮世絵にはみられない「陰影」が表現されている。それもこの「陰影」は、単に足の付け根あたりの肉の隆起を際立たせているだけではない。その「陰影」の下と横とに、弛緩した肉の窪みと捩れをわずかに生じさせている。この、日本的な体型でありながらも、浮世絵の華奢に理想化された身体でもなく、あるいは、明治三四（一九〇一）年に腰巻き事件に遭遇する黒田清輝の『裸体婦人像』（図5）のように、洋画の美的規範に封じ込められた豊満さとも異質な、生々しい肉のせりあがり。そうした生人形の腹部の皺とも通底する要素こそが、奇妙なリアルさを付与しているものではないのか。それも、ある程度は浮世絵的に規範化された身体と顔、そして洋画の「陰影」による肉の量感の表現が交錯する地点に、そのいずれにも帰属することのないリアルさが露呈しているのではないか。

図6　高橋由一『花魁』
（東京芸術大学芸術資料館蔵）

そこで、もうひとつ問題にしたいのは、高橋由一の『花魁』（図6）である。幕末から洋画を志したこの画家の明治五（一八七二）年の作品であるこの絵を、北沢憲昭[*57]は、「様式化した浮世絵美人の絵姿ではない」としながらも、「空気感の欠如、有体的な存在感の希薄さ、浮世絵にも似かよう装飾的な色づかい」など、「西洋画本来の画法にはない」表現だという。その上で、この絵のなかで「異文化のせめぎ合い」が起こっていると指摘するのだが、そこでいささか問題なのは、「近世までに形成された日本人の感受性」を盾に、「固有の感受性」と「油絵」との「矛盾」

をこの絵が示しているといっている点である。

既に前節で指摘しておいたこととも関わることだが、このように近代以前の日本を自明化し、その上で異文化との接触を語るとき、近代以前の特殊な〝日本人〟の枠を疑うことなく異文化との接触を記述するといった、正式ルートの輸入しか語られなくなってしまう。その意味で、ここでも重要なのは、日本性にも行きつかず、かといって普遍化も拒む密輸ルートなのだ。そしてその点でなら、『花魁』が「西洋画」でも「浮世絵美人」でもないとする北沢の指摘は、きわめて貴重なヒントを提供してくれている。

そうした北沢の指摘からさらに敷衍してみるなら、由一の絵の背後に広がっているのは、写真との多様な干渉が生起する空間である。由一自身も実践した、写真を油絵にする写真画もあれば、あるいは写真に彩色を施す写真油絵もあるといった具合に、写真は特に油絵と干渉し合い、しかもそれは、写真のリアリズムが必ずしも絶対的ではない視覚のあり方を物語る。木下直之が別の著作[*58]で指摘するところによれば、そうした可視的空間では、「写真の『真形』を絵画に取り込もうとした」者もあれば、逆に写真に着色して「真色」を与えようとした者もあるし、さらには遠近法や陰影法や色彩感覚が、着色した写真にもち込まれることもあったという。浮世絵の格好の題材だった遊女を描きながら、「西洋画」でも「浮世絵美人」でもない『花魁』が出現してしまう背後には、油絵と写真をめぐるこうしたハイブリッドな空間が広がっているのだ。そして、そうしたハイブリッドな可視的空間は、ちょうどあの生人形が作られる頃から、にわかに広がり始めたものでもある。

だが、それでは、石版画が大流行し、それが発禁になる明治二〇年前後には、もうそうしたハイブリッドは収束していたのだろうか。やはり木下によると、明治六（一八七三）年に内田九一が撮影した若き日の明治天皇の写真が、実は秘かに流出し、横浜写真として外国人向けに売られたばかりか、なんと一八八〇年代には折からの石版画ブームにのって、その写真を石版画にしたものがかなりの売れ行きを示していたという。写真の天皇が外国に流出し、また石版画にされて売られてしまうといったところに、可視的空間のハイブリッドは、まだその命脈を保っている。裸体美人の石版画が発禁にされる明治二二（一八八九）年は、そうした密輸的に出回る天皇の肖像に代わって、御真影が登場する年だが、次第に〝日本〟を表象＝代行するようになる御真影はしかし、イタリア人の画家キョッソーネが描いた西洋画を、写真に撮って流布させるという方途がとられたものである。

こうした事の推移を、ここでは敢えてこれ以上整理せずにおくが、そこには写真や洋画や石版画の複雑なハイブリッドが生起しているし、それにまた、〝日本〟や〝日本性〟をも曖昧化するハイブリッド、つまり密輸ルートともいうべき次元も広がっている。それは、〝日本人〟の雑種性や和洋折衷として語られるハイブリッドとは明らかに異質な、とてもほどよい調和など生産しそうにない過剰な空間だ。そして、こうした過剰に曖昧な空間においてこそ、浮世絵の理想形にも洋画のそれにも行きつかぬ裸体像、日本的な体型をもちながら、それを審美的に表象するシステムからはズレてしまう裸体像が、生々しくせり上がる。あるいは、そうしたリアリズムの突出ぶりによって、〝日本〟の枠に基づく系譜化の試みをも、微妙に偏心させてしまう……。

もはや、いうまでもあるまいが、写真や〝言葉の写真〟とともに、フェノロサや逍遙が美の定義によって結果的に差別化してしまうのは、このような可視的な空間である。そして裸体画論争の〝ハイパーリアリズム〟と深く干渉し合っているのもまた、こうした可視的な空間だ。より正確にいえば、裸体画論争において、裸体画を裸体と等置して問題化することを可能にしている言説[*59]は、こうした可視的な世界と干渉し、また可視的な世界を言説として成型化してもいる。あの珂北仙史の裸体画論のように、「真を写す」ことにおいて美術を石版画から差別化しようとしながら、その「真を写す」が裸体と裸体画とをともに猥褻と結論付けてしまう結果に陥るといった逆説的な事態が出現してしまうのも、もちろんこうした事情に拠っている。[*60]

だが、こうして可視的世界の〝ハイパーリアリズム〟を成型化する裸体画論はまた、同時に可視的世界の密輸ルートを遮断してもいるだろう。というのも、可視的世界にあっては、理想的身体という点でも技法という点でも、複数の密輸ルートが開かれ、日本／西洋、写真／絵画といった区分で事態を語る振舞いを、ほとんど失調させていた。ところが、裸体画論の方はといえば、前節でも述べたように、裸体＝裸体画への欲望が全域化したかのような表象＝代行を作り出し、またそれ故に裸体を忌避する〝日本人〟という枠を形成可能にしていたのだ。つまり、必ずしも〝日本的女性〟とも〝日本的絵画〟ともいいきれない過剰な曖昧さを備えた石版画の裸体を、あくまで〝日本女性〟として枠付けて、それに欲望し忌避する〝日本男児〟を作り上げることこそが、裸体画論がはからずも遂行してしまう任務なのである。そして、そうした振舞いが、やはり日本という国家の名において石版画を発禁にする内務省の省令とも、あるいは天皇の御真影の登場とも共起しているだけに、それは意味深い事態だともいえるだろう。それに、そうであればこそ、その御真影がイタリア人によって描かれただけでなく、密輸に連関した写真と絵画のハイブリッドな空間から生まれることもまた、「亡霊」としての輝きを帯びることにもなるはずだ。

だが、それにしても、こうした言説と可視的世界とに及ぶ〝ハイパーリアリズム〟は、もはやわれわれとは無縁の地点にあるのだろうか。この裸体画論争第一幕を、「習俗としての〝ハダカ〟の文脈で解釈された」などと要約する[*61]ことで、それ自体透明な〝ハイパーリアリズム〟を二重に透明化し、「美術」の枠組み自体を批判しながら、実はその枠への拝跪を表明することが、はたして穏当な対処の仕方なのか。あるいは逍遙やフェノロサの促しに従って、それは、忘れ去られたものとして叙情的に回顧されるか、あるいは近代初期によくある混乱と捉えられるだけで、まともな思考の対象にならなくてもよいものなのか。というより、そうしてわれわれから遥かに遠ざけたときに、それは逆に近づいてはこないのか。[*62]たとえば明治三〇年代の国語政策において、話し言葉をそのまま「写真」することから標準語の制定がなされようとするときに、あるいは自然主義の流行のなかで、実際の性的な犯罪と小説との混同が起こる[*63]ときに、さらには、今にいたってもなお小説のモデル問題が云々される状況のなかに、それはその都度、形を変えながらも、執拗にわれわれへの接近を繰り返してはいないのか。そして、本質も概念も欠いた日本的なリアリズムなどとして、それを思考の外に追いやる振舞いも、かえってその接近を許してはいないのか。

ここでその透明な肉体の顕在化を試みた〝ハイパーリアリズム〟は、こうした問いとも関わっている。遠ざけているが故に、かえってわれわれの近くにある〝ハイパーリアリズム〟。そうした状況が続く限り、われわれは裸体＝裸体画に発情し／され続ける〝日本人〟である他なく、そのわずか向こうにある「亡霊」すらたぐり寄せられずにいる。〝ハイパーリアリズム〟とは、その意味でも、そうした遠ざかりによってわれわれの現在を拘束し続ける、いたって巧妙な〝政治的無意識〟たりえているのである。

註

＊1　たとえば腰巻き事件を論じる匠秀夫は、当時の「官憲の態度」を、「牢固たる醇風美俗に基く国民の嗜好」を「より処とした前近代的な曖昧固陋の芸術否定の態度」と評してこうした構図を強調している（『近代日本洋画の展開』一九六四、昭森社）。一方、勅使河原純もまた、「裸体画の弾圧は、明治二十年代に権力の立場から一方的に発想され、専制的な統一の論理の要請によって、その成長とともに次第に激しさを加えていった」とこの時期の裸体画事件を総括し、やはり同様の構図への拝跪の姿勢を示している（『裸体画の黎明』一九八六、日本経済新聞社）。それにまた、明治初期の裸体観の問題を視野にいれるなど、決して古典的な考察とはいえないながらも、「裸体画問題」が「美的観念と道徳倫理の軋轢として社会問題化した」などと概括されるときにも、いまだにこの図式が克服しきれていない事情がうかがえる（佐藤道信「人から人〝間〟へ」、東京国立文化財研究所編『人の〈かたち〉人の〈からだ〉』一九九四、平凡社）。

＊2　リンダ・ニード『ヌードの反美学』（藤井麻利ほか訳、一九九七、青弓社）。

＊3　ケネス・クラーク『ザ・ヌード』（高階秀爾ほか訳、一九八八＝新装版、美術出版社）。

＊4　なお、ニードがこの部分で直接、引用しているのは、ジャック・デリダが芸術の〝境界〟の問題を、「パレルゴン」なる意味の決定不能性をもつ言葉に引き寄せて論じた『絵画における真理』（高橋哲哉ほか訳、一九九九、法政大学出版局）の一節である。

＊5　東浩紀『存在論的、郵便的』（一九九八、新潮社）。

＊6　尾崎紅葉「国民の友第三十七号付録にて　胡蝶殿」（『我楽多文庫』一五号、明二二・一・二五）。なお、これ以後の裸体画論争についての記事に関しては、主に中村義一『日本近代美術論争史』（一九八一、求龍堂）を参照した。

＊7　ごく短いものながら、こうした紅葉の批判とほぼ同じ内容をもつものに、喜遊坊「裸で道中がなるものか」（『読売新聞』明二二・一・一三）と岡焼裸史「世の世話焼裸史諸君」（同前、明二二・一・一八）がある。なお、明治二二年の一月一一日から一八

日にかけて、この『読売新聞』の「寄書」欄で展開される裸体画論には、裸胡蝶事件をちゃかしたものが多く、それがまたこの論争全体の基調の一つをなしてもいる。

＊8 二葉亭四迷「落葉のはきよせ 二籠め」（『明治文学全集17 二葉亭四迷 嵯峨の屋おむろ集』一九七一、筑摩書房）。

＊9 美妙斎主人（山田美妙）「国民之友三拾七号付録の挿画に就て」（『国民之友』三八号、明二二・一・一二）。

＊10 漣山人（巌谷小波）「徳富猪一郎君と美妙斎主人とソシテ省亭先生とに三言を呈す」（『日本人』二〇号、明二二・一・一八）。

＊11 井上正雄「画家諸公に望む」（『美術園』一四号、明二二・一二・二〇）。

＊12 珂北仙史（野口勝一）「裸体画美人論」（『絵画叢誌』二八および三二号、明二二・七および二二・一一）。また無署名の「裸体の美人」（『絵画叢誌』二九号、明二二・八）なる『東京新報』（一九九号）からの転載記事は、「美術」が「天真」を写したものではなく、「材料を天真に取り布置湊合して以て理想を発揮するもの」だといった珂北仙史とは異なる「美術」の定義を行ないながら、実際の「裸体」が「醜汚」だから「出浴の図」や「更衣の図」は描くべきでないと論じている点では、裸体＝裸体画の構図を容認してしまっている。

＊13 『朝野新聞』（明二二・一一・一七）。

＊14 鷗外漁史（森鷗外）「裸で行けや」（『読売新聞』明二二・一・一二）。

＊15 注9に同じ。

＊16 美妙擁護派の生臭坊主「裸胡蝶に付て美妙殿へ御注文」（『読売新聞』明二二・一・一五）、月のや三五「裸胡蝶に付て」（『読売新聞』明二二・一・一七）にも、やはりこれと類似する〝ハイパーリアリズム〟がみられる。

＊17 坪内逍遙『小説神髄』（明一八～一九、松月堂、全九分冊）。

＊18 美妙斎主人「不知庵大人の御批評を拝見して御返答までに作った懺悔文」（『女学雑誌』一三五～一三六号、明二一・一一・一〇および一七）。

＊19 丸山平次郎『ことば乃写真法』（明一八、森玉林堂）。なお速記術の問題に関しては、藤倉明『ことばの写真をとれ』（一九八二、さきたま出版会）、福岡隆『日本速記事始』（一九七八、岩波書店＝岩波新書）などを参照した。

＊20 三遊亭円朝演術、若林玵蔵筆記『怪談牡丹燈籠』（『明治文学全集10 三遊亭円朝集』一九六五、筑摩書房所収。初版は一三冊にわたる分冊で明一七、東京稗史出版社）。なおこの引用した「序詞」の部分は若林玵蔵によるもの。ちなみに美妙や速記術にみられる亀裂は、鷗外にも指摘できる。鷗外は、注14のような記事を書く一方で、たとえば「情詩ノ限界ヲ論ジテ猥褻ノ定義ニ及ブ」

(『国民之友』六二号、明二二・九)などで、美を〝現実〟と区分し、その本質を〝実在論的〟に定義しようとしている。

*21 注19の藤倉前掲書によれば、円朝と若林玵蔵による速記本第二弾『塩原多助一代記』(明一八、速記本研究会)全一八分冊は、一二万部の売れ行きを示したという。

*22 小木新造「解説(一)」(加藤周一ほか編『日本近代思想体系23 風俗・性』一九九〇、岩波書店)、成沢光「近代日本の社会秩序」(東京大学社会科学研究所編『現代日本社会第四巻 歴史的前提』一九九一、東京大学出版会)、牧原憲夫「文明開化論」(『岩波講座 日本通史第16巻 近代I』一九九四、岩波書店)など。

*23 北沢憲昭「『文明開化』のなかの裸体」(注1前掲書『人の〈かたち〉人の〈からだ〉』所収)、佐藤道信『〈日本美術〉の誕生』(一九九六、講談社)など。

*24 安丸良夫『近代天皇観の形成』(一九九二、岩波書店)。

*25 今西一『近代日本の差別と性文化』(一九九七、雄山閣)。

*26 ペルリ提督『日本遠征記(四)』(土屋喬雄ほか訳、一九五五、岩波書店=岩波文庫)。

*27 E・S・モース『日本その日その日(1)』(石川欣一訳、一九七〇、平凡社=東洋文庫)。

*28 エーメ・アンベール『新異国叢書15 アンベール幕末日本図絵(下)』(高橋邦太郎訳、一九七〇、雄松堂書店)。

*29 タウンゼント・ハリス『日本滞在記(中)』(坂田精一訳、一九五四、岩波書店=岩波文庫)。

*30 ハインリッヒ・シュリーマン『新異国叢書第II輯6 シュリーマン日本中国旅行記』(藤川徹訳、一九八二、雄松堂書店)。

*31 ハンス・ペーター・デュル『裸体とはじらいの文化史』(藤代幸一ほか訳、一九九〇、法政大学出版局)。

*32 ノルベルト・エリアス『文明化の過程(上・下)』(赤井慧爾ほか訳、一九七七~七八、法政大学出版局)。

*33 丹尾安典「〝極東ギリシア〟の裸体像」(注1前掲書『人の〈かたち〉人の〈からだ〉』所収)。

*34 エミール・ギメ『1876ボンジュールかながわ』(青木啓輔訳、一九七七、有隣堂)。

*35 横浜市役所編『横浜市史稿 風俗編』(一九三二、横浜市役所)。なお当時は外国人の居住地が限定されていたこともあり、裸体禁止令は当初、外国人の視線にさらされやすい地域に出されるが、違式詿違条例が出される明治五(一八七二)年頃から、次第に全国に広まってゆく。ただし、当初、これらの禁止令に対する一定の反発があったことが、注22小木前掲論文、注25前掲書などで指摘されている。

*36 ひろたまさき『差別の視線』(一九九八、吉川弘文館)。

＊37　注2前掲書。
＊38　ヨコタ村上孝之『性のプロトコル』（一九九七、新曜社）。
＊39　注31前掲書。
＊40　明治四（一八七一）年、東京府に出された最初の裸体禁止令は、「同府下賤民」に「裸体ニテ稼方致シ、或ハ湯屋へ出入候者モ間々有」としながらも、「右ハ一般ノ風習ニテ」と付け加えることで、稀薄ながらも〝日本人〟一般の風習として裸体好きを示しているし、もちろん裸体の禁止は「外国ニ於テハ甚タ之ヲ鄙ミ候ヨリ」という理由のもとでなされる（東京都編『東京市史稿　市街編五〇』一九六一、東京都）。また翌年の神奈川県布達もほぼ同じ文面をもつ他（注35前掲書）、違式詿違条例や、これ以後、全国に広がってゆく裸体禁止令からは、裸体は下層民に多いといった記述が消えてゆき、そのこともまた〝裸好きの日本人〟の輪郭を形作る。そして、それが、おそらく明治二〇年頃になると、裸体は「貧民窟」に限定して語られるようになる。
＊41　レフ・イリイッチ・メーチニコフ『回想の明治維新』（渡辺雅司訳、一九八七、岩波書店＝岩波文庫）。
＊42　注36前掲書。
＊43　もっとも、「民衆」の枠を固定的、超歴史的に捉えると、〝女性〟や〝ブラックカルチャー〟などを同様に捉えたときと同じく、国家やそれが要請する主体の単なるネガか、あるいは支配層や〝男性〟が主体化するのとまったく同じ過程がそれらに読み込まれてしまうといった、歴史記述におけるアイデンティティー・ポリティクスの再認といった問題が浮上してしまう危険性がある。
＊44　注12に同じ。
＊45　成田龍一「帝都東京」（注22前掲書『日本通史第16巻　近代Ⅰ』所収）。
＊46　桜田文吾「貧天地饑寒窟探検記」（『日本』明二三・八〜九、同二四・一）。
＊47　注25前掲書。
＊48　注14に同じ。
＊49　ノーマン・ブライソン「日本近代洋画と性的枠組み」（注1前掲書『人の〈かたち〉人の〈からだ〉』所収）。
＊50　「裸体画の美術たる所以を論ず」（無署名『美術園』三〜四号、明二二・三・二〇および四・五）。
＊51　注23佐藤道信前掲書。
＊52　ごく短いものながら、この他には三木竹二「精神の裸にハ困る」（『読売新聞』明二二・一・一五）がこの傾向を示している。
＊53　注17前掲書。なお亀井秀雄は、逍遙が「俗談平話」の即物的転写に向かうのでなく、個々の人や事物の「性質《もちまえ》」を「写す」こと

に向かったとして、即物的転写とは異質な逍遥のリアリズムを指摘している（『「小説」論』一九九九、岩波書店）。

＊54　アーネスト・フェノロサ「美術真説」（『近代思想体系17　美術』一九八九、岩波書店。初版は明一五、龍池会による）。

＊55　木下直之『美術という見世物』（一九九三、平凡社）。

＊56　宮下規久朗「裸体表現の変容」（『幕末・明治の画家たち』一九九二、ぺりかん社所収）。

＊57　北沢憲昭『眼の神殿』（一九八九、美術出版社）。なお若桑みどりもまた、この『花魁』が浮世絵の「カノンに亀裂を生じさせた」と論じている（『隠された視線』一九九七、岩波書店）。

＊58　木下直之『写真画論』（一九九六、岩波書店）。

＊59　いうまでもなく、ここでの「言説」とは、問題を問題として語ることを可能にするものであり、多くの場合、言語による表現とは一致しない。また超歴史的な言語体系に基づいて発話される言語とはまったく無縁である（ミシェル・フーコー『知の考古学』一九八一、河出書房新社などを参照）。

＊60　注12に同じ。

＊61　注23佐藤道信前掲書。また注23の北沢前掲論文も、この件に関してはほぼ同じ論旨になっている。

＊62　この件に関しては中山昭彦「〝文〟と〝声〟の抗争」（『メディア・表象・イデオロギー』一九九七、小沢書店所収）を参照いただきたい。

＊63　この点に関しては、金子明雄「メディアの中の死」（『季刊　文学』五巻三号）が詳しく論じている。また、この点と〝芸術〟との関係については、中山昭彦「芸術の成型」（『日本近代文学』六一集）を参照いただきたい。

付記　引用に際しては、旧字は適宜新字に改め、ルビも適宜省略した。なお裸体画論争の第二幕（明二八）、第三幕（明三四）については、別稿を用意したいと思う。

病《やま》う身体

――「血」と「精神」をめぐる比喩

内藤　千珠子

身体が病むということ、それはかつて、「血」と「精神」という言葉とともにあった。病を語る言葉の磁場にあっては、見えざる「精神」が境界において可視化され、そしてそこには、「血」が流れている。

明治三〇（一八九七）年四月一日に公布された「伝染病予防法」には、「此ノ法律ニ於テ伝染病ト称スルハ虎列剌《コレラ》、赤痢、腸窒扶私《チフス》、疱瘡、発疹窒扶私、猩紅熱、実布垤利亜《ジフテリア》（格魯布《クルップ》ヲ含ム）及『ペスト』ヲ謂フ」（第一条）とあり、つまりこのときはっきりと、法的言語の上で「伝染病」という語に意味内容が与えられたということになるのだが、そうした言葉の連なりの基層には、日清戦争前後、すなわち明治二〇年代後半の、病《やま》う身体を語る言葉の編成過程があるだろう。

日清戦争前後に書かれ、印刷され、読まれた文字空間にあっては、コレラ病の流行、香港におけるペスト流行と北里柴三郎によるペスト菌の発見という現実の事件をめぐる語り、そして周縁化された何ものかを差異化して表象する欲望と病の比喩の癒着といった事態とが複綜化しつつ、病をめぐって言葉が連鎖し、境界線が幾重にも引かれようとしている。

本稿においては、明治三〇年代の病をめぐる言葉の布置に連なる、日清戦争前後の文字空間に焦点を絞り、病をめぐるテクストの上に立ち現われた「血」や「精神」をめぐる表象[*1]を通して、比喩としての病が意味を生み、あるいは意味を得る瞬間を読み解くことを企図している。病を孕みもった身体の「血」が語られる地点において、比喩としての病は、複数的に機能しはじめる。「血」という言葉に内包されるのは、病んだ身体という意味の体系のみにはとどまらず、「血」を語る言葉の連なりの上では、さまざまな差異化の対象が、「精神」を欠如させたものとして、無媒介的に結合するだろう。

逆説的なことに、そうした結合は、描き出された境界線とともにある。病が言語化されるとき、あらゆる位相において、隔てを生みだす境界線が欲望され、その境界線は、言葉を分断し、文字として可視化させる。こちら側から分節化された言葉は、ゆるやかに親和してゆくが、あちら側にあるはずの、病という現象を身体に招き寄せる「病毒」「バチルス」が、いかなる境界をも容易にすりぬけ、境界線を溶融させてしまうので、実際のところ、言葉の連なりの上にあるのは、実体として想定可能な境界線ではなく、境界が引かれようとする瞬間なのであり、病をめぐる語りに関しては、境界とは、水の上に描かれた波紋と同様、現出するとともにはかなく消えゆく何ものかでしかあるまい。隔てを生むべくして境界は繰り返し描かれようとするのだが、それは何かが描かれた力の痕跡としてのみそこにあり、そこでは切断と結節とが時を同じくして読み手の目に映じている。

目に見えるものとして鮮やかに描き出される境界、切ることと結ぶこととが相反せず起こりうるその場にあって、病《やま》うことは、意味になる。言葉の連なりが空間的に展開される磁場に吸引されたものに、異次元の視点や事後的な安定はいっさい許されていない。ゆえに、ここに生じた意味の力は、今この現在において文字を追う読み手のすべてを、呪縛している。

1 「血」の語り

病が語られる場においては、「血」という言葉によって、位相の異なるテクストが交錯しつつ、病の意味を構成している。[*2] 親の身体から子の身体へと連続的に「遺伝」する「血」、身体を循環する「血」、「血の道」を病む「女」の「血」、「人種」を流れる「血」、「バチルス」の侵入を許してしまった伝染病患者の「血」、治療のための「血清」の注入によって変容する「血」――「血」という言葉が携える記憶は、有機的に連結しているというよりはむしろ、特化されたある部分が厚みをもって連なり、不安定に重なって文字空間をめぐりわたっているというべきであろう。病《やま》うことが比喩として機能することによって、語られた複数の対象は想像の上で連鎖し、次の瞬間にはすでにわかちがたいほどに結びあった関係性を帯びている。すなわち、病という現象が病うこととして見出され、記述され読まれる過程において、病を名指す言語群は運動性を獲得し、その運動が行為遂行的に病の意味を生成してゆくのである。[*3]

日清戦争が開戦した明治二七（一八九四）年、北里柴三郎が香港においてペスト菌を血液中に発見し、[*4] その報告書がほぼ新聞全紙に掲載された際に、彼の推進した血清療法の語られる場において、「血」をめぐる語りは重層化していった。ペスト菌の発見――それは、身体の内部を流れる「血」に侵入してきた「バチルス」を発見して外在化させたのだ、とひとまずは意味づけることができる。

日本帰国後の北里は熱狂的な歓迎を受け、その論文・演説・談話の多くが新聞各紙に引用、掲載された。北里が衛生行政の担い手である内務省と密接にかかわるだけではなく、細菌学をその研究対象とし、伝染病研究を統括する伝染病研究所の所長をつとめていたこと、血清療法を他の伝染病にも応用しようとしたことを考慮するならば、彼が伝染病を細菌による病として同一の意味のもとに把握していたのは明らかであり、彼の名においてさまざまな伝染病がひとつに統合されたということができるだろう。[*5] ゆえに、それらすべてを喚起する固有名としての「北里博士」が

「黒死病《こくしびやう》」「ペスト」という言葉を発するとき、他の各種伝染病の存在が同時に想起されてしまうのである。

香港における北里のペスト菌に関する実験・研究は、血液に重点を置いたものであったという。*6 北里が内務大臣に提出した「黒死病」の「研究報告書」の全文は新聞各紙に掲載されているが、研究方法は「『ペスト』患者の一屍体の解剖や、「諸臓器及患者の指頭より得たる血液を以て血清培養を試み置」いたものの検視などである。この際に重視されるのが、患者の身体を流れる「血液」であり、彼は「血」のなかに「菌」を発見しようとしている（『東京朝日新聞』明二七・八・一ほか）。「『ペスト』患者の一屍体」の解剖という医学的手続きは身体を切り刻み、それゆえ、境界が意識され、身体は可視化される。「血」という文字が語られゆき、文字空間のなかには、幾重にも錯綜した対立や、対立を仮構する境界が、現われては、消える。「ペスト」の侵入、「血」の抽出、「バチルス」の発見、外在化――こうして、病んだ身体の「血」は目に見えるものとなる。

さらに北里のテクストは、「支那人」という言葉を病んだ身体の上に重ねようとする。「香港に於ける『ペスト』患者は多くは支那人なり（若干他国人を除きて）」、「『ペスト』の流行最も猖獗を極」めた一区は「支那人のみ之に住し」ており、「実に汚穢不潔を極めて到底普通人間の棲息すべき所」ではなく、「『ペスト』の巣窟」というほかない（『東京朝日新聞』明二七・八・三ほか）。こうしたテクストの上では、実験に使用された現実の「血」と表象上の支那人の「血」という、位相を異にする「血」が、文字において連結されている。病んだ「身体」、「身体」を流れる「血」、「支那人」の「血」。文字としての「血」は、語られる過程において、記号としての機能を媒介とし、記号の位相から分離して実体化してしまうのだ。

北里が『香港チヤイナ、メール』にドイツ語で発表した報告書の翻訳記事（『日本』明二七・七・二八ほか）には、研究が「黒死病患者の血液を以て」行なわれ、それを注入されて死亡した小動物について「無数のバチルスを其血液中に発見した」ことを挙げ、「清国人の家々に於ける塵埃中に死せる鼠の血液」のなかには「皆なバチルス」があり、「香港地方の黒死病は多くは支那人に起りたる」のだと記される。「血」を介して、「鼠（小動物）」「支那人（清国人）」「バチルス」の隣接性が想像され、「血」が「支那人種」という「人種」全体を流れるものとして前景化していることに着意するならば、「人種」としての「支那人（清国人）」の「血」が容易に病源の侵入を許す性質をもつといった幻想がここに生じていると指摘されよう。「血」は、表象作用を通して「支那人」の罹病を説明し、そのとき、「人種」の「身体」を語るための言葉の論理が生成されているのである。言葉の連なりが論理を得てしまった以上、幻想はもはや、たんなる幻想を超えてゆく。

　こうした言葉の連なりは、血液の変質への恐怖をかきたて、「血」という文字を介して、想像された身体が言葉の上に立ち現われる。伝染病に関しては、外部を仮構し、排除するという操作によって、想像された「日本人」なるものの身体にいかに境界を画定しようとしても、二元論的認識構造は保持できず、誰もが感染の可能性をもつという事実によって、理想化され、夢想された身体の境界線は、たえず揺らぎつづけるほかはない。医学的言語はこの境界画定の不可能性を非可視化しようとする装置として機能していたのであり、言葉の上に、衛生と病に関する強迫観念《オブセッション》は再生産されつづけた。つまり、医学的知において、あらゆる身体の罹病の可能性や恐怖を回避するために、伝染病と「支那人」との隣接性が生成され、伝染病は「人種」を語る磁場へと転化されたのである。伝染病に対する恐怖と、敵国人である「支那人」を語り意味づけたいという位相を異にする二つの心性が、言語化の過程において連結し、結果、それが言葉の論理として作動しはじめたのだといいかえてもよい。現実の血液を扱う科学的実験を語る場において、表象の次元で「支那人」の「血」のなかには病が潜む、または、その「血」は容易に侵入を許すという象徴的幻想が産出され、続いて表象されない層で、あちら側にあるはずのものが境界を侵犯するという可能性、すなわち病が持ち込まれ血が汚されることに対して、解消しようのない恐怖と不安がかきたてられてゆくのだ、ととりあえずは整理することができる。

　こうしたなか、メディアの言語においては、「北里博士」の名のもとで、「支那人種」はあからさまに「不潔」や「黴菌」と結びつけられて語られている。

支那人種の特色一

北里博士に聞く、支那人種は、世界に比類なき不潔人種也。其の香港に於て黒死病を誘引するもの、職として之に由る。(中略)故に香港政庁は、一切支那人種の家屋を焼き払ひ、其の病源を退治する筈なりと。(中略)

支那人種の特色二

北里博士に聞く、支那人種は、陽光を忌む人種なり。暗蔭より暗蔭へと、恒に頭面を向け行くなり。而して黒死病の要素たる、黴菌は、暗陰《ママ》に生長して、陽光に死す。而して彼陽光を愛せずして、暗蔭を愛す。是れ支那人種が、黒死病の餌食となる所以なりと。

彼の支那人種が、陽光を忌んで、暗蔭を愛するもの、独り物質的のみにあらざる也。否《い》な精神的に於て、最も然《しか》る也。(下略)(『国民新聞』明二七・八・一二)

「不潔」という言葉は、あたかも「人種」的「特色」であるかのように「支那人種」を修飾している。媒介された「血」は、「人種」と個々の「ペスト患者」の身体とを同じ位相に並置し、そして「ペスト患者」の身体そのものが「支那人種」へと置き換えられ、「ペスト」は「人種」の「特色」や性質それ自体を示すものとして「支那人種」という文字に附着するだろう。このとき、「支那人種」はその「不潔」さゆえに「黒死病」を「誘引」してしまい、また逆に「黴菌」によって「餌食」に選定されるという、物語にも似た言葉の論理が成立してしまうだけでなく、「支那人種」という文字は、「ペスト」という言葉に連なることによって、病んだ身体性を附与されているのである。そしてさらに、「黒死病」や「暗蔭」と結びつけられるのが「物質的」な身体から「人種」の「精神」にまで及んでいることに留意するなら、「精神」の問題化とはすなわち、「支那人」が身体を病から守りえず、それを引致する「精神」

図１　香港の黒死病（ともに『日本』明27.8.5より）

をもつものとして認識されていることを意味し、ここに、予め防御することの可能なものとして病が言葉の上に組織されようとする出来事性の生起する瞬間をみることができる。

医学者をその発信源とする、病に関する言葉の論理は、複綜化しつつ、結局のところ人種論へと帰着する。香港の仮病院《かりびょういん》の様子を示したイラストには「図中の患者は皆な支那人なり」という但し書きが附され（『日本』明二七・八・五、図１参照）、シンガポールで流行したコレラの「患者は重《おも》に支那人」で、「支那人の特性として該病患者となり入院し或は埋葬さるゝを嫌悪し種々の手段を廻《めぐら》し患者及び死者を隠蔽致候為め益々蔓延の度を強め」ていると報じられる（『萬朝報』明二八・八・一四）。そして「元来同病（註・黒死病）は支那人特発と云ふべき有様にて他邦人の感染したるものは甚だ稀有なる」（『東京日日新聞』明二九・四・五）という記事や、「我国」の黒死病の「起源」は横浜に入港した「支那人」であり、「かの支那人の如きは能く皹《(あかぎれ)》、皹裂《(くんれつ)》等の微細なる創面より病毒を吸収して発病するといふ」（『日本』明二九・四・五）といった記載が示すように、あたかも病源が「支那人」を選別して感染していくかのような幻想は、言葉の論理をなぞりつつ、文字空間をめぐりゆく。

こうした枠組みにおいて、「彼等」「支那人」の「不潔」の対極に衛生的な「日本人」なるものを想定しようとする二極構造が醸成されてゆく。「日本人は潔僻の人種にして、支那人は寧ろ不潔好きの人種、之を我邦に同化せしめんと欲せば、先づ道路を清潔にし、次き（ママ）に家屋を清潔にし、次ぎに飲食を清潔にして、而る後自然に人心の清潔法を施こすべきなり」（『日本』明二八・六・五）といった言葉の連なりは、「清潔」によって「人種」を差異化し、意味づけようとしている。

「北里博士の黒死病演説」（『日本』明二七・八・一二）によれば、「ペストの黴菌は腺中に発育早きも血液中に於て其発育最も鈍きものなれば血液中に其の黴菌を発見するときは既に其病毒の体内に充満するの兆証」であり、伝染病による身体の境界侵犯は血液の変質によって完了するということになる。ゆえに、北里が「総ての伝染病に向て応用」しようとする「免疫血精（ママ）療法」（「北里博士の虎列剌談」『日本』明二八・六・二九）は、一方においては、純粋性において象徴的に想定される「日本人」の「血」が本来もつはずの清潔さを取り戻し、それを保持しようとする試みにほかなるまい。しかしながら、北里の説明によれば、この新療法は「動物の血液より血清と称する澄明液を析出して之を患者に注射して全治の効を奏せしむる」ものであって、「患者の体内」には「黴菌学的生産物」が注入されることになる（『読売新聞』明二八・二・五）。すなわち、「患者の体」の境界線は異質な液体によって侵犯されるのである。コレラ患者の「吐瀉」すなわち嘔吐と下痢という行為に象徴されるように、病人の「身体」に孕まれた「バチルス」は、「水」という液体として、あるいは「空気」という目には見えないかたちで、病人の身体内外の境界を溶解させ、溶融した境界から洩れ出して拡散し、あらゆる身体を襲う。[*7] しかしこのとき、内や外といったものはもはや無効化されている。それは仮構されたものにすぎないということがあらわになる。病も「バチルス」も、内と外を隔てる境界などは描かないのだ。

「免疫血清療法」が身体を流れる「血」のなかに「バチルス」をいったん受け入れた上で到来する「バチルス」の侵入を防ごうとするものである以上、身体の境界は、その「血」ゆえに、融解せざるをえない。境界が画定された瞬間に境界侵犯の可能性が生じるというより、描き出されるとともにそれは崩れ去っている。境界と呼ぶしかないそれは、言葉の描いた力の痕なのだ。描かれた境界を構成する無数の点は、線条とみえたそのとき、さらさらとその線からこぼれゆくだろう。

2　「精神」が描くもの

日清戦争を報じるメディアにおいては、医者、とりわけ「軍医」の身体が、軍人の身体と重ねられ、称揚されている。戦地での病に関する情報は、「忠勇なる軍医諸君」は「正に毒病と奮戦しつゝあるなり」(『国民新聞』明二八・五・七)、「敵人を倒すの一事は軍人個々自ら之を能《よ》くすべし、病軍に捷《か》つの一事に至りては必らずや軍医の力を待たざるを得ず」(『萬朝報』明二八・四・一〇)と報じられているのであるが、こうした言語構造において、戦地にある「軍医」あるいは医師には、傷つき、病んだ身体に健康を回帰させる能力のみならず、言葉の上で隣接関係にある「軍人」同様、自己の身体を自律させうる資質が要請されている。

ところで、北里とともに香港で黒死病の研究に従事した医学博士の青山胤通や石神亨は、自らペストに感染してしまい、その病状が「軍人戦に死す是れ尋常の事、今や青山氏等身を天涯万死の中に投じて学術の為めに一身を賭する」(『日本』明二七・七・三)などという言葉とともに各紙に連日報道されている。こうした記事は、もちろん名誉ある医学者の勇気を賞賛する意図をその表層にもっているわけであるが、病毒に感染してしまった青山・石神らの過失は、医師の身体が近接する危険や危機を際だたせ、そうした危険のただなかでペスト菌を発見するという功績をものにした「北里博士」の「身体」、そして「精神」を理想化せずにはおかないだろう。「学術」に至近する「北里博士」の「精神」は、病の「身体」への侵入を許していないのであるから。
とはいえ、「北里博士」の文字は、負の歴史的記憶をも招き寄せる。

疫病神の上陸許す可らず

北里博士は今度香港にて黒死病の病原を発見して近々帰朝するよし右発見に付ては彼の地滞在中忌《いや》な病人に接したるは無論、その血液を見たり膿汁を分析したり、病毒を嘗《な》めこそしなかろふが煮て見たり焼て見たり顕微鏡に照らして見たり培養液に育てゝ見たり朝から晩までいじくり廻《ま》はしたからには北里の身体《しんたい》の穢《けが》れたことは何とも蚊とも名状す可らず一口に云へば同人は黒死病の親類同様恰《あたか》も一身同体の姿と為《(な)》り北里即ち黒死病にして俗に申す疫病《やくびやう》の神とは此男のことなる可し昨年府下芝区の有志先生達は北里博士が肺病の黴菌をいじくるゆゑに区内にはこんな穢れた人は置かれぬとて大運動を催ほしたることあり（下略）（「漫言」『時事新報』明二七・六・二三）

福沢諭吉の手によるこの「漫言」は、一年前の明治二六年に芝区で展開された伝染病研究所に対する反対運動を批判する内容となっているが、伝染病研究所の反対論者をあからさまに揶揄するその戦略があらわにするのは、医師を代表する「北里」の「身体」が、究極的には理想化しえないという、文字空間における論理の危機である。「病人に接するだけではなく、「血液」「膿汁」「病毒」を「嘗め」こそしないが「いじくり廻」す、「穢れた」「北里の身体」は、「忌《いや》な病人」に接触しているがゆえに「穢れ」るに至り、結果、「区内」から排除すべき対象、すなわち「穢れた人」と同定される。「北里の身体」は「黒死病」と「一身同体」なのであって、医師の「身体」は「穢れた人」へと接続されるのだ。

しかしながら、他方で、医師一般から差異化されるとともにそれを代表してもいる「北里博士」の「精神」、「学識」を備えた「精神」ならば、病を防ぎうるという枠組みが構成されている。すなわち、「北里の身体」は、「精神」

によって描かれ、「血」によって「黒死病」そのものとなり、「穢れた」「身体」は、「病毒」と接し合う。その意味で、「北里の身体」とは、目に見えないものを言葉の上に描き出す契機そのものにほかならない。

この「学識」によって保証された「北里博士」の強靭な「精神」とは、国境を移動する文字でもあった。明治二五年に発足した伝染病研究所は、福沢諭吉の尽力により芝公園内に設立されたのであるが、敷地の狭さゆえに病室を設置することができず、そのため、芝区愛宕町の内務省用地を、研究所附属病室の建設用地として借用する計画がたてられ、明治二六年三月に、内務省・東京府より了解を得て、国庫補助金がおりることも確定した。[*8] しかしながら、芝区民の間にはそれに対する激烈な反対運動が生起し、『時事新報』を中心として、賛同者・反対者双方の議論が闘わされることとなる。この対立において、その理論的中核を担ったのが、おそらくは末松謙澄と長谷川泰の発言である。『東京日日新聞』に三日間にわたって掲載された末松による伝染病研究所設立反対の演説記事（明二六・五・二〜四）に反論した、長谷川泰の大日本私立衛生会臨時常会での演説は、『時事新報』附録として同年六月四日、六日に掲載されている。

この論争が「学識」において闘われていることと、「海外文明国」あるいは「欧米諸国」のありようが繰り返し理論的根拠として参照されているという二点に留意しておきたい。長谷川は「衆議院議員、従四位勲五等文学博士末松謙澄君」が、「芝区の迷論」を「学識」において語ることで、権威化していることを批判する。末松が「欧州」に関する事例を「御承知がない」がゆえに、あるいは「衛生上の精神に暗」く、「医事に就ては学問はない」ゆえに、伝染病研究所に反対しているのだという長谷川は、「倫敦《ロンドン》」「伯林《ベルリン》」の病院の位置を示した地図を呈示しつつ、事細かに「海外文明国欧米諸国に於ける病院建設の始末」を紹介するが、それに対する末松の再反論もまた、「欧羅巴《ヨーロッパ》」を参照した議論となっている。

こうした対立を報じるメディアにおいては、「日本医学」と「北里博士」という固有名を連結させる力が作用している。たとえば、「福沢先生」を介して「北里博士」という固有名と最も親しげな共軛関係を取り結んでいたであろう『時事新報』は、「日本医学の栄誉」（明二六・六・一三）と題して、「黴菌学の研究」は「独逸のコツホ病院と日本の北里研究所」の二ヶ所のみが患者への治療を「実地に施す」機関であり、そのためある米国人が「ドクトル北里」の治療を受けるため日本に渡航することになったという報道において、その状況を、「文明を西洋諸国に倣」ってきた「日本国」が、「師」に対して「恩」を「報ゆる」ことであり、「日本医術の進歩発達の事実を世界中に発揚するの好機会」が到来したと意味づけている。また、『読売新聞』は、北里が芝区民の反対運動に直面して、研究所設立のための国庫補助金を辞退した際、「内外に名誉を輝かしたる北里博士の大事業を芝区民の之れに反対して妨害するこそ悲しけれ」と報じ、さらには、コッホに師事したのち「遂に世界大の名誉を齎《もたら》して帰朝した」北里の研究を妨げることは「海外」の「軽侮」を招くのではあるまいかとの危惧を表明する（明二六・七・一八）。数日後、同紙は、北里が反対運動のために「其の素志《そし》を達」することができないとして「外国に赴」く意志を洩らしたとする記事のなかで、「我国《わがくに》の名誉」、「世界」を前にした「国民」の「面目」について言及している（同、明二六・七・二二）。

すなわち、ここにおいて「北里博士」という固有名は、医学「博士」を象徴する記号として「博士」一般を代表する言葉となり、その上で、病から「我国」の「国民」を保護する、「欧米」なみの技術を具現する記号として現象せられているといえるだろう。「北里博士」という固有名を介して、「日本」「医学」「世界」という文字は、吸着し合っているのだ。

しかしながら、同時に、「北里博士」は、病のおぞましさを語る言葉の発信者でもある。伝染病研究所設立反対を唱える末松謙澄は、北里が『大日本私立衛生会雑誌』第一八号（明二六・三）に書きつけた言葉を、自らの論の補強のために引用する。

> 空気から伝染するものを防ぐは六ヶしい、なぜかなれば空気を消毒することは到底出来得べからざることです空気と云ふものは部屋の或る片一方の隅を開けてごらんなさい一秒時間の内に今迄のものは退て仕舞て新らしい空気が

這入て来る（『時事新報』明二六・六・一一）

「伝染するものを防ぐは六ヶしい」ことを誰よりよく知るもの、それこそが「北里博士」にほかならない。研究を担う、「北里博士」の名をもつ「身体」の記述は、「我国」の「国民」個々の身体がたえず「バチルス」にさらされていることをあらわにしている。「北里博士」は、病に侵された土地である香港と日本国とを往来し、病毒を運び込む危機の可能性によって文字空間に引かれた日本なる国土や日本なる身体の境界を侵犯しているのだろうか。あるいはむしろ、そうした行為の記述は、文字空間に生じた運動性それ自体の表象だというべきなのだろうか。いずれにしても、「北里博士」は、境界を画定するようにみえて、同時に、描き出され、想像された言葉の軌跡を溶融させるのである。言葉の連鎖も、意味も、生成するとともに解けてゆく。

3 「滅亡」に至らしめる病

明治二〇年代後半、「アイヌ」という言葉は、いかなる言語領域においても一様に、「滅亡」という言葉とそれが促す物語に吸引されるように語られていたのであったが、「伝染病」は「人種滅亡」の第一原因として、さまざまな知の領域で、つねに言及されていた。

明治二九年に国内で回帰熱が流行した際、『萬朝報』（明二九・六・六）にはドイツ留学の経験のある明治病院長・鳥居春洋の「回帰熱に就て」の談話が掲載されている。記事においては、「病毒」と「衛生」との関わりを説明するために、突如「アイヌ」に言及がなされ、「開明人」と「野蛮人」が比較されている。

開明人移住して野蛮人跡を滅し北海道開《ひら》けてアイヌ亡《ほろ》ぶるは人類学上生存競争優勝劣敗は去ることながら今百坪の

蛮地に百分の病毒存すと仮定して其《その》五十坪に開明人の移住する時他の五十坪に蛮夷の退《しりぞ》き避くると共に彼の蛮夷の病毒は開明の衛生周到なるに逢ふて悉く去て五十坪の蛮地にのみ屯在せん看よ百坪に百分平均の病毒は今や五十坪に同じく百分の割合に変じて蛮俗も増量の病毒に打たれて斃る丶開明の前に野蛮の斃《たふ》る丶此消息に依ると思ふなり

「欧米の文明国」と「日本」の比較の規準は国家における文明の強度、あるいは法制度に関わる衛生政策であったのに対し、「開明人」と「野蛮人」の比較では、さらに「生存競争優勝劣敗」の法則が導入され、人種としての人類学上の特質が規準の一つとして附加されている。

ほぼ同じ時期に、村尾元長は『あいぬ風俗略志』（明二五）のなかで、「『アイヌ』人口減少の事実」の原因として、「争乱」と「疫疾」の「流行」とを具体的かつ詳細に挙げているのだが、[*9]「アイヌ」と「疱瘡流行」は、転倒し、倒錯した因果関係によって結合されている。「アイヌ衰亡の原因の一は慥《たし》かに衛生問題なるは毫も疑ふべき」ことではなく、「彼等」は「一般伝染病に侵され易」いと語られてもいるように（『国民新聞』明二九・二・九）、当時のメディアにあっては、衛生概念の有無、「文明」という指標によって、「アイヌ」と「疫病」の隣接性に、必然性が添加され、「疫病」が「アイヌ」の「身体」を描出する。

また、明治二九年に北海道在住の医学士、関場不二彦によって発刊された『あいぬ医事談』は、「アイヌ」「『アイヌ』種族」の病に関する記述を通して、さまざまな病を「種族」の特質と結びつけるように語り、病と病に罹りやすい性質とを「種族」の「滅亡」の最大要因として指摘している。このテクストにおいては、「『アイヌ』種族」の「身体」に現われ出た病を具体的に記述することによって、「アイヌ」と病との記号的親和性が想像され、創造されている。

テクスト冒頭近くには、「元来『アイヌ』種族に術芸を専攻せし者を求むべきに非ず況んや医術をや彼は草根木皮の性情を論じ主治を研究するの才能知力ある種族にあらず啻《ただ》に祖先の口碑を守り旧来の習慣を相襲《つ》ぎ」[*10]とあり、「『アイヌ』種族」の祈禱による療法や、「流疫を以て全く一の鬼祟」と見做したり、病や難産と自らの罪業との因果関係を想定する知の在り方が提示されている。[*11] 関場が医学的言語においてつくりだしているのは、「『アイヌ』種族」が近代知と共存しえないという認識であって、すなわち、このテクストは、『アイヌ』種族」が、古代から脱することも歴史をもつこともできないという当時の知の構造[*12]を前提とし、その上で、それを自明視する点において、言葉の論理を上書きして再強化しているといってよい。テクスト上には、「アイヌ」は「身体の組織一般に抵抗力を喪失し、以て亡滅せんとする如き種族」なので、梅毒が蔓延し、また肺結核の死亡者も多く「人種滅亡上頗る憂ふべき」「憐むべき事態が起きているという記述がある。[*13]「アイヌ」の「身体」を扱う医学的叙述は、「アイヌ」を病んだ「人種」として描き出し、それを「人種」の性質へと帰し、「人種滅亡」の原因と意味づけ、因果関係をつくりなしているのである。

『あいぬ医事談』末尾の「私考」には、「『アイヌ』種族の減少と之が保護の道」[*14]として、「優勝劣敗」、すなわち「文明」が「人体」に動作する「影響」についての記載に引きつづいて「衛生上の欠点」が挙げられている。

> 二に曰く衛生上の欠点
>
> 斯の野蛮なる種族に於て素より衛生の如何を望むべからずと雖ども此関係に於ける欠点は其人種の減少に莫大の影響を有するは論を俟たす《ママ》殊に伝染病の如きは此種族を直接に滅亡せり、蓋し野蛮人種は伝染病に対し甚だ感染し易きの性を有せり、故に之を旧記に徴するに此種族は文禄元年以降数十回疫病、痘瘡、麻疹等の流行を受け毎回必す《ママ》多数の死亡を致せしなり、人はいふ優勝劣敗は滅亡の最大原因なりと余は方《ま》さに伝染病の流行と衛生上の欠点を以て之が最大原因なりと道《い》はんとす（略）
>
> 衣服と肌膚毛髪の不潔なる、食物の粗野にして調理を欠き、其品質の択はざる且つ又飲食の不規則なる、住居の卑湿沮洳にして内は榾柮薫染換気の宜しからざる、皆な一時刻一刹那も人生欠くべからざるの衛生を誤れり、一たひ《ママ》之

を思ふて誰れか寒心せざる者なからん、（下略）*15

「野蛮人種は伝染病に対し甚だ感染し易きの性を有せり」、ここで、「伝染病に」「感染し易き」という「野蛮人種」の「性」質が、「欠点」と意味づけられていることに着意したい。この「性」は、具体的には「衣服と肌膚毛髪の不潔」「食物の粗野」「飲食の不規則」「住居の卑湿沮洳」などと記されてゆくのであるが、記述の過程において、テクスト上に繰り返し現出せられた「野蛮なる人種」と病との隣接した関係には医学的根拠が附与され、「衛生」上の「誤」り、すなわち「アイヌ」の「欠点」を、「『アイヌ』人種」の「人体」において問題化することによって、「滅亡」の原因を「『アイヌ』人種」の「体」に帰着させることが可能となる。実際、先の引用の直前部分では、「体」に宿る「精神」について、こう語られている。

夫れ人種にして自ら独立するの精神なく自ら其固有の文化を形成して之を発揚するの気力なくんば唯々亡ぶるあるのみ而して今此の亡《（ママ）》ひなんとするの種族に向ひ之が保庇を今日に企図せざるべからす《（ママ）》若し漸滅して尽きんか、是れ国を治むる者の過ちなり*16

「『アイヌ』種族」を語るテクストにおいて、その「種族」の「保庇」を要請される「国」に棲まう「我邦人」の「種族」としての性質は問われることなく、それゆえに、その身体は病うことから脱却した境位を獲得する。というのも、少なくとも「保庇」するという行為を遂行しうる位相にあるならば、「我邦人」は「衛生」を手にしているという点において、病からその身体を自己防衛することができるということになるのであるから。そしてそれを可能にするものとは、「精神」と「気力」にほかならないということが、ここには呈示されている。「精神」と「気力」とを欠いた「『アイヌ』種族」の「人体」を描くこと。「滅亡」の語りのなかで、「アイヌ」は「伝染病」に「感染し易き」という性質を附与されるが、そうした言葉の生成過程において、「アイヌ」という文字は身体性を帯び、「支那人」という文字へと結ばれてゆく。

4　ありえざる境界

膨張したり縮小したりする国境が境界線として意識されるとき、国境の揺れは、境界を描くというよりはむしろ、境界の不安定性そのものを現象させる。日清戦争の結果獲得された「新領地」、すなわち「台湾・澎湖島」を報じる情報記事には、まさしくそうした不安定性があらわにされているということになるだろう。「新領地」をめぐるテクストの中心には、発見された「不潔」がある。「家畜は敢て家人《かじん》と異ならずして日常台所等を徘徊して」いるため、家屋は「不潔汚穢一種不可思議の悪臭を放」(「台湾の風俗一班」『萬朝報』明二八・六・二三)ち、「飲用水」は「汚濁」し「流行病を醸成」(『萬朝報』明二八・八・一一)しており、黴毒が流行して「土着の淫売婦等より内地人に伝染するもの漸次に多き有様」であり「一般の衛生を害する」(『萬朝報』明二九・一・一一)、といった具合に、「不潔」とその結果招来された「流行病」の蔓延という事態が、連日のように報道されてゆく。しかしながら、「台湾・澎湖島」が「新領地」である以上、「不潔」は、紛うことなく「王土」において発見されているのである。

台湾は夷蛮《いばん》の巣窟なりと雖も今や王土《わうど》王臣《わうしん》たり局に当る者速かに其《その》(註・台湾に発生した黒死病の)撲滅策を講じ彼をして均しく王化に霑《うるほ》はしむべきなり(『萬朝報』明二九・五・一〇)

「台湾」の病を描く言葉の連なりの上には、境界を描くことによる切断は一瞬たりとも生じえず、このテクストにおいては、「王化」による意味の変容が要請されている。国境の揺れは、境界が未来永劫不動のものではないこと、その画定操作の不安定性を証だてる。境界のもつ不安定性は、画定の不可能性へと重なりゆくだろう。

メディアにおいては、国家としての「朝鮮」を表象する際、「文弱の病」「貧弱の病原」といった言葉が使用され、その病を「救済」するという論理において植民地主義的な欲望が語られていたのであるが、そうしたテクストにおいては、「我国」の「国民の全精神」が問題化されるとともに、病をめぐる言葉が連鎖している。

朝鮮の病気は、軽快なりといふ可らざるも、未だ以て匙を投ぐ可きにあらざる也。国民の全精神、全勢力を以て、之を保護せば、快癒の望なきにあらざる也。（下略）（『国民新聞』明二七・五・二九）

病を語る場にあって、「精神」とはすなわち、衛生政策を実行しうる「精神」、病の予防を遂行できる「精神」にほかならず、それは「北里博士」の「精神」に代表され、表象されている。そうした「精神」をもちうるか否かということは、「文明」と「未開」とを分け隔てる指標なのであるが、「文明」の側に想定される身体の境界線は、言葉の上に線描されるのではないということに着意したい。

未開国民の情として家族を避病院に送られ或は衣食什具に消毒法を施さるゝを忌むより従つて患者を隠蔽するの弊あるが故に患者統計に於ては未だ充分確真を保すべからず（下略）（「朝鮮のコレラ」『萬朝報』明二八・八・一五）

この「未開国民の情」は、「韓人は伝染病の恐るべきを解せざれば其流行とか伝播とか予防とか全く解せざるの蕃族」（『日本』明二八・七・二〇）と語る記事と同様、衛生学的知識の欠如が伝染病の罹病を招くという論理の上にあり、衛生政策を実践し、病から身体を予防しうる「精神」の欠如は、「統計」上の数字をさえ曖昧にする。記述されるのは、「精神」の内実ではなく、その不在の方なのだ。こうしたテクストの上には、ありえざるものの姿が逆説的に想起され、境界は、思い描かれる。

「隔離」という言葉が強制力を帯びたものとして機能するときにも、同じように、境界は夢想されるだろう。明治二九年に日本国内に流行した再帰熱（回帰熱）の取り調べの結果には、以下のような記述がみられる。

　新平民と再帰熱　爰に注目すべき一事は以上諸村（註・香川県の村々）と雖も何《いづ》れの士民をも侵すに非ずして殆んど全く新平民の部落に限られたる事なり、抑《そもそ》も該県下は最も新平民に富める地にして善く各部に卜居せり、而して此一族は今も尚一部落を作りて通常士民に蔑視され殆ど其交通を絶れ居れば其一族間の交通は自ら親密にして婚嫁皆同族内にあげられ悉く是れ親族の関係あるなり、故に病毒の一度此内に侵入するや忽ち其一族に蔓延するも自然隔離せる通常士民には伝播すること少なし、是れ上述の奇観を呈する所以なり、如斯《このごとく》本県下の再帰熱は最初此新平民間に其力を逞うしたりと雖も其後本年三四月頃よりは諸所の貧民及漁家を犯し来り終に琴平、多度津等にては尚中等以上の人民をも襲ふに至れり（「再帰熱取調の結果」『日本』明二九・六・九）

「士民」は「病毒」に「侵」されず、再帰熱の流行は「新平民の部落に限られ」るというだけではなく、この記事は「病毒」が「新平民」から「貧民」、そして「中等以上の人民」という経緯をたどって「伝播」するということを告げている。その経緯は「結果」として語られることで論理的必然性を纏うこととなり、また、「士族」が「自然」に「隔離」された状況は、衛生政策が完遂され、境界が画定されるという、実際上はありえない理想形態を想像させる。そして、ここにおいて「新平民の部落」の「婚家皆同族内」という「親密」な「親族の関係」、「交通」の在り方は、「新平民」の血が「自然隔離」されているという幻想を誘引している。だからこそ、「侵入」した「病毒」は「一族に蔓延」するばかりで、「通常士民には伝播すること」が「少な」いのである。

　しかしその血は、流れゆく液状である。「隔離」されているはずの「此内」から洩れ出た「病毒」は、すでに「人民をも襲ふに至」っている。流動するもののイメージは、仮構された言葉の境界を、溶かしてしまう。「精神」なきところに境界は描かれない。「女」の身体を病んだものとして語るのは、身体のなかに侵入しようとする外敵としての「病毒」や「バチルス」ではなく、身体に内在する「血」である。「血の道」「子宮病」の治療薬の大量の広告記事において、「血の道」は「婦人の病」と名づけられ、すべての女がその身体に病を孕みもっているといった認識が導かれることとなる。*17

凡そ御婦人方に子宮病なき人は稀《ま》れなり然れ共《ども》大抵は之れを押隠し終には難治の重症となるものなり依て少しにても子宮病の徴候《しるし》ある時は速く良薬《よきくすり》を求め軽症《かるき》の内に治療《なほ》して健全《たつしや》の身とならるべし茲に発売する（婦人神経丸）は学理と実験《ためし》より成れる開明的《ぶんめいてき》の改良新薬にして（下略）（「子宮病のある御婦人方の心得」『東京朝日新聞』広告記事、明二八・四・一九）

それで御婦人方は子宮血の道が一ばん大切な御病気ですから絶えず此の薬をお持ちに為ってお居でなさるが肝要です、気の塞ぐのも頭痛のするのも眩暈、逆上《のぼせ》、耳鳴、嘔吐《はきけ》、腹痛《はらいたみ》、腰痛《こしいたみ》、心悸《どうき》、亢進《むなさわぎ》、全身浮腫、月経《つきやく》の不順は申すに及ばず夜寝られぬのも胸の痞《つか》えるのも、手足のだるいのも冷へるのも、是は皆子宮血の道の故《せい》ですから、其様《そんな》時には何時《いつ》でも此の薬をおあがりになると直《す》ぐに治ります、（下略）（「女の寶」『東京朝日新聞』広告記事、明二八・一二・三）

「女」の身体を流れる「血」の病は、「開明《ぶんめい》」＝文明の「良薬」によって「改良」されなければならず、「良薬」の外からの侵入がなければ「血の道」は治らない。そもそも、「女」の病いを語る磁場にあっては、「女」の「精神」は全く問題にされていない。「婦人なる者」は「大に注意せざるべからず」（「婦人の病と壮宮丸」『東京朝日新聞』広告記事、明二八・八・二四）といった言葉が、「女」に向けてつねに投げつけられているが、「女」の身体は「精神」という言葉の力によっては可視化しえず、「良薬」を外部から身体内部に取り入れたにしても、「血の道」は、決して治らない。なぜなら、「血」を身体から除去することは不可能だからであり、「血」の「病」は、「血」から分離して取り除くことはできないのである。病んでいるのは、まさにその「血」にほかならないのだから、身体のなかに取り入れられた「良薬」は、「女」の「血」の意味を書きかえ、変質させることはできない。ゆえに、「御婦人方」は「絶えず此の薬をお持ちに為つてお居でなさるが肝要」なのであり、「血」は、「女」の身体を、「女」という文字を浸す。

「娼妓」に関するテクスト内に散見しうる「梅毒」、そして「梅毒検査」という言葉は、遊廓における病の原因を「娼妓」の側に帰するものとして機能していたのであったが[*18]、こうした言葉の連鎖は、「血の道」をめぐる構造と重なり合い、「女」の病んだ身体を描き出す。

昨日は角町《すみ》の初検査にて撰査を受ける奇麗首《きれいくび》（中にはお麁末《そまつ》のもあるが）は初出《はつで》と称して立派に着飾つて押出したが三ヶ日にシコタマ稼いだお蔭にて入院した者三十四人とは扨《さ》て驚いた稼ぎ方なり（「吉原だより」『萬朝報』明二七・一・五）

「稼」ぐこと、労働によって病を吸引する「娼妓」、複数の男たちの前に開かれ、交接の可能性にさらされたその身体には、病んだ「女」の「血」が流れている。境界を描かない「女」の身体――病という意味に塗《まみ》れた「女」という文字からは、その意味が、食《は》み出している。

5　接すること、結ぶこと

病の語りのなかであちら側へ追いやられようとする言葉は、切断と結合とを体験する。「日本人」ならざる「人種」や「民族」、男性ならざる「女」、衛生政策を実践する経済状態を欠いた「貧民」や「下級労働者」、日清戦争の結果新たに植民地化されようとした「新領地」は、病の比喩を通して連鎖してゆくが、その結果として、論理を携えて意味が到来するというわけである。

「支那人」という言葉が、「血」を介して「ペスト（黒死病）」に隣接した存在として認識されていたのと同様、「アイヌ」「韓人」「新平民」「台湾」といった言葉もまた、病によって語られ、文字の隣接関係は、次第に意味として結実してしまう。

そして、病の語りは語と語の関係において隣接を生むのみならず、言葉が語られる過程での、行為遂行的な運動性においてもまた同様に、接合関係を生みだしている。換喩と隠喩とが複綜化して文字空間に行き渡り、喩の力は意味になるのだ。「貧民」をめぐる言葉の連なりにおいて、「病毒」と「貧民」の連接は、言葉の動き、あるいは運動の隣接性によって、厚みのある重なりを得る。

「貧民」に関するルポルタージュ風の記事*19は、「異世界」を探検、観察するという視点から「不潔」や「貧しさ」を発見し、報告するものであった。こうした「実録」に共鳴するかのように、伝染病を報道する記事において、「貧」という言葉は、病の「発生」と関連づけられ、語られてゆく。たとえば、「不潔より生ずる」黒死病が広東で「初めて発生」したのは「貧区に限」り、「患者の家は職工労働の住家」（『萬朝報』明二七・五・二七）であり、広島県宇品《うじな》のコレラの発生地に「住居する者は多く水夫又は人足等の下等人種」なのだとされているし、『日本』（明二八・六・一四）には、「門司の虎列拉病患者」は「重《おも》に下等労働社会のみなれば不潔と不養生とは直接に感染の原因たること明なり」とある。「貧民」「不潔」「伝染病」が隣接することによって、「病毒」と「貧民」との、うつすという運動の類似性が喚起されて、「貧民」が病の感染源となり、「病」を誘因するという言葉の連なりが生まれ、連結は幾重にも織り重ねられることとなる。『国民新聞』には「社会改良資材」という副題で「貧童の堕落」が連載されるが、ここで「貧民」は日本社会に悪徳を伝播する病源そのものとして見出されている。

親は無勘弁《むかんべん》に子を生み、子は無勘弁に成長し、成長したる小児は亦親となつて無勘弁の子孫を作る、此の如くして世々代々無勘弁の党類を作り、社会の下層に無勘弁者を繁殖せしめ、（中略）不健康の分子は大抵この一区内に竄《ざん》入《にふ》して一大佇溜《ごみため》を形造り、宛《あた》かも病毒の源泉の如く都門に流布する渾《すべ》ての悪習悪俗を化醸し、（下略）（明二九・五・一七）

また同紙に連載された「最暗黒の大阪」では、「彼等」貧民の道徳的「悪感化力」の勢力の凄まじさを報告しつつ、「彼等は自己の社会以外のものを吸収する力非常に強くして種々の方面に向て手を延《のば》し堕落の道を多く設備せるより彼等の社会は益々増加」するという様相を「不正の殖民地」として取り上げている（明二八・八・一）。「不健康の分子」は血統としてその子孫に連なってゆくだけではなく、社会に病毒を流布させる。「遺伝」と「伝染」——生みだされた語の隣接、あるいは連結によって、病は拡張されてゆく。病は病《やま》うという運動性を孕み込んだ言葉として機能することによって、複数の指示対象を言葉の上で連鎖させ、排除していく論理を構成しているのであり、言葉の上には、幾度も意味が結ばれる。

病《やま》うという言葉の運動は、言葉の意味を紡ぎ、解く。溶かれた意味は、ふたたび論理の帯をなぞり、文字の連なりとして、今ここにある。

註

＊1　「血」をめぐる表象に関しては、衛生政策が整備されつつあった明治一〇年代後半から日清戦争期にかけての時期に「血」をめぐって発言しつづけた福沢諭吉と北里柴三郎を発信者とするテクスト、そしてメディアにおけるその周辺テクストを並置しつつ分

析する必要があると考えている。遺伝・血統・人種改良の問題に絶えず関心を振り向ける「福沢先生」と、日清戦争開戦に前後する時期に「支那人」の身体の「血」のなかに「ペスト菌」を見出した「北里博士」――文字空間にあって、この二つの固有名は、近接し合い、ひとつの出来事として現象していたといってよい。北里が初代所長となる芝区の伝染病研究所設立に福沢が尽力したというのは有名な逸話なのではあるが、そうした現実の親和的関係性と奇妙に連動するかたちで、二つの固有名は、「血」が病を語る言葉の布置をつくりだそうとする過程において、その論理の生成に互いに寄与しあっている。しかしここでは、紙幅の都合上、北里に関連したテクストの分析をするにとどめ、福沢のテクストに関しては、別稿に改めて論じたい。

なお、本稿の一部を言説分析研究会においても発表させていただいた。貴重なコメントをくださった参加者の方々に、記して感謝したい。

*2 ここで、フーコーが一九世紀ヨーロッパにおける「血の象徴論」について語った、次の一節を引用しておく。

血は長いこと、権力のメカニズムの内部で、権力の顕現と典礼の内部で、重要な要素であった。婚姻のシステムと、主権者＝君主の政治的形態と、位階・階層による差別と、家系の価値とが支配的である社会にとって、飢饉と疫病と暴力とが死を切迫したものにしている社会にとって、血は本質的な価値の一つをなしている。その値打は、同時に、その道具としての役割(血を流し得ること)、表徴《シーニュ》の次元におけるその機能(ある種の血を持つこと、同じ血であること、己が血を危険にさらすことを受け入れること)、そしてまたその不安定性(容易に流し得、枯渇する可能性があり、たちまち入り混り、すぐに腐敗しかねない)に由来する。血の社会であり、敢えて言うなら「血液性」[流血性]の社会である。戦争の名誉、飢饉の恐怖、死の勝利、剣を持つ君主＝主権者、死刑執行人と死の刑罰、こういう形で権力は血を通して語った。血は**象徴的機能をもつ現実**である。(ミシェル・フーコー『性の歴史I　知への意志』渡辺守章訳、一九八六、新潮社、一八五〜八六頁)

「血」における、「道具」としての、「表徴《シーニュ》」としての、または「不安定性」に帰着する「現実」としての位相は、「血」という言葉のリンケージを複線化する。本稿の目的のひとつは、「血」をめぐって立ち現われた、言語の向こう側に附着した連鎖《リンケージ》＝連関が重層化し、交錯する瞬間を、言葉の上に現出した出来事性として読み解くことにある。附言するなら、その重層性は決して直線を描かず、いくつかの語りうる「次元」を複数の位相として整理し、語ってしまった瞬間、それは一方向的な意味として結実してしまうだろう。

*3 一九九〇年の北海道大学国文学会のシンポジウム「『細雪』――病いの時空」において、村瀬士朗は、表現としての「病い」を「『病う』という、動的な、動詞的な形で考え」る、すなわち「病気」を「運動」として捉えるという方向性を示唆している(北海

道大学国文学会『国語国文研究』一九九〇・一二）。

＊4　北里柴三郎は、明治一七年に伝染病の管理中枢である内務省衛生局東京試験所につとめ、二年後にドイツに留学し、コッホに師事して細菌学の研究に努め、明治二二年に破傷風菌の純粋培養に成功、翌年にはベーリングとともに破傷風の血清療法を発見した。明治二五年に日本帰国後、東京芝公園内に設立された大日本私立衛生会附属伝染病研究所（伝研）の所長となり、明治二七年五月、流行中のペスト病を調査するために香港に派遣される。このとき北里とパストゥール門下のエルサンとがそれぞれ独立にペスト菌を発見しており、北里は同年七月にドイツ語による論文をイギリスの『ランセット』誌に寄稿している。

＊5　すでに「衛生」政策に関する命令主体である内務省から発せられた法的言語のなかには、あらゆる「伝染病」がひとつのカテゴリーに収束するような言葉の布置が成立していたわけであるが、日清戦争前後には、ペスト／黒死病（明治二七年）とコレラ（明治二八年）が大流行するという事態が生じており、そこにおいて語られる「ペスト」／「黒死病」や「虎列剌」は、決して単一の病名に一元化されるものではなく、「伝染病」なるものの総体の意味内容を埋めるものとして機能していた。

＊6　小高健『伝染病研究所』一九九二、学会出版センター、八〇頁。

＊7　キース・ヴィンセントの言葉を借りれば、患者の「想像された身体の境界線は、内部からの物質の漏洩と、外部からの物体と物質の侵入の双方によって絶え間なく境界侵犯される」。そしてこの身体は「自己の密閉が欠如していると想定される身体が住まう、棄却された『外部』」（傍点原文）なるものと、象徴的位相において連結されるのである（キース・J・ヴィンセント「正岡子規と病の意味――卯の花の散るまで鳴くか子規」河口和也訳、『批評空間』一九九六・一、太田出版）。

＊8　小高前掲書、五六〜五八頁。

＊9　河野本道選『アイヌ史資料集四』一九八〇、北海道出版企画センター、二九〜三〇頁より引用。

＊10　河野本道選『アイヌ史資料集三』一九八〇、北海道出版企画センター、五頁より引用。

＊11　河野本道選『アイヌ史資料集三』一一〜二五頁より引用。

＊12　人類学的言語領域に焦点をあて、「アイヌ」に関する言語と知の状況について考察したものとして、冨山一郎「国民の誕生と『日本人種』」（『思想』一九九四・一一、岩波書店）を参照のこと。

＊13　河野本道選『アイヌ史資料集三』一一八〜三九頁より引用。

＊14　「優勝劣敗」に関しては以下のような記載がある。

　一に曰く優勝劣敗

凡て野蛮なる人種には彼の所謂る文明開化なる者は一の毒物ありて人体に動作する者の如く、同しく《ママ》影響するものなり而して此毒物は実に我邦人なりき、数十年来邦人の侵入、開墾拓殖、山林の占領、鹿猟の制禁漁場の壟断等は生存競争上、日に益々彼を究迫し来れり、彼は為に往年の自由と快楽とを喪ひ殖産の道に勉るの勇なく、年々益々其魯鈍を極め、貧瘦の境遇に陥ゐれり、縦令ひ彼の体格は強壮にして彼の資産充実能く生存競争の難術に当りて傲然たるもの其中に存せざる者なきに非ざるも其大体は已に文明開化の毒物に眩瞑せられ、今や其優勝劣敗の理をして眼前に現出せしめたり（河野本道選『アイヌ史資料集三』二一三頁より引用）

「優勝劣敗」に関して、注目したいのは、「我邦人」が「毒物」にたとえられ、「邦人の侵入、開墾拓殖、山林の占領、鹿猟の制禁漁場の壟断等」が「アイヌ」を「究迫」したことが示されているのにもかかわらず、その「毒物」を「文明開化」と規定するがゆえに、「究迫」の原因が「優勝劣敗の理」へと転移し、結局は「文明開化」が「毒物」として作用せざるをえない「野蛮なる人種」のたどるべき「理」として、「『アイヌ』種族の減少」が語られているということである。

*15 河野本道選『アイヌ史資料集三』二一三〜一五頁より引用。

*16 河野本道選『アイヌ史資料集三』二一二頁より引用。

*17 「女」の身体と血をめぐっては、明治一〇年代後半から明治三〇年代に至る時期の福沢諭吉の発言を無視することはできない。明治一七年の『日本婦人論』、翌年の『日本婦人論後編』、明治一九年の「血統論」などにおいて、福沢は、「女」の身体を病んだものとして描き出している。

*18 「娼妓」に関しては、明治二〇年代前半の廃娼運動の隆盛期に量産された「公娼」をめぐるテクストを参照して議論する必要があるのだが、それについては、稿を改めたい。

*19 明治二〇年代を中心にしたメディアにおけるナショナリズムを自ら命名した「プリント・ナショナリズム」という用語を用いて分析した浅野正道「不在としての〈起源〉——明治二〇年代におけるプリント・ナショナリズムの諸相」（平成一〇年度北海道大学大学院博士課程後期選考試験のために提出、平成九年度提出の同名修士論文の加筆・改稿）には、「貧民」と「病」に関する分析があり、同時代的な衛生学的知の問題と絡めるかたちで、「貧民窟」の「たまたま隣接していたものに過ぎないかもしれない〈貧困〉〈不潔〉という状況」が「〈彼ら〉」、すなわち「貧乏人」と「本質的類似をなすものとされてしまう」といった議論がなされている。

与謝野鉄幹と〈日本〉のフロンティア

五味渕　典嗣

戦争を歌った詩や歌がみんな漢詩句調になることを気に喰わんという人がある。彼等は現代詩の読者としては健全な部類である。しかしかかる漢詩調が実は短歌性の一つの変形であることに気付いているものは少ない。

——小野十三郎『詩論＋続詩論＋想像力』

1　「厭世詩人」の学校

一八九五年六月一一日付けの『二六新報』に、小さな消息記事が掲載されている。

◎槐園鉄幹　厭世詩人二人乙未《いつび》義塾を幹（ママ）督する

そこに入学した結果世をはかなんで「厭世詩人」になったというのならまだしも、「厭世詩人」が監督を務める学校など想像もつかないが、いずれにせよさして教育活動が展開されていたとは思えないこの「乙未《いつび》義塾」は、通常一般の学校や私塾ではない。『國學院雑誌』雑報欄の記事（一八九五・三）を参照すると、この「乙未義塾」は、日清戦争の終結直前に、「朝鮮国外務衙門の主事」玄采なる人物——その背後には時の外部大臣・金允植の姿がある[*1]——が出資し、当時「京城」にあった公立日本語学校の不備を補うため作られた私立学校である。「我が小中学校の程度を斟酌して日本語、漢文、諺文、並びに普通学」の「教授」が目論まれていたというその学校の日本側代表者が、文学者・落合直文の実弟、槐園鮎貝房之進であり、その槐園に教師として招聘されたのが、『二六新報』学芸部主任・鉄幹与謝野寛であった。

これまで、鉄幹と朝鮮との関係については、一般に「閔妃《ミンビ》事件」と呼ばれる朝鮮王妃暗殺事件への関与をめぐる伝記的な研究が中心だった。たしかに、正岡子規の諸実践とならび近代短歌史上の画期をなすと見なされている鉄幹の第一・第二作品集『東西南北』（一八九六）、『天地玄黄』（一八九七）には、あの興宣大院君・李是応をはじめ、「前内部大臣」兪吉濬、「前軍部大臣」趙義淵といった朝鮮政府要人たちの手になる序・跋文が端的に物語るように、朝鮮国での政治的なコミットメントを示唆する文字にあふれている。[*2]

だが、こと朝鮮での具体的な行動という面からすれば、「大院君を訪ひて其帰途によめる二首」なる題の作（「東風吹けば東風にも靡き西風吹けば西風にも靡く此老木あはれ」「この国のからだましひはなかなかにこの翁にぞ見るべかりける」〔『二六新報』一八九五・一・二九〕）を残し、閔妃事件報道にも早くから名前の挙がる鮎貝槐園に比して、鉄幹の存在が重要だったとは思えない。おそらく、「彼自身この事件に関係があったわけではなく、私の手足となって働いてくれたのだった」という槐園の回想の方が、正鵠を射ているのではあるまいか。[*3]

しかしいずれにせよ、本稿の問題意識は鉄幹個人の事蹟にはない。ましてや、文学史の欠落を補いより精緻なものにしようという気もわたしにはない。

むしろここで考えたいのは、鉄幹という署名を持った言説が占めた〈場所〉の歴史性である。いいかえれば、彼の言葉がそれとして意味を受けとり流通していく文脈それ自体の方である。鈴木登美は、近代日本において「それまで歴史的に『女性的』という文化的含意の強かった仮名」を基盤に、一国の国民語＝「国語」で書かれた「国文学」という制度が形成されていく過程での「(男性) 学者・知識人たちのアンビヴァレンス」について述べているが[*4]、出発期の与謝野鉄幹は、やはり同様に「歴史的に『女性的』という文化的含意」のもとにあった〈和歌〉の価値転倒を、朝鮮という場にかかわって試みている。ちなみに言えば、ジャンルとしての近代短歌が析出＝画定されていくのも、以上のような錯綜した問題系のなかからであって、それ以外ではない。そもそも前田透の言うように、「和歌革新集団のリーダー」はいずれも、この時期の「新体詩」をくぐり抜けることから、出発していたのではなかったか[*5]。

だが、結論を急いではなるまい。本稿ではまず、(1) 一八八〇年代末ごろから登場する〈和歌改良論〉の問題構成を確認し、それを (2) 与謝野鉄幹の出発期である日清戦争前後の「国詩」や「国民文学」をめぐる諸言説のなかに置き直してみる。そのうえで、(3) 鉄幹の朝鮮を主題とする「歌」が担おうとした問題意識を考察することにしたい。さらに、こうした議論が活発に交わされ、あちこちで反復されることそれ自体が生み出す別の事態にも言及したいと考えている。

2 〈和歌改良論〉の問題構成

「去年の一月一日に出でたる本誌」に掲載された「余が師落合直文先生の物されつる『明治の清紫』」を諸君は記憶しているだろうか」と書き起こす「女子と国文」(『婦女雑誌』一八九三・三・一五〜六・一、与謝野寛名で発表) において、鉄幹は、大略次のようなことを言っている。

「優美なる性質」を養成せねばならぬ「女子」の学問として、「中古以来は、なよやかなる方即ち優美にのみ発達」してきた「国文」こそふさわしい、という直文の議論の影響からか、現在では多くの「婦人雑誌」に「優美なる言葉用ゐたる雅文」「長歌、短歌、今様」「歌文の評釈及び作法」などが掲載されるようになった。しかし、自分が思うに、「国文学の女子社会に盛んなるは、一方に於て大いに憂ふ可き事あるを説かざる可からず」。というのも、「国文学」は「女子」をして「粗放柔弱」たらしめ、料理や裁縫など本来必要な「実用の学芸」から遠ざけてしまうからである。そのような弊害の原因は、何にもまして「現今の所謂国文」が歴史的変遷の結果、「不具の美人」になってしまったことにある。

国文学の変遷
├ 男性〔僅なる「快活」の分子を除いてハ、殆んど莫し〕
├ 貴族的・僧尼的。
└ 女性〔惰弱、悲哀、平穏、厭世、淫蕩。＝涙もろき者、好色《すきぐ》しき者。
　　　〔或ハ桃の花のなまめく如く、或ハ女郎花の萎るゝ如し。

二性を備へたる有様、斯くも不平均となりき。平安朝の文学は実に其標本なり。竹取、伊勢、源氏、古今和歌集の如き諸書を読みたらむ人ハ、能く之を知るならむ。之等の文学ハ全く女性の一方に偏して発達したりき。

　この文章の書き手に向かって、〈女性〉性／〈男性〉性という比喩の根拠を問うことには、さしたる意味はない。彼にとって重要なのは、「平安朝の文学」以後、本来的には健全であった「国文（学）」の発達が阻害されてしまった、「女性の一方」に偏した結果「雄壮活発な男子」までも女々しくさせる「惰弱」なものとなってしまった、というジェンダーの刻印された歴史観のみである。鉄幹は、その変化の要因として「仏教」や「漢籍」の流行ということを挙げているが、それも先の歴史観から演繹された無根拠な理由づけに過ぎない。

　しかしこうした議論は、決して彼個人の独創ではない。むしろ鉄幹は、すでに眼前にあった〈問題〉の枠組みを忠実に整理し、それをいささか大仰な言辞でもって語ってみせただけに過ぎないのである。その証拠に、のちに小泉苳《とう》三《ぞう》によって「明治歌論史上最初の和歌改良論」[*6]として位置づけられる萩野由之「小言」（『東洋学会雑誌』一八八七・三、のち『国学和歌改良論』（一八八七）所載）には、以下のような記述がある。

（歌調）歌ハ恋ヲ主トシテ、物ノ哀レヲ知ルト云フコトヲ口実トスルコト、甚宜シカラヌコトナリ。物ノ哀レハ怯懦ノ風ヲ導ク本ニシテ、歌調ノ快活ナラサルハ重ニ物ノ哀レヲ主トスルヨリ来ルコトアリ。カノ新体詩ヲ看ヨ。有名ナル学士ノ製作トハイへ、詞ノアマリ庬雑ナルニモ拘ハラス、一時海内ニ流伝シ、忝クモ天聴ニ達シテ、軍楽譜中ニモ数《（ママ）》マヘラレシモノアリトイフ。畢竟歌調ノ快活ニシテ、勇壮ノ気象ヲ振作スルニヨキカ故ナルヘシ。顧ルニ世ノ歌人ハ髭眉イカメシキ男子ニテモ、月ヲ見テハ歎キ、虫ヲ聞キテハ悲ミ、春ノ晨、秋ノ夕、物事ニツケテ涙ヲ墜ス、之ヲ却テヨキコトトナス也。カヽレハ日本国人カ古来尚武ノ気象モ、ユク／＼消滅シテ、所謂東海姫氏国、手弱キ女子ノ殖民地トナラントスベシ。延喜以後ノ有サマ其鑑遠カラス。

従前の価値観からすれば「庬雑」としか言えぬ「新体詩」が、にもかかわらず「海内ニ流伝」し、そればかりか軍楽譜に入り「天聴」にすら達してしまった、という現状把握のもとに語り出される萩野の言説には、〈和歌改良論〉のモティーフが、端的にあらわれている。「快活」かつ「勇壮」な「新体詩」をモデル＝ライバルとすることによって、「物事ニツケテ涙ヲ墜ス」ことをよしとする「世ノ歌人」の陋習を破ること。それこそが、「日本国人カ古来尚武ノ気象」に適うことである。さもなければ、この国の人々の〈男性〉性は去勢され、「手弱キ女子ノ殖民地」にすらなりかねない。しかも、萩野は次のように続けている。

又雪月花等ノ景物ノ題詠モ、強チ悪キニハアラサレトモ、今ノ歌題ハ甚瑣細ノ分界ヲ立テヽ、窮屈ニスルカ故ニ、意モ詞モ自在ナルコト能ハス。概千首一轍ナリ。人ノ言ハヌコト言ハントスレハ、織巧理屈ニ墜チテ風雅ノ旨ヲ失ヘリ。故ニ心アル人ハミナ去テ詩ヲ学フ。服部南郭太宰春台ノ如キ、詩文ノ傑者モ歌ヨリ詩ニ転シタルモノナリ。詩モ自弊ハアレトモ兎ニ角窮屈ナラスシテ、思フコトヲ十分ニ言ヒ得レハナリ。吾国風ノ口スサミ易キヲ措キテ、韻字平仄ムツカシキ、唐歌ニ転スル、其心マタ憐ムヘキコトナラスヤ。

「雪月花」といった「題詠」を強いる「歌」の方が窮屈であって、「心アル人」は「思フコトヲ十分ニ言ヒ得」る「詩」(=〈漢詩〉)に向かった。この言葉は、二重の意味で重要である。まず第一に、「歌」と「詩」の優劣が、その存在が前もってすでに前提されている「思」をどの程度表象=再現することができるのか、という点で論じられている、ということ。そしてもう一つは、まだこの段階では、「歌」よりも、「唐歌」=「詩」の方が、その「思」をよりよく表象=再現しうると判断されている、ということである。確かに、「吾国風ノ口スサミ易キ」と記されてはいる。あるいは、「唐歌」に転じてしまった人々のことを、「憐ムヘキ」だと捉え返す視点が存在してもいる。けれどもここには、「唐歌」が〈外国語〉であるから「思」の表象=再現に障害となる、などという見解はない。問題になるとすれば韻字平仄といった技術的な面だけであって、しかもそれは「題詠」の桎梏よりはましである、と言うのである。[*7]

明らかに『新体詩抄』(一八八二)、『小説神髄』(一八八六)などの批判を受けて構想されたであろう萩野の言説は、巨視的に見れば、言語でもって自己の内なる「思」をそのまま透明に表現しうると考える、〈言文一致〉=〈俗語革命〉の問題系のなかにある。[*8] ただし「小言」の萩野は、〈和歌〉〈漢詩〉に本質的な差異を認めていない。だが、鉄幹の師・落合直文になると、いささか様相は変わってくる。「奈良朝の文学」(『東洋学会雑誌』一八九〇・一)において落合は、「孝徳天皇の大化の大御政」が「未曾有の改進主義」をとった結果、すべての事物はことごとく「唐制」に倣うことになり、次のような事態が出現した、と述べる。

それ、然り、人々の思想の一変せしは勿論、その思想をあらはすところの文学上にも、大に変動を起したり、そは

国文に代ふるに漢文を以てし、国歌に代ふるに漢詩を以てしたるにて明ならむ、

あきらかにこの言表は、「漢文」「漢詩」以前の、「国文」「国歌」の存在を前提にしている。他にも「日本書紀ハ、漢文なれど、古事記ハ国文なり、日本の文学として見たらむにハ、古事記の日本書紀にまさる万々ならむ」といった記述からもわかるとおり、落合の言説には、榊祐一のいう「自国語／他国語という区別が混乱すること」への批判と「その裏返しとしての自国語の純粋化への志向」があらわである。[*9] つまり、「詩」／「歌」を同じ位相において扱う萩野「小言」にはなかった、〈日本人〉にとっての「国文」「国歌」の決定的優位性が、確実に刻まれているのである。

以上のような問題意識のもとに落合は、「我歴史上文学の最盛時代」を特権的に代表＝代行しうる存在として、あの高名な歌集の名を掲げている。

延喜天暦に至り、紀貫之、大河内躬恒など出て来て、古今集の撰もありたれど、万葉集に比して、いたく劣れり、ことに、長歌の如き、句も意も、当時の長歌の如きにあらざるなり、文章とても然り、祝詞宣命に比較するに、いとめゝしきもののみ多くなり行きぬ、（中略）延喜、天暦の文学ハ、盛は盛なり、されど朝臣の無事に苦しみ、そのなぐさみに出でたるものなり、さてハ奈良朝最盛の文学に比して、その気力も衰へたるなり、その後、俊成定家など出て、その道を以て、高位高官にのぼりたれど、いづれも御遊の材料に供せられたるなり、古今文学の差違ある、実に偶然にあらざるなり、

この部分に提示された二項対立は、もはや瞭然だろう。「題詠」以後、「朝臣」のなぐさみや娯楽となり、「気力」が衰えた結果「めゝしきもの」となってしまった『古今集』以下の「延喜天暦の文学」に対し、実用的で「気力」の充実した、さらに「防人」「役民」「賤女」はたまた「乞食」まで、上下あらゆる階層に拡がりをもっていた『万葉

集』をはじめとする「奈良朝の文学」。[10]してみれば、のち「歌よみに与ふる書」(『日本』一八九八・二・一二〜三・四)の正岡子規が、『古今集』を否定する言葉として「あんな意気地のない女に今迄ばかされて居った事か」(傍点引用者)などと思わず書きつけてしまった理由が見えてくる。すなわち、〈和歌〉における〈俗語革命〉に特徴的なことは、以下の二つである。第一に、それが『万葉集』という書物の特権化・神話化とともに遂行されたということ。第二に、この議論はつねに、〈女性〉性から〈男性〉性へ、というジェンダーの比喩によって方向づけられていた、ということである。キース・ヴィンセントは、正岡子規に「完全無欠な、近代の男らしい自己に対する憧憬」をみてとっているが、[11]実際、多くは男性であった近代短歌の担い手たちが、過剰なまでに〈男性〉性を身にまとい、その裏返しとして女性には徹底的に〈女歌〉なるものを求めていくというのは、決してゆえのないことではない。

けれども、いまだ日清戦争前後の段階では、〈和歌改良論〉は、言説空間のなかの周縁的な位置を占めているに過ぎない。そこで、与謝野鉄幹の実践の意味を十全に見定めるためにも、同時代の韻文ジャンル総体にかんする問題系の素描を試みることにしたい。

3 〈漢〉と〈和〉のはざまで

「詩形さまざまにして同じからざるは何れの国も同様」のはずなのに、なぜこの国では「漢学先生は漢詩の外は更に咏まず、国風大人は和歌の外は全く知らざるが如く、俳風宗匠は十七文字に安んじて絶えて他を顧み」ないままに「隔離」しあっているのか、と素朴な疑問に首をかしげる「読詩饒舌」(『国民之友』一八九五・一一・二)の内田魯庵は、「抒情歌」のあるべき姿を論じる過程で、それぞれのジャンルの比較論を展開している。

漢詩は各種の体を具備して自在なる妙想を逞ふするを得。殊に今の星社諸氏の作に到っては殆ど絢爛の極に達す。若し予輩をして忌憚なく批評する権利あらしめば細に諸氏が経営惨憺の跡を尋ねて我が詩壇の技倆は優に盛唐の格調を凌ぐに足るを証明するもまた難からじと思惟す。然れども漢詩は到底漢詩なり、縦令物徂徠に頼て秋玉山に頼て広旭窓、菅茶山、頼杏坪、梁星巌、若くは森槐南先生及び諸氏に頼て日本化されしと雖ども漢詩は猶ほ漢詩なれば不自由なる支那の格調に束縛せらるゝが故に日本の風物及び日本人の情操を歌ふに不十分なるは云ふ迄もなし。和歌及び俳句は国字を以て作るが故に漢詩に比して自由なれども各々一長一短ありて未だ万種の詩想を咏ふに適せざるなり。

先の萩野由之「小言」とも共通する、〈漢詩〉への評価の高さには留意すべきだろう。「各種の体」を持つ〈漢詩〉は、「自在なる妙想」の表現を可能にする。事実「現在の詩壇」の人々の技倆たるや、あの杜甫・李白・王維を生んだ「盛唐の格調」にすら拮抗するほどだ、というのだから、ほとんど手放しの賞讃である。

だがここで見落とせないのは、それほどまでに当代の〈漢詩〉を評価する魯庵においてすら、ある種の留保を付けざるを得なくなっているという事実ではないか。彼は言う。「漢詩は到底漢詩なり」。いくら「日本化」されたとはいえ、所詮それは「不自由なる支那の格調に束縛」されたものでしかなく、「日本の風物」「日本人の情操」を十全に表象することなど不可能だ、と。つまり、この文章には、〈漢詩〉を「日本人」であるみずからにとっての〈外国語〉として捉え返す機制が、まちがいなく存在している。

けれども、一方で魯庵は、〈和歌〉は「優雅秀麗」だが「豪宕卓落」さを欠いているし、多くの「詩想」を実現しうる〈俳句〉にしろ「沈痛」さ「雄大」さはないというのだから、〈漢詩〉に比してより自由なはずの自国語の伝統的詩形に対しても決して肯定的ではない。そのことは、〈漢詩〉〈和歌〉〈俳句〉のみにかかわる人々を、「隠居的文事」にうつつを抜かす「骨董的文学者」とひとしく名指していることからも裏付けられる。

以上のような魯庵の議論の枠組みは、例えば「擬古体の和歌」「支那人の余唾に本づく漢詩」の双方を排した上で、新たな「国詩」を構築せんとする井上哲次郎（「東西南北叙」）の問題意識とも通じるわけだが、実際のところ主に『國學院雑誌』に拠った国学系の論者を除く〈新体詩〉論の当事者たちは、伝統的な「国字」による形式の歴史的役割は終わった、と考えていたらしい。[*12]「三十一字」では「充分なる技倆を示すべき余地」がないため「主観詩」として自ら楽しむほかはない（「和歌の衰微」『帝国文学』一八九五・七）、だいいち「扁少なる十七字乃至三十一字」では「到底円満なる詩想の発露」など望むべくもなく、「文学者以外の者にも広く弄《もてあそ》はしむべき、所謂平民文学」としての「保存」を考えるべきだ（「短歌と俳句」『帝国文学』一八九五・六）などという、ほとんど戦後の〈第二芸術論〉を思わせる論説をはじめ、「和歌漢詩等」は「単に古文学として保存」されているに過ぎず、「現代文学」たりうるのは「必ずや戯曲小説新体詩等」だけである（「旧詩人の猛省を促す」『太陽』一八九六・一・五）、さらには「漢詩家、歌人は新体詩の勃興によりて自ら淘汰刷新せざるべからず」「若し能はずんば自滅あるのみ」（「俳句及狂詩」『太陽』一八九六・六・五）という言説に至るまで、同種の論調は枚挙に遑がない。

むろんこの当時の『帝国文学』には、いささかの揶揄をこめて「朦朧体」と称されたような、擬古的な言辞を駆使する新体詩人グループも存在していたのだから、「全く古来よりの言語を拒絶し、而して毫も其の秀れたる特質あるを認めざる」（「新体詩と雅俗語」『帝国文学』一八九六・三）風潮に対して批判的な主張も、存在してはいる。しかし、あくまでそれは〈新体詩〉へとステップ・アップする際に参照すべき、そこから何かをくみ取るべき詩的語彙の資料体としての再評価でしかない。「文学上の新事業」（『太陽』一八九五・三）の大西祝《はじめ》は、「我が国詩のまさに大発達を要すべき」現在、詩人が試みるべきは「新体詩」であって、「千種万態の感想」を言い表わすことができず「雄篇大作」には適さない「和歌」「俳諧」などではない、と書きつけているのだし、「句を漢詩に鍛ひ、字を和歌に練り、五七の山に三年、七五の海に三年、苦心に苦心を重ね」てはじめて「旧来の詩形」を越えることができるのだ、という主張（「新詩人」『帝国文学』一八九五・四）にもあるように、決してジャンルとしての〈和歌〉の将来的な可能性がうんぬんされているわけではないのである。

すなわち、日清戦争期の韻文諸ジャンルをめぐっては、〈漢詩〉を「支那」のもの＝外国語であるがゆえに、〈日本人〉の「思」「情操」を十全には表象し得ないと排除しつつ、他方自国語による伝統的な詩形であるところの〈和歌〉〈俳句〉（ことに〈和歌〉）をも否定し、その上で将来の「国詩」としての〈新体詩〉のあり方を模索する、という発想を基本にしている。

だが、この事態は、よく考えると奇妙である。もし、外国語であるという理由から〈漢詩〉を排除したのであれば、残された〈和歌〉や〈俳句〉までもが否定されるのは、いったいなぜなのか。少なくともそれらは自国語による伝統的な詩形には違いないのだから、新たに照明をあてられ、再評価されたとしてもいっこうに不思議はない。事実、乱暴に言えば国学者たちはそう考えていたはずだ。しかし、ことこの時期の「国詩」にかんする発言は、そうした発想をまったくといっていいほど欠いている。まるで誰もが、〈和〉と向きあうことを避けているかのようなのだ。これはいったい、いかなることなのか。

この問いかけには、おそらく、日清戦争前後の言説空間に生起したひとつの混乱《トラブル》が関係している。銭鷗は、創刊（一八九五年）直後の雑誌『太陽』の記事における対中国観を詳細に分析した上で、「日本の築き上げたい世界図式の中にあって、中国は目の前にふさがる邪魔者にほかならないのだ」[*13]と言っているが、実際、われわれの問題系にあっても、〈漢詩〉／〈漢〉的なものに対する両義的なまなざしは、あちこちに見いだせる。

一例として、「和歌の題目」という短い記事（『帝国文学』一八九五・八）を引いておく。「和歌の精粋」は「恋歌」にこそあり、「伊勢物語」が人を動かすのは、内にあふれる「血」「涙」「誠心」が言葉として刻まれているからだ、と論じるこの書き手は、返す刀で「題を設けて強ひて思を構える」「今の歌人」を、「血なく、涙なく、同情なき」と切り捨て、次のように続けている。

征清の一挙、歌人の心を動かしたるもの少なからざらむ。然れども雄壮奇矯は漢詩の長所にして和歌の短所なれば、戦場角闘の事之を漢詩に譲て可也。然れども孤児飢に泣く処寡婦病に臥する処、果して歌人の同情を博するに足らざる乎。和歌の精粋たる広義にいふ恋歌を作るの時期は正に今日に在るを信ずる也。

そういえば、「世界各国の人民」はそれぞれ「特異なる気象品格」を持ち、それが「皆、其国の文学上に歴然としてあらはるゝもの」であると説く三上参次・高津鍬三郎『日本文学史』(一八九〇)もまた、「日本文学」は「優美」さに長じ「支那文学」は「雄壮」なものだと規定していた[*14]が、ここにも同種の発想があるとひとまずは言える。しかもここでは、そのメタファーを根拠として従来とは位相を異にする別の意味が生産されてもいる。すなわち「雄壮奇矯」に長じる〈漢詩〉が「戦場角闘の事」を担当し、「恋歌」をその本質とする〈和歌〉は、家に残された「孤児」や「寡婦」を主題化する。〈漢詩〉〈和歌〉という二つの文学ジャンルに、戦争において国民国家が要請する性別役割分担(戦場に行く男/戦場に行けない女・子供)が配分されているのだ。

実際、先述の内田魯庵の言辞からもわかるとおり、この時期の〈漢詩〉は、いまだかなり有力なジャンルであった。その証拠に、「敵愾の気正義の心発して金玉の音となる、詩あり歌あり尽《ことごと》く名士巨匠の手に成る、一唱三歎の妙辞、亦以て醇乎醇たる国風を見」る、などと題された『日清戦争実記』(博文館)の「文苑」欄の配列は、〈漢詩〉・〈和歌(短歌)〉・〈新体詩(軍歌)〉・〈俳句〉の順なのであって、作品数や割り当てられるページ数についても、〈漢詩〉が圧倒的に多いのである。

であってみれば、こうした状況は当然、言説として具体化することになる。「征清の事起こりてより、支那料理を食ふ者なく、月琴を学ぶ者大に減ずるなど、物質的の下流社会には可笑しき現象」が起こったけれども、「精神上に漢文学の勢益張るの看あるは、流石に大国民的の風度あるに負《し》かず」と稿を起こす「漢文学の趨勢」(『帝国文学』一八九五・五)の書き手は、「国文学」と対になる概念を「漢文学」「漢文辞」とごく曖昧に使い分けながら、「国文学と漢文学」とを引き離すことは不可能である、なぜなら「漢文辞」の「雄大悲涼」さは「世界の文学中に一地歩を占むる」ものであって、「明治の文壇は国民文学を渇望すると雖も、一種の特色ある漢文辞を駆逐するまでに盲目ならざるべし」と書き記す。あるいは、「自覚せる島帝国」の求める「国語の国詩」の構築のためには、「漢詩の作家」こそがその「雄渾凄婉壮且快なるの気格」をそのままに、「高遠幽玄の趣致を西詩に求め」、それを改めて「国語」に伝えていくことこそが必要だ、といった当時の漢詩人たちの活躍を踏まえた論すら出てくるのである（「漢詩の作家に告ぐ」『帝国文学』一八九六・六）。そして、以上の「漢文学」を高く評価する議論の背景には、おそらく次のような発想が存在している。

> 今日の女性少しく文字を知るもの、動《やや》もすれば源氏物語、枕草子時代の和文に類したる文字を配列し、虚浮、繊華、以て得たりと為す。其の読みがたく、通じ難きは寧ろ平易なる英文よりも甚しきものあり。其日本今日の思想に適せず、実用に適せざるや、名は和文と称するも、殆ど日本文と云ふべからざる也。（中略）一物を記するも山鳥の尾の如き形容詞を用ひずんば已まざるが如き和文は、日本国民の文章にあらず、王朝時代貴族習気の遺響なりと知らず耶。（「女性の文学」『国民新聞』一八九五・三・一四）

「和学者歌学者」に対しては、つとに上田万年《かずとし》が、「むかしばかりを慕ひ、今日の大御世のありがたさ、たふとさを知ら」ず、「同胞のために、一臂の力を尽す事をも知らない」連中だ、と批判していたが（「国語研究について」『国語のため』一八九五）、それ以上にこの筆者は、驚くべきことを口にしている。[*15]「女性文学」という刻印を押された「和文」は、「虚浮」「繊華」であり、実用には適さない。つまり「和文」は、その名に反して、「日本国民の文章」としての「日本文」たりえない、と言うのである。

しかもこの言説は決して孤立していない。そのことは、「日本の文学者は日本の文学者なり、支那の文学者にあらず」などとする一方で、「雄渾、雅健、壮大、簡勁の筆致」をもつ「漢文」に対し、「和文専修」だけでは「思想なく、気骨なく、血に乏しく、涙に乏しい」ものしか生まれない、という別の論の存在（「漢文の素養」『帝国文学』一八九五・九）に徴しても明らかだろう。

ジェンダーの比喩において示される、〈漢〉に対する両義的な思い。あるいは、その裏返しとして〈和〉を徹底的に拒絶すること。かくのごとき錯綜するありようを読み解くためには、やはり日清戦争という状況が考慮されねばなるまい。というのも、戦争という事態が、〈文学〉的な水準と微妙に異なる地点で、まったく別の言説群を織り上げつつあったのだから。

4　衝突する表象

日清間が風雲急を告げ、各新聞社は争って記者を朝鮮半島に派遣していたちょうどそのころ、『二六新報』にひとつの論説記事が掲載されている。「開明世界」にとって「文学」とは、人間における「営養物」に他ならぬと規定してみせたこの論者は、「固陋頑迷」な「朝鮮」に「文明の宣教」を行なうためには、「先づ第一に開明世界の文学」を移植する必要があると述べ、以下のごとく書き付けている（「朝鮮に我が文学を移植す可し」一八九四・八・二二）。

古来朝鮮に一の文学なし、而して其の以て文学となせしものは、実に支那文学にてありし也、夫れ支那文学の昔時世の教化賛育に稗補ありしや、我輩復た一の疑を容れず、然れとも《(ママ)》我輩は今日に在りて寧ろ其弊実の甚《(ママ)》たしきを見る、看よ、夫の支那をして尊大自ら覚らしめざるの罪、其の一は確に支那文学に非ずや、夫の支那をして守旧保守、肯て移ることを知らしめざるの罪、其の一は確に支那文学に非ずや、（中略）去れば朝鮮教育上焼眉の急は、実に彼をして支那文学と去てしめ、之に代ふるに日本文学を以てするに在り。

あの「支那」をして、「尊大自ら覚らしめざるの罪」「守旧保守の罪」へと導いた「支那文学」を、より「開明」的な「日本文学」に取って代わらせること。そうして、「半島国民が肉肥え骨太り意気軒昂東洋に雄視すべき」日まで、「我国民」は「宣教に努力」しなければならない。けれどもこの文章は、「日本文学」のどんな点が、いかなるテクストが「開明的」だと言えるのか、という問いに対する答えを持ちあわせてはいない。「不幸我が文学錯雑一定せるに至らずと雖、其の教育用文学の如きは彼此酌量して中和を得たるもの尠なしとせず」といった、ほとんど具体性を欠いた提案しかできないのである。

たしかに、鈴木貞美が詳細に論じているように、いまだこの時点では〈文学〉という語の意味内容は一定していなかった。[*16] たとえば、「明治二十七年文学界の風潮」(『早稲田文学』一八九五・一・一〇)は、「国文学」という語を「新聞紙雑誌」などの「文章」と、「真正の国文学即ち国民的文学」という二つの意味で用いている。だがここではむしろ、先に見た言説系列では少なからぬ羨望の視線を投げかけられていた「支那文学」に、ニュアンスの異なる意味づけが与えられていることに着目したい。

「支那文学」は「支那」をいたずらに「尊大」にさせ、「開明」から遠ざけてしまった。「支那文学」は「営養物」にはならず、むしろ肉や骨を痩せさせてしまう。こうした理解が、当時の言論メディアに大量に流通していたところの、〈朝鮮〉〈支那〉との差異化・差別化から表象としての〈日本〉を析出していく言説に直接の淵源をもつことは、指摘するまでもない。

具体的にいえば、「朝鮮国の国勢は、其の個人が上に影響し、個人が状態は、其の国家の上に反映す」と同語反復をも厭わない巌本善治は、「朝鮮人」の特性として、「独立心」「武の魂」「勤勉節倹の徳」がなく、「軽薄にして浮躁」「無気力にして執着耐忍の気骨」もない、おまけに「虚言」「修飾」「偽善」が多く「平凡」「文弱」で「熱血赤誠の敢果熱烈」すらもない、等々とよくもまあこれだけ思いついたと言いたくなるほど否定的な項目を数え上げつつ、この状況を変えるためには「不健全なる自尊、頑陋なる守旧、蛮野なる虚礼」をもたらす「支那国崇拝の気習」を排除しなければならぬ、と論じる（「朝鮮国教育大方針の議」『太陽』一八九五・四）。より明確に「朝鮮人」をジェンダー化した説明も登場する。つとに福沢諭吉が朝鮮国の「政界」について、「一人として一定の主義を守る者なく、昨日の開明、今日の頑固、前月は支那を排し、今は日本に佞《ねい》する」「一身ありて国あるを知らず」「我輩の多年の実験を以てせば、すべて無責任無節操の軟弱男子のみ」などと述べているほか（「朝鮮の改革」『時事新報』一八九四・一一・一二）、湛莽居士「朝鮮の病源」（『二六新報』一八九五・三・七〜九）に至っては、「朝鮮人」が「詩賦優柔」「陰柔にして陰狭」「狡猾にして温順」「理解に暗くして情緒に脆ろ」い存在となったのは、「文弱の余弊」「風流の遺毒」のために他ならず、つまるところ本来的に「朝鮮人は、純然女子たるの資格のみを稟《う》け、男子たるの本分」を有していない、とさえ断定するのだ。朝鮮国が真の意味での独立を獲得するためには、やがて帰化韓人たるべき「日本人」移民の大量受け入れこそが必要であり、要するに朝鮮国の国土国民を文字通りの意味で「日本化」してしまえ、という現在からすれば呆れ返るばかりの暴力的な主張（例えば「朝鮮の新人民」『国民新聞』一八九四・八・一六、川崎紫山「日本人韓地移植の急」『日清戦争実記』一八九五・三・二七）も、以上の文脈のなかで理解すべきだろう。「政治的に無能力」で「女子たるの資格」しか持ち得ない〈朝鮮人〉という表象を作り上げることで、「気骨」あり「男子の本分」を兼ね備えた〈日本人〉像を析出すること。『国民之友』の論説記者がいみじくも書き付けたように、「大日本てふ偉丈夫の容姿は、朝鮮てふ鏡に映じて世界万象の眼にうつる」（『朝鮮の改革』一八九五・一・一三）のである。

　以上のような表象の枠組みは、「支那」＝清国を問題にする場合にも共通している。日清戦争のさなかに創刊された雑誌『少年世界』についての成田龍一の分析を借りれば、〈日本人〉としての「われわれ」意識は、「文明にもとり、卑怯」であり、「臆病で、こずるく、強欲で、戦意はなく、捕虜になっても恥じ」ることのない「中国兵」＝「かれら」に対し、「利」ではなく「名」の方を重んじ「勇気」にあふれる〈日本人〉というイメージを措定することで、練り上げられていったのである。*17

国民国家における戦争は、さしあたり敵か味方か、という単純明快な線引きを欲望する。そして、きわめて恣意的な線引きの結果として析出された表象は、メディアのなかで転写・複製され、紋切型となってあたりを乱舞する。亀井俊介は、日清戦争が「戦勝という国民的矜持を背景に、世界に対して存在を主張しうる国民文学」の「可能性と方法の探求をするナショナリズム文学論を花咲かせた」と書いているが[*18]、それらの文章のすべてが前提とする発想――その国家に固有の〈精神〉の反映としての「国民文学」――が、同時代に流通する紋切型の表象を踏襲していたとしても、まったく不思議はない。事実、『帝国文学』第一号の巻頭を飾った「日本文学の過去及び将来」（一八九五・一〜三）の井上哲次郎は、「外国より侵入せる」さまざまな潮流にも決して見失われることのなかった「日本固有の思想」なるものが存在し、それは、「想像雄偉」「気象快活」「理想純潔」の三要素なのだと記さずにはおれなかったのである。

とすれば、先述「朝鮮に我が文学を移植す可し」の書き手が不意に言葉を失ってしまった理由も、おのずと明らかだろう。その人物は、単に文学史的知識の不足から、「日本文学」の優位を物語る書物の名を挙げられなかったのではない。逆に、何も言えなくなってしまったのである。移植するに足る「日本文学」など、実はどこにもありはしないのだから。

つまり、こういうことなのではないか。すでに確認したように、日清戦争期の〈新体詩〉をめぐる〈文学〉的な言説のレベルでは、「雄壮」かつ〈男性〉的なものだ、というイメージをもった〈漢〉を、自分たちにとっての〈外国語〉＝「支那」であるとして括り出していく一方で、〈和〉については、「優美」であるけれども「気骨」のない〈女性〉的なものだ、というニュアンスが付与されていた。にもかかわらず、東アジアの政治的力関係についての言説の系列では、誰がなんと言おうと〈日本〉こそが「気骨」「勇気」のある〈男性〉的な存在なのであって、「臆病」かつ「卑怯」で〈男〉らしくない〈支那〉、さらにその影響を受けて「男子たるの資格」すら失ってしまった〈朝鮮〉という表象が出来上がっている。すなわち、語られる場所・水準・方向性を異にしながら、〈日本〉的なものをめぐって、まったく正反対の表象が言説空間内に併存する、という事態が起こってしまっているのだ。この事態をわれわれは、どう理解すべきなのか。

こう考えてくると、創刊時の『帝国文学』を中心とする「明治後期国民文学運動」（品田悦一）が抱えこんだアポリアが見えてくる。[*19] これから作られるべき〈男性〉的な「国民文学」を、すでに＝そこに存在しているものであるかのように先取りして語ること。いまだ誰一人として目にしたことのない、これからもたえてないであろう空白の概念として、〈男性〉的な「国民文学」なるものを捏造すること。それはすなわち、さきに確認した表象の衝突をなんとかかいくぐるための苦心の試みに他ならない。この問題を論じた少なくはない書き手たちが、どこまで意識的だったかはわからない。けれども、一度そうした表象を措定してしまえば、〈和〉／〈漢〉を、「国民文学」＝日本文学に含まれる一要素として操作することが可能になる。だからこそ、新たな「国詩」としての〈新体詩〉の定立を求める論者たちは、躍起になって〈和〉〈漢〉の双方を過去の遺物として葬り去らなければならなかったのである。

　しかし繰り返せば、そんな「国民文学」など、どこにもない。ゆえに、その空虚さを少しでも想起させてしまうようなもの／ことは、どこまでも否定しつくす必要がある。

図1　「度し難し」（『読売新聞』1895.1.6）明らかに日の丸を思わせる後光を背負った仏がいかんともしがたいという表情で，酒におぼれ正体を失っている朝鮮人らしき男性の傍らに立っている。自己自身の力で自立しえず，仏のような日本の温情にさえ応えられない朝鮮というイメージが析出されている。

「媚世諂俗の小文字」の生産者たる「風流機敏の才子」ではない、「至高至大の大文字」の実現のために「満身の心血を濺《そそ》ぎて、生涯の刻苦に、そが遠大の成功を期するがごとき堅忍不抜なる文学者」（「文学者の早熟」『帝国文学』一八九五・八）が何にもまして希求される一方で、「血なく、涙なく、気骨なく、見識もなく」、のみならず「文学」「人生」「国家」の何たるかさえ解さずに、いたずらに「婦女子と共に嬉笑」するような「浅薄なる文士」は、徹底的に糾弾されねばならない（「明治文学者の理想」『帝国文学』一八九五・六）。「同好間の消息」や「楽屋落」にのみとどまり、社会や国家を取り上げようとしない「文学者」についても同じことだ（「当代文学者の世界」『太陽』一八九六・一・二〇）。かてて加えて、「感じ易く涙脆」いけれども決して「全人生の大悲観」を感じ取ることのできない「女子」は、「最も厳密なる意義に謂ふ詩人」にはなれない（「女性詩人」『帝国文学』一八九五・九）だとか、彼女らにできるのは「女子の整理し得られるべき程度」の「ハアトの事」を扱う「小説」ではあっても「詩」ではない（「小説家としての女性」『帝国文学』一八九六・二）など、女性作者を総体として排除しなければならないのである。[*20]

　赤塚行雄も言っているように、「明治三十年前後」の帝大系の文学者たちにとって、〈詩〉とは、「複雑な精神的内容」をもった「〈単なる『ハアトの事』以上のもの〉」だった。[*21] もっと言えば、自己自身の、そして自己の所属する国家の〈男性〉性を誇示しようとした彼らにとって〈詩〉とは、ぜひともそのようなものでなければならなかった。具体的にはどんな作物がその条件に適合するのかいっこうに判然としないけれども、とにかく〈男〉らしく、大きな、そして熱い血や涙のたぎるような「理想」に裏づけられた「国詩」を作り上げること。そのような論理を弄ぶ人々にとって、ともすれば〈女性〉性を想起させかねない〈和〉とは、なんとしてでも抹消しなければならない悪しき記憶以外の何物でもない。「征清の義挙に、愛国の熱情、敵愾の気風」が「天下を震撼」させたが、「世人が熱望したりし、雄健なる文学は、今や、全く水泡に帰し去らんとす」「驚天動地の大戦は闘はれたれども、雄壮悲憤、鬼神を泣かしむる詩歌は、未だ、歌はれざるなり」という嘆き（「愛国詩人」『帝国文学』一八九六・五）は、みずからの抱え込んだ空白を懸命に隠蔽しようとする彼らのオブセッションにさえ映るのだが、深読みに過ぎるだろうか。

ともあれ、「多くは自ら歌う能はざる」「国民に代わって歌ふ詩人」(「国民詩人」『帝国文学』一八九六・五)についての活発な議論が展開されていたそのさなかに、与謝野鉄幹は、玄界灘を渡る船中の人となった。その直前、「あはれから山の月、もろこしの原の雪、必ずや、君の如き、歌人の渡来を待ち居らむ」という師・落合直文の言葉(「学弟与謝野鉄幹に与ふる文」『二六新報』一八九五・三・一七)を受けて、彼は、このように書いている。

すぎ来し方を今更に、かへり見すれバ面なしや。罪ある詩こそ作らざれ。小児の詩をのみ重ねしよ。』咄々男児たけ七尺、血ハ満身に湧きながら、碌々為すなくいつまでか、斯かる詩にのみ安んぜむ。』都門の花にそむきつゝ、一枝の筆を杖として、けふ立ちて行く旅路こそ、思へバ我詩の一進歩。』よしや屍ハ行く国の、虎伏す野山にさらすとも、身の為すわざハ世に残り、長き丈夫の詩ともなれ。』諸君こころあらバ此別れ、嬉しと云ひて歌へかし。鉄幹の詩集けふよりハ、新たにページを作るなり。(「丈夫の詩」同)

「けふより」まさに、一ページずつ書き継がれていく、「丈夫の詩」。「満身」に熱き血潮のみなぎる「男児」にふさわしいその「詩」を、鉄幹は、いかにして実現しようとしたのだろうか。

5 〈和歌〉のフロンティア

与謝野鉄幹の第一詩歌集『東西南北』(一八九六)に収められた初期作品に対して、よく〈虎剣調〉なる言葉が使われる。実際そのことは、すでに大町桂月によって、「鉄幹志を吐けば、太刀といひ、朝鮮にて歌を作れば、虎を舁ぎ出すなど、頗る奇に過ぎて、匹夫の勇に似たり」などと皮肉られている(「東西南北を評す」『帝国文学』一八九六・八)。しかし、日清戦争期にあって、ことあるごとに「虎」や「太刀」をよみこんでみせる「歌」は、むしろありふれていた。だいいち、「韓《から》」に「虎」という組み合わせは、それこそ『万葉集』以来の紋切型である。事実、当時鉄幹が所属していた『二六新報』や、投稿をくり返していた『読売新聞』には、次のような作が掲載されている。

原　　　　　　海上胤平

虎も今吼えいでぬべし風さへて嵐吹き立つもろこしの原（『二六新報』一八九三・一一・一／一八九四・七・一重出）

失題四首　　　　京橋区山下の住人

耳塚に剣に小手に太刀に虎日本男児の雄たけびかこれ（『読売新聞』一八九四・八・二五）

また、彼の侵略的発想の端的なあらわれ、とも見える「大君の、まぐさに飼はむ、野ハ多し。物おもはるる、旅にもあるかな」「いざさらバ、君にゆづらむ。わが歌に、まだ入らぬ山、まだ入らぬ水。」などにしても、

大口鯛二ぬしのから国にゆくを送る　　坂正臣

君がうたにうたはれん日をいつしかと待ちわたるらんからの海山（『二六新報』一八九五・三・二八）

新版図移住　　　　吉永秀教

今日よりは移し植ゑなん唐土の焼野の原に大和桜を（『日清戦争実記』一八九五・六・七）

といった同種の趣向が存在しているのであって、鉄幹個人の問題というより、むしろ同時代の詩的想像力それ自体が総体として侵略的・植民地主義的だったと考えるべきだろう。

だとすれば、「小生の詩ハ、短歌にせよ、新体詩にせよ、誰を崇拝するにもあらず、誰の糟粕を嘗むるにもあらず」「小生の詩ハ、即ち小生の詩に御座候」（『東西南北』自序）と高らかに宣言した鉄幹の作の独自性とは、いったい何な

のか。「桜花十首」「月」「紅葉」といった陳腐な題詠も多く含み、初出段階では別の人間の署名のもとに発表された作すら収録してしまっている『東西南北』に、われわれは何を見るべきなのか。[*22]

そこで注目したいのが、以下に掲げる諸作である（ここでは便宜上、番号を振っておく）。

①思ふこと、いはむとすれバ、友はあらず。さよふけてきく、山ほとゝぎす。
②口あきて、ただ笑はばや。我どちの、泣きて甲斐ある、この世ならねバ。
③韓山に、秋かぜ立つや、太刀なでて、われ思ふこと、無きにしもあらず。
④益荒夫の、おもひ立ちたる、旅なれバ、泣きてとどむる、人なかりけり。
⑤韓にして、いかでか死なむ。思ふどち、ともに契りし、言の葉もあり。
⑥いたづらに、何をか言はむ。事ハただ、此太刀にあり、ただ此太刀に。
⑦千里ゆく、君がこゝろに、いかなれバ、足とき駒の、そはずやありけむ。

これらの歌は、きわめて特徴的な構造を持っている。端的に言ってそれは、中身がない、ということである。③の歌の字面を追ってみても、わかることと言えば、朝鮮国のある場所でどういうわけか「太刀」をかざしながら秋風に吹かれている人物がいる、ということだけなのだし、⑥は物思いにふけりながら「太刀」を見据えているらしいことしか判然としない。赤塚行雄は「よくよく考えれば何だかわからない」が、「あらゆる形而上的な価値に向かう姿勢」を示すとき鉄幹は「刀」「剣」をかざすのだ、と言っているが、[*23]たぶんそれは逆である。確かにここには、「思」「言」といった何らかの言表行為・思惟行為の存在を示す語句が刻まれている。しかしこれだけでは、この主体がいったいどんなことを「思」い、何を「言」おうとしたのか、まるでわからないのだ。

テクストにあらかじめ欠如・空白を構造化すること。それは、〈図〉としてのテクストの背後に、一定のコンテクストを浮上させるための仕掛けに他ならない。そこで解釈の方向性を規定するのは、写真にそえられたキャプションのような、詞書きふうのメモである。そこで読者はそれぞれがメディアから受けとった情報を手がかりに、その「歌」を読んでいくように要請されることになる。たとえば、③には「京城に秋立つ日、槐園と共に賦す。時に、王妃閔氏の専横、日に加はり、日本党の勢力、頓に地に墜つ」という文字が並置されてある。『東西南北』をひもとく読者は、冒頭からすでに、この人物が「韓廷」の「十月八日の変」に関係し「広島に護送」される連中と同じ船に乗っていたこと、そして「広島」の「獄中」に友人がいることを知らされている（「広島獄中の諸友に寄せたるもの。／罪なくて、召さるゝもまた、風流や。ひとやの月ハ、如何にてるらむ」）。とすれば、「秋かぜ立つ」ころ、「閔氏」の勢いが日を追っていや増す「京城」で、この人物が「太刀」を撫でつつ「思」うこととは一八九五年一〇月八日の朝鮮王妃暗殺事件につながるのではないか、と読んでしまうのもけだし当然であろう。もっと言えば、この人物の「思」とは、たとえば「王妃は日本の勢力を迎ふるを粧ふて、私かにクーデターを決行」し、「全朝鮮を挙つて王妃党の毒手に陥らしめ、全朝鮮を挙つて、某国の羽翼の下にあらしめんと」している、このままでは「全朝鮮に対して、日本国民は一指も染むる能はざる」ような事態になりかねない（「朝鮮事変に於ける日本人」『国民之友』一八九五・一〇・二六）、といったものではなかったか、という推測を喚起してしまうのである。

「亡命の韓客趙義淵君」に「意訳して見」せたという⑦についても、同様のことが言える。朝鮮国王と王太子とがロシア公使の手引きでロシア公使館に居を移した「二月十一日の変」によって、軍部大臣から一転、追われる身となり日本に亡命してきたにもかかわらず、「未だ一言の半島談に及ぶなくして、『馬ハ無事なりや』」と自身の愛馬のゆくえの方を気にかけている、という趙の姿は、容易に、次のような議論を呼びよせる。「韓人は政治的無能力にして、満廷一人も気骨ある男児之無、韓人を相手には何事も出来不申候」「僕の見る所を以てすれば、中央政府も地方政府も（中略）日本人を挙て之に任ずるにあらざれば、革新の実効を奏すること能はざるべし」（「朝鮮の近状」『日清戦争実記』一八九五・四・七）。そのことは、「明治廿七年五月、朝鮮問題のために、日清両国のこと、やや切迫せる折」

などと題された⑥や、『二六新報』紙上で連日その活躍の伝えられていた伝説的浪士集団「天佑俠」に贈られた作にかんしても、同断である。[*24]

しかも注意すべきことに、これら「小生の詩」に刻まれた空白の思惟行為は、決してただひとり思索にふけった結果などではない。すなわち、この「思」は、誰も理解してくれないかも知れないが問わずにいられない、といった孤独な思考ではまったくない。むしろ、そこには「友」「我どち」「思ふどち」といった語句が物語っているように、つねにその傍らには、ともに「契り」あい、自己の「思」を共有してくれる「友」の姿がある。

おなじ道、おなじ真ごころ。二人して、いざ太刀とらむ。いざ筆とらむ。
もろともに、世にハをのこと、生まれずバ、かかる涙も、濺《そそ》がじものを。
この酒に、おのが心を、語らばや。君より外に、きく人もなし。
世をおもふ、心ハひとつ。太刀なでて、泣く友もあり、笑む友もあり。

「おなじ真ごころ」をもって、「おなじ道」へと進むことのできる「友」。「おのが心」の鬱屈をただ一人理解してくれる存在としての「友」。そして、「世」に「をのこ」として生まれてしまったがゆえの「涙」を、ともに流す同志としての「友」。

『東西南北』の世界。それは、朝鮮の地で一身を賭し、国事に奔走する〈男〉たちの世界である。彼らは、何がしかの鬱勃とした「思」を胸に秘めながら太刀を眺め、明日の大事に想を馳せる。もし万一夢破れれば、心の通いあった「友」と酒を酌み交わし、あるいは涙し、あるいは笑う。こうした世界において女性に割り振られた役まわりが、〈男〉たちの側で酒席に侍る「妓」でしかなかったというのは、実に象徴的である。まぎれもなくここには、空白の「思」を通じて結び合った〈男〉たちだけの、ホモソーシャルな世界が作り上げられている、と考えてよい。

そして、この〈男〉たちの浪漫にみちた世界が、先に見た「国民文学」「国民詩人」をめぐる言説群をパロディに見えるほど忠実に踏まえた結果であることに注意しよう。いってみれば鉄幹は「浅薄なる文士は、婦女子と共に嬉笑し、稍理想ある文士は、世を離れて独り泣哭す」「然るに大理想あり、大不平あり、且つ大見識ある者は、満腔の熱涙を抑へて以て世と共に笑ふ」(前出「明治文学者の理想」)といった言葉を、具体的なイメージとして展開してみせたのである。

各国のさまざまな思惑が交錯する日清戦争期の朝鮮国において、「日本国民」を代表＝代行し(ているとみずから錯覚し)ながら、はっきりはしないけれど何かしらの「思」を胸に行動した、〈男〉の「歌」。直文、子規、緑雨、鷗外とそうそうたる顔ぶれを揃えた『東西南北』序文の筆頭には井上哲次郎が来ているというのも、決して偶然ではない。そういえば、『東西南北』中の鉄幹の代表作「韓にして、いかでか死なむ」一〇首は、『帝国文学』誌上に投稿、掲載されていたのではなかったか。*25

また、それらの作の形式的な側面についても無視はできない。『東西南北』『天地玄黄』の短歌作品にはすべて句読点が付されているが、そこには、釈迢空のように三十一文字の枠組みに内在しつつその韻律を攪乱しようといった戦略性はまったくない。むしろ、五七五七七の各句末に「、」「。」が配されることで、形式としての〈和歌〉は断片化され、五七／七五の一節で意味内容が完結するような〈新体詩〉的なリズムの方に近接している。三十一文字総体ではなく、断片化された句や節に注意が向けられていく、と言いかえてもよい。山本康治は、日清戦争の際に各新聞社が実施した懸賞軍歌募集において、「五七、七五調が前提条件として指示」されていたことの重要性を指摘している*26が、その意味でも鉄幹の「歌」は、過剰なまでに〈新体詩〉を擬態しているといってよい。

与謝野鉄幹の出発期における理論的・詩的実践は、まず第一に〈和歌〉形式につきまとう〈女性〉的なものというイメージを払拭することを目指していた。より〈男性〉的な、そして「国民文学」たり得るものと考えられていた〈新体詩〉を、徹底的に模倣＝反復すること。〈女性〉的なものという悪しき刻印を消し去るために、〈男〉たちだけの手になる、〈男〉たちだけの世界を描くジャンルとしての〈和歌〉を作り上げること。そして、以上のような価値転倒を補強するものこそ、同時代のメディアに流通していた植民地主義のレトリックに他ならない。

ひとまず、次のように結論づけておく。日本国家にとっての最前線《フロンティア》は、新時代の「歌」にとっての、最前線でもあったのだ、と。

しかし一方で『東西南北』には、以下のような作も存在している。

から山に、桜を植ゑて、から人に、やまとをのこの、歌うたはせむ。
韓にして、いかでか死なむ。われ死なバ、をのこの歌ぞ、また廃れなむ。

鉄幹にとって「韓」とは、これから「から人」に歌わせるべき「をのこの歌」を作り上げる場所なのであって、それ以外ではない。そしてそれは、他ならぬ「われ」によって、ひとつひとつ行為遂行的に構築されていくべきものだ。だが、それは同時に、「われ」なしではいつでも「廃れ」てしまう、そんな脆弱なものでしかない。事実、『東西南北』には、いつでも自分は〈男〉らしさから遠ざかってしまうのだ、いつでも〈女性〉的なものの方へと引き戻されてしまうのだというひそかな恐怖もまた、うかがえるのである。

風流男の、名だに恥ぢしを、歌よみて、世に誇る身と、いつなりにけむ。
韓にして、いかでか死なむ。今死なバ、みやび男とのみ、世は思ふらむ。

6 〈現在〉への実践に向けて

けれども、これですべての問題が解決されたわけではない。

にもかかわらず、という接続詞が適当かどうかわからないが、「日本文学」の性質を〈女性〉的なものだ、とする言説は執拗に生き延びていく。あの『帝国文学』においてすら、「我国近時の文学」を指して「女性的」だという者があるが、「文学其物が既に女性的なるを知らずや」とか、「人間」は元来「柔弱」なものなのだから、いたずらに「腕力」やら「刀剣」やら「空威張」を好み「優美」さを排斥するべきではない、などの主張（「文学の性質」一八九六・一〇）や、「日本詩歌の欠点」は「女々し」さ・「優柔」さ・「雄壮の風なし」のようなささいな事柄にはない、といった議論（「日本詩歌の欠点」一八九六・一〇）が登場してくる。しかし、それらの議論に、「文学其物」「人類」といった普遍性を含意する語彙が含まれていることは重要である。つまりこれらの言説は、かつての〈和〉／〈漢〉をめぐる見解をそのままに反転させたものではない。むしろ日清戦争の勝利によって「壮漢」「尚武国」としての「日本」は世界に認められたのだから、今度は「文国」としての「美」を知らしめなければならない、という議論の方と接点を持つのではないか（坪内逍遙「国文学の将来」）。であればこそ、『東西南北』に対して、「豪放雄大の気象辞句の間に現れ」て面白いが「惜むべき」は「優美」さに欠けているなどと、過剰な〈男性〉性の発露を誡めるような評価がなされたのであろうけれども、それはまた別の話である。[*27]

本稿においてわたしは、〈日本文学〉の本質とは何か、という問いを立てたわけではない。また、〈日本文学〉の属性を〈男性〉的だとする見方は、ある特定の一時期に捏造された虚構にすぎない、ということだけを主張したいわけでもない。だいいち、〈国民〉〈国民性〉〈国民文学〉といった概念そのものが疑わしいものでしかない。

むしろ重要なのは、事象を分節する際のきわめて有効かつ重要な記号として、ジェンダーの比喩が用いられている、ということの方である。いいかえれば、あるものについて〈女性〉的／〈男性〉的というレッテルを貼りつけることで何かを了解した気になる、という錯覚の存在である。しかも驚くべきことに、「国詩」についての議論、〈日本〉と〈朝鮮〉〈支那〉の比較考量にかかわる言説のいずれにおいても、〈男性〉性・〈女性〉性の意味するものは、ほぼ一致している。すなわち〈男性〉性＝「雄壮」さ／〈女性〉性＝「優美」さという一義的な意味づけは疑われることさえないのである。ナポレオン戦争期のプロシアで作られた愛国的・民族的歌謡を分析したカーレン・ハーゲマンは、男性「市民」を祖国防衛のために動員する徴兵制の導入にともなって、「行動力、攻撃性、力、想像力、勇気、強さ、そして雄々しさ」といった属性を中心に「戦闘的―行動的」な「男らしさ」が構築され、その一方で「柔和さ、思いやりのあること、美しさ、温和さ、良風美俗、そして受動性」をもった存在としての「女性」という「二分法的性別役割分担」が形成されていった、と述べる。[*28] だとすれば、日本帝国最初の大規模な対外戦争としての日清戦争においても、ほぼ同様の事態が起こった、と考えられるのではないか。そして、〈日本〉に固有の問題とは、近代国民国家の要請するジェンダー構成と、中華文化圏のなかでの自己主張のために採用された文化的な意味づけとが、相反する方向を持ってしまったことに起因する、とさしあたり要約できる。そして、日清戦争という事件は、この矛盾を字義通りの意味で顕在化させてしまったのだ。それぞれの文脈において展開された、〈女性〉的なものにかんする異様なまでの嫌悪・拒絶は、おそらく、そのあたりの機微を物語っているだろう。

ともかく、「国詩」の確立を目指した言説の系列で、または日清戦争前後の国際関係をめぐる議論において、そのような比喩が採用され、反復されればされるほど、それぞれのジェンダーに付与された意味は、より強固な実定性を獲得する。つまり、〈日本文学〉は〈男性〉的だ、いやそうではない本当は〈女性〉的なのだ、という議論を繰り返すこと自体が〈日本文学〉の存在を自明のものとすることはもちろん、「二元論的性別役割分担」を固定化することにも貢献してしまう。その限りにおいて、どれほど過激な転倒を行なったとしても、まったく意味をもたない。[*29]
論述の過程でその都度示唆してきたように、われわれが引用した言説のひとつひとつについて、論理的な欠陥、イデオロギー的な迷妄を指摘することは、容易である。しかし、ひとつの言説は、同時にいくつかの文脈を活性化させてしまう。ごく図式的にいえば、ある問題構成において生産された言説は、問題意識も、語られる場もまったく異なる別の言説を参照・引用し、時には反発することで、みずからの論旨を練り上げ、そして補強していく。他方、参照された側も、まさに他の言説の論拠として機能したということによって、ある種の権威を獲得する。このようにお互いが結び合い、支え合い、もたれ合うことによって、それぞれの言説の無根拠さは隠蔽されていく。

実はあからさまにぽっかりと口を開けているにもかかわらず見過ごされてしまっているほころびを見つけ出し、その穴を押し拡げ、批判的に介入するための足がかりを構築すること。あるいは、われわれにとっての〈現在〉をかたちづくる論理を批判的に検討し、そこに伏在するイデオロギーをそれとして指し示すこと。本稿は、そのような問題意識をもつわたし自身の、批評的実践のささやかな一歩である。

註

＊1 乙未義塾については、稲葉継雄「鮎貝房之進・与謝野鉄幹と乙未義塾」（『韓』一九八八・二）、『旧韓末「日語学校」の研究』（一九九七、九州大学出版会）参照。鮎貝房之進は朝鮮国政府、日本の朝鮮総督府と太いパイプがあったらしく、閔妃事件以後詩歌の筆を折った彼は、京釜鉄道の敷設・平壌無煙炭の販売などにかかわり、そこから得た資金をもとに古書・古美術品を蒐集、のちに朝鮮総督府博物館協議員・古蹟調査委員・李王家博物館評議員を歴任する他、在野朝鮮学の泰斗として『雑攷』全九輯（一九三一〜三八）を刊行した。「朝鮮末期からの半島の善悪表裏をこれ程知られた人は少い」（藤田亮策）という鮎貝のコレクションは、当時の李王家博物館、開城府立博物館、京城帝国大学などに多く寄贈されたという（藤田「鮎貝さんの面影」『書物同好会会報』一九四二・九）。鮎貝については、いずれ別稿を準備したい。

＊2 ちなみに、金允植・兪吉濬・趙義淵は、ともに閔妃事件当時の金宏集内閣の閣僚である。彼らはいずれも、翌年二月一一日の朝鮮国王がロシア公使館に居を移した事件（露館播遷）によって失脚する。

＊3 鮎貝槐園述・百瀬千尋記「浅香社時代の鉄幹」（『立命館文学』一九三五・六）。また、閔妃事件の詳細を伝える「朝鮮京城十月

八日の事変」(『東京経済雑誌』一八九五・一〇・二六)には、日本人壮士グループが大院君を居所の孔徳里に訪れる際、「既に之を知るを以て鮎貝なる者」を遣わした、という記述がある。

＊4　鈴木登美「ジャンル・ジェンダー・文学史記述――『女流日記文学』の構築を中心に」(ハルオ・シラネ、鈴木登美編『創造された古典』一九九九、新曜社)。

＊5　前田透「和歌革新と新体詩」(『和歌文学の世界　第三集』一九七五、笠間書院)。

＊6　小泉苳三「明治歌論集成　解説」(『明治歌論集成』一九七五、鳳出版)。

＊7　このような萩野由之の発想には、この当時が漢詩の隆盛期であったことが関連していよう。入谷仙介は、明治初期の段階では、詩語が豊富で洗練されていること、古詩から絶句まで幅広い詩形を持つこと、などの理由から「漢詩の方が新しい時代により柔軟に対応できる韻文と見えていた」とする(『近代文学としての明治漢詩』一九八九、研文出版)。事実、少年時代の鉄幹は、詩誌『海内詩媒』に投稿を繰り返していた。

＊8　萩野由之は、一方で「長歌」の復活も提唱している。しかし、『新体詩抄』跋を書いた久米幹文が「今の文明の御代にあたりて短歌に名ある人ハ彼是きこゆれど長歌をよみ文かく人のをさ〳〵きこえざるハいとあやしや」「いかですたれたるを起してかゝる新代の風をうたひ出バや」と書いていることからもわかるように、長歌と新体詩を形式的に区分することは不可能である。いずれも五音・七音を基本とする連句形式であるし、措辞用語の面でも大差はない(もし詩句の古さで区別しようとすれば、大町桂月、武島羽衣らの作はどうなるのか?)。いずれにせよ、新体詩が七五調連句形式を採用したこと、新体詩の担い手たちが短詩形(五七五／七七)への批判から出発したことなどの要因が相まって、以後〈和歌〉といえば短歌形式を指す、という状況が一般化していく。

＊9　榊祐一「言語(としての)地形図」(『国語国文研究』一九九八・三)。

＊10　「国民歌集としての『万葉集』」で品田悦一は、「作者層の広さにせよ、歌風の健全さにせよ、『万葉集』を『古今集』や他の歌集から区別させることになった特徴は、国民的詩歌が熱っぽく求められるという状況のもとで誇張され、喧伝された特徴、つまり作られた特徴なのだ」と断じ、「国民歌集『万葉集』とは、要するに、国民的詩歌の不在を埋めるための心理的等価物にほかならなかった」と的確に論じている(前掲『創造された古典』一九九九、新曜社、所収)。本稿の執筆にあたっては、一連の品田氏の論考に大きな示唆を受けている。記して感謝に代えたい。

＊11　J・キース・ヴィンセント「正岡子規と病の意味」河口和也訳(『批評空間』一九九六・一)。

＊12　やや極端な例になるが、「全国学校の唱歌」や「陸軍海軍の軍歌」は長歌の復活に他ならない、とみなしていた物集高見は、神代から平安初期までの「優美」な「五七の調子」の「古体」が、以降「七五の調子」の「新体」に変化し、今に至るというパースペクティヴのなかで当時の状況を理解している（「今様の歌につきて思へる事ども」『國學院雜誌』一八九四・一一）。

＊13　銭鷗「日清戦争直後における対中国観及び日本人のセルフイメージ――『太陽』第一巻を通して」（『日本研究』一九九六・三）。

＊14　三上参次・高津鍬三郎『日本文学史』（『明治大正文学史集成』一・二巻、一九八二、日本図書センター）。

＊15　「〝文〟と〝声〟の闘争――明治三十年代の〈国語〉と〈文学〉」で中山昭彦は、この時期の上田の議論について、漢意としての漢字＝文字の排斥／侵略以前のものとして想定された音声語＝大和言葉の顕揚という国学的図式と「はからずも」一致する部分はあるが、「国学」や「過去の〈国語〉全体」を意識的に否定している、と指摘する（小森・紅野・高橋編『メディア・表象・イデオロギー』一九九七、小沢書店、所収）。

＊16　鈴木貞美『日本の「文学」概念』（一九九八、作品社）。

＊17　成田龍一「少年世界と読書する少年たち」（『思想』一九九四・一〇）。むろん、敵国である〈支那〉と、これから保護育成されるべき〈朝鮮〉との間では、表象に若干の差異も見られる。たとえば、前出の湛莽居士「朝鮮の病源」は、「朝鮮人種」は「蒙古」「支那」「日本」の三種族から成り、「支那文学」によって育まれてしまった「気質」は「朝鮮人種」の本質ではなく、「日本」によって「開明の域」へと進ませることが可能だ、としている。

＊18　亀井俊介『ナショナリズムの文学』（一九八七、講談社学術文庫）。「ナショナル文学論」（亀井）の主なものとして、井上哲次郎「日本文学の過去及び将来」（『帝国文学』一八九五・一～三）、鄭州生（島村抱月）「戦争後の国文学」（『早稲田文学』一八九五・一・一〇）、酉蹊生（金子筑水）「国民文学と世界文学」（『早稲田文学』一八九五・一・二五）、坪内逍遙「国文学の将来」（『國學院雜誌』一八九五・四～六）などがあるが、亀井が示唆するように、ここに「国人悉く誠実を尚び、品性は文に優りて尊敬さるゝに及んで、始めて世界を風靡する大文学は吾人の中より望むべきなり」という内村鑑三「如何にして大文学を得ん乎」（『国民之友』一八九五・一〇・一二～一〇・一九）を含めてよいと思われる。

＊19　品田悦一、前掲論文。

＊20　明治期の「女性詩人」の問題については、中島美幸「日露戦争下の女性詩」（『日本近代文学』一九九六・一〇）に示唆を受けた。

＊21　赤塚行雄『「新体詩抄」前後　明治の詩歌』（一九九一、学芸書林）。

＊22　扇畑忠雄は、『日本』『柵草紙』『二六新報』などに槐園名義で発表された歌が、のちに鉄幹の作とされてしまったことを指摘し

ている（「浅香社の二歌人」『明治文学全集六四』筑摩書房所収）。また、『東西南北』中にある短詩「うしろ影（朝鮮の俗謡を訳す）」の初出は、安達九郎「朝鮮雑記」（『二六新報』一八九四・四・二七）に「俚謡」として訳出されたものである。

＊23　赤塚行雄、前掲書。

＊24　「天佑俠」とは、九州の玄洋社と密接な関わりを持つ秘密組織で、朝鮮の東学党との連携を実現するために結成されたという。『二六新報』の社員鈴木天眼らがメンバーに入っていたことから、『二六』紙上では逐一その動静が報じられていた。竹内好は、「天佑俠」が「出先軍部や外交機関とはまったく切れて、単独に、自己の責任において軍事冒険をやる」という日本の右翼の典型的行動パターンの原型となった、という（「アジア主義の展望」『現代日本思想大系9　アジア主義』一九六三、筑摩書房）。

＊25　鉄幹が井上哲次郎・外山正一を高く評価していたことは、「ぐれんどう」のなかの「井上外山二氏の新体詩をヒヤカス人ハあれど、二氏に代って二氏ほどの長篇を綴る人あるを聞かず」（『読売新聞』一八九六・八・六）という記述からもうかがえる。

＊26　山本康治「日清戦争軍歌と新体詩」（『明治詩探究』一九九七・一二）。

＊27　『読売新聞』の『東西南北』評。ただし、引用は『天地玄黄』の「付録」より行なった。

＊28　カーレン・ハーゲマン「愛国的な戦う男らしさ」星乃治彦訳（トーマス・キューネ編『男の歴史——市民社会と〈男〉らしさの神話』一九九七、柏書房）。

＊29　ジェンダーを比喩として用いる際の問題については、池田忍「物語絵巻を見る——ジェンダー・ネイションの領域を構築する力に抗って」（『現代思想』一九九九・一）を参照。また、〈女性〉的なものを〈日本〉の文化的アイデンティティとする戦略については、千野香織「日本美術とジェンダー」（『美術史』一九九四・三）、大越愛子「フェミニズムからの『京都学派』批判」（『批評空間』一九九五・七）にそれぞれの時代に即した整理がある。

小栗風葉『青春』と明治三〇年代の小説受容の〈場〉

――『早稲田文学』の批評言説を中心に

金子　明雄

1　再び小説『青春』の運命あるいは物語の遠近法

日露戦争のさなか「現代青年の矛盾や病弊」[*1]を抉り出す「空前の大作」[*2]として『読売新聞』に登場し、多くの青年読者を熱狂させた小栗風葉『青春』（明三八・三・五〜三九・一一・一二）は、はたして不幸な運命を背負った小説なのだろうか。確かに、正当な評価の得られぬまま歴史のなかに埋もれてしまう小説や、いったんは華やかな光に照らされながらも、いつの間にか人々の記憶から消え去り、闇の中に放擲される小説は少なからず存在する。そこに不運な小説の姿があるのだとすれば、『青春』はさしずめ後者の典型のように見える。

岡本霊華（明治一六年生まれ）や中村武羅夫（明治一九年生まれ）は同時代の青年読者として『青春』への心酔を書き残しているし、[*3]田山花袋も当時の青年読者の熱狂ぶりを記録に留めている。[*4]しかしその一方で、その完結の翌年に発表される花袋『蒲団』など、日本の自然主義文学の隆盛期を切り開くとされる諸作品と較べての「旧さ」の指摘は、作者である風葉自身の言を含めて、かなり早い時期から出現する。『青春』を自然主義以前の作品と位置づけ、自然主義の展開を論じる際の否定的な比較対象とする論法は、吉田精一や中村光夫の著作を通して、[*5]今日に至るまで『青春』に関する思考を規定する枠となっている。熱狂的な受容に続く醒めた評価の定着と並行して、中央公論社の企画する「日本近世大悲劇名作全集」全八巻のラインアップに、尾崎紅葉『金色夜叉』、小杉天外『魔風恋風』、菊池幽芳『己が罪』、村井弦齋『小猫』、柳川春葉『生さぬ仲』、泉鏡花『婦系図』、渡邊霞亭『渦巻』の七篇と並んで『青春』が加えられるのは、昭和九年のことである。この全集がどのような意図の下に企画されたのかは定かではないが、一時代以上昔に相当の人気を博し、舞台上演などによって読者の記憶にも鮮明な「名作」という文化的資源を、その耐用年数の尽きる前に、「大悲劇」と呼び得るストーリーの面白さを前面に押し出して再活用するねらいがあることは明白であろう。「青春涙多し。情熱色褪せ恋破れて、若き二人は如何に果敢なく散つたか？」[*6]が、この時『青春』に与えられた売り文句である。藤村の『破戒』や『春』あるいは花袋の『田舎教師』の近くにではなく、『魔風恋風』や『己が罪』と並ぶ「近世大悲劇名作」という位置づけが、この時期に『青春』の確保した場所を端的に物語っている。そして、その場所は、一緒に並べられたほとんどの「名作」とともにやがて忘却の彼方に消え去っていく、この小説の運命を暗示しているといえよう。

かくして、注目を集めた「空前の大作」が文学の本流とは別の文脈でかつての「名作」たちと合流し、やがて人知れない場所に消え去っていく過程は、小説の「本流」と「傍流」、「新しさ」と「旧さ」をめぐる遠近法的な構図に従う一つの物語に回収される。『青春』はその内容が「悲劇」的なばかりではなく、小説としての不幸な運命においても十分に悲劇的なのである。その悲劇性は、読者の熱狂と忘却のコントラストの鮮明さによって一層際だつだろう。ところが、この小説の悲劇を、冒頭に示した不幸な小説の二つの運命のうちの前者、すなわち評価の不当性による悲劇と交叉させると、またほんの少し違った物語の相貌が姿を現わす。

『青春』は熱狂から忘却へという受容の悲劇と同時に、不当な評価による埋没というもう一つの悲劇を背負った小説なのだろうか。こう問いかけてみると、不幸な小説の運命をめぐるよくできた物語の読者にとって、二つの悲劇は互いに分離できないかたちで連動していることが明らかになる。この問いに対する解答は、次の二つの選択肢からの二者択一となるだろう。一つは、無惨な忘却という事態には十分同情したとしても、結局、その運命は小説自らが招くべくして招いたものであり、現在に至る『青春』評価は正当であるとする立場である。この場合、『青春』が読者の熱狂をよんだという事実がそもそも不幸なアクシデントなのであり、事態の悲劇性は一気に稀薄化する。そして、もう一つは、この小説の正当な再評価によって、事後的にせよ、この小説の陥った悲劇的状況の修正を求める立場である。この場合、二つの悲劇は互いに連動する一つの悲劇を構成することになる。二つの解答は全く対極的であるが、いずれも二つの悲劇を一体のものと見ている点では変わりない。その前提となるのは、近代文学の歴史という物語の遠近法的な構図に、小説とその評価とその運命の間の因果論的な関係を位置づけようとする話法である。われわれは、文学という物語のなかにあらゆる文学作品を配置しようとする発想から、決して自由になれないのだ。

だとすれば、一つの長編小説の運命をめぐるよくできた物語に、その物語の土台となっている安定した遠近法それ自体を歪ませるノイズを探ることに、積極的な意義が見いだせることになる。小説とその評価とその小説の運命の間に想定される因果論的関係の条件となっている文学という物語の構図それ自体を対象化する以外に、そこから脱する方法はないからである。因果論的関係を歪ませる微かなノイズの痕跡は、『青春』をめぐる受容と評価の場の変動が、あまりにも短い間に、評価と受容の因果的な関係が実際に作動する暇も想定できないままに、もはや後戻りできないかたちで完了してしまう点に見てとれるのではないだろうか。歴史的に鳥瞰すればかなりの時間を要した状況の変化であるにもかかわらず、出来事の核心部分をなす基本的な評価の枠組みの変動は、その小説が新聞に連載されている間に、その実際の受容の場とほとんど交錯することなく生起してしまうとさえいえるだろう。いうまでもなく、明治三八年三月『読売』紙上に「春之巻」が掲載され始めたとき、後に『青春』評価の主要な参照項となる『蒲団』(明四〇・九)はもちろんのこと、『破戒』(明三九・三)さえこの世に現われてはいなかった。そして三九年一一月に「秋之巻」がようやくその結末にたどり着いたとき、この小説の初期の成功は既に意外な方向に変貌してしまっていたのである。

ここで試みるのは、小説とその評価との因果論的な対応関係によって合理化される小説の運命を、その評価の変更によって事後的に修正することではない。この論のねらいは、小説とその評価とその運命の間に想定される因果論的関係と、その因果論の基盤となる文学という物語それ自体の機構を対象化することにある。小説の内的な表現構造と、それを評価する言説と、それらを受容する枠組みとの間には、時差をはらんだ微妙な重層的関係が認められる。そしてまた、その重層的な関係の場は、自らが語ったものを自ら創り上げていく遂行的な言語活動の繰り広げられる場でもあるのだ。

2　新聞連載の遅れと受容の〈場〉のゆがみ

「春之巻」のスタートする明治三八（一九〇五）年三月五日から、「夏之巻」を経て、「秋之巻」の完結する翌三九年一一月一二日まで、『青春』の連載は実に足掛け二一ヶ月という長期に及ぶ。「春之巻」（明三八・一〇）、「夏之巻」（明三九・一）、「秋之巻」（明三九・一一）の三分冊で出版される小説のボリュームから判断しても、この小説が一大長編小説であることは論を俟たない。ところが、この小説が『読売』に掲載された回数を見ると、春夏秋すべて合わせても二五〇回ほどに過ぎない。連載期間の長さに釣り合わない掲載回数の少なさにはいささか驚かされる。六〇〇日余りの間に二五〇回の掲載であるから、単純に計算して、平均掲載頻度は二日に一回に達しない。逆にいえば、二日に一回以上は休載していたことになる。仮に週六回掲載したとしても、休みなく連載すればおよそ四二週、つまり一〇ヶ月で二五〇回を掲載し終わる計算になるから、春にスタートした小説が、秋の終りを過ぎた頃に完結する可能性もあったことになる。もちろんそれは机上の計算に過ぎないが、「秋之巻」の完結が連載二年目の秋の終りにずれ込むとは風葉自身も予期していなかったに違いない。そして、この連載の遅れは、『青春』を受け容れる読書の場に少なからぬ波紋を投げかけることになる。

連載の遅れと一口にいっても、『青春』の連載は平均的なペースで滞ったわけではない。岡保生が詳細に調査して[*7]いるように、「春之巻」では、三月こそ順調に連載が続くものの、四月に入ると早くも三日に一回ほどの頻度で休載が挟まるようになり、五月二五日からは二週間の予定で長期休載に入ってしまう。これは、養家とのトラブルを解決するために風葉が豊橋に赴かなければならなくなったことによる。休載にあたっては家の用務のためと『読売』紙上でも説明される。結果的にこの休載は一ケ月に及び、連載再開は六月二五日にずれ込む。その後も若干の休載を挟んで「春之巻」は七月一五日に完結し、翌日から「夏之巻」が始まる。この時点では平均的に見れば三日に二回という掲載頻度であり、一ケ月の長期休載期間を除けばおよそ八〇パーセントの掲載率になる。

「夏之巻」に入って連載の断続化の傾向は強まり、風葉の動向に関する情報が『読売』「編集日誌」欄を賑わすことになる。休載の言い訳をする風葉の書簡が紹介されたり（明三八・九・八）、原稿がやっと到着したので次号に掲載するという記事が出たり（明三八・九・二六）、休載の理由とされた病気の状況が報告されたり（明三八・一〇・六）する。三九年一月一日に「夏之巻」は完結するが、平均掲載率は五〇パーセント程度、二日に一回という掲載ペースに落ちる。

明治三九年一月一〇日にスタートする「秋之巻」では、連載の遅滞はさらに顕著になる。長期の休載が常態化し、掲載される方が珍しくなってしまう。四月になると、二月から房州に引っ込んだまま休載を続ける風葉のもとに徳田秋声が派遣され、さまざまな俗事に忙殺されていることもあるが、この作に「心血を注ぎたる」ことが真の休載理由であると報告し、風葉に代わって近日中の再開を約束する秋声の書簡が、「小説青春について」（明三九・四・七）という記事のなかで紹介される。しかし、その期日は守られず、今度は風葉本人が休載の言い訳をする始末となる（「青春につきて」明三九・四・一二）。八月の末になると「九月以後の読売新聞」という「予告」が掲載され（明三九・八・二七など）、『青春』終了後に風葉が『小説神通力』（実はコナン・ドイル原作の翻訳ものなのだが、この時点ではそのことは明らかにされない）を連載する旨を告げる。常識的に判断すれば、この時点で『読売』編集部と風葉本人に

「秋之巻」終結の見通しが立っていると考えられるのであるが、その後も連載は難航を続ける。結局、一一月一二日の完結まで、平均的な掲載率は三〇パーセントに満たず、実に四日に一回をわずかに上回る掲載頻度となる。休載がちな『青春』に対する読者の反応は、小説への期待を込めて連載の正常化を希望する好意的なスタンスのものが多い。『読売』の読者投書欄である「ハガキ集」からそのいくつかを拾ってみる。*8

▲小説青春最早予定の日限相切れ候間至急御掲載下され度候（「ハガキ集」明三八・六・二一）
▲秋声先生の目なし児、まあ何て可愛らしいでせう私もう毎日〳〵ジャッケイさんにあふのをどんなに楽しんでるでせう、けれどもまた青春のデレ欽君にも早くお目に懸かりたい事よ、子ー皆さん二つ揃へて見たいわね（「ハガキ集」明三八・六・一四）

「秋声先生の目なし児」とは、三八年五月末からの『青春』の長期休載に際して急遽掲載された徳田秋声の小説である。はじめのうちは好意的であった『読売』読者も、さすがに休載の頻度があまりに多くなるといささかあきれ気味になるようである。

▲青春が青年男女間に歓迎されて居るのハ事実だが毎日紙面の末端に本日休載と書く記者もさぞ、きまりが悪かろうと思ふと気の毒でならぬ（「ハガキ集」明三九・二・一）

『読売』紙上のものではないが、この時代の文士を目指す青年たちの投稿雑誌である『文庫』では、当初から風葉本人や『青春』に好意的な雰囲気の薄いことも手伝ってか、次のように揶揄される。

■読売新聞の小説『青春』あれは余程長く続きまして厶るの。されば、いや、あれよりも「本日休載」といふのが長く続きまして厶る。（「六号活字」明三九・四）

『青春』はもともとは幸田露伴の『天うつ浪』の長期休載を補完する役割を担う連載小説であった。明治三六年九月に『読売』への連載がはじまった長編小説『天うつ浪』は、長い中断の後、三七年一一月に連載を再開する。しかし、再び長い休載に入り、三八年四月にいったんは連載を再開するものの、一月ばかりでまた長期休載に入ってしまい、結局、再び紙上に登場することはなかった。ただし、「天うつ浪休載」の告知は翌三九年の一月頃までは掲載され続けたので、建前上この時期の『読売』は『天うつ浪』と『青春』の二大連載小説を抱えていることになっている。しかし、既に述べたように、実情としては『天うつ浪』は全く掲載されず、『青春』も休載がちであったから、文学新聞としての看板である連載小説が紙面に全く姿を見せない日もあったのである。そのため、「春之巻」の長期休載時には前述の徳田秋声『目なし児』が一月ほど掲載され、その後も三八年九月から町田楓村『人の心』が、その後を引き継いで三九年一月から正宗白鳥訳『誰の罪業《とが》』が連載され、その年の三月から連載の始まる小杉天外『写実小説コブシ』につなぐなど、いささか苦しいやりくりの跡が歴然としている。単に新聞連載小説のタイトルだけを並べると、この時期の『読売』には常に複数の小説が掲載されており、文学新聞としての特質を遺憾なく発揮しているように見えるのだが、実際には、『コブシ』によって小説連載体制が安定するまでの間、『天うつ浪』に続いて掲載の不確実な『青春』を抱えて、『読売』は文学新聞の面目を失う危機に直面していたといえるだろう。危機回避のための苦肉の策が、皮肉にも文学新聞の面目躍如たる状況を見せかけるのである。「ハガキ集」にも紙面管理の杜撰さを批判する投書が見られる。

▲天うつ浪ハ如何せし、新細君ハ逃亡、人の心も知らず無断家出、独り望みを嘱せし青春ハ惰者?にて家用を弁ぜ

ず誰の罪やら後見人たる読売子此際速に家政を改革せられんことを（「ハガキ集」明三九・一・二九）

連載小説の休載が続くことは、文学を売り物にする『読売』にとって死活的な痛手であることはもちろんであるが、小説を受容する読者共同体の機能を考える場合、また別の意味での致命的な痛手が想定できる。「秋之巻」に入ってからの連載の著しい遅滞は、当然のことながら、連載小説を継続して読む読書の習慣を不能にし、新聞読者の現在時において小説を受容する条件を崩壊させる。

▲僕ハ記憶が悪いから青春など数日も続きを読まぬと殆んど忘れてしまうから記者よ出来ることなら隔日でもかまはぬから掲載が出来ませんだろうか（「ハガキ集」明三九・二・二〇）

あまりに休載の頻度が多くなると、小説の文学的評価どころか、その内容の理解すらおぼつかない状況に陥るのは、かならずしも「記憶が悪い」読者に限らないであろう。そのような事態を想定すると、「秋之巻」の後半の段階では、『読売』の連載小説として『青春』を受容する場はもはや崩壊していたと判断するのが妥当と思われる。『読売』「ハガキ集」を核として構成される読者共同体の性格に関しては別の場所で既に分析した。[*9] そこには、『青春』の評価によって読者を分割する複数の線が潜在している。そのなかでも、小栗風葉『青春』と小杉天外『魔風恋風』（あるいは『コブシ』）との間を分割することによって、「玄人読者」と「素人読者」と呼べる高級文学読者と呼べる低級文学読者の分節化をはかる線にとって、『青春』連載の遅れはそれを消去する作用として決定的な意味を持つことになるだろう。「春之巻」の内容をとらえて否定的に判断する立場や、具体的な内容とはほとんど無関係に初めから肯定的な評価を与える立場は、「秋之巻」を読むことが困難な状況からさしたる影響を被ることはない。それに対して、『青春』への当初の批判を物語の展開に従って肯定的な評価に反転しつつあった立場、あるいはそのような反転を志向する立場は、物語の進行を同時的に受容する場が成立しなければ、自らの根拠を全く失ってしまうことになる。もちろん、単行本が出版された時点で、事後的に同じ主張を反復することは可能である。しかしながら、そこに存在する微妙なタイムラグによって、その主張をとりまく言説の磁場はもはや以前と同じものではなくなってしまっているだろう。そこでは、かつてと同じ主張がかつてと同一の意味作用を持つとは限らないのである。

また、『青春』の読者共同体を分節しようとする複数の線の抗争は、閉じた読者共同体の内部での読解の支配権争いとして完結するものではない。それは『読売』の外部の領域で展開される批評的言説との連携を競う場でもあるのだ。ところが、小説の進行の現在時においてそれを受容する場の機能が失われたことによって、当然、批評的な言説との即時的な連携の可能性も失われることになる。少なくとも「秋之巻」に関して、単行本として刊行された書物を読む以外に受容の場が成立しないということは、事実として新聞小説の連載は継続していながらも、それを現在時で受容するいかなる場も存在せず、その不在の場の周辺で、その小説には直接言及しない外部の批評言説だけが流通する事態の生じることを意味する。直接『青春』に言及しない外部的な批評言説は、この時、やがてこの孤立した小説がそこで批評されることになる認識の枠組みを準備しているのである。この時点において、『青春』は実在しているのは明らかなのに、その存在を否認され、批評言説の潜在的な参照項としてのみ真空のなかに知覚される幽霊小説と化しているのである。単行本が出版された時点で、以前から存在したのにかつて一度も読まれたことのない小説が、亡霊のように後から遅れてやってくる。そこには奇妙な時間差をはらんだ受容の構図が成立する。『青春』は、連載の遅れによって、実質的には初めて読まれ、初めて評価されるにもかかわらず、かつて流通して話題になった小説として再受容、再評価されることになるのである。

次に問題となるのは、この小説が自らの姿を消している間に、真空と化した小説の受容の場の周辺で生じる批評言説の枠組みの変動である。ここでは『早稲田文学』をその中心に据えて考えてみよう。

3 〈自然派〉から〈写実派〉への『早稲田文学』的移行

『早稲田文学』が明治四〇（一九〇七）年頃から、明確な意図をもって日本の自然主義文学の先導を試み、それによって文学界における自らの位置の確保に成功したことについては、もはや詳しく語るまでもない。しかしながら、『早稲田文学』が復刊を果たした明治三九年前半の時点において、その志向がさほど明確なものではなかったことも、また明らかである。

『早稲田文学』三九年二月号の「小説界」は、前号に続いて明治三五年から三八年にかけての小説界を展望している。まず、高山樗牛、登張竹風らのニーチェ主義（「美的生活論」「本能満足論」）によって、それ以前からの自然主義的傾向が理論的根拠を得たばかりでなく、性欲を描くことが「時代精神」すなわち「意味ある人生」を描くこととして意義づけられた経緯を述べ、その影響の下にさらに「独逸自然派」など海外文学の新傾向を採り入れた作家として、徳田秋声、永井荷風とともに小栗風葉の名を挙げる。風葉の作品では「涼炎」（明三五・四）を取り上げて「ニイチェ主義の提唱する人生観を直写したるもの」とし、「比較的教育ある男女の間の恋愛」を描いて、家庭小説同様に上中層社会に題材をとって当時の中心的な読者層に合わせる傾向を持つと指摘する。そして、題材を上中層社会にとりながら、着想において自然主義の流れを追う作家の最近の代表作として小杉天外『魔風恋風』と風葉『青春』の二作を挙げる。両者は「描写の局面と着想と」が「大同小異」とされるが、「西洋文学思想の影響」の見られる点を『青春』に独自の特徴とする。

この内容に関して、次の三つの点に注目しよう。一つは、明治三〇年代前半の自然主義的傾向が、ニーチェ主義に裏付けられることによって文学の主潮流となっていると認識されている点である。ただし、それはまだ文学が進むべき方向として主張されているわけではなく、あくまでも動向として客観的に記述されるに過ぎない。次に、そのような潮流のなかで風葉への評価が高いこと。それが期待といえる性質の記述かどうかは判断が難しいが、風葉への評価が決して低くないことは確かである。最後に、風葉『青春』と天外『魔風恋風』の二つの固有名が並べられていること。その文脈に関しては、もう少し詳しく確認しておく必要がある。

『読売』の「ハガキ集」や『新潮』『文庫』などを見るかぎり、この二人の名前、そしてこの二つの作品が一緒に出てくる場合、そこにはおおよそ四つの文脈が想定できる。[*10] 一つは、一般的な社会道徳の見地から文学の反道徳性を批判する文脈で、風葉と天外はともに批判すべき文学の側の代表とみなされる。この文脈は「小説界」のなかでも自然主義への道徳的反対者として言及されている。二つ目は、風葉と天外をともに低級文学の代表と把握する文脈である。両者を低級の側に押しやることで、風葉や天外の作品を好む向こう側の「素人読者」と、その内容を批判できるこちら側の「玄人読者」との識別が志向される。ただし、この時点では「玄人読者」が支持すべき具体的作家、作品は明確ではない。その意味では、この文脈は、日清戦争以降きたるべき大文学待望論としてしばしば反復されるないものねだりの文学状況批判の言説に連なるものでもある。またこの二つの文脈は、立場は全く異なるものの、二作品に対して結果的によく似た批判的態度をとることになる。三つ目は、一つ目、二つ目とは逆に、風葉と天外をともに肯定すべき対象とする文脈である。当然のことながら、これは『読売』の読者に支配的な立場である。最後は、『青春』を優位項に『魔風恋風』を劣位項にして、この両者の差異化を目論む文脈である。しかしながら、既に論じたように、この立場は「秋之巻」連載が難航している三九年前半の時点では、有効に働きかけるべき言説領域も連繋すべき他の言説領域との接点も失いかけている。さて、この時点での『早稲田文学』は、第一の文脈の存在を確かに視野に入れつつ、基本的に第三の文脈でこの二つの小説の名前を登場させているといえるだろう。天外、風葉ともに文学界の潮流の中心の側に位置づけられているのである。

『青春』が連載の継続で悪戦苦闘している間に生起した文学界の大事件といえば、いうまでもなく『破戒』の登場である。それは『破戒』とは直接なんの関係もないメディアである『読売』「ハガキ集」でも話題に上るほどのインパクトを持っていた。しかし、同時に、『青春』に好意を示す『読売』の読者共同体によって、この小説が三〇年代の流行小説の場合と極めて近似したスタイルで受け容れられたことは、既に論じたとおりである。*11 それでは、『早稲田文学』の対応はどのようなものであったのだろうか。

明治三九年五月号でいち早く「『破戒』を評す」という特集を組んだ『早稲田文学』では、その後、六月号「小杉天外氏新作談」、八月号「夏目漱石氏文学談」、一〇月号「小説界」など、『破戒』にふれる記事が続く。

「『破戒』を評す」では、合評形式で大塚楠緒子《くすおこ》、柳田国男、正宗白鳥、中島孤島、小川未明、近松秋江、島村抱月が評を寄せている。そこに掲載された抱月の激賞がこの作の評価を決定づけたとされるのだが、その他の評は、少し拍子抜けするくらいにこの時期によく見られる題材論、構成論、性格描写や自然描写の巧拙などを軸にした批評である。例えば秋江は「地方的《ローカル》特色《カラー》」に関連して「自然主義」の立場にふれている。抱月以外に「自然主義」に言及するのは秋江だけなのだが、「自然主義」の立場の理想を描くために、さらに「悲痛暗黒」で悲劇的な物語を求めており、その自然主義認識は明らかに三〇年代前半の自然主義との連続性を保っている。同様に大塚楠緒子も丑松とお志保の恋愛の局面を明確に取り入れた物語を要求する。これも三〇年代の長編小説の物語コードを参照した批評といえよう。その他、藤村の「労作の模様」と全編に溢れる「真率な気」を結びつける秋江と同様に、「二年間の労働」にふれる白鳥の評など、後に形成される批評の枠組みを先取りする意味で興味深い記述は見いだせるものの、この作品の新しさそのものに具体的に言及する評は意外なことにほとんどない。その意味では、抱月の批評の方が、この時期の『破戒』評価のモードから見て、明らかに突出しているのである。にもかかわらず、その抱月の評ですら、「欧羅巴に於ける近世自然派の問題的作品に伝はつた生命は、此の作に依て始めて我が創作界に対等の発現を得た」、「十九世紀末式ヴェルトシュメルツの香ひも出てゐる」というよく知られた賞讃の言葉のほかは、技巧として「文芸上の官能主義」を指摘するぐらいで、「精神、感情、描法」の「新代的魅力」を強調してはいても「我が文壇に於ける近来の新発現」を具体的に説明する記述は少ない。全体的に見ると、「『破戒』を評す」は、いち早く『破戒』を取り上げたという事実と抱月による強烈な「新しさ」の主張によって、『破戒』の新しさ、重要性をディスプレイするパフォーマンスとしては十二分に効力を発揮したと思われるが、新しい小説を批評する新しい枠組みを提示することに成功したとはいえない。明治三〇年代の小説受容の場との連続性という見方をすれば、その内実に違いがあるとはいえ『読売』「ハガキ集」などと同型の従来型の受容の場がここでも構成されているのである。

この後、『破戒』の性格描写と自然描写を批判した小杉天外（「小杉天外氏新作談」）に対して、夏目漱石が「西洋の小説を読んだやうな気がした」と評して反論しているが（「夏目漱石氏文学談」）、そこでも漱石の指摘しているのは漠然とした「新しさ」の印象である。

『破戒』の「新しさ」を評価する具体的な枠組みを『早稲田文学』が明確に提示するのは、三九年一〇月号に掲載される「小説界」においてである。この文章は、三九年の文学界を総括して『破戒』と夏目漱石『漾虚集』、国木田独歩『運命』の刊行を「注目すべき新現象」と特筆する長編評論である。『破戒』を論じる部分は、まず、藤村の二年間の「労作に専心従事」する「忠実真摯なる態度」への嘆称から説き起こされる。そして、作品の登場以前に高まった期待が語られ、文学界の悪しき慣例と決別した自費出版という出版形態への尊敬が語られる。そこで初めて内容にふれて、初期の好評に関して「清新なる文体並びに思想感情を有してゐる」と合評での抱月の指摘そのままの根拠づけがなされる。その後、具体的な内容の批評に入り、諸家の評を引きながら『破戒』の自然主義の特質を「人生をありのまゝに写すといふには止まらずして見えず聞えざる内心必至の苦痛を描いて、そこに人間生活の奥の自然を示さんとしたもの」と説明し、さらにストーリーの展開に関する評価や「地方的特色」の現われた描写などにふれて、最後に「技巧上の幾多の欠点を伴」っても「生活内面の問題に触れんとするに至れること」は「来るべき小説壇の新時代を予表」するとして、長谷川天渓の言葉を借りて「作者が真面目なる心を以て自然人生を観、且つ真面目なる態度を持して芸術の製作に従事したといふ是等の事実」を最大限に評価している。

ここで提示された『破戒』評価の枠組みで重要な点は四つある。第一に、事前に流通する作家情報によって形成される作家の人物イメージに従った[12]「真面目さ」が作品に先だって重視されること。第二に、「生活内面の問題」にふれる意義ある題材に向かう真摯な態度が重視されること。言い換えれば、作者と題材における二重の「真面目さ」が重要な評価基準となっているのである。第三に、「人間生活の奥の自然」という表面的な事実の奥に隠された真実を表象することが新しい評価基準の軸に設定されること。これによって、三〇年代初期からの連続性を保ったニーチェ主義を背景とする自然主義とは別の、全く新しい自然主義を括り出す理論的な下地ができる。やがて、両者にそれぞれ写実主義と自然主義という異なる名前が与えられることになるだろう。同時に、構成や描写法など誰にでも容易にその巧拙が感じとれる基準とは異なり、「人間生活の奥の自然」という、それが表現されているかどうかの客観的な判断の困難な要素が作品評価の根底に据えられる。描かれている「人間生活の奥の自然」を正しく読解することができるかどうか、あるいは、そこに描かれているとされる「人間生活の奥の自然」の存在を了解できるかどうかが、「素人読者」と「玄人読者」を分割する新たな線として急浮上するのである。また、それはその境界線を引いて見せる批評の活動領域がそこに確保されることを意味するだろう。そして第四に、そのような「人間生活の奥の自然」が「技巧」よりも上位に位置づけられること。逆にいえば、この時点で「技巧」が文学作品の評価基準として二義的な地位に降格されるのである。

さて、長々と『早稲田文学』における『破戒』批評を検討してきたのは、『青春』の連載が停滞し、実質的に不在であった間に起きた『破戒』の登場という出来事を契機として出現する小説の読解・批評の新しい枠組みが、「春之巻」への道徳的な反発とは異なるレベルで、読者の期待どおりに堕落書生・堕落女学生の幻滅と悲哀と悔悟の物語として展開していた『青春』を正面から批判する評価基準として機能するからである。その枠組みは『破戒』の登場の時点では未だ機能し得なかったが、明治三九年の文学界を総括する段階において明確にその姿を現わしている。この短い期間に、『破戒』を評価する言説を媒介にして、『早稲田文学』とその周辺に新たな読書共同体が出現したのである。その読書共同体は『破戒』を事後的に評価することに成功する。そして、その成功は『青春』に向けられる批判と表裏一体の関係にある。この二つの作品の間にある奇妙な時間的関係、すなわち先にあったはずの『青春』が『破戒』の後からやってくるという順序によって、賞讃と批判の力学は、単純な二つの作品の比較という以上の効力を発揮することになるだろう。後からやってくるものを先にあったものとして批判することは、その批判の拠って立つ新旧の遠近法それ自体を実体化する機能を果たすからである。しかも、その批判の正当性は、すでに新しいものがある場所に旧いものが到着するという見せかけの前後関係によって、あらかじめ約束されているのである。

四〇年三月の『早稲田文学』「小説界」は、新たに練り上げた批評の枠組みによる文壇見取り図を提示する。藤村、独歩に加えて、『破戒』を称讃した白鳥、未明、そして水野葉舟などが新たな「自然派」を形成する一方で、風葉と天外が並んで「写実派」というカテゴリーに括られる。自然派の認識軸はやや広くなって「人生の一大事を正面より大事件によせて分析的に描写する傾き」、人生の「裏面の一点を捉へて何物かを暗示せんとする傾き」、「自然の風光を描いてその中に素直なる人間の情懐を託せんとする傾き」に三類型されるのだが、共通の傾向として「作者自らが感ずる生存の痛苦、個人内面の経験を何等かの形式に拠つて表白し、自家の痛苦、悲嘆、思慕、疑懼等の思ひを暗示せんとする」「主観的傾向」[*13]が見いだされる。これは明らかに、作者の態度と作品の題材に関する二重の真面目さを、技巧的な方面とは別の角度で一つの具体的な批評基準にまとめていくための用語法といえよう。作者と作品との主観的なレベルでの結びつきの度合いが問題になるのである。

「旧来の小説壇」の勢力とされる「写実派」に関する記述のなかで『青春』は『コブシ』とともに論じられる。

描写の方法の上には尚所謂写実派の艶麗な筆致に従ひながら、其の時代の病弊弱点といふが如き表面の事実以外のあるものを描かんとする点に於いて、作者は明らかに在来の写実派より一歩を進めたものといはねばならぬ

このように、いったんは評価される『青春』であるが、ただちに「自然派」との差異化が図られる。

自然派が写実派の表面の事実の客観的叙写に慊《あきた》らずして、其の事実の内面の自然、内面の事実に透徹して、其の処に自家主観の態度を表白し来らざれば已まざる抒情的傾向を有するに対して、写実派は尚未だ主観的抒情的傾向を距《へだて》ること遠く、あくまでも其の根本に客観的叙事的態度を棄却せぬものである

そして、「写実派」の拠って立つ最大の長所が、「写実派」が「自然派」の上に立ち得ない最大の原因となるという論法で、ほとんど決定的な批判が展開される。

二氏の作品が、一種甘美なる味ひを有するは、写実派の技巧上の長所であつて、やがて又其の描写の未だ苦く真面目なる現代人生の底辺にまで達せざる所以とも見られる

前年の一〇月号に提示された、技巧を二義的なものとし、作者の態度と作品の題材における二重の真面目さによって到達し得る「人間生活の奥の自然」を評価する「自然主義」支持の枠組みが、「主観的抒情的傾向」という表現を得て、「客観的叙事的態度」を真っ向から否定する論理となるのである。また、ここで再び風葉と天外が一つのセットと見なされていることに注意しよう。今度は、前年二月号の時点とは全く立場が異なり、旧来「自然主義」としていたグループに「写実派」という新しいラベルを付して、新しい「自然派」との差異化を図る立場がとられている。風葉は天外とともに、否定すべき対象として向こう側に押しやられるのである。

風葉と天外を否定的な対象として括り出すことによって、彼らに対応する読者の領域を囲い込み、それを否定的な媒介として自らの立場を卓越化しようとする志向は、三八年当初の段階からすでに存在していながらも、決定的な力を持つには至らなかった。いうまでもなく、それは自らの同一性を確保する肯定的な媒介を欠いていたためである。

ここにおいて、それまでには存在しなかった新しい論理と結びつき、それに裏打ちされることによって、「素人読者」に対する「玄人読者」を形成しようとする志向は具体的な力を発揮する媒体を得ることになる。そして、「自然派」を優位項として肯定的に評価する批評の枠組みが、全く同時に、否定的な劣位項としての「写実派」を生み出し、その二項対立的な論理に基づいた批評が展開されることによって、文学の配置が決定されると同時に、その批評枠組みが意味を持つ言説の領域が確保されるという構図が成立するのである。

前年の一一月に完結した『青春』が『早稲田文学』誌上で合評されるのは四〇年四月号でのことである。近年の話題作に対して相応の敬意が払われ、いくつかの好意的な言及も見られるのだが、『青春』評価の大勢は既に決しているといえよう。「自然派」との差異を確認しつつ「作中の主人公欽哉に対して同感哀憐の情の多く起こり来らぬのも、畢竟作者自からの同感が足らぬ故である」とする片上天弦と異口同音に、相馬御風、島村抱月もまた主人公に対する作者の冷酷さ、同情の欠如を問題にする。そして、御風の認識に典型的なように、この作の最大の長所といえる表現上の技巧が、それらの欠点の代償としてもたらされたものであるならば、技巧と作者の態度との批評上の重さの違いが明らかである以上、その成功は極めて限定的なものとして認められるに過ぎない。

この後の展開はごく簡略にふれるだけで十分であろう。新しい批評言説は、花袋の『蒲団』をまさに評価にふさわしい作品として迎え入れる。そして、抱月は「文芸上の自然主義」(『早稲田文学』明四一・一)で自然主義と写実主義の理論的な差異化を試みる。これによって『早稲田文学』誌上において「写実派」と「自然派」を分離する作業はひとまずの完成を迎えるといってよいだろう。『青春』は、その不在の間に形成された批評の枠組みによって、連続性の把握が決して不可能ではない同時代の小説群に対して、最も対極に位置する作品という役割を用意された上で批評の舞台に招き上げられたのである。それは、いったん話題作として新しさの意匠をまとって登場しながらも、その全体的な評価の現われる前に自ら失踪してしまった小説が再び読者のもとに戻ってくる間に、ある意味でそれと非常によく似た、そしてより新しさの意匠にふさわしい小説が登場してしまったことによって生じたアクシデントともいえよう。両者の連続性、類似性ではなく、差異を際だたせることが激烈な批評言説の抗争の場における主要戦略としての意義をもってしまったのである。

4　玄人読者としての風葉とその運命

「『青春』合評」の掲載された『早稲田文学』明治四〇年四月号には、風葉の「予が創作の態度」も掲載されている。この時期『早稲田文学』に登場する実作者は、話題作の作者である場合がほとんどである。したがって、風葉の登場は、彼への期待と評価が決して完全に衰えてしまったわけではないことの証左になるだろう。ところが風葉は、『青春』の技巧的な「厚化粧」を自己批判し、「写実派」から「自然派」への脱皮を志しているにもかかわらず、作者の主観の内実となるべき人生上の主義や理想がぐらついて定まらないという悩みを訴えている。彼は自己の作を否定的にとらえる批評の枠組みをほぼ完全に内面化し、それが要求する規範に同調できない自己を語ってしまうのである。それは、「自然派」に到達できない「写実派」という劣位の自己存在を読者に向けて追認するばかりでなく、明らかにその規範への過剰同調の病理を露わにしている。

『蒲団』に対する評価においても、風葉は『早稲田文学』の枠組みに見事に適合した反応を示してしまう。

『蒲団』を読んで、作家として最も感心するのは、材料が事実であると否とは兎に角、作者の心的閲歴または情生涯をいつはらず飾らず告白し発表し得られたと云ふ態度である。（略）作家と作品との間が全然有機的関係を持つてゐるとも云ひたい。（「『蒲団』合評」『早稲田文学』明四〇・一〇）

大東和重[*14]が分析しているように、作者と作品を結ぶ主観性の通路には、作者の人生観や理想の展開と作者の実際の経験の展開という二つの選択肢が想定できる。そのうち、作者の経験を作品世界に展開する方向性は、登場人物のモデル論議と結びつくことによって、「素人読者」にとっても「玄人読者」と同じように作品を論じる切り口を与えてくれることになる。実際、『青春』の登場人物のモデルの詮索をして、欽哉を風葉自身になぞらえる『新潮』の記事なども登場する。[*15] 当然のことながら、主観性の度合いが最高度に高まるのは、他人をモデルにした場合ではなく、作者自身をモデルとしてそこに登場させる場合となるであろう。

『青春』における作者の経験の作品世界への展開に関しては、風葉自身の発言が奇妙な揺れを見せる。四〇年一月の段階では、欽哉は風葉自身とする説をあっさりと否定し、モデルというかたちでの作者と作品の主観性の通路を自ら閉ざしてしまう風葉が（「『青春』物語」『文章世界』明四〇・一）、同じ年の一二月になると、『青春』の創作態度として、自己の心情、経験を基礎として、自己を内観してその偽らない感情を現わそうと努めたと説明して、作者の経験と作品世界との主観的連繋を主張するのである（「覚醒せる明治四十年」『文章世界』明四〇・一二）。もちろん、二つの発言の差異は「揺れ」といえるようなものではなく、モデルの詮索という単純な事実問題と作者自身の経験の作品世界への投影[*16]という創作上の問題とのレベルの差と理解することもできる。しかしながら、四〇年後半に活発化するいわゆる「モデル問題」を間に挟んだ風葉の微妙な方向転換には、作家の主観性という作品批評の軸とモデル論議との相補的な関係の成立が影響しているように思われる。

ゴシップ的な興味に支えられたモデル論議と作者の主観性に関する芸術的な批評言説との関係を考える場合、互いに対立するかのように見える二つの言説領域、すなわちモデルの詮索という単純明快な事実関係に還元できる議論の領域と、主観性という高度に抽象的な議論の領域との相互補完的な連繋の可能性に目を向ける必要がある。

一方で、作品の主観性という一部の限られた「玄人読者」にしか理解できない抽象的な批評言説のリアリティが、モデルによって現実世界と作品世界が繋がっているという、だれにでも十分に理解でき、その論議に参加できる具体的な事実関係をめぐる言説領域のリアリティによって支えられる。別の言い方をすれば、モデル論議が小説の主観性に関する議論の領域に現実効果を発揮するその一方で、同時に、作家と作品世界の主観的な連繫という批評的主題が、モデル関係という実生活のレベルからほんのわずか距離を置いた地点に自らの言説領域を確保する。このような連繫の可能性は、文芸雑誌から新聞に領域を拡げつつあったモデル情報、文芸ゴシップのネタの提供者が、実は、「玄人読者」と呼ぶにふさわしい位置にある人々であり、モデル論議がもっぱら「玄人読者」によって盛り上げられたという状況証拠によって裏打ちされるであろう。小説の主観性に関わる抽象的な議論によって「玄人読者」と「素人読者」を峻別する営為と全く同時に、非常に具体的なモデル論議を「素人読者」のレベル、さらには小説は読まない新聞読者のレベルにまで拡張する営為が行なわれているのである。そこには分離と統合という相反する二つの力が交錯している。そこで行なわれていることを、言説の主体に即して記述すれば、作家に関するゴシップ情報やモデル情報を提供できる文学インサイダーたちが、「素人読者」の仮面をかぶってモデル論議を盛り上げることによって、小説に関する情報の流通エリアを拡大し、「玄人読者」の言説に従って作品の主観性を読解する「素人読者」を創出すると同時に、単純なモデル論議ではなく小説の主観性を論じることのできる卓越した「玄人読者」の存在を自ら立ち上げているということになる。モデル論議の現実効果は、小説の主観性と、それを読み、語ることのできる「玄人読者」の存在に二重に作用するのである。

小説の主観性という言説領域において語りうる存在であることの条件が、モデル論議レベルでの作者の経験との直接的な関係性のわかりやすさと、そこで表象されている意味内容のレベルでの主観性のわかりにくさにあるとするならば、『青春』に読みとれるのは、文科大学生関欽哉と硯友社系の文士小栗風葉との明らかな落差であり、否定されるべきものとしてそこに表象されている人生観のわかりやすさなのである。もちろん、明治四〇年の時点でのモデル論議の役割をこのように説明してしまうことは、時間軸の上ではすこし先走りすぎであるし、言説の配置としては『早稲田文学』周辺を中心化しすぎている。また、事態を過度に寓話化しているともいえよう。実際には、モデル論議の役割が総括可能になるまでにはもうしばらく時間を要するし、なおかつ、その時点では事態は別の力によってすでに変容しはじめているからである。しかしながら、登場人物のモデルという事実関係の領域と作家の経験の何らかのかたちでの作品世界への投影という主観性の領域を、明確に切り分けることにではなく、両者を接合する何らかの可能性を残すように振る舞うことに、この時代の批評的な言説圏の内部で語りうる存在となるための条件があったと考えるならば、そもそもいくぶんナンセンスにさえ思われる欽哉と風葉を直接的に結びつけるモデル情報が登場したことや、四〇年一月と一二月の時点でのモデルに関する風葉自身の発言の変化がうまく説明できることは確かである。

作者の実際の経験のレベルでの主観性と作者の人生観や理想のレベルでの主観性は、二つの並列的な領域のように見えて、実は、一枚の紙に重ね書きされた模様のように読みとられることによって小説の可読性を確保する役割を果たしている。しかしながら、作者の経験のレベルでの主観性の通路は閉ざされても、まだ一応、作者の人生観や理想の展開という主観性の通路は残されているとはいえるであろう。しかし、ここでも作者風葉自らが否定的な振る舞いを見せる。風葉は『青春』がツルゲーネフの『ルージン』を下敷きとしていることを認めた上で、その違いに言及して「欽哉には何所までも其の真面目が無い、殊に春之巻の欽哉の態度なぞは何所までも不真面目で、其点は暗々裏に描いてある積りですが」(「『青春』物語」)として、自己と主人公の批評的な距離を明言し、作品世界の思想的根拠として桑木厳翼、島村抱月、ショウペンハウエルなどを列挙する。また、別のところでも「現代の青年の弱点を描いてみやうといふ思想が先に立つてゐた」(「『青春』と『天才』」『文章世界』明四〇・九)と主人公を相対化する意図に言及する。関欽哉という「不真面目」な男を経由することによってあらゆる思想が相対化されてしまうこの小説世界においては、作者自身の人生観や理想が表現されるとしても、それは陰画的なシルエットとなり、直接性を失ってしまうことは全くやむを得ないことなのである。明瞭に読みとることのできる作者と主人公の批評的な距離と、否定的な表現によって間接的に浮かび上がってくる自己の人生観や理想のあり方が、作者と作品の主観性の回路を閉ざしているのである。

主観性を評価の基軸に置く言説圏において、『青春』が可読性を獲得できない(語りうるものとなり得ない)事態を最も鋭敏に感じていたのは、『早稲田文学』的な批評枠組みに過剰同調した風葉自身に他ならない。風葉はこの時期に最も「玄人読者」の存在を意識した作家であったに違いない。そして、紛れもなく「玄人読者」の一人であったのだ。しかし、その意識は自らが「素人読者」向けの作家であるという否定的な自己意識を根拠として構成されている。風葉にとっては自らを否定することによってのみ、自らの到達すべき理想を形象化することができるのである。いうまでもなく「自然派」「写実派」の二分法も、「玄人読者」「素人読者」の二層構造も、「玄人読者」にのみ読解可能な「作者の人生観」も、ある言説領域のなかで、ある瞬間の言説相互の力の関係によって引かれた分割線が括り出す実体のない存在にすぎない。決して本質的な存在ではないのである。しかし、その空虚な存在を実体的に受け止めたところに『青春』の作者小栗風葉の悲劇があった。「玄人読者」たらんとし、同時に小説に描くべき厳粛な人生観や理想を持った「作者」であろうとした風葉は、その不可能性ゆえに、自己の現実を否定的な媒介として前進する自己像を確保するしかない引き裂かれた状況に陥る。風葉は「動揺の人」[*17]となり、「僕は元来何事に対してもその事一つに凝り固まつて底の底までも究める事の出来ない人間です。（略）無論刹那的には熱して我を忘れて騒ぐやうな事はあるが、永くは続かない。深くは入れない、つまり真剣になれない、執着がない」[*18]と、自らの動揺を自らの主観（性格）の弱さとして引き受けるしかない。その意味では、風葉は、この時期に『早稲田文学』を軸として形成される新しい批評の枠組みの機構を、自己分裂というかたちで具現化した稀有な存在なのである。

5　シャドウ・ベースボールと遠近法

小説のジャンルは、ただ単にある際だった特徴を持つ小説が一塊りになって登場するだけでは形成されない。物語的に時系列化すれば、その際だった特徴を、際だった特徴と認定するための認識の網が作り出され、そして、待ちかまえるその網に複数の小説が捕らえられることが必要であろう。むろん、その前提として、その認識の網を作り出すことに何らかの意義あるいは批評的な賭が想定される状況がなくてはならない。実際の出来事は、この便宜的な説明のように順序正しく生起しないが、事後的に見る限りにおいて、ある際だった特徴を持つ一群の小説が登場したが故に、それらを括る小説ジャンルが生み出されたという、さらにありそうにないが大変わかりやすい物語に整序されるのが通例である。

一つのジャンルが形成される過程は、ありもしないボールを投げ、投げられてもいないボールを打ち返すシャドウ・ベースボールのようなものなのだろう。そこにボールがいつの間にかやってくる（こともある）のである。ただし、シャドウ・ベースボール自体も、それがその形に見えてくるまでには、奇妙な身振りの集合体である段階を経なければならない。この論が、記述しようとしたのは、さまざまな身振りの集合体が、シャドウ・ベールボールになり、やがてオーディエンスも含めてボールのある野球になる過程が、どのような力によって方向づけられ、どのような内的機制によって動かされているかということである。まず「写実派」があり、そして「自然派」がやってくるという極めてわかりやすい事態が、どのように構成されたのか。それを構成する力はどのような場で生じ、どのように作用したのか。われわれは、もう一度「新しい」ものと「旧い」もの、「本流」と「傍流」が構成する遠近法を見直さなければならない。遠いものと近いものの関係は、決してわかりやすくも単純でもないからだ。

付記

本論は平成一一年度日本大学国文学会総会での口頭発表に基づいている。同学会での発表に基づいた論文として「小栗風葉『青春』と明治三〇年代の小説受容の〈場〉――『読売新聞』「ハガキ集」を中心に」を『語文』第一〇五輯（一九九九・一二）に既に発表している。本論はその続稿として構想されたものである。合わせてお読みいただければ幸いである。なお、二つの論の問題意識の共通性を鮮明にするため、本論「1」は『語文』掲載論文の「序」と同じ内容であることをお断りしておく。

註

＊1　社告『読売新聞』明治三八年二月二八日など。
＊2　社告『読売新聞』明治三七年一二月二八日など。
＊3　岡本霊華「解説」『明治大正文学全集　小栗風葉集』（一九二八）、中村武羅夫『明治大正の文学者』（一九四九）など。
＊4　『東京の三〇年』（一九一七）。
＊5　吉田精一『明治大正文学史』（一九四一）、中村光夫『風俗小説論』（一九五〇）など。
＊6　「日本近世大悲劇名作全集」の巻末に付された広告より。
＊7　岡保生『評伝小栗風葉』（一九七五）。
＊8　以下の「ハガキ集」の引用では署名は省略した。また、以下の『読売新聞』など、すべての引用において、適宜新字に直し、ルビは省略する。
＊9　金子明雄「小栗風葉『青春』と明治三〇年代の小説受容の〈場〉——『読売新聞』「ハガキ集」を中心に」（『語文』第一〇五輯、一九九九・一二、日本大学国文学会）を参照。
＊10　注9と同じ。
＊11　注9と同じ。
＊12　メディアを流通する作家情報によって形成される「作家の肖像」の構造と役割に関しては、中山昭彦「〝作家の肖像〟の再編成——『読売新聞』を中心とする文芸ゴシップ欄、消息欄の役割」（『文学』一九九三春）を参照のこと。
＊13　大東和重「文学の〈裏切り〉——小栗風葉をめぐる・文学をめぐる物語」（『日本文学』一九九九・九）を参照のこと。大東は生田長江「風葉論」（『芸苑』明三九・三）と「『青春』合評」（『早稲田文学』明四〇・四）、「小栗風葉論」（『中央公論』明四一・九）を結んで、「内面表現」と「事実再現」を重視する「主観的傾向」の要求が、『青春』を批判する基本的な枠組みとして作用したプロセスを追っている。「主観的傾向」が『青春』批判の主要な枠組みとなった点に関しては全く異論はない。にもかかわらず、ここで「主観的傾向」が浮上する過程を追補するのは、『読売』を軸とする読者共同体のあり方との関係を捉えたいことと、その浮上のタイミングを問題としたいからである。また、長江の「風葉論」の位置に関しては、若干の再検討が必要と思われる。長江の論は確かに「主観的傾向」をいち早く批評の基軸に取り入れた点において後の批評動向との関係を考慮するに値するが、風葉の主観に関しては、性欲の主題を抽出して、それを描かれるべき意義ある主題と認定しており、この点では明らかに三〇年代前半の自

然主義との連続での把握がなされている。さらに、それを天外との差異と捉えていることから、本論の文脈でいえば風葉と天外との間に分割線を引く批評的立場と位置づけられる。この評論の発表時期から考えて、少なくとも『青春』受容において、この立場が強い効力を発揮したとは考えられず、したがって、「一旦主観の作家とされながら、のちにその評価が覆された」という問題設定は困難と思われる。「写実派」と「自然派」の差異をめぐる言説では、もともと質的差異と程度の差との意図的混同があり、なおかつそれを括り出す批評の枠組みに固定的な実質がないのである。

＊14　注13と同じ。

＊15　「文士月旦　小栗風葉」(『新潮』明四〇・一)。

＊16　実際、岡保生、前掲書や小中陽太郎『青春の夢　風葉と喬太郎』(一九九八)は、『青春』を作者風葉の主観性のレベルから再評価しようとしている。この批評枠組みの現代的効力を証明するものでもあろう。なお、この点に関しては大東和重、前掲論文もふれている。

＊17　片上天弦の言葉。「小栗風葉論」(『中央公論』明四一・九)。

＊18　相馬御風によって紹介された風葉自身の発言。注17と同じ。

II

〈私〉の行方——欲望と誘惑

もっと自分らしくおなりなさい
――百貨店文化と女性

小平　麻衣子

1　デパート時代の幕開け

「明後日《あさツて》は日曜だ、何処かへ行かうよ。着物を見に三井へでも行かうか。」（『金色夜叉』後編（二））

紅葉によって「超明治式」と評された宮《みや》の栄燿を象徴する富山《とみやま》の言葉である。宮という女性の欲望を描いた『金色夜叉』の成立は、紅葉が三井呉服店のPR誌に携わっていたという個人的な関係を引き合いに出すまでもなく、そのさまざまな位相において女性が主役を演じた消費社会の加速と不可分である。

『金色夜叉』のこの部分が書かれた明治三一（一八九八）年、三井呉服店は大きく変わりつつあった。周知の通り、延宝から続く老舗だが維新後経営不振に陥っていた三井呉服店に新たな時代をもたらしたのは、明治二八年理事に就任するやいなや、アメリカのデパートメントストアに学んだ大胆な諸改革を行なった高橋義雄であった。これによって三井呉服店は、明治三七年には「株式会社三越呉服店」となり、日比翁助が専務取締役就任、他に先駆けて「デパートメントストーア宣言」を出すに至る。これ以後、呉服、洋服をはじめ、家具、美術品から子供の玩具に至るまでライフスタイルをトータルにコーディネートするさまざまな商品を取り揃え、瞬く間に食堂や写真部、劇場などを備えて「デパート」の呼び名にふさわしい巨大娯楽施設へ成長した三越は、消費社会のシンボルになっていった。

だがそもそも冒頭の『金色夜叉』の場面が富山唯継の富をもってはじめて可能な快楽であったように、それまで消費は特別な階級にのみ許された特権であり、消費を罪悪だとする一般の人々の意識を変えようと、創世期のデパートはあの手この手を使わなければならなかった。その最も初歩的にしてかつ最重要だったのが、階級に代わってだれもが従わざるを得ない「流行」という概念を普及させ、汚れたり破れたりしていなくても次の服を買うように仕向けることであった。そうした欲望を消費者に喚起する具体的方策として、何よりも先に挙げなければならないのが、高橋義雄の改革のあまりにも有名な一つ、陳列販売方式の採用である。それほど買うつもりのない客も店内に気軽に入り、商品を見るのを楽しめるようにしたこの改革は、消費の階級性を取り払う最初のステップであると同時に、どんな些少な品物でも売るというデパートの新方針と連動し、「見るだけ」が「見るだけ」に終わらない欲望のシステムの作動する地点であった。

そして、こうしたデパートの戦略もまたメディアの存在を抜きにしては語れない。明治三〇年代から四〇年代にかけてはデパートのPR誌も創刊ラッシュといえるが、ここでも一歩リードしているのは三井で、明治三二年一月発行の『花ごろも』から、『夏衣』『春模様』『夏模様』『氷面鏡』『みやこぶり』と題したPR用の冊子をほぼ半年ごとに発行し、シーズンにあった新柄、流行、または衣服に関する知識などを提供していった。暑い、寒いといった個人的な身体感覚によって感知されていた季節は、雑誌の発行によって、天候の変動に無関係に、だれにでもやってくるものになった。その時間意識が流行と消費のサイクルを規定したのである。この「流行」という時の流れは加速し、明治三六年八月より、PR誌は『時好』と題して月刊化される。以後「新柄陳列会」「寄切見切反物大売出」（明治三四年から毎年春秋二回開催）などデパートで行なわれる季節ごとの企画と両輪となり、人々の生活のサイクルを規定し、定期的に思い起こされる年中行事として定着していくことになる。

また、これらは発刊当初から、記事で報告される都市の流行を巻頭のグラビアに商品として並べ、別に価格表と巻末の注文用紙、振り込み用紙をつけた通信販売カタログでもあった。[*1] ＰＲ誌によって、商品を眺める楽しみは地方に住む人や実際には頻繁に店を訪れることのできない人々にも平等に分配されたのである。

むろん、ＰＲ誌を持ち出した時点で改めて断るまでもないが、こうした「消費文化の成立」の実質性が問題であるわけではない。和田敦彦が『中央公論』の緻密な分析によって取り出してみせたのは、「新たな中産階級の実質的な増加」という裏付けを持たずに「『中流階級』という想像上の集団」が説得力を持つ明治四〇年代前後の言説空間であったが、[*2] ここで起こっているのもこの「中流階級」の成立と密接に関わりながら、自由に買い物をするという想像的行為が人々の手元に手繰り寄せられていくことだからである。

商品を「見るだけ」というつもりで店に入った客がいつしか「買いたい」という欲望にとりつかれるように、雑誌の読者も注文用紙という未来への切符を手元に置きながら、買い物の夢を膨らませる。「流行」という概念を全国レベルで普及させ、消費文化の成立を促進したのは、なによりも何処にでも届く雑誌だったのである。

今回は特に三越と、そのライバル白木屋のＰＲ誌を中心に取り上げ、消費社会の成立過程でどのようにジェンダーが再編され、またそれぞれに創刊当初から設けられている文芸欄がそれにどのように関わっていくのかを考察したい。[*3]

2　消費者という〈性《ジェンダー》〉

消費文化の主役が現在に至るまで女性であることに異論はないであろう。女性と消費が結びつけられるお馴染みの光景は、ＰＲ誌でも繰り返し見ることができる。

区画の別になつた大広間の入口に寄せ切売場と記して有るマア見た計《ばかり》でゾツとする二千居やうか三千居やうか甚だ希に帽子冠つて男を見るのみ只だ雑然たる女の塊りで紫陽花の花が風に吹かれて揺れる如くである（『時好』明三九・一二）

しかし、デパートの出発点となった呉服店の商品が女性向きだからというのはその理由としては単純すぎる。グラビアに載る商品の数からいえば圧倒的に女性向きの呉服の新柄が多いとはいえ、男性向きのそれがないわけではない。また、グラビアから記事本文に目を転じるならば、洋服を勧める記事のほとんどは男性向けのものである。ジャンルの別を考えるならば、ファッションが女性の占有とは決していえないのである。

確かに、いったん閉鎖されていた洋服部は明治三九年一〇月と遅れて再開され、ファッションの需要者が女性から男性に拡大したようにも見えるのだが、グラビアが人目を引く効果を最優先する以上、女性の呉服にしたところで、そこに載る高価な呉服が売れていたとは限らない。これらの男性用洋服紹介の記事にはスタイル画が必ず載せられており、グラビアには呉服の柄だけが平面的に並んでいることからすれば、人体を美しく撮影（印刷）するところまで達していなかったこの時期のグラビア技術が、形を流行の重要な要素とする洋服を載せることを嫌い、グラビアとスタイル画の住み分けを要求したと考えられる。グラビアでの女性向け商品の多さが、買い手が女性であるという事実に直接結びつくことはない。

しかも雑誌の初期には、消費者としての女性は登場しない。むろん自分で代金を支払ったりせずとも、三井を訪れて買い物できた上流階級の女性は実際にはいたはずである。しかしPR誌にみられる女性と呉服との縁の深さは、呉服を仕立てる裁縫が女性の仕事である、という関係に尽きる。日露戦時下という特殊な事情も考慮しなくてはならないが、明治三八年ごろまでのPR誌の小説や記事に見ることができるのは、出征した夫の留守宅を裁縫の賃仕事をして守る妻の姿、[*4] つまり労働者としての女性であり、消費者としての女性ではないのである。

女性と消費の結びつきは、デパートの起源が女性向きの商売である呉服店だから、とか、実際に買い物をするのが女性だったから、という実体的な理由とは無関係である。それらが逆に消費のイメージの浸透とともに起こってくるとすれば、それをもたらす消費形態の変化がいかに表象されているかを確認しなくてはならない。

呉服屋といふはおもしろい商売だ。御客さんの金で自分の好きな物を拵へる事の出来る商売は余処にはあるまい。(中略) 自分はお客様の為めをのみ計つて居るのだ。自分の事などは顧みる暇もない、お客さまがあればこそお店もあるのだ。(白鼠生「我輩は呉服屋である」『時好』明四〇・一一)

店員が一見商売の論理の赴くままに客を翻弄しているかのような書き出しだが、実はそうすることがお客様を最も満足させることであり、お客様の望むものが店員の望むものであると示している。以後デパートが全面に押し出していく〈客の身になる〉サービスである。店員は客と対峙するものではないという安心感のもと、デパートがふりまく幻想を客は受け入れるようになったのである。だが実際の店員については「全く客の為を思はず、眼前の利益に執着して居る」(泉鏡花談「三越趣味に就て」『太陽』明四二・四)というような不満もあがっている。とすれば客の店員に対する安心感をもたらしたのは、店員教育の徹底というような実質的な変化よりは、店員の概念を変えてしまうようなシステムの変更だと考えるのが自然だろう。

いうまでもなく、商品を陳列する販売方式の変化と、それに伴う「現金正札附」のサービスである。客が店員に干渉されることなく商品を眺められるサービスは、店内から客と店員が値段を交渉する戦いも一掃する。店員と客との間に設けられた距離こそが店員をあたかもいないかのように見せかけ、店に買わされているのではなく、自ら買う買い物を客に保証する。もちろん裏を返せば、客は安心感に酔いしれ、デパートがふりまく幻想に手もなく引っ掛かるということでもある。自ら買う消費者が受動化しているのである。そして、この受動性こそ男性支配的な社会のなかで女性が負わせられているメタファーであり、消費者を女性ジェンダー化するものだといえる。消費者が女性に限定される転換点は、皮肉なことに消費を一般に開放する販売方式の変化にこそあったのである。

そしてファッション（一般には社会、経済、美意識にかかわる行動様式を指す語だが、ここでは衣服や身体装飾を指す狭義で使用する）の都合のよさは、こうした消費の受動化の妥当性を具体的に説明できるところにある。この時期流行にのっとった衣服を身にまとうことが、経済性や衛生性を説くさまざまな擬似科学的言説によって勧められることになるが、そのなかでもとりわけ頻繁に登場するキーワードが「色の調和」である。この点に、なぜほかの領域ではなく、ファッションがまず近代的消費の主領域となり、デパートの起源となり得たかのヒントがある。

色彩の科学的分析を根拠にして勧められる「色の調和」が、消費を促進する目的に奉仕していることは明らかである。色彩を調和させるためには「頭の上から足の先まで」（浜田生「頭の上から足の先まで（デパートメントストーアとはどんなものか）」『時好』明四〇・一二）トータルに品物を買わなくてはならないし、組み合わせを楽しむためには同じアイテムを何色も持っていなければならないからである。だが流行の経済性を主張するものや、着替えの衛生性を語るもののなかにおいても、「色の調和」が圧倒的な説得力を持ち得たのは、むしろ衣服だけではなく、常に皮膚の色との関係で語られる、その論理にこそあった。

色は独立して美しいのと、さうでないものがあります。（中略）そこで衣服の色は、（中略）数多の色の組合せになります。而して其色の組合せの中に、何時も組み入れられるものは其人の皮膚の色であります。（星常子「衣服の色合」『時好』明三九・一、『日本の家庭』より転載）

調和と申すのは自分では訳《わか》りません、自分で衣服丈の調和は見られても、自分と衣服との調和には、いくら鏡と相談しましても出来ないのです、そこに来ますと、顧客を見るに巧みに馴れて居ります店の番頭さんなどが功労を積んで居らるゝのですから、其の見立を受けて決した方が調和したものを着ることができます。（女子高等師範学校教諭吉村千鶴子談「衣服の見立」『流行』明四一・七）

ことは「外見」に関わるゆえに、その主導権は己れの外部に委ねるほかない。店員に身を委ねることこそあなたが最も美しく見える方法なのだと、これらの言葉は誘惑し、装うことを受動的な作業にする。「色の調和」の席巻は、それが消費とファッションに受動性という折り合いをつける魔法の言葉だったからに他ならない。消費を勧める言葉は「見られる」という異なったカテゴリーをも併呑し、今や完璧に女性への誘惑の言葉に仕立て上げられるのである。

一体夫人と申すものは男子と異つて天職を持つて居るものですから、男子で出来ない箇所や及ばない点に働かねばなりますまい、ですから良人は外からドシ〳〵御儲けに成れば夫人は夫れをドシ〳〵と巧く費《つか》ふのが役です、（中略）斯く内面から慰め励まして良夫を少しでも進歩せしむるやうに致すのは、誠に必要なことゝ考へますから、世の夫人がたは盛んに贅沢な服装も成さり、立派な装飾も出来ますやうに、良人を慰め励まして置いて、沢山装飾にも御費しになれば好いでせう。（山脇房子女史談「注意すべき婦人の服装」『時好』明四〇・一二・二五）

しかし、確認しておくべきなのは、メタファーとしての受動性を受け持つ女性は、個々の存在としては主体である、というより、主体となることが求められてもいた、ということである。というのは、結局は女性一人一人が自らの欲望に従ってデパートに足を運ばなければ、物は売れない。また、ファッションが買い手を受動化するお仕着せであれば、だれがそれを買いたいと自分から望むだろうか。現在から見ていかに陳腐に見えようとも、消費が主体化という変革を保証しなければ、女性の共犯を獲得はできなかったであろう。「色の調和」が支配的な言説になったもう一つの理由は、女性のそれぞれを分離し、自分自身の欲望の主体に変えるのに大きな効力を発揮したからなのである。

着物の色は各々顔色の異なつて居るにつれて、それぐ〵似合ふべき色がありますから、人が如何なる色をきて、如何に美しく見えたからと申して、自分の顔と能く相談もせずに、競ふて流行の色を用ゆることは、配色の上からしても余程注意すべきことゝ存じます、（某夫人談「顔と着物の配色」『流行』明四〇・一二）

顔色が各自で違うように、衣服もそれぞれに似合うものは異なる。[*5] それを考慮せずに流行に飛びつくことの愚かさは繰り返し非難される。「流行」にのっとった消費の浸透は、従来の階級ではなく、個性こそを最優先される社会的なカテゴリーとしたのである。もちろん、改めて断るまでもなく、人々は個性を発揮することによって、おしなべて消費者という均質な集団の一員になるのである。かつてのように流行だからといってだれもが同じ服を着る時代は終わりました、今はより進化した個性の時代です、とは現在でも語られる常套句だが、流行と個性の両立しなかった時代などないというべきであろう。

『三越好み』とは派手模様をいふにもあらず、又は意気向といふにもあらず、又は渋い好みといふにもあらず、またはハイカラ好みといふにもあらず。只其趣味が一種他の模すべからざるものあることをいふなり。（中略）されど又注意せよ。所謂三越式なる者は、事実を以て説明する能はずとも、今もし多数の集会ありたらん際に、其新装せる貴婦人連の衣裳には何となく衣裳の似通ひたるものゝ点々たるを見、更に注意して其色合、模様の染工合、帯の柄合、其配合等を見ば、著しき特殊の趣味の存在せるを認むるなるべし。（「三越このみ」『時好』明四〇・一二・二五）

消費の言説は、女性をひとからげにしたり、分離したりするのである。

3　私より美しい〈私〉

では、個々の女性たちが自分自身の欲望の主体となることは、どのようにして学習されたのであろうか。

従来の消費社会にふれた論は、人々の「見る」行為を重視し、その衝撃的な体験をもたらした商品陳列棚や、街路に面したショーウィンドウについて論じてきた。[*6] とくに積極的に店に足を踏み入れない通行人をも客にしてしまう点で、店内の商品陳列棚よりも人々の欲望の育成にはるかに大きな効力を発揮するのは、ショーウィンドウである。巨大な面積のガラスを生産できる工業技術の発達と、その輸入量の増加という物理的条件によって初めて可能になったショーウィンドウは、早い例としては高島屋京都本店で明治二九（一八九六）年、東京では三越、白木屋ともに明治三六（一九〇三）年に設置されている。

これらを論じたものの功績は、「見る」という主体的体験と（想像的にでも）家から出て街を歩く自由が女性にも分け与えられた、つまり個々の女性にとっても消費というのが自らを賭ける価値のある新たな場であったことを示した点にある。ところがこれらでは商品に対する主体的な欲望と、先に述べたような、あくまでも受動的なファッションを繋ぐ回路を説明できないだけでなく、男性と女性にひとしなみに分配されている「商品を見ること」をのみ論じる結果、消費が男性と女性に振り分ける役割の違いを見落としてしまう。どのように女性の欲望だけが受動へと落ちていくのかの具体的提示にはなっていないのである。

女性的な欲望の成立には、さらに複雑な学習システムの存在を考える必要がある。女性を象ったマネキン人形の登場がそれである。

マネキン人形を用いたディスプレイは関西での登場がより早いが、東京でも三〇年代後半にはその例を見ることができる。[*7] とくに白木屋では、古代から近世に至る時代別に代表的な衣装を復元し、人形にまとわせた時代風俗標本人形[*8]（『流行』明四〇・一二）など、三世安本亀八に依頼して人形の制作にも力を注ぎ、季節行事としての定着を狙った「染色競技会」では毎回大変凝ったディスプレイをみせる。雑誌でもその写真を見ることができるが、そのほとんどが女性の人形である。

これらショーウィンドウの中のマネキン人形は、彼女たちの欲望を形作るのに大いにあずかったはずである。というのは、その衣装を着た自分がどんなふうに見えるかを想像することは、商品のみを陳列したショーウィンドウや、柄のみを写真版として載せた雑誌のグラビアなどの平面的なものよりもはるかに、商品に対する欲望を「自分自身の」欲望に仕立てあげる。自分の顔色にぴったりな一着、自分だけをより美しくみせてくれる一着がそこにあるかのように感じるからである。

そしてこのことは、ショーウィンドウを可能にしたガラス輸入量の増加が他方で引き起こしていた大きな変化と連動している。ガラスの普及が、鏡をも普及させつつあったという事実である。[*9]もちろん鏡は古来から女性と切り離せないものではあったが、明治三〇年代から四〇年代にかけて、幸田露伴が『不蔵庵物語』（明治三八）で唐銅の鏡とガラス鏡を対話させたように、新旧の鏡の交替が起こっている。そして、姿見というような大型の鏡はこのガラス鏡でしか実現できなかった。唐銅の鏡とは異質な明らかな自己の反射像を目の当たりにして、女性たちはようやく自分の全体が他人にはどんな風に見えているかを知ることになったし、その自己像は徐々に鏡の所有という形で自己の管理下におかれるようになったのである。

つまり、商品を「見る」という主体的体験と、「見られる」または「買わされる」という受動性をなんの矛盾もなく繋いでしまうのがガラスという魔法の鏡だったのである。女性たちはショーウィンドウのマネキン人形にありうべき自己像を想像する、つまり、ショーウィンドウを鏡を見るように見る見方を学習したのである。

そうした学習システムの典型として白木屋「染色競技会」でのディスプレイを挙げる（図1）。これは「一人の美人が、美麗なる洋室の中にて、安楽椅子に横たはりながら本誌（註・『流行』）を持ちつゝうたた寐に耽り居る処へ、兀然として花の如き女神現はれ、二三の天使《ゼンゼル（ママ）》をして、帯、金鎖、其他高貴の装飾品を運ばしめ居る」（『流行』明四一・一二）場面である。

注目すべきは、部屋の中央にさりげなく鏡に向かう女性を描いた画額が懸けられていることである。この画額はまさに、どのようにこのウィンドウを見るべきかを眺める女性に教えている。ウィンドウという鏡面に映っているのはあなたのありうべき姿なのだと。「夢想」というタイトル通り、きらびやかな女性の姿はウィンドウの中の女性の夢であるばかりでなく、ウィンドウを眺める女性の夢でもある。

もちろんウィンドウ中の女性が『流行』を持っているように、店頭のディスプレイの写真や流行の詳細を映しだす雑誌の紙面もまた、そこに向き合う女性の鏡の役割を果たすのである。

このように、デパートの本店に出向かなくてもイメージは人々の手元に届けられる。そして、雑誌とともにこの役割を担うものに広告額がある。例えば三越では明治三二年に各地の駅などに等身大の肉筆美人画を設置して以来、ポスターなどの宣伝にも力を入れているが[*10]、店内の様子などを描いたものよりは美人画が多い。これらの広告は、雑誌のグラビアがほぼモノクロであるのに対して「色の調和」を補完し、等身大の鏡として機能していったと考えられる。

画家が意識的かどうかはさておき、それを示した大変に興味深い構図をポスターに見ることができる（図2）。ここに描かれた同じ年格好の二人の女性の互いに似通った着物の好みは、女性どうしの親密さを示すと同時に、微妙な角度で向かい合う二人をあたかも鏡に対する一人の女性のように見せている。そして、横顔だけではっきりと顔が判別できない手前の人物は、おそらく見る者が自己投影する場所でもあるだろう。等身大のポスターとしてならもちろん、『三越』紙面でこれを見ている多くの女性にとっても、手前の女性が手にしている『三越』が、自らをこの構図への参入資格を持つものとして夢想させてくれるはずである。

つまり、商品を買いたいと思う女性は、広告の女性像を自らの鏡像とするのであり、その時点ですでに広告中の人物であることを、このポスターは示しているのである。

図 1　「夢想」（『流行』明41.11）ウィンドウという鏡こそが本当のあなたを写す。

図 2　「当世美人」（波々伯部金洲，『三越』明45春，提供・三越資料室）広告は「当世美人」の反射像を増殖させる。

図 3　「葭町伊達姿（吾妻振昔人形）」（『時好』明38.5）商品であり売り手でもある女性たち。

さらに、女性をショーウィンドウや広告のなかに立たせるこのようなシステムが、女性自身が商品である傾向を助長していくのも想像に難くない。あくまでも女性消費者に衣装を売る販売者であるマネキン人形は、ショーウィンドウに陳列されることで、人形＝女性それ自体が男性にとっての商品であるかのように見えてしまうからである。

例えば、明治三八（一九〇五）年ごろからの元禄ブームの火付け役、三越が行なった一つの宣伝イベントがある。葭町《よしちょう》芸者に元禄模様の衣装を着せ、元禄踊を踊らせるというイベントであるが、『時好』（明三八・五）に掲載されたその際の写真には、「吾妻振昔人形」とタイトルがつけられている（図3）。ポーズをとった美人を人形に見立てること自体はありふれた趣向だとしても、ショーウィンドウや芸者をモデルにしたポスターの普及に合わせて、他でもないマネキン人形に見立てた点がこの写真の新しさであり、ことさら新奇さが要求されるこの場面で使われた理由だろう。この趣向が示すのは、衆人の注目を集めるファッション・リーダーとしての芸者の存在以上に、商品としてのマネキン人形と芸者との近さである。そしてもちろん、買い物という行為を通して、一般女性がマネキン人形に憧れるとすれば、それまでは厳然たる区別があった芸者らと一般女性の境界がなくなり、一般女性も性を売り物にする商品と見做されることになる。

ここには、近代消費社会という特定の状況が、客体としてしか主体化しえない女性を生み出し、同様に「見る」行為も完全に非対称なものにしてしまう過程をみてとることができる。確かに、すでに述べたように商品を「見る」行為は消費が男女に平等に与えた楽しみであるに違いないが、女性にとっての「見る」行為が、「見られる」ことの学習としてしか許容されていないのに対して、男性にとってのそれは、単なる商品を眺めることであれ、ウィンドウ中の女性を眺めることであれ、お馴染みの「見られることなしに見る」行為なのである。

4　誘う女／買わない男——デパート小説群と『三四郎』

これらは、小説という領域でも繰り返される。[*11] 例えば、元禄踊のイベントとほぼ同時期に発表された松居松葉「神話喜劇元禄姿」(『時好』明三八・六。翻案との断りがある)には、鎌倉の仏師三橋甚内が妻の姿を写した人形が登場する。この人形の出来栄えに土地の大分限来栖主馬が買うことを希望するが、甚内は意地から譲らない。だが妻の留守に人形が動きだし、甚内を誘惑する。人形に命をあたえよとの無体な願をかけた自らへの神罰と思い困った甚内は、人形を妹に預けるが、妻の嫉妬、人形の非常識ぶりに悩み、ついに人形を来栖に譲る。来栖は報酬として甚内に念願の大仏建立を約束し、妹の結婚もまとめる。

甚内が人形を手離したのは、動きだした人形が自らの美しさを知り、自分を誘惑してくることに狼狽したためだが、人形が来栖によって商品として懇望されていることからも、その性質が性を商売にする女性のそれであるのは明らかである。だがそれは妻の似姿でもあり、貞淑なはずの妻の変貌ぶりこそが甚内を驚かせているのだといえよう。一方妻にとっては、自分の外にいる自分が自分より美しいことになり、嫉妬もそこに向けられている。「神話喜劇元禄姿」が当て込んだ元禄踊のイベントないし「吾妻振昔人形」を参照するまでもなく、妻の嫉妬は、ちょうど女性がショーウィンドウのマネキン人形を自分の鏡像と見て嫉妬するのと対応する。人形に成り代わりたいという女性の願望が、女性一般を性の商品へと変えていくのである。

だが、このように女性一般の商品化があからさまであるにもかかわらず、男性が買い手として書かれることはない。女性を所有する行為は、別のメタファーで語られていく。

楽斎「蘆手日記」(『流行』明四一・六)は、白木屋の蘆手模様懸賞図案一等を狙って田端の寺の離れで暮らす、美術学校卒業生の志賀という青年の日記風の小説である。やがて彼は隣家の娘に恋をするが、彼女は偶然にも志賀の友人の知り合いであったため、友人の奔走で縁談はまとまり、懸賞にも入選する。最後に、白木屋の秋の蘆手模様陳列会で自分の図案になる裾模様を着ている若い奥さんふうの人形は愛妻妙子を写したものであることが記されている。

ここでは実際に人形や女性が売買されるわけではないにしろ、志賀による妙子の所有が、誰かに所有されることを待つマネキン人形としての陳列と表裏をなす点で、一般女性の商品化を描いた「神話喜劇元禄姿」と似た構造を持つ小説だといえる。

しかし、このように男性が女性を所有することと、消費者がショーウィンドウの商品を買うことが類比的に語られる環境が整っていたにもかかわらず、男性が消費者として語られることはない。「蘆手日記」で語られているのは、あくまでも男性が生産する商品が女性を誘惑するということであって、男性が買い手として女性を得るということではない。男性が消費者という女性性を身にまとって、そのジェンダー・アイデンティティを危うくすることはないのである。

消費のなかで特に画家がクローズアップされてくるのも、おそらくは画家が実際にポスターの女性像などを描いて宣伝に貢献したからだけでなく、画家の表象が男性消費者の抹消に役立ったからと考えられる。実際に雑誌で繰り返し行なわれる図案の懸賞は[*12]、当選者のほとんどが男性であり、買い手＝女性に対する商品の作り手＝男性というメタファーを形成してはいたが、それだけで一足飛びに男性消費者の隠蔽へと繋がるわけではない。ところで、「蘆手日記」では図案家は美術学校出という設定、次に扱う「橋姫」でも画家が図案を作成している。図案の需要増加が実際には図案家と画家の専門分化を進めるであろう事実を無視して、この時期に商品を作る芸術家像が増加するのは、消費がもたらした芸術の商品化や図案の芸術化の反映であるばかりではない。男性芸術家の存在意義は女性の流行を写すことにあるが、実はその観察者としての位置こそが、見られることなしにショーウィンドウの女性を見る消費者としての男性を代表しているのは明らかであろう。つまり、画家を近接領域の図案家にスライドさせる操作は極めて自然に見えるが、実際に起こっているのは男性消費者を商品の作り手にすり替え、消費の痕跡を消去することなのである[*13]。男性芸術家の表象の重宝さはここにあり、また、こうした男性消費者の抹消によってしか、消費が完全に女性のものとなることはなかったはずである。

こうして完全に消費が男性から女性への誘惑としてのみ語られるようになると、商品を欲しがる女性が、性の欲求の強い女性として読み替えられるという事態が起こる。懸賞文芸募集で小説の部第一等に入選した袖頭巾「橋姫」（『時好』明四一・一）にも、例を見ることができる。そのストーリーは以下のようなものである。

「私」の郷里（備前児島）で幼馴染みだったお玉さんは非常なる美人だが単純で、帰省の度に都会の流行のことしか聞かない。そのお玉さんは娘時代にも浮き名を流し、その後結婚もしたが破れてしまった。一昨年の帰省の際、「私」は美術学校出の青年画家で三越の懸賞図案に入選したこともある煙雨を同伴した。煙雨は自身の図案になる浴衣を着たお玉さんをモデルに絵を描き、展覧会で優賞、絵は三越に引き取られて休憩室で変わらぬ美貌を誇っているが、お玉さんがどうしているかはわからない。

女性が広告中の人となる同じ結末をもつ「蘆手日記」が、彼女がだれかのものになることを示していたとすれば、ここではその裏面、彼女が誰のものでもありうるという面、誘う女への不安が示されている。

そして、このテクストは、明治四〇年代的な女性の表象と男性の文学的欲望が、消費の構図に直接的に接続していることをも明らかにする。飯田祐子は、美禰子の表情や目に向けられた三四郎の視線や語りの分析によって、『三四郎』（明四一）における美禰子の謎の生成過程を明らかにしたが[*14]、明治四〇年代的な男性の欲望とは、この『三四郎』論を受けた藤森清が『蒲団』『煤煙』『或る女のグリンプス』にも共通すると指摘した「女の謎・内面を読むという欲望」[*15]のことをいう。ここでは、述べてきた小説群と『三四郎』とが構造を共有することを指摘し、この問題の端緒を示しておきたい。

そもそも、述べてきたPR誌掲載の小説について、作家がデパートの論理に従ったある制約を被り、完全に自由な創作ができたわけではないという独自の事情を考えるのは早計であろう。例えば三越を題材にすることを要求された懸賞文芸に対してさえ「応募小説中に、三越の案内記めいたもので美文と見られないもの」があった（遅塚麗水談『時好』明四一・一）との批評がなされることからすれば、この時期文学者自身は、文学の実践がスポンサーから自立していることをこそ誇りにしていたことがうかがえる。したがってPR誌掲載の小説とほかの媒体に発表された小説を連続的に扱うことに問題はない。

また、そのように断るまでもなく、宣伝とは無関係に書かれた夏目漱石『三四郎』が、単なる一点景として三越を取り上げているだけではなく、ここまで述べてきた小説群と構図自体を共有しているのは一目瞭然である。

三四郎は板の間に懸けてある三越呉服店の看板を見た。綺麗な女が画いてある。其女の顔が何所か美禰子に似てゐる。（六の九）

三四郎によって三越の広告美人と結び付けられる美禰子だが、彼女の家の応接間は、暖炉の「上が横に長い鏡になつてゐ」る（八の五）。もちろんガラス鏡であるはずのこの「明らかな鏡」（八の六）のなかに「何時の間にか立つてゐる」という形で、美禰子が訪問した三四郎の前に姿を現わすことは今さらいうまでもない。

戸の後に掛けてある幕を片手で押し分けた美禰子の胸から上が明らかに写つてゐる。美禰子は鏡の中で三四郎を見た。三四郎は鏡の中の美禰子を見た。美禰子はにこりと笑つた。（八の五）

ここでの美禰子は、三四郎の訪問の目的が借金であることを通じて、自分名義の口座を持ち、自由に金を使えるという事実ときり離せないし、他の場面ではもちろん買い物をする存在として書かれている（九の六）。つまり鏡像としての美禰子は、枠どられた半身像というイメージの共通性だけでなく、消費という行為において広告の美人像と結びつけられている。鏡のガラスの向こうから見返す美禰子はまるでショーウィンドウのガラス越しに立っているようであり、消費行為が女性を広告されるイメージとそっくりにしてしまうことを示しているのである。むろん先の引用での広告美人は、美禰子のように見えるばかりでなく、違うようにも見えるのだが、これとても、結局はだれでもないからこそだれの自画像にもなり得る、という広告のあからさまな事実の提示にすぎない。

そして何より、画家原口によって描かれた美禰子の絵が展覧会で不特定多数の視線にさらされ、そこに美禰子の結婚が重ねられて、彼女が多数のなかのだれかに手に入れられるべきものであるという事態を示して『三四郎』は終わる(一三)。とすれば、原口の絵が広告的意図を含んでいないとしても、その機能はすでに検討してきた小説群中の広告画やマネキン人形と同じであり、美禰子は広告美人として封じ込められたということも可能であろう。『三四郎』にははるかに綿密な考察があるにせよ、すでに述べてきた「橋姫」などの小説群と同じ構図を共有している。

この美禰子について漱石が語ったとされるあまりにも有名な言葉が「無意識な偽善者」であった。[16] 前述の「橋姫」においても、語り手の男性とその友人である教師が、お玉さんに催眠術をかけ「性質を矯《た》め」ることをめぐって議論する場面がある。催眠術によってお玉さん自身も知らない内面が分析されようとし、揚げ句、お玉さんはだれにもその真価を知られていない、謎の存在として位置づけられている。男性的欲望と女性の内面の謎が、個別のテクストの問題ではなく、女性を客体として主体化する消費という文化装置によって生み出されているのは明らかであろう。お玉さんや美禰子の存在が謎であるのは、マネキンや広告美人として差し出される他者の外見を自分と呼ぶよう、消費が女性たちに仕向けるからに他ならない。他人が差し出してくれるのが自分だとしたら、女性たちは自分自身が何をしようとしているのか知らず、謎に見えるのは当然である。

そして、その他人の外見が見せかけのように見え、その下に容易には現われない実体があるかのように見えてしまうとき、「無意識な偽善者」という矛盾、自分の行動に無自覚でありながら、自覚的に自らを偽るという矛盾は可能になる。だがもちろん、消費の直中にいる彼女たちに、他人の外見以外の自己があるはずはない。男性は、自分が女性に何を欲しがれと言ったのかを忘れ、女性は一体何を欲しているのか、と頭を抱えるのだ。

男性たちが「彼女たちを新しい主体とみるか、性的対象と見るかのあいだで揺れていた」[17] のは、女性を新たな成員として組み込もうとする消費社会の構造が両者を要求していたからであり、消費は性的対象としての主体・無意識的主体という折衷案へ向けて、巧妙に女性を誘導していったのである。

これらは、消費社会の期待にそって表象された女性像であり、個々の女性主体が実際にどうであったか、とはレベルを異にする問題ではある。しかし、それが繰り返されることによって、女性の多くが内面化してしまうことも確かである。女性の側からいえば、そうした消費の構図の内面化は、女性の自己実現を大変困難なものにしてしまう。女性が常に、自己の外に自らが実現すべき自己を見出し、自分はまだ自分自身ではない、という自己認識にとらえられる以上、彼女は現在の自分に自信を持つことができず、いつの日か本当の自分になるのだという夢を持ち続けるしかないからである。しかも、女性が客体でしかないわけではなく、男性とは質の違った主体化をわりふられているのであれば、こうした自己認識は、客体としてのみ存在することを脱しようとする醒めた女性をも絡めとるであろう。女性が女性の身でありながら何ごとをかなそうと真摯な志を抱けば抱くほど、自分がまだ自分と呼べるだけの確固とした輪郭を持たないことに苛立ち、絶望することになる。これについては別に述べる機会を設けるべきだろうが、この時期に多くみられる女性の煩悶は、目覚めた女性を受け入れる環境が整っていなかったという理由以上に、こうした自己認識に関わるものだと考えられる。

そして、自分自身が何者であるか知らない女性に、その自画像を差し出すものが男性芸術家（画家はむろん、PR誌で画家と同じくらい多く表象される小説家も、デパートから女性像の創出を期待されていた）であるとすれば、彼女たちは己れを彼らに預けるしかない。この時期以後、消費者である女性たちは、文化のお得意様にもなっていく。女性が文化（男性芸術家）に群がる現象は、消費の領域をさらに広げようと〈もの〉ではなく文化を売り、人とはちょっと違った生活を勧めるデパートの戦略に、女性たちが簡単に引っ掛かってしまったことばかりを意味しない。彼女たちの真面目な自分さがしなのである。

5　女性の職場としてのデパート

ところで最後に、こうした構造が、一方で当の女性たちの活躍を促したことにも触れておかなければならない。継続している『流行』においては明治四三年、『三越』はその創刊を期に、PR誌に載る女性作家の作品は著しく増えている。正確な状況把握にならないことは承知の上でひとまずの目安として大雑把なパーセンテージをあげるならば、例えば毎号二編程度小説もしくは脚本を載せている『時好』では、創刊から終刊までの五年間に女性作家は小山内八千代の「門の草」（『時好』明三八・三）を見る程度なのに対し、『三越』では女性作家の作品は全体の五割程度にも達する。『流行』の事情も同様だといっていい。主な執筆者は、小金井喜美子、森しげ子、岡田八千代、国木田治子、長谷川時雨、田村俊子、尾島菊子などである。この時期がすでに『青鞜』創刊を目前に控え、女性の力がまさに臨界点まで達していたことを考慮すれば、その原因を単純化はできないが、PR誌においては以下のような要請がその主な原因であったことは否めない。

しかし服飾を敍す点に於ては当世の作家が筆は特別の知識が十分だとは思はれない。そこへゆくと女流の作家は苦もなく筆をつけて居る。これは（一）女流の観察は労さずして自然に服飾の上に細かに行き届く（二）男性の作家よりもその交際が上流の家庭に多く接近する便がある、この二因であらう。（岡野知十「女流作家が作中の服飾」『流行』明四一・八）

むろん女性作家のすべてが服装を細かに描くことを信条としていたなどとは決して言いえない。にもかかわらず引用のように、女性はファッションを描けるというイメージは、女性は自分を飾るものだから他を観察するのに長けて

図4　新館模型をもつ秋期売出しポスター（『三越』明43秋，提供・三越資料室）欲望は女性から女性へ手渡される。

いる、つまり前述の「見ること」による「見られる」学習の論理にそのまま乗っていることは言うまでもないであろう。そしてこれと類似の構造はデパート内に容易に見出すことができる。女性店員である。

まだ好い事は売場の人のぢろぢろとお客を見ぬ事、殊に女店員といふものは人の悪いもの、夫が此処のは優しいのです、（くれは「歳暮の三越呉服店」『時好』明三八・一二）

三越はいち早く明治三三年に女店員を採用、三六年には二六名を採用している。これ以来、デパートは他の業種より比較的早く女性の職場として開かれるようになった。これが〈客の身になる〉というサービスの開始がなければ起こり得ない変化であるのは明らかであろう。消費者＝女性だからこそ、その気持を理解できるのは女店員だというわけである。買い手だからこそ売り手（むろん商品の作り手ではない）になれるということの論理は、女性が消費によって美しくなった自らを衆人のまなざしに晒したい、売るべき流行の衣服をまとうショーウィンドウのマネキン人形に成り代わりたい、という女性的欲望と同じ構造を持つ。客と店員は、両者が入れ代わり可能な鏡像なのであり、二人は鏡を覗きこむように互いに己れの姿を見せびらかす。そして、そうである以上、どちらがより〈ありうべき〉女性像であるかをめぐって、彼女たちは熾烈なライバル関係を結ぶことにもなる。女店員の〈人の悪さ〉は、実は女店員ならではのやさしさが構造的に作り出したものでもある（図4）。こうしてデパートは、女性にとって居心地の良さと、逆撫でされるスリルの両者を保証する女の園と化していくのである。

女性作家にもどれば、彼女たちは、見られることなしに見る位置を獲得していた男性作家とは明らかに異なる論理によって求められている。つまり、男性作家の書く行為は広告自体を作り出す行為として期待されているのに対し、女性の書く行為は、広告の内容、広告されるものとして期待されている。すでにさまざまな女性作家の活躍が見られる時期にあって、彼女たちの多くが「（註・衣装の）選択、平たくいふと選り好みといふことで、此一番自由を有するものは、小説家と画家である」といわれる「小説家の細君」と「画家の細君」（大島宝水「選択と調和」『流行』明四二・六）であることも偶然ではない。想像力によって卓越したファッション・センスを実現する芸術家の、厳しい目に適った妻たちこそが、ファッション・リーダーとして相応しい女性だったのである。

このようにしてデパートのＰＲ誌は、女性作家の活動が保証される稀有な場となった。もちろん、どんな理由であれ書く場が与えられたことによって、その規範自体に疑問を突きつける実践が生まれてくることはありえよう。その意味で販売者という媒介的行為者《エージェント》を考えてみることもできるだろう。ここで見通しだけを述べるとすれば、こうした女性作家の作品のなかには、女性どうしの濃密な感情（いわゆる同性愛）や姉妹の関係を描いたものがみられるなど[*18]、女の園だからこそ可能な新たな表現の息吹を感じとることもできる。但し、以上に述べてきたように、こうした同性社会こそが男性の女性に向けられる欲望を裏面で支える場として機能していたこともまた確かである。

以上は、消費のジェンダー化のおおまかな見取り図を、それが集約的に現われるＰＲ誌に限定して述べたにすぎない。ＰＲ誌への外側からの評価や、またこの見取り図に直結するであろう女性を分析・治療しようとする医学的言説との関係などの問題は積み残したままである。しかしともかくも、これら初期の百貨店ＰＲ誌は、男性／女性の対関係が（同性愛と呼ばれるものも含めた）同性社会を形成していくことを一誌のなかで広げて見せた極めて興味深いテクストであることによって、明治三〇年代後半から大正にかけてのジェンダー編成を考える時避けては通れない。一時代を画した白木屋もすでに閉店した今日、こうした見取り図はどこへ向かっているのだろうか。

註

＊1　郵便振替送金口座制度の新設に伴い、口座の承認を受け、『時好』明治三九年三月号からは指定振込用紙が付けられた。

＊2　和田敦彦『読むということ――テクストと読書の理論から』（一九九七・一〇、ひつじ書房）。

＊3　『時好』は明治四一年五月に終刊、四一年六月からは『みつこしタイムス』として引き継がれた。その後さらに、四四年三月に『三越』が創刊され、これ以後は『みつこしタイムス』と『三越』が平行して発行されていく。両者の内容的な違いは、『みつこしタイムス』が店内や催し物の案内、流行の呉服柄や商品の紹介などを中心とし、『三越』ではそれらの記事は重なりつつ、流行会の講演録や小説をふんだんに載せている点（流行会の軌跡については神野由紀『趣味の誕生――百貨店が作ったテイスト』一九九四・四、勁草書房に詳しい）と、当初定価をつけていた『みつこしタイムス』が非売品となった（明治四三年四月）のとほぼ入れ代わりに、非売品だった『三越』が販売されだした（明治四四年七月）点にある。『三越』の明治末の発行部数は五万部といわれる（『三越』明四四・八）。一方の白木屋の月刊誌『家庭のしるべ』は明治三七年七月創刊、三九年一月からは『流行』と改題され、内容に多少入れ代わりはあるものの、小説を一貫して載せ続け、一般にも販売している。発行部数は八千部といわれる（『白木屋三百年史』一九五七・三、白木屋）。今回は便宜上明治末年までを分析対象とする。

＊4　遅塚麗水「軍人の妻」（『時好』明三七・八）や、留守宅の妻の近隣の娘への裁縫教授の形式で読者に裁縫の知識を与える物外居士「裁縫指南」（『家庭のしるべ』明三七・六〜三八・一一。小説部分の肥大にともない、明三八・六からは「小説　裁縫指南」に改題）など。

＊5　この時期、女性の身体を取り巻く美の規範の変化にともない、化粧法も白粉の白一色に塗り込める従来の方法から、各自の「自然な」肌色をより美しく見せる方法への移行を見せており、顔色も含めた色の調和の要請はこれらと連動するものでもある。この時期の化粧法と文学の関わりについては拙論「女が女を演じる――明治四十年代の化粧と演劇・田村俊子『あきらめ』にふれて」（『埼玉大学紀要教育学部（人文・社会科学）』一九九八・九）で述べた。

＊6　初田亨『都市の明治』（一九八一、筑摩書房）、高柳美香『ショーウインドー物語』（一九九四・一〇、勁草書房）など。

＊7　見物左衛門「三井呉服店縦覧記（十一）」（『時好』明三七・五）ほかによる。

＊8　時代別の装束を復元したものであるが、元禄風や桃山風の流行を中心になって作り出した三越に対抗したイベントである。

＊9　『日本貿易精覧』（昭一〇）によれば、明治三八年の硝子厚板（一〇〇〇平方センチメートル以下）輸入量は一四五万九八八五平方メートルで、前年の三倍強に跳ね上がっている。硝子薄板（一平方メートル以下）も明治三九年の四四万三六二二平方メートル

は前年の二倍程であり、この頃から輸入量は急増する。また、国産ガラスの製造は明治四〇年から始まっているが、鏡用ガラスの生産はずっと遅れており、三〇年代半ばから増加していた輸入ガラスを国内で鍍銀するのが一般的だった（先田与助『日本ガラス鏡工業百年史』一九七一・三）。

＊10 株式会社三越『株式会社三越85年の記録』（一九九〇・一）。

＊11 今回取り上げている三越と白木屋のPR誌では、創刊当初から小説欄を設けているが、初期の内容に消費の奨励というメッセージを見ることはかなり困難である。おそらく、デパートが消費の単位として狙っていた「家庭」を、理念として掲げていたのがほかならぬ小説という領域だった、というのが小説の利用の理由であったろう。消費という題材、正確には消費の構図のなかでの男性芸術家の位置を書いた小説の数が増加するのは、デパートの戦略が固まる明治三八年ぐらいからである。

＊12 白木屋では『家庭のしるべ』明治三八年一〇月号から裾模様などの意匠の懸賞募集を行なっており、ここでいわれる蘆手模様も、三越の元禄風に対抗しうる新趣向として白木屋が力を入れていたものである。その三越でも意匠の懸賞募集は早く、『春模様』から行なっており、どちらの店でも当選作品はデパートに陳列されるだけでなく、当選者氏名を後には肖像写真とともにPR誌に掲載し、デパートの季節行事の目玉としていた。

＊13 流行の研究に飽き足らず、流行の創出を目指しはじめた当時の三越「流行会」において、とりわけ小説家が熱心にみえるのも、こうした文脈からすれば、商品の作り手＝男性のアイデンティティの獲得のためだったと考えられる。

＊14 飯田祐子『彼らの物語』（一九九八・六、名古屋大学出版会）。

＊15 藤森清「『或る女』・表象の政治学」（中山和子・江種満子編『総力討論　ジェンダーで読む『或る女』』一九九七・一〇、翰林書院）。

＊16 夏目漱石『文学雑話』（明四一）。

＊17 藤森清、前掲論文。

＊18 前者には岡田八千代「お島」（『三越』明四四・六）、森しげ子「お鯉さん」（『三越』大一・一〇）、また後者には田村俊子「あねの恋」（『流行』明四五・四）、尾島菊子「糸子の支度」（『流行』明四五・五）などがあげられる。

付記

『金色夜叉』の引用は『紅葉全集　第七巻』（一九九三・一二、岩波書店）、『三四郎』の引用は『漱石全集　第五巻』（一九九九四・四、岩波書店）による。

本稿脱稿後、土屋礼子「百貨店発行の機関雑誌」、田島奈都子「ウインドー・ディスプレー」（山本武利・西沢保編『百貨店の文化史——日本の消費革命』一九九九・一二、世界思想社）、瀬崎圭二「三越刊行雑誌文芸作品目録——ＰＲ誌「時好」「三越の中の〈文学〉」（『同志社国文学、二〇〇〇・一）が発表された。これらは本稿が明らかにしえなかったいくつかの基礎的事項について述べている。

貴重な資料の提供をいただいた三越資料編纂室に感謝する。

〈食〉を〈道楽〉にする方法《マニュアル》
――明治三〇年代消費生活の手引き

村瀬　士朗

明治三〇年代初め、恵比寿ビールの生みの親で「ビール王」と称された馬越恭平と並ぶ明治外食産業の雄、「いろは大王」木村荘平による牛鍋屋「いろは」チェーンが荘平の妹や妾を店主にした三〇店近い支店を都内に展開し、その最盛期を迎える。「いろは」チェーン最大の特徴は、メニューや価格はもちろん、食材の仕入れから、店で使う食器、従業員のユニフォーム、ヘア・スタイル、店の内装、外装、サービスの仕方に至るまで、本部の木村荘平によって厳重に均一になるべく管理がなされていた点にある。「いろは」はまさしくチェーン・レストランの先駆けとして、どの店に行っても同じ料理が同じ味、同じ値段、同じサービスで提供されるという、統一化したマニュアルによって均一化した食事が提供される食事形態を実現させていたのである。

同じ頃、学校や職場など家庭外の空間において集団食の体験を持ち始めた家庭の構成員たちは、マニュアルによって均一化された新たな〈食〉の体験に出会う。その代表が戦争体験である。戦争とは相互に無関係な人間が、集団で、ある統一的な目的に向かって行動をともにするという性格の体験であるという点において、商品化社会である近代の都市生活のプロトタイプであるということができる。例えば集団による移動、荷物の管理、宿泊などのノウハウの点では、戦争体験はパック旅行の原点であると見ることもできるのだが、〈食〉をめぐっても同様なことがいえる。携帯食料である缶詰が日露戦争を契機に普及したことや戦争で使用された携帯用のアルミニウム食器が戦後弁当箱として広まったというような直接的な例だけでなく、肉類を中心とした目新しい食品、使ったことのない食器や調理器具、食卓に並んで食事をするという食事習慣、あるいはそれまで調理の経験のない男にとっては調理する行為それ自体など、さまざまな点で戦争は〈食〉をめぐる新しい体験の場であったが、[*1]何よりここで注目しておきたいのは、戦場がマニュアルによって均一化された食事を提供する場であったということだ。すべての兵士に均一に栄養価のある食事を供給しなければならない戦場では、食材の選別、仕入れ、調理の仕方などが均一化されねばならない。マニュアルとそれによって統御された食生活の必要がそこに生まれていたのである。

〈食〉をめぐり、明治三〇年前後までに家庭を取り巻く「外部」の社会では、マニュアルに対する大衆的なニーズが生まれ始めていた。家庭の外部で家族の構成員たちが既に体験し始めていた、マニュアルによって均一化された〈食〉の体験が、明治三〇年代、日常の〈食〉と生活を規制するものとして家庭の内部に入ってくる。そのようなプロセスを指示しているのが「家庭料理」なる社会的価値領域の成立と流行現象なのである。

本稿は明治三六（一九〇三）年一月二日から一二月二七日にかけて『報知新聞』に連載された村井弦斎の小説『食道楽』と明治三九（一九〇六）年一月二日から一二月三〇日にかけて同紙に連載されたその続編、および単行本化され〈食〉と家庭生活のマニュアルとして明治三〇年代屈指のベストセラーとなった『増補註釈食道楽』と『増補註釈食道楽続篇』を検討の対象とし、テクストに表わされた〈食〉と〈身体〉をめぐる「内部性」の形成の問題、および商品と情報の収集の欲望を喚起し商品市場を形成するテクストの機能の両面から、マニュアル本の生成、流通という社会現象をめぐって開示されるネイション・ビルディングのプロセスを明らかにすることを目論むものである。

なお、対象テクストについては基本的に単行本化された『増補註釈食道楽』と『増補註釈食道楽続篇』を念頭に置きつつ併せて『食道楽』と表記するが、特に発表形態による受容のされ方の違いを問題にする場合にのみ新聞連載を小説『食道楽』、単行本を『増補註釈食道楽続篇』も含めて『増補註釈食道楽』と表記する。

1　思想としてのマニュアル

誰もがいつでも同じ料理を同じように作ることを可能にするマニュアル本としての『食道楽』の特徴が、技術的な意味で最も顕著に現われているのは計量化の発想であろう。計量スプーンや計量カップなどの計量器具、食材や調味料の分量や調理時間の表示などによって、かつては長年の経験と勘によって作られてきた料理が、誰にでも最初からわかるように数量化されて表示されることで、経験と技術の如何にかかわらず、マニュアル通りにきちんと計量し、材料を配合しさえすれば、いつでも誰にでも同じように同じ料理を作ることが可能になる。

大さじ小さじという計量器具を初めて考案し使用したのは日本最古の料理学校といわれる赤堀割烹教場の創始者赤堀峯吉であるといわれている。有名料亭掛川屋の主人であった峯吉は、料亭料理を簡略化して家庭に広めることを目的として料理教室を開いた際、料理の素人である良家の子女にプロのテクニックを教える方法として計量器具の使用を考えついたのだという。[*2] アメリカでも一八九〇年代アメリカ最古の料理学校といわれるボストン料理学校の校長ファニー・ファーマーが計量器具の使用法を均一化し「すり切りいっぱい計量法の母」と呼ばれていた。[*3] いずれの場合も、プロの技術と経験を不特定多数の素人に均一的に伝えることが必要とされる学校という場の存在が、計量化の発想を生んでいたことがわかる。

計量化は専門的な技術と経験からの料理の解放を志向するものであったわけだが、それだけではない。同時にそれは専門的な料理それ自体を差異化する発想でもあったということができる。

『食道楽』に紹介された、「飯炊水加減器」と「煮卵計」という二つの計量器具についてみてみよう。「稲垣農学博士が考案されて専売特許を取つた」という「飯炊水加減器」と「医学博士の鈴木幸之助君が熱心なる研究の末に漸く其方法を発明された」という「煮卵計」は、主人公たちの家庭改良運動のパトロンである広海子爵の令息で洋行帰りの広海新太郎を「日本でも段々台所道具の改良が行はれますな」（傍点引用者、以下同様）と感心させているように、当時最先端の「文明的」台所用具として紹介されている。ところが実際のところこれがどのような代物であったかというと、「飯炊水加減器」は「一合の米には此位の水と器械に印しがついて居」るというだけの、要するに単なる計量カップであり、「煮卵計」は半熟卵が出来る摂氏六八度から七〇度の部分に印が付けられているというだけのただの温度計なのである（図1）。

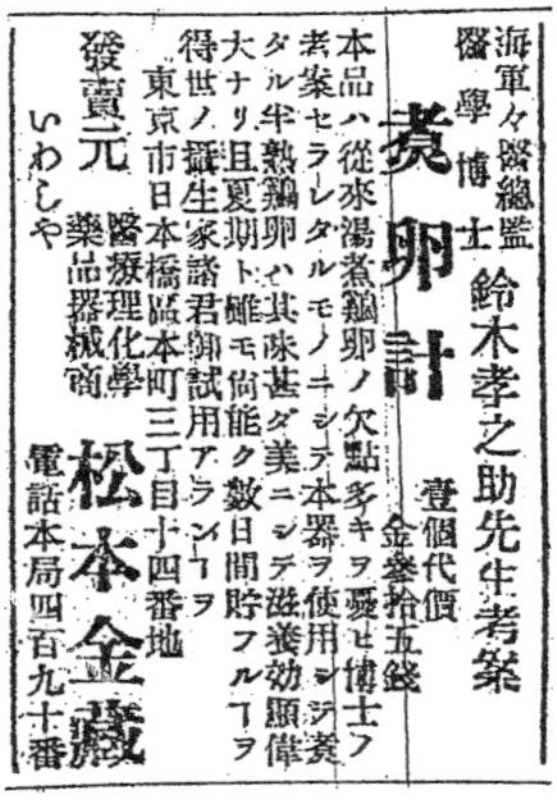

図1　「煮卵計」の広告
（『時事新報』明38.1.27）

現在から見ればほとんど三文週刊誌の通販でしか見ないようなインチキ商品まがいのばかばかしいほど単純な計量器具だが、それが麗々しく「医学博士」や「農学博士」の「発明」になる画期的な「台所道具の改良」の実例として、大まじめに語られているところに計量化という発想の理念性が顕在化している。誰の目にもわかるように数量化されて表示されるということは単に技術や経験からの解放という実用性を志向しているだけではなく、それ自体、科学的、合理的思考というきわめて画期的な文明性の指標だったのである。

してみれば「実用第一」を謳った家庭生活のマニュアル本としての『食道楽』が伝えているのは、実用的な知識や技術そのものというよりは、むしろいつでも誰でもが可能であると同時に、誰もがいつもそれに従って生活をしなければならないという、いわばマニュアルという思想であったというべきだろう。その理念性が最も顕著に現われているのが『食道楽』春、夏二つの巻の口絵にも使われ（図2）、いわば〈食〉を中心とする家庭改良を目論んだ啓蒙小説『食道楽』の主張の象徴ともいうべき台所についての記述である。

『食道楽』の二枚の台所の口絵、山本松谷による「大隈伯爵邸台所の図」と水野年方による「岩崎男爵邸二階建台所階上之真景」には、それぞれ弦斎の解説が付けられている。両者に共通して述べられている特徴は、天井から下げられた電灯に示される「明るさ」、働いている料理人たちの身なりに示される「清潔さ」、器具の整然とした配置に示

図 2 上　「大隈伯爵邸台所の図」（山本松谷画，『増補註訳食道楽』春の巻）

図 2 下　「岩崎男爵邸二階建台所上之真景」（水野年方画，『増補註訳食道楽』夏の巻）

される「秩序」、ガス器具に代表される「文明的」器具の使用、時計に示される「計量化」の思想がすべてを統御していること、の五つにまとめることができる。

榎並重行と三橋俊明は「居住空間の秩序づけが、衛生、清潔、明るさの要請との相関で、価値づけられている」というこの口絵と解説の特徴が、「「非文明」の掃討という文明化の戦術次元から、与えられている要請」からなるものであると述べているが、[*4]「文明の生活をなさんものは文明の台所を要す」という口絵解説の言葉に端的に表わされているように、二つの台所が示しているのは「文明生活」のイデアなのである。

中川「人の住宅の中心点は則《すなは》ち台所で、家族一同が毎日三度の食事も台所で出来る、来客への御馳走も台所で出来る、家《いへ》の人の健康も不健康も病気も衛生も何でも大概台所で支配されますから全家屋の中心点家庭の本能力は台所に在りませう」（中略）「失礼ながら大層お台所が闇《くら》い様で、晴れた日でさへ闇い程ですから雨の降る日は戸棚の物がよく見えますまい、台所は食物《しよくもつ》を調理する場所で最も不潔を忌むのですから家の内で一番明るい処《ところ》にしなければなりません」（夏の巻第百五十四　家自慢）

『食道楽』の中心人物であり作中の家庭改良運動の主導者である文学士の中川が、そのパトロンとなる広海子爵の邸を初めて訪ねた際、子爵の前で開陳してみせる台所中心論である。ここでは台所を「人の住宅の中心点」とする家族主義の思想と「不潔を忌む」という衛生の思想によって、台所が「家の内で一番明るい処」でなければならないという考えが導き出されている。ここにあるのは理念としての「明るさ」なのである。家族主義と衛生の思想によって導き出される理念としての「明るさ」によって、台所が〈家〉の〈暗部〉として発見され、改良の対象となる。それはちょうど都市を明視の視線と衛生の思想によって改造しようとした都市改造計画と表裏の関係で、松原岩五郎の『最暗黒の東京』に代表される一連の貧民窟探訪記が都市の〈暗部〉としてのスラムを発見していたことに対応して

図3　大隈重信邸台所（「食道楽図解」『婦人画報秋期増刊』明39.9）

いる。明治二〇年代都市改造の思想に現われた「明るさ」のイデオロギーが、明治三〇年代半ば家庭改良に形を変えて再生産されているのである。

中川は、改良のモデルとすべき「西洋風の台所」の第一の利点として立働式であることを挙げていた。「立つたり坐つたり或はしやがんだり」という「日本風の台所」は、「無用の労力と時間とを三倍余《よ》も費す」不合理な代物で、「立ち働きの便利な事は昔しの台所より何程《どれほど》楽だか知れない」というわけである。ところが「現今上流社会台所の模範」として弦斎が絶賛していたあの大隈重信邸の台所は、実際はその不合理極まる「日本風」の床座式であったのである。

山口昌伴は大隈重信邸の台所の写真（図3）を『食道楽』の口絵と比較して、口絵では立働の形式になっている作業形態が実際は床座式であったこと、給水は水道配管によっているが水瓶にいったん溜めるという旧来の方式をとっており、流しは床座式で土間からは立ち作業で使う「上流し」のスタイルであること、竈が土間に設けられていることなどの違いを指摘して、口絵における理想化のありようを明らかにしている。山口は口絵のなかに調理をしている様子が見られないことから、ここに描かれているのは調理の全プロセスのうち、盛りつけ、配膳という仕上げの場のみなのであり、この「現今上流社会台所の模範」が、実は西洋の台所から部品だけを持ち込んだ道具立てだけのモデル・キッチン、「見せる台所」であったと論じた。*5

「模範台所」に示された、そうした『食道楽』の理念性がよく現われているのが、広海子爵令嬢玉江との新婚生活を営むべく新居の構想について語る中川の、台所の「広さ」についての考えである。

中川「僕の考へを云ふと八畳敷の客間がある家《うち》なら家人の居間は十畳以上でなければならず台所は十二畳以上でなければならんね、実際十畳以内の台所では迚《とて》も楽に働くことは出来んよ、つまり台所は客間や居間よりも広くなければならんね」新太郎君《ぎみ》「西洋の割合はもつとそれよりも大きいでせう」（続篇・秋の巻第二百五　戸棚）

ここでは部屋の広さが実際的な作業効率を考慮することによってでなく、家族第一主義の理念に基づく台所中心主義によって割り出されている。アメリカでは一九二〇年代にクリスティーヌ・フレデリックが工場のテーラー・システムを応用し、家事に要する歩数の計測や手を動かす回数の計測をして能率的なシステム・キッチンを設計することを試みている。*6 日本でも昭和初期には「広すぎる台所」への批判が出始め、「一坪台所」の提唱が行なわれる。*7 こうした台所作業の実際的な動線に基づいた能率主義の台所改良運動に比較してみるとき中川の台所設計の理念性は際立っている。ここでは西洋をモデルとする家族第一主義、〈食〉の中心化によるヒエラルキーによって、台所、居間、客間という用途別の家屋空間が階層化されているのであり、理念的な価値が部屋の広さの割合という形で数量化されているのである。

『食道楽』が語っているのは現実的な台所の改良運動ではなく、すべての人間が等しく目指すべきモデルなのであり、「模範台所」というイデアなのである。もちろん広さ二五坪、イギリスから取り寄せた二五〇円の調理用ストーブを備え、毎日五〇人前以上の食事を用意し、一度に一〇〇人以上の食事一〇〇〇人以上の立食を作ることも可能であるという大隈重信の「模範台所」は、ほとんどの人間には手の届かないものではある。しかし同じものには手が届かなくとも同じ理念による生活を手に入れることは可能であるという思想を、「模範」に到達するための具体的な方法を示すことによって『食道楽』というマニュアル本は伝えようとしていたのである。

その方法として示されるのが、中川が広海子爵に「新《あらた》に此の台所を改築遊ばすなら大隈伯家のお台所を手本として規模を小さくなすつたら如何《どう》でせう」と進言しているように、「模範」の縮小、簡便化という方法であった。例えば「テンピ」で一時間蒸し焼きにした「豚の刺身」を振る舞いながら、中川は一人暮らしの大原には「君等が使ふにはカステラ鍋で沢山だよ」とその簡易縮小版を勧めてみせる。「テンピ」自体大隈邸の「一大ストーブ」＝クッキングストーブの縮小版「軽便暖炉」だったわけだが、たとえ「模範台所」そのものを手に入れることはできなくとも、生活と経済状態に応じた商品を手に入れることで、「一大ストーブ」を備えた「模範台所」と「文明生活」の理念を共有することはできる。ここに語られているのはそのような考え方なのである。単行本『増補註釈食道楽』の欄外の注には作中で使われている、例えば「テンピ」や「カステラ鍋」などの図とともにそれを売っている商店の名前と商品の価格が記され、巻末の付録として「台所道具の図」「西洋食器類価格表」「西洋食品価格表」が付けられていた（図4）。読者は『食道楽』に示されたカタログを使って商品を購入することで、『食道楽』の「模範台所」に示された「文明生活」を手に入れることができるという仕組みになっていたのである。消費による「文明生活」という理念への参入。『食道楽』が示していたのはイデアに到達するためのそのようなマニュアルだったのである。

2　形成される〈内部〉

家事労働をめぐる「文明化」の商品カタログ、「文明生活」という理念参入のマニュアルとして『食道楽』というテクストを考えてみるとき、そこに盛り込まれた栄養学、衛生学、生理学、台所の経済学などの「科学的」な知識に与えられていた機能が明らかになる。それは理念に参入するために流通する商品を選別し、収集するための基準、理念を具体化するための装置であったのである。

職人料理の技術や経験に代わって、科学的な知識を身につけることの必要が『食道楽』で繰り返し強調されるのはそれゆえである。中川は「家庭料理」を習いにきた広海子爵の令嬢玉江に「是れから先の家庭料理は料理方の手際よりも寧ろ材料の取合せが生理上衛生上に適《かな》ふや否やと云ふ点を第一に置かなければなりません」と説いて、食品成分分析表を常備することを指示するのだが、「生理上衛生上に適ふ」料理を作り上げるためにはその材料を選別し、収集するための知識がなければならない。「家庭料理の原則」が知識の必要を作り出しているのである。「親切の心を忘れないで最も衛生的に最も経済的に美味しい物を作るのが家庭料理の精神」という中川の妹お登和の言葉に示されるように、そこでは、家族に対する愛情というそれ自体きわめて抽象的な心情が、科学的な知識を学んでそれに基づいて衛生的で栄養のある食物を選別し、配合することに具体化される。ここにあるのは「愛情」という目に見えぬ心情が、科学的なデーターと収支決算という数量に換算される計量化の思想なのである。

「何でも食物上に無智識なのが一番危険だよ、中にも家庭料理を掌《つかさど》る妻君が迂《う》つかりポンとして運動する日も運動せん日も阿父《おとう》さんも小供も何でも同じ食物《しよくもつ》で押通す様では決して家庭料理の真味を賞する事が出来ない、幾ら骨を折つて御馳走を拵《こしら》へても更に其甲斐が無い、その代り一々其点まで注意して毎日適当したお料理を拵へたら此位な楽みは無いね、僕は料理屋の料理よりも何の御馳走よりもお登和が注意して僕の為めに拵へて呉れる料理が一番美《う》味《ま》いね」（夏の巻第百七　食物の応用）

かくして主婦は家族の体調、年齢、環境などに常に留意しつつ、科学的な知識に基づいて食品を配合することを求

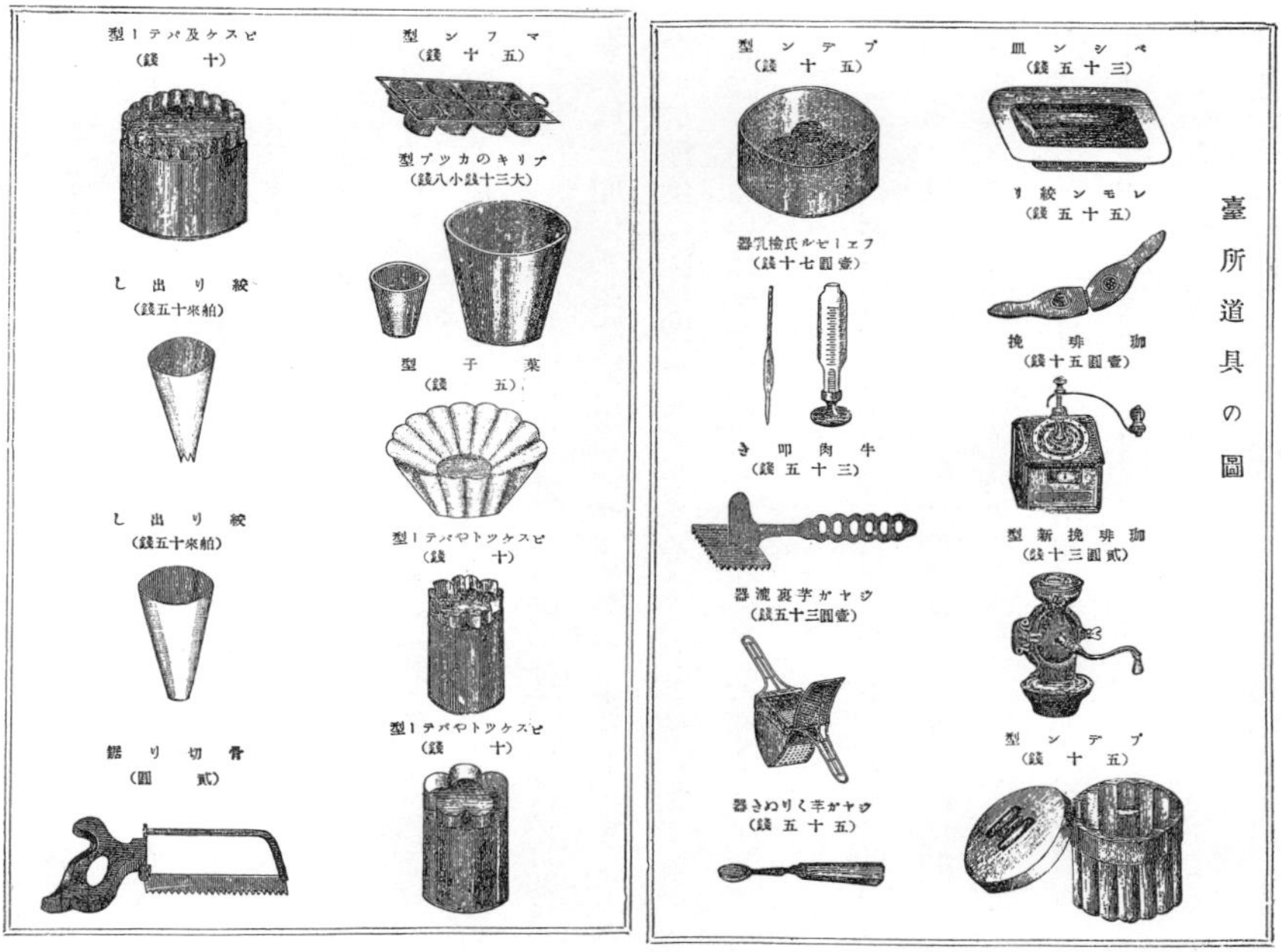

▲図 4 「台所道具の図」(『増補註訳食道楽』夏の巻)

◀**図 5 村井弦斎考案の「料理服」を着用した弦斎夫人多嘉子**(『増補註訳食道楽続篇』春の巻)
右手のテーブルに置かれた書物は『増補註訳食道楽』全 4 巻。

められるようになる。『食道楽』で評判になり実際に三越でも売られていたという「料理服」、今日でいう割烹着は看護婦の手術着をもとに考案されたものであるというが[*8]（図5）、主婦はまさに科学的知識によって商品として入ってくる食材を選別、配合し、「親切の心」をもって家族を守る「看護婦」としての役割を担うことになる。

その点で注目されるのは、『食道楽』にたびたび取り上げられてくる食料品を取り扱う商人の不良行為の問題である。衛生管理を怠って毒性のある食品を売りつける業者や消費者をだまして不良食品を売りつけようとする詐欺的行為から家族の身を守るために、主婦は科学的知識を身につけて「不徳義」な商人に立ち向かうことを要請される。その具体的な方法として示されるのが「科学的」な検査法だ。例えば醬油の良否を見分けるために湯煎にかけて蛋白質の凝結の量を調べるという実験や、牛乳に含まれている脂肪の量を測定する「フェーゼル氏の検乳器」という簡便な器具など、『食道楽』には各種の食品の検査法や検査器具が紹介されている。中川は嫁入り道具として、これらの検査器具に加えて顕微鏡、ピンセット、スポイト、メートルグラスなどの実験器具、さらには体温計、吸入器、浣腸器などの簡便な医療器具までをそろえる必要を主張するのだが、主婦はこれらの「科学的」器具を駆使して、ほとんど看護婦あるいは化学者のように、実験室ならぬ台所に立って家族の身体を管理することを求められることになるのである。

こうした要請は家庭の外部で行なわれていた食品管理をめぐる法規制の動きと連動していた。明治三三（一九〇〇）年二月に公布された「飲食物其他の物品取締に関する法律」をはじめとして、「牛乳営業取締規則」（明治三三年四月）、「有害性着色料取締規則」（明治三三年四月）、「清涼飲料水営業取締規則」（明治三三年六月）、「氷雪営業取締規則」（明治三三年七月）、「飲料用器具取締規則」（明治三三年一二月）、「人工甘味質取締規則」（明治三四年一〇月）、「飲食物防腐剤取締規則」（明治三六年九月）と、『食道楽』連載に先立つ明治三〇年代前半は食品管理関係の法令が集中的に発令された時期なのである。

そのきっかけとなったのは日清戦争後の物資不足と産業構造の弱体からくる輸入超過である。特に食料品は輸入品のなかでも「種類も数量も多く」、それらのなかには「有害な防腐剤や着色料を使用したものや、粗悪品、不良品など」が目につくようになり、「保健衛生上取締りの必要が指摘された」[*9]。つまりこれらの法令の制定が目的としていたのは、「外国」から入ってきて「国民」の健康に害を及ぼす不良食品から「国民」の身体を守るということ、すなわち「外部」から侵入する商品を輸入というゲートに立って選別しその流通を管理することで、「日本」という「内部」を守ることだったのである。

そのような、いわば食品衛生と健康に対する「国家的」な関心の高まりと連動する形で、科学的な知識によって武装し、商品購入という「家庭」のゲートに立って「家族」を守る看護婦としての主婦の役割と、その主婦によって守られ管理された「家庭料理」=「家庭生活」の重要性が浮上する。外国製品という「外部」の侵入から守るべき「内部」としての「日本」および「国民」の意識化のプロセスが、商品社会という「外部」から守るべき「内部」としての「家庭」および「家族」の意識化のプロセスと連動し、守られるべき「内部」としての「家庭」という場が、守られるべき「内部」としての「日本」との相互関係のなかで、想像的に形成されていたのである。

『食道楽』における〈食〉の中心化という思想は、そのような国家的要請に基づく内部性の形成という問題と表裏の関係で生み出されている。そこに展開されるのは「外部」からの異物の摂取としての〈食〉と、食材を選別し、摂取をコントロールすることによって「内部」としての身体を守る機能、身体のゲートとしての「舌」=味覚という発想である。

「段々と料理法を御研究なすつて物の味をお覚えになれば自然と少食におなりでせう、全体大食をなさる方は物の味が解らんので何《なん》でも彼《かん》でも沢山お腹へ詰め込めば宜《い》いと云ふ風ですから所謂《いはゆ》る暴食なのです、大食のお方は必ず暴食です、一々召上る物を味はつて是れは何《ど》う云ふ風に料理してある、是れは何の原料で拵《こしら》へてあると其味を食べ分ける様になると舌で物を召上るのですから爾《さ》う沢山は食べられません、大原さんが物を召上るのは舌で味ふので

無くつて口でお呑みなさるのです、一々味つて物を食べる人には決して大食や暴食は出来ません」（春の巻第二十八物の味）

大学に入りながら三度も落第してしまったという中川の学友大原満の「脳病」を改善するために、その原因である大食をいかにして矯正したらよいかという相談に答えたお登和の言葉である。ここにはいわゆるグルメ本という範疇を逸脱した『食道楽』の理念性が顕在化している。「舌で味ふ」という味覚の快楽すなわち〈食〉の〈道楽〉は、ここでは自己目的的な快楽としてではなく、優れた身体を形成するという目的によって要請された、「正しい」食品を選別、摂取する管理機能として価値づけられている。「国家」や「主婦」が流入してくる外国製品や商品社会という「外部」から「国民」や「家族」という「内部」を守る使命を負っていたように、異物としての食品という「外部」から「内部」としての身体を守ることが、いわば社会的な使命としてここでは〈食〉の〈道楽〉の必然性を根拠づけているのである。

中川たちの唱道する「家庭料理」の研究と普及は、そのような国家的な要請との相互関係のなかで、維新以来政界にあって高官として国政に携わってきた広海子爵の全面的支援を必然化するような、「文学士」が生涯をかけて取り組むべき一大事業として価値づけられる。そのような社会的な価値づけのなかで、〈食〉は「文明化」という社会進化論的ベクトルによって再編成されることになるのである。

「品数は多いがその代り分量が少いよ、幾らでも食べられるだらう、西洋人の家《うち》で御馳走になつて見給へ、品数が多くつて分量の少いことお雛様のお膳の如し、それにビフテキでもシチユウでも肉が少くつて野菜が多い、日本の西洋料理屋ではお客が日本風の暴食連だから肉の分量が少いと小言を言ふ、だから肉沢山の西洋料理が出来る、斯《こ》んな野蛮的の西洋料理は亜米利加《あめりか》へ往《い》つても欧羅巴《ようろつぱ》へ往つても見られんそうだ、魯西亜《ろしあ》料理のスープへ骨まで盛つ

て来る処が少し野蛮じみて日本風に似て居るかも知れない」（春の巻第三十二　料理の原則）

日露開戦を控えた政治的な情勢を背景に、〈食〉の文明化というかたちで、「野蛮的」な現在の日本が「少し野蛮じみ」たロシアを追い抜いて、「文明的」な西洋へと近づいていかねばならないという社会進化論的方向性がここには顕在化されている。そのような〈食〉の文明度を計量する基準となっているのが少量多品目の食事であり、それは十分な栄養素を摂取するためにはなるべくたくさんの食品をバランスよくとらねばならないという栄養学の理論によって根拠づけられている。『食道楽』では繰り返し、家庭料理の主眼は「材料の取合せが生理上衛生上に適ふや否や」という点にあるという主張がなされるが、超越的な基準である「科学」によって〈食〉が再編成されることで、各地で営まれてきた伝統的な食生活は進化論的なベクトルによって階層化されることになるのである。

「物の味を食べ分ける」という「舌」の機能は、そのような「科学」による〈食〉の進化論的ベクトルによって根拠づけられた少量多品目の食事の必要性によって要請されていた。そこでは「舌で味ふ」ことは快楽から文明性の指標へと意味を変えられて、味覚の階層化が行なわれることになるのである。

「ドウだね大原君、此のケーポン肉は非常に美味《うま》いだらう」と今しも皿を空しうして尚ほ不足顔なる大原に問ふ、大原は思案気味「爾《さ》うさねー、美味いと云ふよりも寧ろ柔かくつて綿の様だね、僕は却て軍鶏《しやも》の肉が硬《こは》くつて美味いと思ふ」主人「イヤハヤ爾《さ》ふ云ふ人に逢つてはケーポンも泣くね、我邦の人は折々君の様に何でも硬《こは》い物の方が嚼《か》みしめて味があると云ふけれどもそれは野蛮風の食方で、西洋人は舌で味ふから柔くつて美味いものを貴ぶ」
（春の巻第五十四　肉の味）

少量多品目という食生活の変化とともに、「温い、柔い、甘い」という三つが明治以降の日本人の食物への嗜好、味覚上の特徴であることは柳田国男の指摘するところであったが[10]、食生活や食物に対する嗜好のそのような変化は、ここにあるように「柔らかい方が美味い」と感じなくてはならないという味覚の啓蒙によってもたらされていたのである。「肉は硬いほうが美味い」というような本来は個人的なものであるはずの味覚、味に対する嗜好が、ここでは「西洋人は舌で味ふから柔くつて美味いものを貴ぶ」という社会進化論的な味覚のモデルによって「野蛮風の食方」として意味づけられてしまう。それに連動する形で個人の味覚は「我邦の人」の味に対する「野蛮」な嗜好として一般化され、改良されるべき対象として位置づけられるのである。

そのような味覚のモデル、味覚に対する価値判断を根拠づけるのが「消化」の科学である。『食道楽』は擬人化された消化器官である「胃吉」と「腸蔵」の、「和郎《おまへ》さんは消化《こな》すのが役、私は絞るのが役だから」というような消化のメカニズムに関する対話によって始められているのだが、そこでは「胃吉」と「腸蔵」が「消化《こな》そうと思つても消《こ》化《な》れない」「堅い」「塩の辛い」伝統的な日本の食品の典型であるお節料理に恐慌をきたすという形で、これらの食品がいかに消化に悪いかが語られている。科学性という超越的な基準によることで、「硬い方が美味い」と感じるか「柔らかい方が美味い」と感じるかという嗜好の差異は、進化論的な階層性へと付置され直されるのである。

一方、「硬い方が美味い」という大原の味覚は、個人的な嗜好であると同時に彼の出身地である東北地方の農村の地域的特性として語られている。大原の郷里からやってきた両親や親戚一同に、大原の依頼でお登和が三六品からなる少量多品目の「文明流」料理を振る舞う場面があるが、「淡《うす》くつて水の様だ」「歯応へがしなくつて不味いや」とこの料理は大原の郷里の人間たちにはきわめて不評なのであった。ここでは「都人《みやこびと》の料理田舎の人の口に合ず」と都鄙の階層性によって語られているこの反応は、はじめて「ケーポン」の柔らかい肉を食べたときの大原の反応と同じなのであるが、大原が味覚の啓蒙を受けて「文明化」されていくプロセスを通して、彼らの味覚は単なる田舎者のそれとしてではなく、非文明的な、改良されるべき劣等性として意味づけられることになる。「生中《なまなか》お登和さんのお料理を戴いて文明流の味を占めたから猶更田舎料理が喉へ通らん」。大原は、両親たちに連れられて郷里からやってきた従妹のお代が作る「生煮《なまにゑ》の丸嚙り」の野菜や「塩つぽい副食物《おかず》許《ばか》り」の「田舎風」の料理に閉口してそう嘆くのだが、ここでは「田舎料理」はもはや「都人《みやこびと》の料理」の対義語ではなく、「文明流の味」に対する理解力の欠如として意味づけられているのである。

各地域に伝承されてきた、各々の環境条件、産業形態、文化、宗教などに基づいた、それなりに合理性をもった食習慣とそれによって培われた味覚が、「消化」のメカニズムという「科学」によって根拠づけられた味覚の「文明性」=「正当性」の論理の前に、「野蛮的」な味覚、すなわち「味」に関する能力の欠如として意味づけられ、否定されて、啓蒙、改良の対象として位置づけられていく。ここにあるのはそのような味覚の均一化と差別化のプロセスである。すべての地域がそのような進化論的なベクトルによって方向づけられるとき、すべての個人は普遍的な価値を与えられ規範化した味覚に従って「内部」としての身体をコントロールし、あるべき身体に向かって自己を仕立て上げていくことを要請されることになる。そして個人の身体をめぐるそのような実践のなかで、「文明化」すべき「日本人」の身体という共同性が作り上げられていくのである。

「働く人と働かぬ人と夏と冬とは少しづゝ違ふけれども種々《いろく》な点を平均した其標準は体量五十基瓦《きろぐらむ》即ち十三貫目《ぐわんめ》余《よ》の人は一日に二千カロリー、十九貫目《くわんめ》の人は三千カロリーの食物《しよくもつ》を取らねばならぬとしてある、(中略)日本人は通常十三貫目《ぐわんめ》位の平均だから一日に蛋白質二十匁《もんめ》脂肪九匁含水炭素八十匁位が適当だ」(春の巻第三十二　料理の原則)

食品成分分析表を常備して「此の食物《しよくもつ》は何の作用をするから何う云ふ時に食べる」べきかを検討しつつ毎日の食事を用意するという家庭料理の実践によって果たされるのは、身体を通じた「日本人」の共同性への参入である。西洋料理の標準カロリーをモデルに、日本人がとらねばならない一日分の食物の「標準」量を、カロリーと化学成分=栄養素の含有量によって定めること。ここに示されているのは、食品の種類や料理の方法を超越したどんな料理どんな食生活にも当てはまる超越的な基準によって作り上げられた、すべての個人が到達すべき規範としての「標準像」という思想なのである。「家庭」という「内部」を守るべく「文明化」のプログラムに従って日々「家庭料理」の実践に励む「主婦」の営為を通じて、個人の身体は「日本人」の身体へと変貌する。『食道楽』における「家庭料理」の実践が示しているのは、国家、家庭、身体という入れ子による、「日本」という「内部」の形成のプロセスだったのである。

3　改良される身体

『食道楽』という小説は、食生活における先進的な知識と思想を身につけた中川兄妹を中心とし、兄妹それぞれの結婚話をめぐってストーリーが展開する。この関係はそのまま いわゆる「文明的」な食生活について啓蒙するものとされるものとの関係になっている。その意味で中川兄妹とその結婚相手の候補者である大原満、広海玉江との関係は、『食道楽』という小説の作者と読者の関係に重なってくるように書かれている。大原と玉江は、いわばあるべき読者の原像なのである。

そこで注目したいのは大原、玉江二人の体型である。言うまでもなく大原満という彼の名前自体、大食によって腹部がせり出した彼の体型（大腹満）を指示している。胴長短足で腹部が肥大してせり出しているという大原の体型は、今日でも否定されるべき体型の典型といえるものだが、『食道楽』ではそれは単なる外見上の美醜の問題に止まらない。

大原「全く子供の内の習慣だ、僕の田舎では赤児がまだ誕生にならん内から飯でも餅でも団子でも炒豆でも何でも

図6右　農村の子ども（新聞連載の小説『食道楽』明36.1.13の挿し絵）
左　大原満（『増補註訳食道楽』夏の巻の捜し絵）
どちらも極端に腹部がせり出した体型に描かれている。

不消化物を食べさせる風だから大概な赤児は立つ事も碌に出来ないで茶漬飯を茶碗に一杯位食べるよ」お登和「オホ、」と思はず笑ひ出す、主人は可笑《をか》しさよりも気支《きづか》はしく「それでは腹部計《ばか》り膨満して身体が発達しまい」大原「勿論さ、大抵な小児《こども》は脾疳と云ふ病気の様に手も足も細く痩せて腹計《ばか》り垂れそうになつて居る、赤児と云ふものは斯《か》う云ふものと僕は信じて居たが東京へ来て始めて手足の肥つた赤児を見た、それでも御方便なもので十歳以上まで生長すると山の奥の寒村だから自然と山や谷を飛び歩く様になつて手足も始めて発育する、その代り十歳位な小供でも東京辺の大人位食物を喫するね、大きくなつたら三倍乃至《ないし》五倍だらう、女でも大概一升飯を平らげる」（春の巻第十二　胃袋）

どうしてそんなに腹部が肥大したのかという中川の問いに対する大原の答えである。大原の体型は、彼の育った山間の農村に伝統的に営まれてきた食生活の結果であるとされるのである。その地域でなぜそのような食生活が営まれてきたのかについては、経済的、社会的、自然的条件に基づくそれなりに合理的な理由が存在するはずであるが、ここではそうした背景は無視され、都市生活者の数倍という食事の量と、身体の発達を阻害する年齢を考慮しない不消化物の摂取という食習慣のあり方のみが焦点化され、ネガティヴに意味づけられる。ここに語られているのは掃討されるべき非文明的な食習慣の典型なのであり、大原の体型は非文明的な改良されるべき食生活のイコンを示していたのである（図6）。

先にも述べたように、大原は故郷の食生活によって培われた大食の習慣に、大学で三度も落第するという己れの脳の鈍さ、「脳病」という病いの原因を見ていた。大食によって阻害される身体の発達は脳の働きの問題に集約されるのである。

しばしば指摘されるとおり、明治三〇年代は学歴社会とリンクした〈脳〉力主義の前景化に伴い、「健脳丸」や「脳丸」をはじめとする薬品が大量に流通するなど時代の病いとしての「脳病」「神経病」に注目が集まった時代であったが、そのような〈脳〉化社会の進行によって〈脳〉の使用の程度を指標に各種の職業は頭脳労働と肉体労働というかたちに分離、階層化されることになる。川村邦光は当時の薬品広告を検討して、「実業家・代言人・学生といった文明人が、職業病・文明病として「脳病」「神経病」にかかりやすいという通念が新たに生まれた」ことを指摘しているが、[*11] 病いというネガティヴな指標を通して「健脳」であるべき職業とそうでない職業が分離されていくプロセスをここには見ることができる。

洋行帰りの広海新太郎が「日本人には田舎の農民や漁夫に脳を使はない人が多い」と述べていたように、〈脳〉力主義のヒエラルキーによって「農民や漁夫」などの肉体労働者は「脳を使はない」という形でネガティヴに位置づけられ、労働内容に適応した合理性によって裏付けられた農村や漁村の食習慣は、「脳髄が発育して上等の人種になる程食物の影響を受」けるとか、「犬は腐つた肉を食べても平気」だが「高等の動物になる程食物の影響に感じ易い」といった言葉に示されるような進化論的な文脈によって非文明性の指標として意味づけられることになる。かくして大原の体型は、文明的な職業と身体によって差別化された非文明的な職業と身体のイコンとなり、「大食の弊害は天下に満てり、国の文野を知らんと欲せば先ず其人民の食物を検すべし」という社会進化論のベクトルによって位置づけられた改良すべき日本の後進性を指示することとなる。大原の身体改良のモチーフは、進化のベクトルによる日本という国家の進むべき方向を象徴していたのである。

そのような意味での身体改良のモチーフにおいて、大原とセットになって語られているのが中川の婚約者となる広海子爵令嬢玉江の体型である。

> 色は白き方《かた》にあらねども浅紅を帯びて強壮らしく見ゆるは肺病的の美人に異り、眉と眼の清くして涼しき、口元の締りたる、鼻の格好よく隆き、何処とて申分はあらざるも其割に際立ちて引立たぬは背中の少しく円みを帯びて首が前に屈める故ならん、我邦の婦人は誰しも此癖あり、可惜《あたら》美しき姿を自ら損するも丈高しと人に言はるゝを厭ひてならん、丈は高きこそ立派なれ、況《ま》して此令嬢、顔の輪格の正しく豊なる、襟元首筋のなぞへにして姿好《よ》き、もしも今一層の粧飾を加へて晴れなる衣服を被《き》せしめなば如何にその姿の美しからん（夏の巻第百十一　硬い肉）

初対面の中川は、伝統的な美意識から背の高いことを恥じ猫背になっている玉江の体型を、「正々堂々たる体格を持つて健康的に姿勢の正しい」ことを旨とする健康美による「美人法」を説くという形で暗に批判し、背筋を伸ばし胸を突き出すようにすることで姿勢を正し、体型を改善すべきことを主張するのであるが、注目したいのはこの時彼が西洋婦人とともに「正しい」姿勢のモデルとして軍人を挙げていることである。

田中聡は近代の日本に、胸を突き出し背筋を伸ばして直立する「張り胸体型」と、丹田に力を集中させ他の部分から力を抜いてひたすら下腹の充実を図る「太っ腹体型」という、二つの身体の理想像が対立して存在していたことを指摘している。[*12] 西洋的身体をモデルとしたヘラクレス的な戦う身体の理想型である「張り胸体型」は、この時期軍隊、および社会を生存競争の「戦場」と見なしそこでの生活を「戦い」と見るような軍隊化された学校教育によって作り

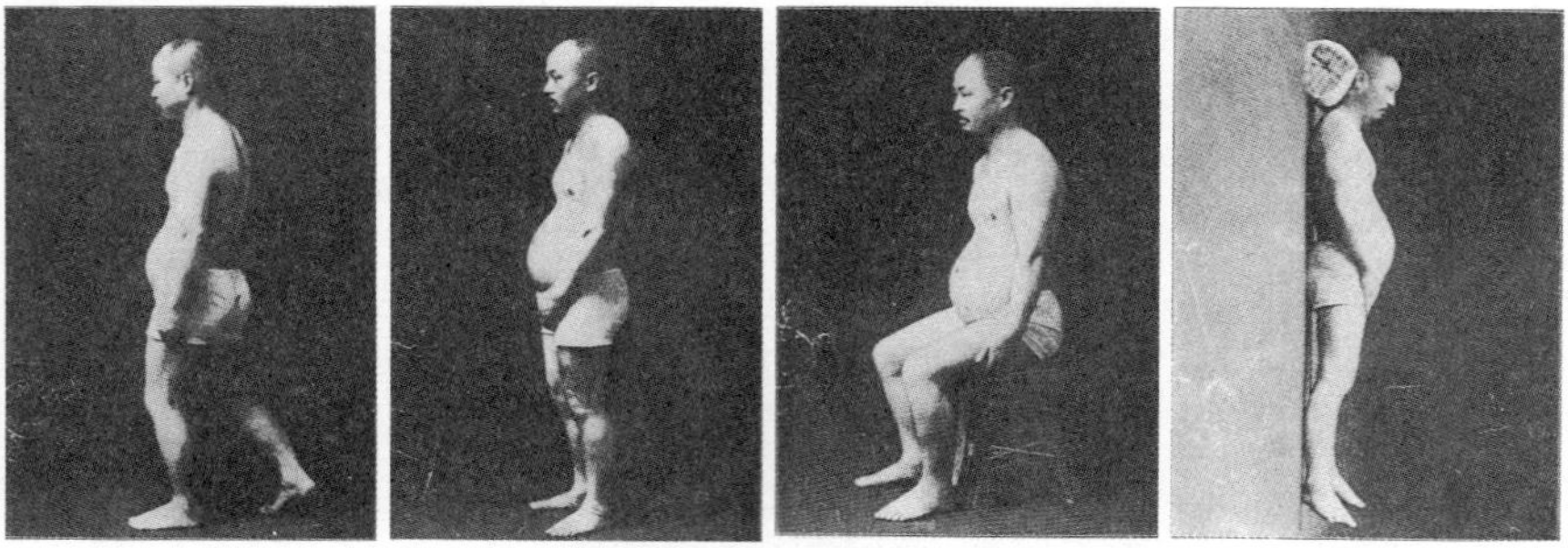

▲図 7　「太っ腹体型」を理想とする民間療法の代表「岡田式静座法」の極位「三段極め」のポーズ四態（『岡田式静座三年』大 5，大日本図書）　図 6 の大原の体型と比較してほしい。

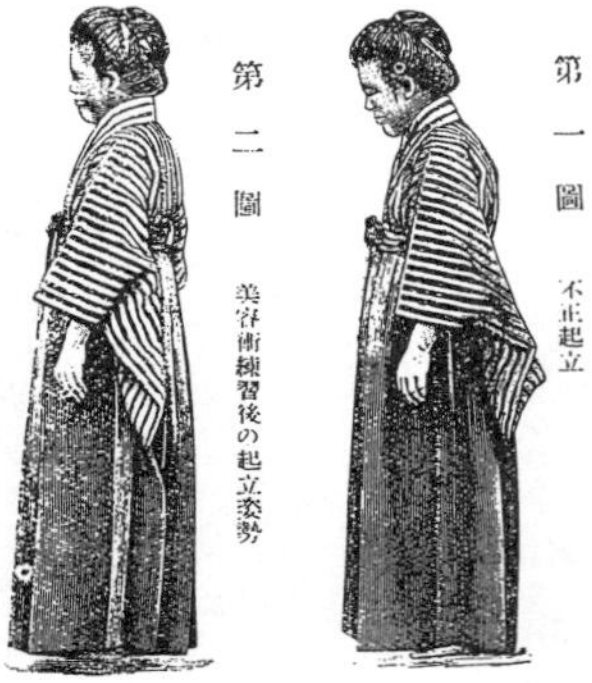

◀図 8　『衛生美容法』エクササイズ図解

上げることが目指されていた体型のモデルであった。中川が玉江に示してみせる「正しい」姿勢は、いわば「国家」による〈公〉的な理想像であるこの「張り胸体型」なのである。

一方、そのような〈公〉的な理想像である「張り胸体型」の対極に存在し、呼吸法と精神のコントロールを中心とする民間療法に見られた「太っ腹体型」という理想像のほうは、非文明性の象徴として否定的に意味づけられていたあの大原の体型に通じている（図7）。田中聡によって「太っ腹体型」を理想とする民間療法の代表として詳しく論じられている「岡田式静座法」の岡田虎二郎は、「間違った姿勢」の「軍人の精神が日本を滅ぼす」として「国家」による〈公〉的な理想像である「張り胸体型」批判を展開していた。大原の「太っ腹体型」を否定し、「張り胸体型」のモデルによって玉江の姿勢を改良しようとする中川とは対極的な考えに立っていたわけである。しかし、ドイツ民族の「体格」を世界に秀でたものと賞賛し、その身体の優越性によって第一次世界大戦後再び世界の覇を体する者はドイツであるという予言をしていた岡田の発想が、根本的に国家によって推進されていた軍国主義的身体改良運動と逆の方向を向いたものであったとは言い難い。岡田の「太っ腹体型」という理想像は、西洋的な身体のモデルである「張り胸体型」を反転することで改めて発見し直された東洋的理想像だったのである。大原の「太っ腹体型」と玉江の目指す「張り胸体型」の身体モデルは、いわばポジとネガの関係として、そのような国家的な身体改良政策の方向性のなかに発見されていたのである。

小野芳郎は『〈清潔〉の近代』（一九九七、講談社）のなかで、明治三五（一九〇二）年二月に出版された川瀬元九郎、富美子共著による『衛生美容法』という本を紹介しているが、この本では、中川が玉江の姿勢を批判して正しい姿勢のあり方を教示していたように、前屈みの猫背の姿勢が「不正起立」、背を伸ばして直立した姿勢が「美容術練習後の起立姿勢」として図示され、身体改良のエクササイズが解説されている（図8）。明治二七（一八九四）年八月発令の「学校衛生及び体育の訓令」をはじめとして、明治二〇年代後半から三〇年代にかけては国家による体育教育強化の時代であるが、図解の前後にはそのような時代の言説の典型である「一国の盛衰も体育の大に与《あづか》て力あること自ら明瞭」「体育は実に文明の基礎又一国の上から云へば国家教育の基礎でなくてはならぬ」というような、体育による身体の改良は国家的課題であるという主張が力を込めて語られている。玉江の身体改良のモチーフは、そのような国家政策とリンクするものだったのである。

「体育は文明の基礎」とは『衛生美容法』に大書されている文句であるが、玉江の身体改良について述べた先の中川の言葉の欄外注には、「医学博士三嶋通良氏の説」として「人種の上より言へば上等なるものは丈が高く下等なるものは丈が矮《ひく》し、上等な人種は上へ伸び、下等な人種は横へ肥る」という「学説」が載せられている。お登和が大原の大食を食生活の改善によって「治す」ことで「横へ肥」っている体型を改良し、中川が「丈が高」いことを恥じる玉江の身体コンプレックスを正し猫背の姿勢を真直にするという身体改良の過程は、そのような人種の優劣という進化論の文脈とそれによって方向づけられた身体に対する美意識を浮上させるのである。

その意味で注目されるのはこの二つの結婚をめぐる優生学、すなわち「血の交通」[*13]としての結婚に関するイデオロギーの問題である。

大原には、学費の半額を負担してもらっていた故郷の本家の娘お代との縁談という、お登和との結婚を阻む障害があった。この障害を取り除くべく持ち出されるのが血族結婚の弊害という理由である。大原とお登和の仲介役であった文学士の小山は、従兄妹どうしの夫婦の子供には聾啞者が著しく多いという「東京盲啞学校」の調査報告書なるものや、同じく従兄妹どうしの子には「色素網膜炎」という「今の医学上で治療の出来ない難病」が多いという「眼科医者の報告」を持ち出して、お代との結婚を迫るために上京した大原の父を説得し、「従兄弟同士の婚姻は全く野蛮の遺風です」と決めつけて見せる。一方玉江との縁談が進む中川は、「衛生学」や「生理学」に基づいた「文明的な結婚準備として、遺伝的な病気を防ぐために結婚前に身体検査証の交換をすることを玉江の父の広海子爵に提案するのである。

血統と遺伝という視点は結婚を個人の問題から社会の問題へと変容させる。『食道楽』ではしばしば「現今の文学」の提唱する「自由恋愛」=「恋愛の自然主義」が批判されているが、そこで否定される個人的な感情の対極に意味づけられるのが、遺伝子の担い手として見ることで個人の身体を人種としての身体に変えていく優生学の視点なのである。食と衛生をめぐる身体の管理と改造の問題が国家的な要請を前提にしていたように、結婚は種の継承、発展の視点から意味づけられ、個人の身体は種としての身体として〈公〉的な責任を担うことになる。

そのような観点に立つとき、大原がお代との「血族結婚」を拒絶することは単なる個人的な感情の問題ではなく、「野蛮な遺風」を改め、人々を善導する「文学者」の社会的使命として意味づけられることになる。「家」の存続を目的とする本家の従妹との結婚を回避し、個人の意志によって結ばれたお登和との結婚を実現するために、大原には血統と遺伝という視点によって根拠づけられた、より上位の社会的理由が必要だったのである。かくして個人は「家」から切り離され、血統と遺伝という優生学の視点によって国家へと回収されていく。大原がお代との「血族結婚」を拒むことは、お登和との結婚によって非文明的な身体を改良することと表裏になって、個人の身体の国家による再編成のプロセスを指示しているのである。

4 生成するマニュアル本

以上、国家的な要請とリンクする形で、〈食〉と〈身体〉をめぐって「日本人」という内部性と共同性がいかにして形成されていったかという観点から、『食道楽』というテクストに検討を加えてきたが、明治三〇年代屈指のベストセラーであり、「当時中流以上の家庭では、これを備えないのを恥とした」とまで言われる明治中流家庭生活のマニュアル本である『食道楽』というテクストの性格を明らかにするには、もう一方でそのようなマニュアル本の生成、流通という社会現象そのものを、『食道楽』というテクストの生成、流通のプロセスによって検討しておくことが不可欠であろう。『食道楽』というテクストの指示する「日本」という共同性、全体性は、もう一方でマニュアル本の流通にあらわされた商品市場の形成によって果たされているからである。

そのような観点から改めて捉え直してみると、ここまで検討を加えてきた少量多品目の食習慣の必要という主張や味覚の啓蒙、計量化の発想や主婦の社会的使命としての食品管理、身体の改良というモチーフなどは、いずれも商品化社会の促進と啓蒙の意味を持っていたということができる。

少量多品目の食習慣を成立させるには、当然ながら多様な食材の調達が可能でなければならない。大原の郷里のように穀類の多食をもとに種類の限られた食品によって組み立てられた農村の伝統的な食生活は、共同体内での自給自足的な食品受給を基本としていたが、「科学」という普遍化された基準によって根拠づけられた〈食〉の「文明化」としての少量多品目の食生活は、共同体内では自給不可能な食材の調達を必然化する。それによってある程度自足的に成立していた農村共同体は、食品流通の全国市場に開かれざるをえなくなるのである。「いろいろな食材を食べ分ける」という味覚の啓蒙は、そのような多様な食材の需要を作り出すべく商品化社会の論理によって要請されていたのである。

『食道楽』にしばしば語られている日本各地の「名産品」をめぐる記述や、産地による食材の質の違いとそれを見極める鑑識眼の必要性の主張は、この時期、鉄道網の整備によって食品流通の全国市場が成立し始めていたことを示していると同時に、そのような食品市場への参入、消費生活の啓蒙の意味を持っていた。

例えば、八百屋が持ってきた「京都の本場で、昨日採れた」という松茸のなかから、小山夫人のためにお登和が良い品を選んでやる場面がある。香りが身上であるがゆえに高速の交通手段がない時代には産地から離れた東京には並ぶべくもなかった「本場」の松茸が呼び売りの八百屋によって売られているというこの挿話には、「東の方は上州太田の金山《かなやま》」から「西は濃州三州江州辺」に至るまで「今は東京へも諸国から松茸が」入荷しているという食品流通の飛躍的進展状況が示されている。そのような食品市場の存在を前景化しながら、ここでは具体的に商品である松茸を選別しそれを料理してみせることによって、市場経済への参画への方法が提示され、欲望が喚起されているのである。

同じことは計量化の発想や食品管理の必要性の主張についてもいえる。例えばただの温度計やただの計量カップが「煮卵計」や「飯炊水加減器」という商品として売れるという状況が作り出されてしまっていたように、〈食〉の「文明化」の理念は計量器具や検査器具という商品の需要を生み出していたのである。

「文明的」生活の理念と、それを実現するための具体的な方法である多様な商品を選別し収集するための「実用」記事によって構成された、消費生活のマニュアルとしての『食道楽』というテクストは、消費の欲望を喚起し商品市場を作り出す装置であった。そのような『食道楽』というテクストの性格を顕在化させるのが、新聞連載から単行本化へと至るテクストの変容のプロセスである。

当時村井弦斎が編集長を務めていた『報知新聞』に連載小説という形で発表された『食道楽』は、毎日新しい料理のレシピや商品情報を盛り込みつつストーリーが進行するカタログ小説の形態をとっていた。好評に応えてまとめられ報知社出版部から刊行された単行本『増補註釈食道楽』は、新聞連載時に併載されていた衛生記事など新たな情報も加え、そうした情報を、目次と索引、欄外注と付録という形で整理、分類した、マニュアル本の形にまとめられる。このような『食道楽』の流通と受容のプロセスに見られるのは、まず消費の欲望が喚起され、しかる後にマニュアル本の需要が生み出されていくというマニュアル本生成のプロセスである。

　消費の欲望を喚起する装置としてのカタログ小説『食道楽』の機能を作動させる設定として、第一に挙げなければならないのは登場人物の人物造形であろう。小説の中心人物であり具体的な家庭料理の調理法の解説を一手に引き受けるお登和は、料理小説としての『食道楽』のいわば教師役であるということができる。しかし、留意すべきなのはたとえその知識や技術が料理職人や食品業者も及ばぬ「玄人」はだしのものであったにしても、あくまでお登和は「素人」であり、その知識や技術は花嫁修業の一環として身につけられたものとして設定されているということである。

　専門の料理人によって開設されていた当時の料理学校によって出版された料理書の類や女学校の割烹教科書は言うに及ばず、例えば明治二六（一八九三）年九月から翌年の二月まで『時事新報』に連載された料理記事の元祖とされる「何にしようね」がプロの料理人の指導によっていることを連載開始に際して謳っていたように、[*14] それまでの新聞雑誌の料理記事も、「玄人」の料理人が「素人」である読者にその知識、技術をわかりやすく伝授するという形態をとっている点で共通していた。小説『食道楽』がそのようなそれまでの料理記事や料理教科書の類と決定的に異なっていたのは、そこに必然的に生まれてしまっていた筆者と読者の間の教える者と教えられる者という権力関係を排除し、作中で料理をする作中人物とそれを読む読者を同じ「素人」として同一平面上に設定した点にある。

　『食道楽』ではそうした作中人物と読者の関係はまず作中人物相互の関係として提示される。たとえ知識量と技術の熟練において相当度の差があったにしても、お登和も小山夫人も広海玉江も「家庭料理」の理念を志向し実践する主体としては、同一方向を向いた「進化」のベクトルの同一線上にあるのである。それは「家庭生活」の「文明化」

の理解の程度において段階づけられているにもかかわらず、社会改良を目途する「人道雑誌」を共同で出版、運営することになる中川、小山、大原の三人の「文学士」についても同様である。読者はそのような人物設定のあり方によって、それぞれの登場人物によって段階化された「進化」のベクトルの線上のどこかに自己の位置を定めてテクストを享受することになるのである。

登場人物と読者を同一線上に位置させるそのような仕掛けによって、カタログ小説『食道楽』は小説の内部に形象化されている人物を小説の外部に作り出し、マニュアル本『増補註釈食道楽』を通じてそれは具体化されていくことになる。例えば小説『食道楽』には「豚の刺身」という料理に舌鼓を打ちその作り方を尋ねる大原に、レシピとともに不可欠となる「カステラ鍋」という調理器具の説明を中川がしてみせる場面があるが、『増補註釈食道楽』ではその部分の欄外の注にその「カステラ鍋」を売っている商店の名前と所在地、調理器具の種類と値段が紹介されている。読者はそれに従って実際に商品を手に入れ『食道楽』のレシピに従って料理を作ってみることで、作中人物と体験を共有することになるのである（図9）。こうした一連のプロセスによって、読者は『食道楽』に言説化された「家庭料理」の理念を作中人物と共有し、そこに盛り込まれた実用記事に従って「家庭料理」の実践を共にすることとなる。こうして中川やお登和に導かれて「成長」する作中人物の大原や玉江の模像が、テクストの外部に読者という形をとって再生産されていくことになるのである。

明治三八（一九〇五）年二月に歌舞伎座で上演された劇場版『食道楽』の公演をめぐる一連の趣向とその享受のされ方には、そのような『食道楽』というテクストの機能がより明らかに現われている。公演では舞台上に調理用ガスストーブを設置し、そこで実際にお登和に扮した梅幸がフーカデン、バターケーキ、ビスケット、シュークリームなどの調理の実演を行ない、一等、二等の観客には舞台上で作られたシュークリームが配られた。劇場二階の西洋間には「食道楽料理店」が設けられメニューの「食道楽弁当」は大評判であったという。そこでは「家庭料理」が知識としてだけではなく、味覚や嗅覚（シュークリームの焼ける匂い）を伴ったいわば五感の体験として与えられていたの

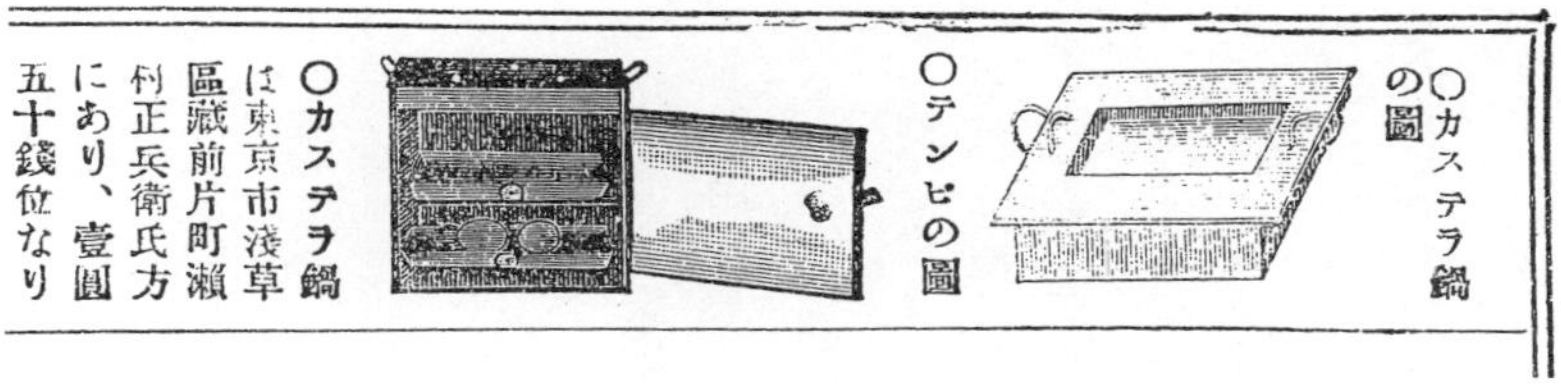

図 9　『増補註訳食道楽』の欄外に載せられた「カステラ鍋」「テンピ」の図と価格，商店の情報

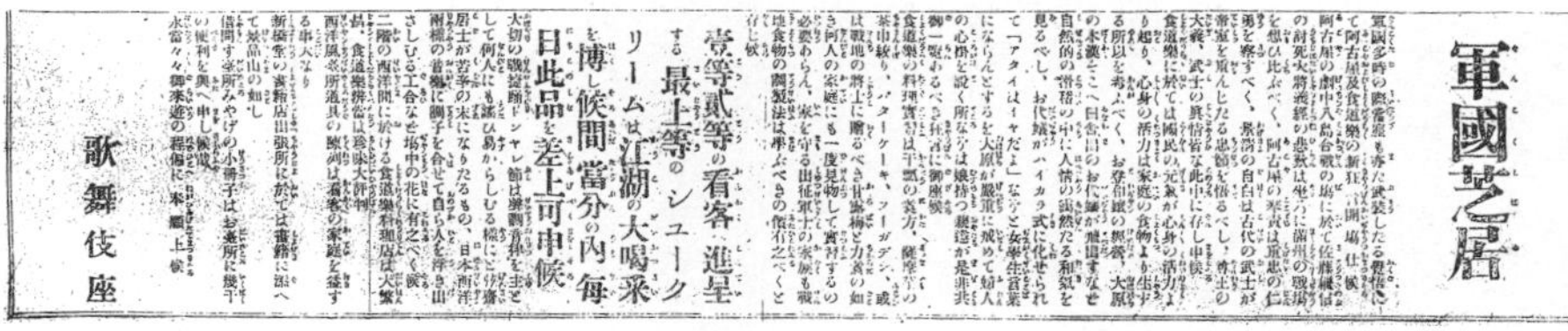

軍國芝居

軍國多時の際當座も亦た武裝したる覺悟にて阿古屋及食道樂の新狂言開場仕候

阿古屋の劇中入島台戰の場に於て佐藤繼信の討死火將義經の悲歎は嘸かし滿州の戰場を想ひ比ぶべく、阿古屋の峯責は靈忠の仁勇を察すべく、景淸の自白は古代の武士が帝室を重んじたる忠節を悟るべし、武士の大義、武士の眞情皆な此中に存し申候

食道樂に於ては國民の元氣が心身の活力より起り、心身の活力は家庭の食物より生ずる所以を考ふべく、お登和孃の擧措、大原の木訥さこへ日告日のお代孃が雅俗すなぜ自然的の滑稽の中に人情の自然たる和氣を見るべし、お代孃がハイカラ式に化せられて「アタイはイヤだよ」なぞと女學生言葉にならんとするを大原が嚴重に戒めて婦人の心掛を說く所などは娘持つ親達が是非共一覽あるべき狂言に御座候

食道樂の料理實習は干瓢の煮方、薩摩芋の茶巾絞り、バターケーキ、フーガデン、或は戰地の將士に贈るべき甘露梅と力者の如き何人の家庭にも一度見物して實習するの必要あらん、家を守る出征軍士の家族も戰地食物の調製法は學ぶべきの價有之べくと存じ候

壹等貳等の看客へ進呈する最上等のシュークリームは江湖の大喝采を博し候間當分の內毎日此品を差上可申候

大切の幟踊ドンヤレ節は樂劇音樂を主として何人にも謠ひ易からしむる樣に作曲居士が苦辛の末になりたるもの、日本西洋兩樣の音樂に調子を合せて自ら人を浮き出さしむる工合なき場中の花に有之べく候

二階の西洋間に於ける食道樂料理店は大繁昌、食道樂辨當は珍味大評判

西洋風茶所道具の陳列は看客の家庭を益する事大なり

新橋堂の書籍店出張所に於ては書籍に溢へて綵品山の如し

借問す並所みやげの小冊子はお楽所に幾千の便利を與へ申し候哉

永當々々御來遊の程偏に奉願上候

歌舞伎座

図10　「軍国芝居『阿子屋及食道楽』」の広告（『報知新聞』明38.2.21）

図11　歌舞伎座の劇場版『食道楽』舞台写真（『報知新聞』明38.2.25）　右から梅三郎の小山夫人，梅幸のお登和，訥升のお代，高麗蔵の大原

である（図10）。
二月二二日と二三日の『報知新聞』にはお登和を演じた梅幸の「梅幸の料理研究苦心談」と題する『食道楽』上演の楽屋話が載っているが、梅幸はそのなかで「私《わたくし》の様な何にも知らない男の手で拵《こし》らへるのでさへ七日もかゝれば数《す》種《しゅ》の料理を覚える事も出来ます故若し之れを御婦人方が親しく御稽古をなすつたら一日位で直きに御熟練遊ばして面白い趣味が容易《たやす》くお解りになる事と信じます」と述べている。ここで梅幸が述べていることは恐らく観客が舞台上の梅幸の調理実演を見る目に等しかったといえるだろう。観客は劇中のお登和に『食道楽』のお登和そのものと同時に、お登和に扮した梅幸の姿を見ていたのである（図11）。梅幸でさえお登和になりうるのだという事実は、誰もがお登和のような「家庭料理」の実践者になることが可能であるという幻想を与えたはずだ。そのような幻想を生み出すことによって「家庭料理」の理念を志向し実践する者をテクストの外部に再生産していくこと、『食道楽』というテクストの機能はそこにあったのである。

『食道楽』上演の際、歌舞伎座では観劇土産として観客に三宅島名産の苺のシロップと「台所便利帳」という小冊子が配られ、大好評であったという。観劇の体験と、流通商品とマニュアル本のサンプルとがセットになっていたのである。公演に合わせて歌舞伎座には西洋料理の台所道具が陳列され、新橋堂の書籍出張所が出来て『増補註釈食道楽』をはじめとするマニュアル本が売られた。観劇によって「料理趣味」=「食道楽」を喚起された観客が、商品を購入しマニュアル本に従って、自ら劇中の「家庭料理」を実践できるような一連のシステムが準備されていたのである。梅幸によれば公演のために調理の練習を重ねるうち料理の趣味が高じ、梅幸ばかりでなく他の出演者までが自宅に調理用ガスストーブや天火を購入し洋食器をそろえて料理を始めるようになったというが、彼らはいわば『食道楽』の読者の典型であったといえる。テクストが消費の欲望を喚起し、消費の欲望が商品購入のためのマニュアル本の需要を作り出していく。劇場版『食道楽』の上演と享受のありようが指示しているのは、小説『食道楽』から『増補註釈食道楽』へというプロセスに現われた、そのようなマニュアル本生成のプロセスなのである。

明治三〇年代後半のマニュアル本『食道楽』のベストセラー現象を受け継ぐように、明治四〇年代に入ると新聞、雑誌には料理記事が不可欠のものとなっていく。他紙との競合関係のなかで各紙ともそれぞれ記事に趣向を凝らすようになるが、注目したいのはそのなかで「素人料理帳」（『読売新聞』明四一・一〜四三・一）、「素人料理」（『九州日日新聞』明四四・七）のように、「素人」性を強調した記事が数多く見られることだ。『食道楽』以前の料理記事や料理書が職人料理の大衆化を謳っていたのとは反対に、「素人料理」であることが売り物になる状況が生まれていたのである。『時事新報』は料理人ではない一般の読者から創作料理の懸賞募集を行ない、明治四一年末までに入選作品を紙上に発表、翌四二年には『家庭料理通』として出版する。同種の試みは『家庭之友』や雑誌『月刊食道楽』[*15]でも試みられたが、いずれも応募者は全国にわたり、そのなかには主婦や女学生ばかりでなく男性の応募者も含まれていた。料理はもはや単なる「実用」ではなく自己目的的な「趣味」へと変容していたのである。

　単行本『増補註釈食道楽』には各巻の最後の数頁に、「料理の法に限り無し、食品の産地も価格も時々変化する事あり、家庭料理を掌《つかさど》る人は有益なる事柄を知るに随つて此の欄内へ記入し置かるべし、又新聞雑誌に出でたるものは切抜きて貼付けらるゝも可なり、一家の主婦たる人は常に食物問題の研究を怠り給ふなよ」という弦斎の言葉が付された、「台所の手帳」というメモ欄が付録として付けられていた。

　『食道楽』を料理小説ないし家事小説として見るとき、そこに盛り込まれている知識や情報それ自体は、類似の料理書や家事教科書、あるいは新聞雑誌記事に比べて格別特徴的とは言えない。にもかかわらず『食道楽』が類書にない広範な読者を得たことの理由の第一は、それが情報の扱い方、ないしは情報それ自体の楽しみ方の情報を与える小説テクストであったという点に求められるであろう。『食道楽』によって読者が学習するのは新しい知識や情報の収集や処理、すなわち「研究」の方法であり、『食道楽』という消費生活のマニュアルの機能は、「台所の手帳」というメモ欄によって促された読者の復習を俟って完成する。定められた課程を修了することで閉鎖的に自己完結する教科書や学校における割烹の授業とは決定的に違い、『食道楽』は知識と情報の無限の更新に向けてテクストを開放するのである。

『食道楽』正編は「家庭教育」の「研究」のため大原が洋行するところで閉じられる。続編ではさらにお登和も中川と玉江夫婦の新婚旅行に同行し、「家庭料理」の「研究」のため洋行を敢行する。「家庭教育の真相は三年や五年で容易に会得し難い」「事情の許す限り世界万国を周遊して人道の為めに家庭改善の事を研究致す覚悟に御座候ふ」と洋行先のイギリスから大原は手紙をよこすのだが、ここに語られているのは更新され続けることを要請される「研究」という行為の無限性である。版を重ね合本、縮刷など形態を変えて売れ続けた『食道楽』の弦斎生前の最終版は、大正九年対岳書屋より刊行された『十八年間の研究を増補したる食道楽』であったが、一方で「春夏秋冬」というワン・セットによって構成されながら、他方で正編、続編、続々編と続いていく『食道楽』の時間構造は、直線化された「進化」のベクトルによって方向づけられた不断の「研究」によって、無限に更新され続ける現在としての日常という思想を表わしていた。増補改訂を繰り返しながら再版され続けるマニュアル本の流通は、「家庭料理」の懸賞募集に見られるような「研究」することの快楽を喚起された「素人」たちによる料理の大衆《アマチュアリズム》化という現象と歩調を合わせていた。「研究」することの快楽は、更新され続けるマニュアル本の無限の需要を生み出していたのである。

料理の大衆《アマチュアリズム》化は同時期に起こっていた、乾板の輸入や水彩絵の具などの簡便化された商品によって引き起こされた写真や絵画の大衆《アマチュアリズム》化や、「素人」の参入を可能にする投稿雑誌という媒体による文学の大衆《アマチュアリズム》化と相同的な現象であったといえる。計量化というプロの技術のマニュアル化によってそれが可能になっていたように、もともとは専門料理の簡略化であった「家庭料理」は、食の「科学」によって理論的に根拠づけられ、家族への「愛情」によって社会的に価値づけられることによって、専門料理を差異化し、より高次の価値領域として位置づけられることになる。写真や絵画や文学における、職人性を差異化する概念としての「芸術」という社会的価値領域の成立と相同的な現象が、料理をめぐっても起こっていたのだ。そして専門料理を差異化する高次の価値領域として「家庭料理」が成立するとき、「芸術」がそうであるようにそれは自己目的であること、すなわち「道楽」であることを必要としたのである。

かくして〈食〉は〈道楽〉となることによって社会的な価値を与えられ、果てしなき「研究」の快楽を根拠づけることになる。マニュアル本『食道楽』のベストセラー現象は、更新され続ける商品と更新され続ける情報の無限の需要を生成し、商品市場という全体性を形成する〈食〉の〈道楽〉という装置の機能を指示していたのである。

註

＊1 弦斎の長女村井米子は、日露戦争の際、日本海海戦の水雷艇船上で『食道楽』のレシピを使って米料理を作った水野孝徳という軍人の話を紹介している（「村井弦斎略年譜」覆刻版『増補註釈 食道楽』別冊、一九七六、柴田書店）。マニュアルによって統御された食生活を必然化する戦場という場において、『食道楽』という「家庭料理」のマニュアルが実際に使用されたというこのエピソードからは、家庭の内と外がマニュアルに従う食事の供給という点で連動していく明治三〇年代半ばの状況が窺われる。同時に後述する劇場版『食道楽』の出演者である歌舞伎俳優たちがそうであったように、ここでもマニュアル本の流通が、それまで料理などしたことのなかった男性層の「料理趣味」＝〈食〉の〈道楽〉を喚起している点も見逃せない。

＊2 小菅桂子『にっぽん台所文化史』（一九九一、雄山閣）による。

＊3 柏木博『家事の政治学』（一九九五、青土社）による。

＊4 榎並重行・三橋俊明編著、別冊宝島75号『[モダン都市解読]読本』（一九八八、ＪＩＣＣ出版局）。

＊5 山口昌伴『台所空間学』（一九八七、建築知識）。

＊6 柏木博、前掲書による。

＊7 小菅桂子、前掲書による。

＊8 『増補註釈食道楽続篇』春の巻には「料理服」考案の由来が次のように語られている。

「加藤病院の看護婦が手術の時に着ます手術着は日本服に応用されて大層便利だと申す事を加藤夫人から承はつてその仕立方を教はりましたのです、袖の処《ところ》が少し違へて御座いますけれども原《もと》の型は手術着から取りましたので」

＊9 『国立衛生試験所百年史』（一九七五、国立衛生試験所）。

＊10 柳田国男『明治大正史世相篇』（一九三一、朝日新聞社）。

＊11　川村邦光『幻視する近代空間』（一九九〇、青弓社）。

＊12　田中聡『なぜ太鼓腹は嫌われるようになったのか？』（一九九三、河出書房新社）。

＊13　田中聡『衛生展覧会の欲望』（一九九四、青弓社）。

＊14　「何にしようね」連載初日（明二六・九・二四）の記事には次のように連載の趣意が述べられている。

今日は何にしようねーと毎日細君の困るは何れの家も同じことなれば其便利を謀り是から時事新報の片隅に毎日のおカヅを掲ぐること丶なしぬ此所さへ見れば直ぐにおカヅの考へも付き同じ物でも旨くこしらへることを得べし尤も是は此道の黒人《くろうと》たる新橋花月楼主人などの注意与て力あるものゆえ爰に記して是は料理法の入念《じゆねん》なるを吹聴す追々は鹿角菜《ひじき》の油揚《あぶらげ》見たやうなものも取交ぜる筈なれど今日は初日の祝ひに奮発して鯛の御料理に致せり

＊15　『月刊食道楽』は、東京の有楽社によって明治三八年五月から明治四〇年八月まで三巻三一号にわたって刊行された月刊雑誌。料理のレシピ、各地の名産品の紹介、グルメ情報、食事の作法、成分分析表など食品栄養学の知識、食品衛生上の諸注意などの記事のほか、増刊号「主婦の二十四時間」（明三九・三）では日常生活の細部にわたる衛生管理についての特集なども行なっている。台所用具や食料品、料理店など充実した広告欄にも特徴がある。村井弦斎も数多くの記事を寄せているが、直接編集に関わっていたわけではない。

少年よ、「猿」から学べ

――教育装置としての『少年世界』

吉田　司雄

1　明治二九年の「猿」ブーム

明治二九（一八九六）年、少年雑誌の世界でにわかに「猿」ブームが巻き起こる。鳥越信『日本児童文学史年表1』（『講座日本児童文学』別巻、一九七五・九、明治書院）の同年のところを見てみると、一月一日発行の『少国民』に霞城山人「猿づくし」、太華「五匹猿」、同じく『少年世界』にさゞなみ「猿の面」、笛川漁史「猿兵士（実事譚）」が載っていることがわかる。『少年世界』にはもうひとつ、金子雪堂「ユムボ（大猩々）」も載っており、この号はさながら「猿」特集の趣きさえ感じられる。それにしてもなぜ、幾つもの「猿」に関わる文章がこの時期集中的に掲載されたのだろうか。

最大の理由はと言えば、実はこの年が申《さる》年であったからに他ならない。『少年世界』の編集主幹である巖谷小波は、すでに前年度の最後の号（一－二四、明二八・一二・一五、『少年世界』掲載のものについては、以下同様の形で巻数号数、発行年月日のみを記載する）の巻頭に、「今年は未《ひつじ》の年、その未の年も、もはや今月で完結《おしまひ》になりますから、其処でのお名残《なごり》に、今日は一つ、羊のお話をしましやう」という書き出しで始まる「羊の皮」という作品を自ら載せている。

「明けましてお目出度う厶《ござ》います。さて当年《ことし》は申《さる》の年で厶いますから、幼年諸君《みなさん》がよく玩器《おもちゃ》になさる、あの猿の面のお話を致しましやう」という書き出しの「猿の面」は、そうした意識を引き継いだものだ。「当年は申《さる》の年で厶《ござ》いますから」という動機は、『少年世界』や『少国民』の他の書き手たちにも共通するものであったに違いない。実際、この年の『少年世界』第三号（二‐三、明二九・二・一）に載った桜桃生「猿の智恵」は、「今年は申《さる》の年といふ所から、前号《まへ》にも大分猿のお話が出たやうでありますが、私も何か猿に就てのお話を致さうかと思ひます」と書き出されている（『少年世界』は総ルビが主だが、引用にあたっては適宜ルビを省略した。『少年世界』以外からの引用も含め、以下同じ）。

しかし、ここでの課題は、単に当時の「猿」ブームを振り返ることにあるのではない。はからずも集中的に現われた「猿」をめぐるテクスト群を一つの手掛かりに、主に博文館の『少年世界』を通して、当時の子供向けメディアの有り様をみてゆくことにある。明治二九年、『少年世界』は創刊二年目を迎えていた。前年に日清戦争に勝利した日本は、台湾に総督府を設置し、朝鮮では閔妃《みんぴ》暗殺のクーデターを起こすなど、植民地主義的な欲望をあらわにしつつある時期であった。

*

さゞなみ「猿の面」（二‐一、明二九・一・一）は、「在る猿廻しの家に飼はれて居て、種々《いろ〳〵》な芸を仕込まれました故か」「どんな事でも出来ないことはないと大層天狗に成《なつ》て居りました」という「猿」の物語である。「猿」は元旦に「文官や武官が、何れも立派な大礼服を着て、馬車に乗つたり、馬に乗つたりして、意気揚々と」「御所に御年始に上る」のを、「木の上から、生意気に小手なんぞかざして」見ている。そして「乃公《おれ》も一番あんな風をして、兵隊に礼をさせながら、御所まで行て見たいなァ」と羨ましく思い、猿廻しの芸に使う「陸軍士官の服」を着て、借馬屋の「一番立派さうな馬」に乗ってみる。すると「士官の真似もまことに上手で、一寸見たところでは、とても偽様《にせもの》には見」えず、「通り掛りの士官や兵隊が、みんな丁寧に礼をして行きますから、猿はもう大得意」になる。だが最後は、「猿」の高慢さ、横着ぶりに腹を立てた「馬」に振り落とされ、御所の御門の番兵にみつかってしまう。番兵は「猿」から「軍服から帽子も剣も、すつかり剝《は》いで取りあげた上に、その顔の皮を引剝《ひきむ》いて、これを御所へ献上」する。これが「猿の面の起原」だというオチがついて物語は終わっている。

図１　陸軍士官になりすました猿（巖谷小波「猿の面」）

　著者の巖谷小波は、『少年世界』創刊の前年、明治二七年七月の『桃太郎』を第一編とする『日本昔噺』（全二四編）を、同じく博文館から毎月一冊ずつ刊行中であった。小波が選んだ昔噺には『桃太郎』『猿蟹合戦』『猿と海月』と「猿」が登場する作品が幾つかあり、教訓的な意味合いを読み取ることができるものばかりでもある。前年の『少年世界』に掲載された漣山人「独活《うど》の大木」（一-七、明二八・四・一）に出てくる「大猿」らのキャラクターも昔噺のそれと共通するような面がある。隣の「小さな、可愛らしい山桜」が旅人に誉められるのを妬んだ「独活の大木」が「山桜」を根から引き抜こうとするが逆に投げつけられ、それを見ていた「一匹の大猿」が「独活」の加勢をして尻を押すが、それがかえって徒となって「元より幹は脆《もろ》い独活の大木、中央《まんなか》からペキンと折れ、其の弾力《はづみ》で大猿は、前へのめつて谷底へ、真逆様にコロ〳〵」という羽目に陥る。最後は「山桜」の台詞で終わっている。「（桜）あれがほんとの猿智恵だ、醜態《ざま》を見ろ、やアいやアい！」「独活」の妬みと「大猿」のお節介とが批判的に描かれ、そしてラストは「猿智恵」を諌める教訓で締め括られる。

　「猿の面」からもやはり、模倣（猿まね）への批判、揶揄といった教訓的な意味合いをみることができよう。だが、この「猿」が何よりも諌められなければならない理由は、「獣《けもの》の分際」で「人間」さえも見下すような行動に出たこと、それも天皇の統帥下にある軍隊をも欺くような行為に出たからに他ならない。「獣」と「人間」との境界を侵犯しようとしたがゆえに、「猿」はその命を奪われるのだ。ここからは道徳的なメッセージだけでなく、「人間」と「獣」とを明確に切断することで「人間」を立ち上げようとする力を読み取ることができる。だが、それにしてもなぜ、「獣」の世界を代表＝表象するのが「猿」であったのか。

そもそもヨーロッパ諸国や北アメリカと違って、野性の猿が身近に生息していた日本では、多くの民話や昔話が「猿」を主人公としてきた。例えば、大貫恵美子『日本文化と猿』（一九九五・一、平凡社）はこう述べている。

日本文化の中では猿は特殊な地位を占めるが、それはまさしく日本人がヒトをヒト以外の動物から峻別せる際に、猿が絶対に欠くことのできない認識対象となるからである。（中略）猿とヒトとの類似性かつ差異性のゆえに、猿はわれわれのヒトたることの認識を脅かし、「ヒトとは何なのか、動物とは何をもって区別されるのか」といった根元的な疑問を突きつけずにはおかない。

ヒトとの類似性と差異性を併せもつゆえに、猿は日本文化において特別の役割を担ってきたのであるが、それは実のところは、日本人が猿との類似性を認め、そのため否応なく、自らを猿との間に差異性と距離とを作り上げる必要性に迫られた結果であると見るのが妥当であろう。

そして大貫は、「ヒトとの類似性」ゆえに「猿」に「仲介役、神の使わしめの役」を与えもしたが、その一方でヒトは「類似性に脅威」を感じ、「猿」に「負のスケープ・ゴートの役」を振ってきたことを、さまざまな事象を挙げて論証している。巖谷小波の「独活の大木」や「猿の面」に登場する「猿」はまさに「負のスケープ・ゴートの役」を演じ、特に「猿の面」では、中心へと近づこうとした「猿」が逆に排除されることで、天皇とその憲兵たる軍隊を中心とする秩序に何ら揺るぎようのない安定性を付与するのである。

だが、「負のスケープ・ゴートの役」を演じうる「猿」であればこそ、「トリックスターおよび道化の役回り」を演じることもありうるのだ。

『少年世界』の編集助筆であった桜桃生こと武田桜桃の「猿の智恵」(二-二、明二九・一・一五)は、先に引いた書き出しからも窺われるように、明らかに編集主任の巖谷小波らのテクストを意識して書いたと思われるが、内容的には「猿智恵」をあざ笑った小波のテクストとは対照的だと言えるだろう。この話の主人公は、「山中の獣《けもの》類の中で一番躰格《なり》が小さい」がために「始終朋輩に馬鹿にされる」が、実は「至つて利発な質」の「一疋《ぴき》の小猿」である。ある日「小猿」は、「此山の大王の白象」がブランコに乗ろうとして落ち、起きられなくなるのを見て助けあげる。そして「白象の養子分」となって「立派な御殿を建てゝ其処に住ゐ、今まで馬鹿にした獣類を頤で使ふ」までになる。ここに描かれたのは、「猿智恵」の愚かさゆえに「スケープ・ゴート」にされるのではなく、まさにその「智恵」の賢さゆえに秩序を転覆させる「トリックスター」たりえた賢い猿の姿なのである。「獣類」たちの世界の秩序の転覆が「小猿」に可能だったのは、猿が「ヒトとの類似性」を有する存在だったからに違いない。だが、「小猿」の優位性も「獣類」においてのそれに止まることはやはり注意しておくべきだろう。「負のスケープ・ゴートの役」であれ「トリックスター」の役であれ、「猿」はその役を演じることで、読者である「人間」の少年少女に、この世界の秩序とは何なのか、その階層を上昇するには何が必要であり、いかなるふるまいが許されないのかを伝える模像《シュミラークル》だったのである。

『少年世界』の前身のひとつである『幼年雑誌』の第四巻二三号(明二七・一二・一)は、「少年世界発刊の主意」を掲げ、翌年創刊の『少年世界』が「主に中小学々齢諸君に適するを標準とし」、「諸君をして娯楽の間に良徳を養ひ、愉快の裡に、明智を得せしむべし。『少年世界』は実に雑誌世界に於て、第二維新の先鞭を着くるものなり」と述べていた。「猿の面」や「猿の智恵」は、読み物として「娯楽」「愉快」を与えつつ「良徳」「明智」を養うことを志向している。そうした教育装置としての『少年世界』において、「猿」という表象が果たした意味は決して少なくなかったのである。

だが、話を進める前に、一つだけ確認しておきたい。確かに『少年世界』のメッセージの送り手たちは「中小学々齢諸君」に「良徳」「明智」を教育することにこそ力点を置いただろうが、読者のすべてがそれをそのまま受信し自らの規範として内在化したと言えるのだろうか。

*

成田龍一「『少年世界』と読書する少年たち——一九〇〇年前後、都市空間のなかの共同性と差異」（『思想』一九九四・一二）は、『少年世界』からのメッセージによって「われわれ」の共同性と内部の差異が創出される一方、読書行為によってそれが確認されてゆくプロセスを細かに分析している。そして読者としての共同性をうみ出すために、まわしよみが行なわれたことを指摘している。そんなまわしよみの光景を、ここでは一つの小説から見ておこう。明治四〇年、雑誌『早稲田文学』の懸賞募集で一等小説となった中村星湖「少年行」（『早稲田文学臨時増刊』明四〇・五）の一場面である。

「ねえ君、今度また町のお友達が少年世界を送ってくれたぜ、そりや面白いよ、『一夜天下』つて台所道具の大騒動もあれば、何とかして……えゝ花を踏んで——何だつけ……オヽ同じく惜しむ少年の春つてのもあるよ。」
「そりや何の事だい？」
「雑誌の中にあるのさ、そして可笑《をか》しいよ、叔父さんが一度あれを読んで馬鹿に感心してね、此頃は酔つ払ふとその（おなじく——をしむウ——ウ、せいねんの——オヽはるツ！）つて吟じるんだぜ、あの、ホラ、ガン〳〵声で変に引張つて、泣きさうにやるからね、叔母さんも僕も腹あ抱へらあね。」
と、宮川は其可笑しさを目に見るやうに笑傾《ゑみかたむ》けて、

「今夜僕ん許《とこ》へ来ないか？　見せて遣るけど。」

「少年行」は、「自分」（奈良原武）が宮川牧夫との少年時代の交情を思い起こす回想形式の小説である。牧夫は町から富士山の裾野の川口村への転校生として、「自分」の前に姿を現わす。家庭の事情から叔父である校長の家に寄宿している牧夫に、「学問も出来る、服装《みなり》もよい」からと「自分」は好意を抱く。その牧夫の町の友達からまわってきたのが『少年世界』であったのだ。しかし「少年行」の記述からは、『少年世界』の読者である少年たちの「われわれ」意識と同時に、その「われわれ」のなかを走る亀裂のようなものも読み取ることができるだろう。ここには、校長である「叔父さん」という大人の読者がいる。「町のお友達」からまわってきたものが牧夫を経由して「自分」にまわってきたという過程に、「町」の少年読者（それは『少年世界』を購入できる階層の子供でもある）と「村」の少年読者（武は親にねだっても雑誌を買ってもらえない）との地域的・経済的偏差が刻まれている。そして、友人である武と牧夫においてさえもテクストの受けとめ方は違う。成田龍一の論の方向とは逆に、まわしよみはむしろ、少年たちの間での差異を自覚させ、読者の共同性のもろさを露呈させるものでもあったのだ。

自分はまた下手な調子で宮川に話を為掛《しか》けながら、面白く雑誌を見つづける。

成程「一夜天下」の滑稽も棄て難いが、三昧道人の「小荊軻《けいか》」は殊に幼い心を惹く。二人の美少年が功名を争ふ所や、木下闇《このしたやみ》の決闘や、敵に仕ふる少年の苦心、就中《なかんづく》其扇を取つての舞姿——永洗《えいせん》の挿絵は、宮川の彩筆で色取られて、一人の少年が謡つたとある「背燭《ともしびにそむいて》共憐《ともにあはれむ》深夜月《しんやのつき》、踏花《はなをふんで》同惜《おなじくをしむ》少年春《せうねんのはる》。」——無論仮名附き、仮名交り——の朗詠と共に、十幾年後の今も記憶に残つて居る。

ここで二人がまわしよみしていた『少年世界』は、明治二八年一月一日発行の創刊号である。そこには「春季大付録」として、宮崎三昧道人「小荊軻」、川上眉山人「一夜天下」、渡邊霞亭山人「雷神」という三編の小説が掲載されていた。「少年行」の「自分」は、このうちの「二人の美少年が功名を争ふ」物語を反復するかのように、やがて立志への思いに強く駆られ、ついには上京することになる。だがそれは、画才に恵まれながら意に満たない方向を余儀なくされ、最後は発狂する宮川牧夫とは対照的な道程をたどることでもあった。*1

同じ雑誌を同じ時期に読んだからといって、読者のすべてに「われわれ」意識が共有されてゆくわけではない。もちろんそれは、百人読者がいれば百人違った受けとめ方をする、という一般論とは違う。『少年世界』というテクスト自体が、共同性を喚起する一方で、同時にその共同意識を揺り動かし、時に全く対照的な方向へと個々の読者を導き、あるいはダブル・バインド状態に立つことを強いるような意味産出の装置だったのだ。「猿」の表象を読むこと、それは当時の読者の内部に走ったかも知れないズレや亀裂の痕跡を、テクストから掘り起こそうとする試みともなるだろう。

2　教育される「猿」

「良徳」「明智」の教育を志向する『少年世界』において、「猿」もまた、しばしば教育の場面に登場する。

「猿の面」と同じ『少年世界』の明治二九年度第一号の「雑録」欄に載った笛川漁史訳「猿兵士（実事譚）」は、西洋ものだが、原作者などについての記述はない。これは、「其の朝の謳歌者が佛蘭西《フランス》の黄金時代と称讃する路易《ルイ》王第十四世の時代」が、「実に此の時代の貧富の懸隔《へだゝり》の甚しきことは、全国を通じて十人中の九人迄はその日の食事に差支ゆると云ふ有様」であったとし、その貧しい人間の一人、「故郷英国に追ひ払はれて、今はパリに於ける小さき兵学校の剣法教師に傭はれ、漸くその日の露命を繋ぐに足るべき薄給を受け居る」スタツパ将軍を主人公とする物語である。或る日、パリの公園で「怪しき灰色の小猿」と出会った彼は、大事な昼食である「粗末なる黒パン」の方《かけ》きれを与える。「哀れなる小猿の窪みたる悲しげなる眼の無言の懇願を情《すげ》なく拒まんことは是迄幾回と無く鋭どき空腹の切無《せつな》さを経験せし彼の忍び能はざるところ」だったからだ。スタツパは共に暮らし始めた「小猿」のジヤツキーに、古着をもとに「佛蘭西兵士の制服、帽《ぼう》其他一切のものを作り出して」着せ与える。「かくてスタツパは此の四足の兵士に熱心に種々の操練《そうれん》を教え」、その調練に金を投げ与える者も現われるようにもなり、スタツパと「小猿」のジヤツキーは「幸福の月日」を送り始める。そして或る日、樹立ちのなかへ「皇后陛下の為め捧げ―銃《つゝ》」なる掛け声に合わせてジヤツキーに小さな銃を構えさせる調練をしていた時、他ならぬ佛蘭西皇后がその姿を見かけ、スタツパは栄達のきっかけをつかむことになる。

この物語の話型は、『浦島太郎』などの放生譚とも重なる、動物による報恩譚と言えるかもしれない。だが、力点は人間と動物の心の交流、「仲の善い朋友」の関係にあり、スタツパが「可憐児《かれんじ》の恩澤《おんたく》」を受けるのも、その「小猿」

図 2　銃の調練を受ける小猿（笹川漁史訳「猿兵士（実事譚）」）

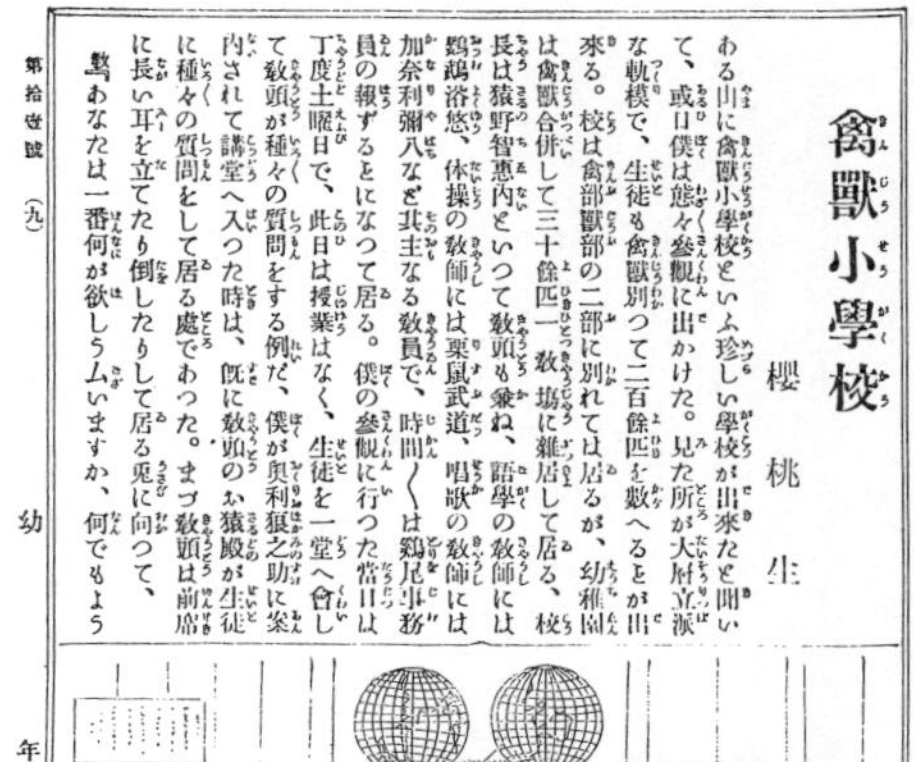

第拾壹號　（九）　幼年　第貳卷　（一〇三）

禽獸小學校

櫻桃生

ある山に禽獸小學校といふ珍しい學校が出來たと聞いて、或日僕は態々參觀に出かけた。見た所が大層立派な軌模で、生徒も禽獸別つて二百餘匹を數へるとが出來る。校は禽部獸部の二部に別れては居るが、幼稚園は禽獸合併して三十餘匹一教場に雜居して居る、校長は猿野智恵内といつて教頭も兼ね、語學の教師には鸚鵡浴悠、体操の教師には栗鼠武道、唱歌の教師には加奈利彌八など其主なる教員で、時間〳〵は鷄尾事務員の報ずるとになつて居る。僕の參觀に行つた當日は丁度土曜日で、此日は授業はなく、生徒を一堂へ會して教頭が種々の質問をする例だ、僕が奥利狼之助に案内されて講堂へ入つた時は、既に教頭のお猿殿が生徒に種々の質問をして居る處であつた。まづ教頭は前席に長い耳を立てたり倒したりして居る兎に向つて、「あなたは一番何が欲しうムいますか、何でもよう

図 3　教壇に立つ猿（桜桃生「禽獸小学校」）

に向ける「慈愛深き心」ゆえだ。しかし、ではスタツパとジヤツキーとの関係が対等なものであったかというとそんなことはない。「兵学校の剣術教師」らしくスタツパは、「己れが監督保護すべき或るものを有するといふ感情の為に」快活にもなるのだし、彼らの関わりは「師弟」の交わりに他ならない。人間と動物との密な関係が構成されるのは、「操練」という教育の結果なのだ。逆に言えば、教育という関わり方なしには両者の「幸福」な関係はありえなかった。ここでは人間と「猿」とは教育する者／される者という非対称性のなかに置かれ、さらに言えば「猿」（だけ）が教育されうる動物として特別視されているのである。

こうして人は教育されたことを生かして、やがて自らが教育する側へと移行しうる。それならば、「猿」もまた、教育する側に立ちうるのだろうか。

桜桃生「禽獣小学校」（二－一一、明二九・六・一）は、語り手の「僕」が「ある山に禽獣小学校といふ珍しい学校が出来たと聞いて」「態々《わざ〳〵》参観に出かけ」る話である。「猿の智恵」の書き手でもある武田桜桃は、「前世紀の動物」（二－一二、二三、明二九・一一・一五、一二・一）のような「科学」欄の読み物を執筆する一方で、動物を登場人物とする話を「幼年」欄に執筆した。「家畜懇親会」（二－一五、明二九・八・一）では、人間たちの留守の間にペットたち（「カロといふ狆《ちん》」「トラといふ猫」「花といふ鸚鵡」「ジヨンといふ犬」「兎」「モロモツト（ママ）」「洋鶏《ぶらま》」「カナリヤ」）が懇親会を開くという設定だが、この「禽獣小学校」も、「校長は猿野智恵内《さるのちゑない》といつて教頭も兼ね」ていて、その「教頭のお猿殿が生徒に種々質問」するという形での動物どうしの対話が中心となっている。「あなたは一番何が欲しうム《ござ》いますか」という「猿」の教頭の問いに、兎、猫、狐、狸、鷲、羊が答えてゆく。そして最後に、生徒の一匹の「先生も欲しいものがムいませう？」という問いに対する、教頭の答えがオチとなっている。「教『ハイ、私は外《ほか》に望みもないですが、出来得べくば毛が三本欲しいのであります」。

「猿の智恵」の主人公の「小猿」は、白象を頂点とする動物たちの世界のヒエラルキーをその「智恵」によって見事に転覆させたわけだが、それはついに動物だけの世界の出来事に止まっていたことが思い起こされよう。「禽獣小学校」の教育する「教頭のお猿殿」も、教える立場でいられるのは他の動物たちに対してだけだ。「猿」の教頭が「毛が三本欲しい」と望むのは、人間と比べた際の「智恵」の不足を自覚しているからということになり、如何に擬人化が施されようとも、人間と動物とは画然と異なる存在として位置づけられていると言えよう。

そしてそれは、『少年世界』の読者が現実に「小学校」で受けていた教育の内容とも何ら抵触しないものだったのである。

*

『少年世界』の読者たちが学校で学んだものを探るために、もう一つだけ小説テクストをみておこう。

泉鏡花「化鳥」（『新著月刊』明三〇・四）は、橋の袂の時雨榎《しぐれえのき》の下の小さな番小屋に「母様《おっかさん》」と住む少年の一人称の語りによる小説である。「犬も猫も人間もおんなじだつて」と母親から聞いて育った少年は、人が「世の中に一番えらいもの」と修身の時間に聞かされたことから、「人」と「動物」を確然と区別する学校の先生と対立する。種田和加子「イロニーとしての少年――『化鳥』論」（『日本文学』一九八六・一一）は、この先生がおしつける「卑俗な人間至上主義」が、明治初年から三〇年代にかけての近代合理主義的な修身教科書の言説と重なることを精査したうえで、「化鳥」というテクストの批評的性格を解き明かしている。それによれば、「『人は万物の長』という観念が時代の中心的な言説、すなわち共同幻想となってゆく過程」で、「人と動物との間にははっきりとした境界がひかれ」、「人間の理性をひきたたせるために動物を下位におく」方向へと学校教育は押し進められていったのであるが、「化鳥」はそれに抗うべく少年の言葉を編成しているというのである。

少年は、「前に橋銭を受取る笊《ざる》の置いてある、この小さな窓から風がはりな猪《いぬしし》だの、奇躰な簟《きのこ》だの、不思議な猿だの、まだ其他に人の顔をした鳥だの、獣《けもの》だのが、いくらでも見える」と言う。「猪」は橋を渡る人間の、「簟」は釣りをする人間の直喩である。いや、そうした言い方は正しくないかも知れない。母親の影響で人間と動植物を等価にみなす少年のまなざしには、彼らは「人」の姿ではなく、「猪」「簟」としてしか映じていないかも知れないのだから。

しかし、そのなかで「猿」だけは微妙に異なる位相にあることに注意したい。この一文だけからなら、「猿」も「猪だの」「簟だの」「人の顔をした鳥だの、獣だの」と同じく「人」を指し示すのだと受け止められよう。だが、「不思議な猿」が本当に「人」と重なるものなのかどうか、「猪」「簟」と相応するような記述がないために、テクスト内部では確定できない。それに、何よりも少年は「小さな窓から」、人間とは異なる本物の「猿」を見ていたからである。

> 遠くの方に堤防の下の石垣の中ほどに、置物のやうになつて、畏《かしこま》つて、猿が居る。
> この猿は、誰が持主といふのでもない、細引の麻縄で棒杭に結《ゆわ》えつけてあるので、あの占治茸《しめぢたけ》が、腰弁当の握飯を半分与《や》つたり、坊ちやんだの、乳母《ばあや》だのが袂の菓子を分けて与《や》つたり、赤い着物を着て居る、みいちやんの紅雀《べにすゞめ》だの、青い羽織を着て居る吉公《きちこう》の目白《めじろ》だの、それからお邸《やしき》のかなりやの姫様《ひいさま》なんぞが、皆で、からかいに行つては、花を持たせる、手拭を被せる、水鉄砲を浴びせるといふ、好きな玩弄物《おもちや》にして、其代《そのかはり》何でもたべるものを分けてやるので、誰といつて、きまつて、世話をする、飼主はないのだけれど、猿の餓ゑることはありはしなかつた。
> 時々悪戯《いたづら》をして、其紅雀《べにすゞめ》の天窓《あたま》の毛を挘《むし》つたり、かなりやを引掻いたりすることがあるので、あの猿松《さるまつ》が居ては、うつかり可愛らしい小鳥を手放にして戸外《おもて》へ出しては置けない、誰か見張つてでも居ないと、危険《けんのん》だからつて、ちよい〱縄を解いて放して遣つたことが幾度もあつた。

この部分でも「紅雀」「かなりや」は「みいちやんの紅雀」「かなりやのお姫様」の言い換えであり、「可愛らしい小鳥」は子供を指す喩とみなせる。さらに「占治茸《しめぢたけ》」もその行動から人間のことだと読者は判断できるわけだが、「猿」だけは「猿」である。

一時は忘れられていたこのテクストを再評価した由良君美「鏡花における超自然――『化鳥』詳考」（『國文學』一九

七四・三）は、「橋」の袂の「時雨榎《しぐれえのき》」が「〈聖〉なる空間へのトーテム・ポール」であり、そこにつながれた「猿」は「トーテム動物として不死のもの」だとした。それに対し、石原千秋「『化鳥』」（『解釈と鑑賞』一九八九・一一）は「むしろ異質な世界をつなぐトリックスター的な振舞をしている」ことに注目する。しかし、少年の母親以外は「いたはつてやつたものは、唯の一人もなかつた」というほどに人間から虐げられた「猿廻の老父《ぢい》さん」が置いていったこの「猿」には、「負のスケープゴート」の面も拭いがたい。「スケープゴート」にして「トリックスター」でもある「猿」であればこそ、物語内容のレベルで現実と非現実とを溶解させる重要な役割を担うのみならず、少年の錯綜した語りの層の結び目とも言うべき、言説レベルでも超出した位置を占め得たのだとみることもできるだろう。

少なくとも「化鳥」の発表された明治三〇年時点で、子供たちにとっては「猿」という言葉、猿廻しが連れる「猿」のイメージは相当の強度をもっていたと考えていいのではないか。「化鳥」のなかの「猿」は、伝統的な猿廻しの「猿」のイメージと切り結びつつ、テクストを攪乱する。しかし、子供たちに差し向けられた学校の教科書や、とりわけ『少年世界』のような子供向け雑誌では、今までとは異なる「猿」のイメージが頻繁に立ち現われつつあった。近代合理主義的な人間観自然観に根ざした修身教科書の言説だけでなく、その新しい「猿」たちによっても、「人と動物との間にははっきりとした境界がひかれ」「人間の理性をひきたたせるために動物を下位におく」ことが自明のものとなり、「猿」と人とは明確に切断されていったのである。

3 「野蛮国」の「猿」たち

『少年世界』の誌面で教訓的な物語以外に登場し始めた異形な「猿」たちは、南の熱地からやってきた。さゞなみ「猿の面」や笛川漁史訳「猿兵士（実事談）」と同じ号に載った金子雪堂「ユムボ（大猩々）」（二-一、明二九・一・一）は、こんな書きだしである。

図4　ユムボ（金子雪堂「ユムボ（大猩々）」）

ユムボは猿族《ゑんぞく》の中にては最も大にして且猛烈なるものなり古へは欧州にも棲みたれども今日は唯僅かにズンダ島に棲む位なるが故欧州人の之を珍しがるも無理に非ず此動物と通常人間と並べば人間は恰《あたか》も小児の如く見ゆるを以ても其大なるを知るべし又長寿にして五十歳のものも未だ発育せざるが如くに見ゆ此動物を捕ふる法は一種異りて面白きものなれば左に其の有様を記載すべし。

そして、「ズンダ島の土人」が、木の液汁と甘蔗の汁とを混ぜたツバというものを飲ませて酔っ払ったところを捕えるという話が紹介されている。読者の好奇心は、何よりも挿絵にも描かれた「大」で「猛烈」で「長寿」だという、日本人に身近な猿とは異なる珍奇なる動物に向けられたことだろう。

読者の博物学的な好奇心に応えるような形で、少年向け雑誌には人が「珍しがる」ような動物の記事が「科学」欄を中心に数多く載せられた。例えば、桜桃生「奇獣ポツケツトゴハー」（二一―一六、明二九・八・一五）は、「茲《こゝ》に尤も不思議なるはポツケツトゴハーなる小獣」であるとして「南方亜米利加《あめりか》にサラマンダーと呼ばれ、形容動作共に本邦の土龍《もぐら》に類するもの」ながら「時としては一哩《まゐる》以上の居宅を搆ふる特能を有す」る小動物を挿絵入で紹介している。雪堂「球形魚」（二一―一六、明二九・八・一五）は、「球形魚の中最も大にして奇なるものはモンドフイツシユにして其丸き形ちは恰《あたか》も大なる頭蓋の如き故《ゆへ》人之を浮《う》き頭《づ》とも異名《ゐめい》せり」と、やはり挿絵入で球形の魚の説明をしている。なぜ「ポツケツトゴハー」や「モンドフイツシユ」が語られるかといえば、それが「不思議なる」「奇獣」であり、「奇なるもの」だからだ。「奇なるもの」には、読者の関心を十分引きつけるだけの商品価値が間違いなくあったのである。そして、「奇なるもの」へと向けられる視線は、西洋や日本と異なる生物が生息し、人々の異なる生活慣習がある地域を「野蛮」とみなすまなざしとも通底していよう。

「野蛮国の遊戯」（一‐二、明二八・一・一五）という一ページの無署名の囲み記事は、「野蛮国の人民は、天然の動物を利用して遊戯をなせり」として、キリンの首を登ったり、ゾウの鼻にぶらさがったりする「野蛮国の遊戯」を挿絵で可視化しつつ語る。その「遊び」の捉え方は、「諸君が純白無邪気なる今の時代に、此壮快なる遊びするのも、亦諸君の士気を奮はすに足る」ものだとして幼少時の兎狩りの思い出を語る琴月居士の小説「兎狩」（一‐四、明二八・二・一五）や、「我は此時の愉快ほど大なる愉快を感じたことはない。我が幼年時代に於て、此の一大快事を実に大なる力を有して、今に至つてもなほをり〳〵此事を憶起《おもひだ》しては、心身の剛《つよ》くなるを覚ゆるのが常である」として猪狩りを語る新田静湾「猪狩《しゝがり》（遊猟談）」（三‐五、明三〇・二・一五）の表現モチーフとは明らかに異なる。「吾等が野蛮国の遊戯を馬鹿にするも却てこちらが野蛮かも知れず」との留保は付けられているにせよ、「野蛮国の遊戯」という記事では、「文明国」の「吾等」と「野蛮国」の「彼等」とが明確に分断化され、「天然の動物」を用いた遊戯を「野蛮国の遊び」とみることで、日本にはいないキリンやゾウなどの動物は「野蛮」と隣接関係に置かれてしまうのだ。

農学士だという不知火道人の「烟草《たばこ》の害毒」（二‐三、明二九・二・一）は、「元来烟草は野蛮未開の土人が嗜好せしに止り、開化人は絶えて之を用ひしものなかりし」として、喫煙の習慣と「野蛮」とを隣接関係に置く。「昔時裸体野蛮の土人が之を喫《か》み之を嗅ぎたる陋習を、尚因襲せるは文明の今日に似合はざる次第と云はざる可らず」との立場から「烟草《たばこ》の諸成分」を解説し、「頭痛、眩暈、嘔気」「咽喉病を起し、肺に至りて其組織を害し」、「血球を毀損《きそん》し血液の運行を紊乱《みだ》し、其害遂に神経系に及び人間の活力元気を衰耗せしむ」、さらに「心臓を害し」「胃病の原因《もと》」となり「烟盲《あんもう》と称する一種の眼病」さえ引き起こす「烟草《たばこ》の害毒」を攻撃する。単に健康に悪いという理由からではなく、それが「野蛮」なものであるがゆえに、喫煙は厳しく戒められねばならないのである。

霞翁「滑稽X光線の絵巻物（理学遊戯）」（三‐二五、明三〇・一二・一）は、「フトツパラー」と申ける、博物学の博士が「奇草珍木異禽の類は、熱帯地方に非《あらざ》れば、取り得んことの難しとて、或る日遠征思ひ立ち、天幕始め従者には、試験の用の器械を携《も》たせ、飄然去つて亜弗利加《アフリカ》の、内地を差して赴きける」折に遭遇した事件を物語る。語り手は「奇草珍木異禽の類」にあふれる「亜弗利加」には「野蛮の住《すめ》る部落」があり「野蛮原《ばら》」「野蛮の奴等」「黒人種原《くろんぼうばら》」が住んでいることを強調してやまない。そして「野蛮」な彼らが、博士の持ってきた「X光線」に驚くさまが描かれている。この時期の『少年世界』には「顕秘写真術」（無署名、二‐一〇、明二九・五・一五）や武田桜桃「X羊の腹《はらわた》（お伽噺）」（三‐一七、臨時増刊「暑中休暇」、明三〇・八・一〇）といった文章が載っていたことからもわかるように、「X光線」は「文明」社会の「科学」が生んだ最新のトピックの一つだったのであり、「野蛮」はそれに平伏さずにはおられまいというわけだ。

そして「野蛮」の世界から、「ユムボ（大猩々）」すなわちオランウータンに続いて、より兇暴なる姿を身にまとって「大猿ゴリラ」がやはり挿絵入で登場する。

ゴリラは熱地の産、巨大なる大猿の種属の名目なり。性質兇暴にして力きはめて逞しく、その生まれて二歳もしくは三歳のものにてすら、吾人人間と力を角《くら》べて、たしかに四人も匹敵するに足る。歯の力もまた非常にて、鉄砲の銃口を嚙みつぶす事容易にて、また一たび腕をふるふ時には直径五寸ばかりの木を幹より引き裂くことめづらしからず、人をして舌を巻くを覚えざらしむ。

山田美妙「大猿ゴリラ（動物談）」（三‐二五、明三〇・一二・一）はこのように「兇暴にして力きはめて逞し」いゴリラのイメージを述べたうえで、「ヅ、シヤイユ氏亜弗利加を探検せる紀行に左の一節有り、また一読の価値無きに非ず」として、文明国から来た探検隊がゴリラと遭遇する場面を紹介する。*2『少年世界』誌上には金子雪堂訳「狒《ひ》々退治（冒険談）」（三-四、明三〇・二・一五）という、「亜弗利加のコンゴー河」を遡って奥地へと向かったイギリス人とフランス人の探検家の話も掲載されている。しかし、「大猿」と出くわした場面の壮烈さでは「大猿ゴリラ（動物談）」が数段優る。「もとより射撃を目的としたることから、此邂逅は予に取りて異常の喜悦を感ぜしめしかど、又異常の恐怖、空前の怖ろしさ無きにあらず」と「ヅ、シヤイユ氏」は述べている。そして、「今やその巨大なる身幹《しんかん》にて予に飛びもかゝらんと」したその時に銃を撃ち、「一発の砲声、一道の淡烟、たちまちにして怪物は仆《たふ》れて、しばらくは地上に転翻《てんぽん》せり」と、射殺の瞬間を記述してゆくのである。

「ユムボ（大猩々）」や「大猿ゴリラ（動物談）」では、オランウータンもゴリラも、動物学上人間に最も近い類人猿（霊長類）の一種として紹介されてはいない。オランウータンは「猿族の中にては最も大にして且猛烈なるもの」であり、ゴリラは「性質兇暴にして力きはめて逞し」い「巨大なる大猿」であった。「熱地」に棲む「野蛮」なるものの代表＝表象が彼らであったのだ。とりわけ「大猿ゴリラ（動物談）」においては、「異常の恐怖、空前の怖ろしさ」を呼び起こした「兇暴」なるゴリラが命を落とすというドラマチックな場面を通して、「野蛮」なるものの「恐怖」と、それをも制圧する「文明」の力とが鮮やかに強調されたのである。

図5　大猿ゴリラ（山田美妙「大猿ゴリラ（動物談）」）

　しかし、単に「野蛮」であるということでは人々の関心は惹きつけられない。「野蛮」とは「文明」の側にいるわれわれとは異なる、まさにそれゆえに恐怖と同時にエキゾティックな魅惑をかきたてるものでもあった。「野蛮」は、「文明」人の欲望に合わせる形で飼い馴らされ、商品価値を身にまとう。ちょうどこの時期、未知なる存在のかきたてる恐怖からは一歩身をひきながら、その安全地帯から「野蛮」なるものを娯楽として楽しむことができる近代的装置が、日本でも整備されつつあった。『少年世界』にはそうしたものの紹介記事も幾つか掲載されている。

助三郎「動物園を観るの記」（雑録、一‐七、明二八・四・一）は、「十才」の少年の訪問記という形で、動物園の動物たちが紹介されている。丹頂の鶴、象、駱駝《らくだ》、鹿、観魚室の墜道《トンネル》、虎、鵠《こう》の鳥《とり》、家鴨《あひる》、カナリヤが紹介され、「虎程小さい時に可愛らしくて、大きくなつて可怖《こわい》ものはない、が其毛色の美しいこと、早く殺して其皮の上に据《すわ》つて見たいと僕は思ふ」といった感想が差し挟まれている。同じく「十歳」の助三郎による「教育博物館を観るの記」（雑録、一‐一〇、明二八・五・一五）もある。

助三郎少年が訪れたのは、明治一五（一八八二）年に開園した上野動物園に他ならない。佐々木時雄『動物園の歴史――日本における動物園の成立』（一九七五・六・五、西田書店）によれば、日本における近代的な動物園の始まりは、明治四年五月五日から月末まで九段坂上の招魂社（靖国神社の旧称）で開かれた博覧会での展示まで遡れるというが、日本最初の近代的な動物園といえば、明治一四年三月一日から六月三〇日まで開かれた第二回内国勧業博覧会の最中である四月七日に博物局が農商務省に移管されることになり、翌一五年三月二〇日に博物館の第一部天産部、第一区動物学の付属施設としてオープンした、この上野動物園ということになる。しかし、開園当時「この敷地に建てられていた動物舎は木造の粗末なものであった。ヨーロッパの動物園建築が達成していた成果を取り入れた形跡はまったくなく、日本の在来のウマ小屋、ウシ小屋などの伝統様式を出ない、文字通りの小屋であった」と言う。明治一九年三月二五日、「其館自今宮内省ノ管理ニ付セラル」という通達により「博物館が宮内省に移管され、ついで上野公園の全域約二十万坪が御料地に編入された」。しかし、「この移管によって博物館は、これまでながい伝統になっていた博覧会事業との縁が切れ、博物館そのものに専念できることになったはずなのであるが、これという新しい活動はあらわれてこな」かったとも言う。しかし、そうはいっても、二〇年代から三〇年代にかけて、トラのペア、ダヴィッド・ジカのペア、インド・ゾウのペア、オオカミの子二頭、ヒョウのオス、シロクマ、フタコブ・ラクダのペア、オランウータン（百日余りで死亡）、アザラシ、クロコダイルなどが飼育されるようになり、少しずつ日本人の知りえなかった動物たちを目のあたりにできるようになりつつあった（引用、動物名は、佐々木時雄前掲書に拠る）。

助三郎少年が見たのは、こうした時期の上野動物園であった。もちろん文中には、上野動物園の由来などは記されていないが、理学士の芳菲山人「帝国博物館天産部概況」（二－九、明二九・五・一）には、「博物館に付属せる動物園は本館を四五丁離れて西南に当れる地にあり清水谷《しみづだに》と呼べる所なり此地は西北に丘陵あり東西に流水を通じ水陸の禽獣を飼養するに恰当《こうたう》の場所と見受く明治十五年より開園したるものなり桜花爛漫たる時候には此園に来遊する参観人は日々一万人に及ぶと云ふ旺盛なるものならずや」ともある。

さらに、当時東京ではもう一つの動物園が開園されたばかりだった。明治二八（一八九五）年に開園した新宿動物園（～大正一五年、現在の新宿御苑・日本庭園）である。「日清戦争以後、内外からの献上動物は殖えていった」が、そのすべてを上野動物園に送らず、「実は取捨選択して適当なものは手許に残して飼育」するための「皇室直轄の動物飼育場」として作られたのが新宿動物園であり、所管は宮内庁狩猟部であった（佐々木時雄前掲書）。

『少年世界』誌上でも早速、乙羽庵「鷹と鶴」（一－一〇、明二八・五・一五）が「雑録」欄に載り、「戸川残花氏を訪へば、氏はこれより新宿なる植物御苑に行けと勧めらる、よき機会《をり》なりと共にいたれば、門に入らざるに先づ橋あり、水は玉川の流にして、その色清し、刺を通じて許可を得、右に折れて進み行けば、両行の桜樹は若葉と変りて、木陰涼し、蠶《かひこ》室あり、植物苑あり、なほ行けば家鶏《かけい》苑あり、綿羊《めんやう》あり、駱駝《らくだ》あり、駱駝は旅順口にて分捕せるもの、左に折れて下れば主猟局出張所あり」と、その様子が紹介されている。

また、博覧会事業と動物園とが判然と切れていなかった時期だけに、やはり同号「雑録」欄の大和田建樹「第四回内国勧業博覧会（中）」（一‐一〇、明二八・五・一五）には、博覧会場の水族室や動物館の記述がある。

水産館の付属に水族室あり。ガラスを隔てゝ水の清き処に鯛金魚などの溌溂として鰭《ひれ》振り遊ぶを見る。また一快事なり。或人これを評して。東山の麓。鴨川の辺。鯛の躍るあるは平安奠鼎《てんてい》以来未曾有の珍事なるべしと曰ふ。これも文明日進の恵みなるかな。
次に動物館ありて場の東南隅に位置を占めたれど。其出品は馬を五月一日より十五日までとし。牛、羊、豚、家禽を同廿六日より六月九日までと定めたれば。未だ開かれざる前に其景況を語る能はず。（傍点引用者）

「文明」の生んだ近代的な教育‐娯楽装置に他ならない動物園の紹介記事は、もちろん『少年世界』の専売特許ではなかった。例えば、『少国民』の八巻一五号（明二九・八・一）には「ロンドン動物館縦覧記」が「（岡山）成瀬淡州」から投稿され、「近来此動物館に来りし物」として「『シラシーン』という『タスマニア』産の奇獣」「ピグミーホッグ」「赤色バーホッグ」「肉食の珍しき鳥」である「バテリユーア」などを紹介している。同じく『少国民』八巻一九号（明二九・一〇・一）には岳仙叟「動物園縦覧記」が載せられ、「征清の役、旅順港にて捕獲せし」駱駝、「暹羅《シャム》国王よりの寄贈」である象のペアなどが紹介されている。少し時期ははずれるが、『少年界』の明治三五（一九〇二）年二月号にも「獅子」の口絵が載せられ、「雑録」欄で「東京上野の動物園にこの程からいろ〳〵珍しい獣や鳥が外国から来たといふので、ソレハ〳〵毎日大繁盛である。おい〳〵読者に口絵で御覧に入れませう」との口上があり、「この獅子はもと独逸のハンブルグの動物園で飼われてあつた」との説明がされている。動物園と珍獣の紹介記事は少年たちの購買意欲を最もそそるものの一つだったのであろう。

動物園の記事を載せることは、誌面の一部を〝紙の上の動物園〟化することでもある。世界各地の動物園で飼育されている珍獣が、挿絵入で紹介され、読者はいながらにして世界の珍獣を見ることになる。『少年世界』でいえば、

「科学」欄に載せられた「ベルリン府動物園に於る羚羊《れいよう》の話」（一 - 七、明二八・四・一）、「伯林《べるりん》動物園中のフエン子ツク獣（狐に似たる獣にて亜弗利加に産する者）」（一 - 一一、明二八・六・一）、さらに「少くとも百五十年の年齢」である「先頃マウリチウスなる所より英国動物館に持ち来りたる亀」を紹介しつつ、「千八百二十一年露国首府の動物園に於て死したる亀は二百二十年の高齢」であったと述べる「学海奇聞」欄の「最年長の動物」（三 - 二四、明三〇・一一・一五）などの記事を通してだ。「猿」についても「亜非利加の猿」（三 - 二二、明三〇・一一・一五）が、「先頃英国倫敦博物館にて」「観覧に供せ」られた「ゲレザ」と呼ばれる「奇《めづ》らしき猿」を図入りで紹介している。さらに、「学海奇聞」欄の「世界の大動物園」（三 - 八、明三〇・四・一）は、「独逸のハムブルヒに於てハーゲンベツグの有せる動物園は頗る有名のもの」であり、「その数の多きと異種類を集めたる世界に之と比肩するの動物園なし、然れども目下水晶宮に於る亜非利加村に氏の出品し置ける動物少なからず」と近況を伝えている。そして、動物園が動物の実物を見せることのみならず、その動物が本来生活していた「野性」を夢見させる装置であるとすれば、未知なるものへの好奇心はすでに滅んでしまった絶滅動物へも向かうことだろう。『少年世界』の「科学」欄にも古生物に関する記事を幾つもみることができる。SU生「巨大なる動物の遺骨」（一 - 一七、明二八・九・一）、金子雪堂「豪州の古代林」（二 - 一三、明二九・七・一）、桜桃生「前世紀の動物」（二 - 二二、二三、明二九・一一・一五、一二・一）などだ。霞城「マンムート猟」（二 - 九、明二九・五・一）は、「又古世界にマンムートと称する一種奇怪なる大象の棲たること、已に百数十年以前より知られたり」として、マンモスと人との関わりを述べつつ、「今尚ほ其器物は亜弗利加及び亜細亜の野蛮が以て象に敵すると粗《ほ》ぼ相同じきものを用ひたるが如し」とする。ここでは、「野蛮」が歴史化される。いや、マンモスがいた時代の人々の行動とほぼ等記号で結ぶことで、「亜弗利加及び亜細亜の野蛮」が根拠づけられているのである。

図6　ゲレザ（「亜非利加の猿」）

4 「原始的人種」と「猿」

だが、「野蛮」なる「亜弗利加及び亜細亜」に棲んでいたのは、オランウータンやゴリラだけではなかった。そこには、人間もやはりいたのである。

「野蛮」なる人間への関心は、人類学という学問の啓蒙という形をとって読者に指し示されることとなった。「在帝国大学」「在理科大学」との肩書きをもつ八木奘三郎の「人類学資料一斑」(一 - 二三、明二八・一二・一)や「世界五大人種の命名者と該人種分布の図」(二 - 六、明二九・三・一五)は、人類学の基礎資料収集の重要性を強調している。しかし、『少年世界』の読者にとっては、単に学問的成果を知ることではなく、その資料収集のために「未開野蛮」の地へ赴く冒険譚的なストーリーやその地での見聞の記録こそが、より好奇心をかきたてるものであったに違いない。

城畔生「極北土人の話」(二 - 八、一一、一二、明二九・四・一五、六・一、六・一五)は「北米合衆国海軍技師ピーリー氏と云ふ人が、北極探検のため、三箇年以上土人と同居して実況を詳しく調べました、随分有益の話」を紹介する。「凡て人間の原始的人種を探り究めますは余程面白きものなるが其中にも此極北の土人などは別して面白きことが多くあります」として、「原始的人種」の研究の面白さを例を挙げて語っている。そこにあるのは、人間としての同質性を見出すことよりも、あたかも珍奇な動物に接した時と同じような博物学的な知に基づく差異化と分類の欲求であると言っていい。「南太平洋ソロモン群島の北東に横たはれるニュー、ブリテーン群島」の「群島中最大のニュー、ブリテーン島」の「土人」のことを書いた巨浪生「喰人王(英国地学協会員　ミュトックシ氏の実験談)」(二 - 一四、一五、一六、一八、明二九・七・一五、八・一、八・一五、九・一五、連載二回目以降は「文学士　幸田巨浪　訳」)についても同じことが言えるだろう。これらの探検譚が「科学」欄に載ったのは、それが読者に「娯楽」「愉快」を与える読み物であるだけでなく、西洋から移入された「科学」的な知を獲得させるための最も効果的な装置の一つと考えられていたからに違いあるまい。

こうした「野蛮」にして「原始的」なるものをめぐる博物学的な動物学と人類学とが交差せる地点に、「猿」をめぐる言説が再び浮上する。そこでは、「猿」はたえず「人間」と、「人間」はたえず「動物」と対置されることになる。まず人類学的な視点から書かれた「理科大学」の市村塘「猿に近き人間」（一 - 一〇、一三、明二八・五・一五、七・一）をみてみよう。市村は「余は先つ《（ママ）》最も猿に近き人間に就て聊《いさゝ》か述べんと思ふ、さて斯ゝる人間の名は何と呼ぶや、曰くブツシマン曰くホツテントツト、是なり、ともに亜弗利加南部ケープコロニー近辺に住める野蛮人種なり」として、「ブツシマン Bushmen」と「ホツテントツト Hottentots」を挿絵入で紹介する。*3

「此等二人種ともに人間の名称を与ふるは惜き位なれども高等の人種にして、猶且つ彼等に悖るの挙動をなし恬として恥ぢざるの徒なきを保せず少年諸君夫れよく心して読み給へ」と教訓めいた言葉まで挟みながら、ついで「尚序なれば極々野蛮なる亜弗利加黒奴《こくど》の一二を御紹介申すべし、こは余り猿に近き人間といふべき程のものにはあらねど、どうせ真人間にはあらざるものなり」として「バリー」と「デンカ」の二人種を紹介する。市村の論理は「人間」と「猿」とを切断することを前提にしつつも、「人間」のなかに生物学的進化論的イメージによるヒエラルキーを導入し、「ブツシマン」と「ホツテントツト」とを「野蛮人種」として劣位に置く。さらに、そうした系統樹的なイメージの階層性では「ブツシマン」や「ホツテントツト」より高位にあるという「バリー」と「デンカ」をも「どうせ真人間にはあらざるもの」として「野蛮」の側に組み込んでゆく。逆にいえば、「亜弗利加」の四人種を「野蛮」と科学的（?）にみなすことで、書き手は暗黙のうちに「文明」の側に立つ。そして、読者である「少年諸君」に対して、非「野蛮」の側に立つためにも「野蛮人種」の知識を学ぶべきだと知への誘惑を仕掛けているのだ。

一方、「在明石」の森本石童「人類と獣類の異同」（二 - 二四、明二九・一二・一五）は、より生物学的な比較から、「人間」と「猿」との差異を問題とする。「試に猿猴《さる》を取て此れを人間と比較するに、大体の形状は勿論。筋肉と云ひ、血液と云ひ、神経と云ひ、心臓と云ひ、肺臓と云ひ、悉く人間のものと異つて居ない。僕は今一々如何に彼等が人間に類して居るか。又如何なる点が人間と異つて居るか。此等を大略説明するつもりである」とあるように、ここではまず、「人間」と「猿」との身体的な差異の乏しさが示される。そのうえで、(一)器官の残物、(二)胎児、(三)人類と大猿、(四)人類と猿猴《さる》との脳髄の異同、(五)人類猿猴《さる》と外部の差異、(六)人獣同一の病気、(七)心霊界、の各節において、その類縁性と差異とが記されてゆく。とりわけ(四)(五)では、「大猿の代表として、Chimpan.《チンムパム》 Gorilla.《ゴリラ》 Gibbon.《ギツボン》 Ortang《ウオタング》の四種」が取り上げられ、類人猿のうちどれが最も人間に類しているかということに関する「ウイパルト氏の調査」を紹介している。また(六)では、猿猴《さる》も人間と同様の病気に罹ることがあること、茶・コーヒー・酒・煙草を嗜むことを挙げ、(七)に至ると、動物でもあるものは「粗雑なる言語を有しても居ろうし」、「美の念があるかも知れぬ」し、「宗教の粗雑なる観念を持て居る様でもあり」、「想像に作用がある様に思わるゝ」と述べたうえで、こう結んでいる。

然るに人類《ひと》の最も下等なる野蛮人はどうであらう、彼等の中《うち》或ものは未だ音楽の興味を感ぜない。或ものは二三以上の数を算へることも出来ぬ。況んや道徳の念に至つては禽獣にも及ばないのである。彼を思ひ此れを思へば、人畜相去る果して幾許であるか、僕はまた筆を洗つて、更に野蛮人を詳記するかも知れぬ。

「人類と獣類の異同」を数え挙げていたはずなのが、最後には「人類」内部の差異へと差し替えされ、動物との近接性、いや劣性ゆえに「人類の最も下等なる野蛮人」が蔑視の対象として浮上する。科学的にみえる動物の差異をめぐる記述は、ここでは「人類」のなかの差異、われわれとは異なる「野蛮人」を産出することに貢献しているのである。

さらに、七草生「二十四夜物語(動物談)」の「第十一夜　猿の話」(四 - 一三、明三一・六・一)も、「動物」としての猿に関する生物学的な記述が主だが、さまざまな種類の猿のなかでも日本の猿などではなく、その多くを「猩々」と「ゴリラ」に費やしている。「猩々」はオランウータンのことだが、金子雪堂「ユムボ（大猩々）」が現地人の捕獲方法に焦点化したような読み物的興味に基づくものとは異なる、科学的な記述になっている。しかし、「ゴリラ」に関して、やはりこんな記述がみられる。

> 亜非利加《アフリカ》の森林の中に、樹枝の鬱蒼たる内にゴリラは、静かに潜みて休めり、之れを知らずに野蛮なる黒人種《こくじんしゅ》は、樹下を歩行す、ゴリラは之れを幸とし、樹上より跳び下りて黒人を捕へ、長き手を以て首を抱へ、容易に樹上に引上げ、高き所より手を放して人を地面に落とすなり、如斯《かく》てコ（ママ）リラは此の屍体を喰《くら》ふには非ず、唯惨忍なる悪戯《あくぎ》をなして喜べるなり、時々尚惨酷なる方法にて土人を殺すとあり。
>
> 　土人はゴリラを殺伐せんと企つるものなし、何となれば亜弗利加野蛮国にては、一般に殺戮の巧みなる、戦闘の上手なる輩《はい》が、常に王、又は酋長として尊ばるの風あり、故にゴリラの如き、敵す可からざる猛雄《もうゆう》と見做して、其悪戯《あくぎ》を見捨て置くなり。

「亜弗利加野蛮国」では「殺戮の巧みなる、戦闘の上手なる」ゴリラを「猛雄」、つまり人間であれば「王」「酋長」と同等のものとみなすという記述は、ゴリラそのものの説明というよりは、「亜弗利加野蛮国」の「黒人」「土人」の説明として機能していよう。

> 現今、動物学者が種々の方向より研究せる結果によれば、人類の先祖は矢張猿に似たる動物にして、今日の数多の猿と、其昔同一の先祖より分派せしことを主唱せり、是れ進化論の本意にして、全く理の当たれるものとす、然るに世人往々誤解して、猿が人間の先祖なりと思ひ、人間は元と猿より進化したるものなどと説く者は、誤謬の甚だ

しきものなりとす、故に往々人が質問して曰く、今日日本の山林に居《お》る猿も、幾千年か経れば、人間に化するなどと、是れ大に笑ふ可き空想なり。

ここでは通俗的な進化論理解の誤謬を諫める形で、「人間」と「猿」(動物)が明確に切り離されて語られている。「人間は元と猿より進化したるものなど」ではない。人間と猿とは「其昔同一の先祖より分派」したのだと言うのだが、しかし、オランウータンやゴリラという類人猿こそが、この「同一の先祖」、つまり人間と動物の間の失われた《ミッシング・》環《リンク》だと考えたのが、一七、一八世紀に初めて類人猿と出会ったヨーロッパの博物学者たちであった。

オランウータンやゴリラは、直接的な人間の先祖ではないにしても、その「同一の先祖」への想像を強く掻き立てる。その像は「人類の最も下等なる野蛮人」の表象からイメージ的に遡及した線との接点に結ばれることだろう。生物学的に、あるいは進化論的に、オランウータンやゴリラという「猿」を人間と峻別する言説は、同時にその境界の曖昧さをも喚起してしまうのだ。従って、「文明」の側に立つ「人間」であるためには、類人猿も「亜弗利加及び亜細亜」に住む人間も、等しく「野蛮」のなかに組み込まなくてはならない。だが、日本人も同じ「亜細亜」に住む「人間」である以上、境界の曖昧さは「文明」に生きようとする「人間」の内部でもゆらぎ続ける。

5　内なる「野蛮」の忘却

だからこそ、先に少し触れたような「未開野蛮」の地へ赴く冒険譚的なストーリーが繰り返し求められたのであろう。なぜならそれは、読者の内部にある「人間」/「動物」、「文明」/「野蛮」の境界のゆらぎを隠蔽し忘却させる装置としても極めて有効だったはずだからだ。「極北土人の話」や「喰人王(英国地学協会員　ミュトックシ氏の実験談)」と同じく『少年世界』の「科学」欄に連載された霞城山人(中川重麗)の「萬有探検少年遠征」(一―一〜九、明二八・一一・一五〜五・一五）は、その意味でも注目すべきテクストである。

この作品は、十五歳の東野太郎と十二歳の二郎という兄弟を主人公とした冒険譚となっている。二人は、四十有余の老博士で医・理化の学に通じた村越格知、二十五六の博物学士である井上博とともに「亜弗利加」奥地へと赴くことになる。日清戦争後、海外進出の気運が高まるなかで「科学の世に重んせらるゝこと、他に比類な」くなり、「勢ひ少年社界に及びて理化博物学等の講究は、最も大切なる学科とせられ」てきたという認識に基づいて、この冒険譚は構想されている。「各地の風俗、文野の状況を観察せしめ、殊に各世界の動植物の蒐集など、要するに智識を啓発せしめて、国家に有用なる材幹をなすに在れば、蛮地に遠征を試みて、珍らしき獣猟するなど」を目的に兄弟は日本を離れる。彼らは船中においても「文明国に遊ばんよりは、早く野蛮の異域に入り珍しきもの観んと急き立て」られ、「亜弗利加の海岸」に停泊するや「内地に入りて、黒人の生活せる状態、及び熱帯地の動植界の模様など探検せんとて」「直に其用意を整え」て出発するのである。

重要なのは、「野蛮の異域」の「黒人の生活せる状態、及び熱帯地の動植界の模様」が多くの挿絵とセットになって次々と紹介されてゆく点であり、この物語が「小説」欄ではなく「科学」欄に載った理由もそこから推し量られよう。成田龍一（前掲論文）もこのテクストに言及し、「『文明』の高みから、相手を非文明の『暗黒』として見下しつつ観察し、『文明』の『われわれ』と『暗黒』の『かれら』を対照的に描き出す『帝国の眼』（M・プラット）」を見出している。そして、「この『科学』こそが、『われわれ』／『かれら』を『文明』／『非文明』として非対称的に分割していく」として、『少年世界』において「われわれ」の共同性の創出がはかられたという自論を補強している。

しかし、「われわれ」／「かれら」の二項対立を機軸とする結論を直ちに諾う前に、ここでは「萬有探検少年遠征」に記された微妙な細部に眼を向けてみよう。東野兄弟らが「黒人の村落」を訪れ、「玻玻《がらす》の鏡、滅金《めっき》の釵《かざし》、剪刀《はさみ》小刀の類、更紗紅木綿の類」と「象牙、駝鳥羽、『マニオコ』製の団子、『ラマンチン』の焼肉、其他種々の珍しき食品」とを交換する、いかにも植民地的な交易の場面に続く箇所である。村を出発した一行は、熱帯の森林の「木陰にて一憩し、午餐を食べんとする」。

海牛《らまんちん》の肉は、其味豚の如くマニコオ樹の粉をもて製したる、土蛮の麵包《パン》とも云ふべき黒団子は、重きこと鉛塊《なまり》の如く、水気《すいき》ありて焼きたれど、我々の口に適はず。されば時々諧謔《おどけ》を以て他を笑はせる井上学士、忽ち口を開きて、

是れは日本一の黍《きび》団子で無うて、亜弗利加《アフリカ》一の黒団子なり、猿が島の猿にも似たる黒人《くろんぼう》、お腰のものは何で御坐る、唯一条《ひとすぢ》の犢鼻褌《ふんどし》なりと戯むれけり。此時俄かに近き樹の梢に、喧《かまびす》しく叫び、又枝の折る声して、鸚鵡《いんこ》の多く飛び翔《かけ》るにぞ、何事かと食事を終りて密かに窺ひ寄れば、果実《このみ》枯枝などを嘴《くちばし》もて折り、鉄丸《てっぽうだま》の如く堕《おと》し射るなり。即ち鸚鵡は此の手段もて敵を遂はんとなすなり。猿も群がりて梢より梢に跳び、慌しげに逃げ去る有様常ならねば、太郎は訝《いぶ》かしく思ひしが、忽ち見る彼方の樹に黝《くろ》き斑《ぶち》のある怪しき動物が、爪立て攀縁《のぼり》行くを、而して四方は既に寂として声なし、通弁《つうべん》が一人の荷物男と、何やら一言二言小声にて言ふかと思へば、忽ち鋭き声にて「霊猫《じゃかうねこ》」たりと云ふ。

図7　海牛《らまんちん》（霞城山人「萬有探検少年遠征」）

まず、さりげなく桃太郎の話が引用され、しかも桃太郎のお供であった「猿」の位置がずらされている点が注意を引く。食の好みによって「我々」との差異化がはかられたのに続いて、「猿が島の猿にも似たる黒人」という一句において、「我々」とは異なる「黒人」は「猿」と隣接関係に置かれる。洋服を着た東野兄弟や村越、井上両学士に対し、「唯一条の犢鼻褌」しか身にまとわないことがその指標とされる。そして森林の「猿も群がりて梢より梢に跳び、

慌しげに逃げ去る有様」が記される時、「黒人」も「猿」もともどもに「野蛮の異域」に包括される方向性が強化される。そのうえで、主人公の少年たちは自らを桃太郎に擬すことで、「黝き斑のある怪しき動物」すなわち「霊猫」を捕獲することが、いやもう少し読み進めると、「虎斑巨蛇《とらぶちおろち》」がその「霊猫」の体に巻きつくのを目撃し、「蛇が猫を呑み、降り来るのを待ち、其頭に一丸を輪《おく》る」ことで、珍獣二匹の皮を一挙に獲ろうとする冒険的行為の正当化がはかられているのである。「黒人の村落」での物々交換で早々に手に入れた品々や「珍らしき獣」こそが、鬼が島ならぬ「猿が島」から持ち帰るべき宝物であったのだ。

前年の明治二七（一八九四）年七月に、巖谷小波の『桃太郎』が『日本昔噺』全二四編の第一編として博文館から刊行されていたが、その桃太郎像が日清戦争直前という時勢の影響による極めて時代色の強いものであったことは夙に指摘されている。滑川道夫の大著『桃太郎像の変容』（一九八一・三、東京書籍）は、巖谷小波の「少なくともこの明治二十七年の時点における『桃太郎』は、神格化され、皇国主義思想に彩どられたものであることは否定できない」と述べ、鳥越信『桃太郎の運命』（一九八三・五、日本放送出版協会）も、「単なる智・勇・仁にすぐれた少年武士であるばかりか、天皇の治める神国日本の使者として鬼が島をめざし、天皇の名において鬼を征服する皇国の子として位置づけられている」としている。そのような桃太郎像の一変奏として、井上学士の発言を捉えることもできるのである。

実は『少年世界』には、「萬有探検少年遠征」連載中にもう一つ、桃太郎の話が載せられていた。「雑録」欄に載った京の藁兵衛「今桃太郎」（一‐七、八、明二八・四・一、四・一五）である。この桃太郎は、川を流れてきた桃の中から生まれたのではない。お爺さんとお婆さんが「東京の土産だとて貰ツた」「桃の形のお菓子」を二つに割ると中からまず「喇叭《らっぱ》」、次の一顆からは「日の丸の国旗」、そしてさらにもう一顆を手に取ると中からミリミリと割れて「勇猛《たくま》しい男の子」が出てきたという話になっている。一五歳になった桃太郎は、鬼が島征伐に出かけることを決意する。しかし、桃太郎は「日本一の黍《きび》団子などゝ言て御覧じませ現時の犬や猿は口が奢ツて居りますから」と、書籍で製造法を覚えた「ビスケツト」を拵え、お爺さんお婆さんには「牛肉の罐詰」を作ってもらって出発する。「猿」にこだわ

図８　今桃太郎（京の藁兵衛「今桃太郎」）

る本稿においてもう一つ見逃せないのは、途中で出会って引き連れてゆくことになる動物が「猿」や「犬」から「一羽の鶏」「一羽の大鷲」「一疋の獅子」とより勇壮なイメージのものに変えられていることだ。そして桃太郎たち一行は呆気ないほど簡単に鬼たちをひれ伏させ、鬼ケ島の名産である「砂糖、金銀珠玉の類」を持ち帰り、お爺さんとお婆さんの「盛大なる金婚式」を行なって「めでたし〳〵」となる。

あらすじだけを追うならば、「今桃太郎」は今風に幾つかの修正を加えただけの単なるパロディに見えるだろう。しかし、この桃太郎も「神国日本の使者として鬼が島をめざし、天皇の名において鬼を征服する皇国の子」であったことは間違いない。鬼が島の名産が「砂糖」であったことは当時日本が領有したばかりの台湾を連想させただろうし、鬼たちは「日本大将閣下には遠路の海陸共御恙《おんつゝが》あらせられず、恐悦に存じ奉る、何はしかれ、此処は端近《はしちか》に候へばイザまづ御通り下さるやう」と言って桃太郎らを出迎え、「君の御武勇には迚《とて》も敵し難く、無益に士卒を損傷《そこなは》んよりは」と速やかに降参を申し入れるのである。

少なくとも明治二八年の時点において、桃太郎という異郷訪問＝征服譚は、海外へと雄飛する「われわれ」日本人の（それを将来に夢見る少年たちの）アイデンティティを根拠づけ、鬼として表象される「かれら」からの富の簒奪をも肯定する格好の教育的装置だったのだ。「萬有探検少年遠征」は博物学的人類学的な知と連動する形で表象された「黒人《くろんぼう》の生活せる状態、及び熱帯地の動植界の模様」を挿絵入で織り込むことで「野蛮の異域」を確たる外部として立ち上げつつ、そこに桃太郎話の話型をそっと忍び込ませることによって、少年たちの取るべき行動の規範を指し示していたのである。だが、その装置を円滑に作動させるために、「猿」は桃太郎のお供ではなく、「野蛮」なるものの側へと追いやられた。「今桃太郎」においても、「日本大将閣下」のお供から「猿」は消されなければならなかったのだ。

明治三〇（一八九七）年になると、『少年世界』には、読者である少年たちを立志幻想へと駆り立てるような読み物が数多く載せられるようになる。江見水蔭「木賃宿（立志小説）」（三‐一、二、三、明三〇・一・一、一・一五、二・一）、森田思軒閲、井上承風軒編「貧少年（立志伝）」（三‐一、二、三、七、九、明三〇・一・一、一・一五、二・一、四・一五、五・一）、京都の松華庵主人「治水長者（立志伝）」（三‐四、臨時増刊「紀元節」、明三〇・二・一一）、流鶯戯述「力士谷風（立志伝）」（三‐四、臨時増刊「紀元節」、明三〇・二・一一）、不知火生『フンボルト』の伝（名士伝）」（三‐一九、二〇、二一、明三〇・九・一、九・一五、一〇・一）のような作品群であり、国内海外を問わずに実在の人物を主人公にしたものもあった。「少年行」の「自分」のような少年たちにとって、それらが強い励ましとなったことは想像に難くない。

そして、立志伝は時に海外雄飛の夢と結びつくことがあった。例えば、竹村巌「坂本龍馬（名士伝）」（三‐一一、一四、一五、一六、二〇、明三〇・五・一五、七・一、七・一五、九・一五）はその冒頭近く、「第一　海国男子」の章で、「諸君子は実に前途多望なる我大日本帝国後期の相続人として第二世健児たる海国男児ならずや」と読者に呼びかけ、「海国男児坂本龍馬氏の史伝」を通して海外雄飛への熱き夢を鼓舞せんとする姿勢を示している。

しかし、立志伝中の人物であり、かつ読者を海外進出へと駆り立てるのに格好の人物といえば、朝鮮半島侵略へつながる動きがすでに生起していたこの時期、大閤豊臣秀吉に如くはなかった。『少年世界』でも、学海居士（依田学海）の「豊臣大閤（英雄伝）」の連載が開始される（三‐一～三、五～一六、一八、二〇～二六、四‐一、三～五、七～九、以上「廿八回」分を再録しかつ増補して、臨時増刊「豊臣大閤」、四‐一一、明三一・五・一〇、全二八回）。ここでは一つだけ、やはり本稿に関係あることを指摘しておきたい。豊臣秀吉の容貌が「猿」に似ていることは衆知のことだった。[*4]『少年世界』の「豊臣大閤（英雄伝）」でも、日吉丸（のちの秀吉）が久能の城主である松下嘉兵衛《かへえ》之綱《ゆきつな》に始めて仕え

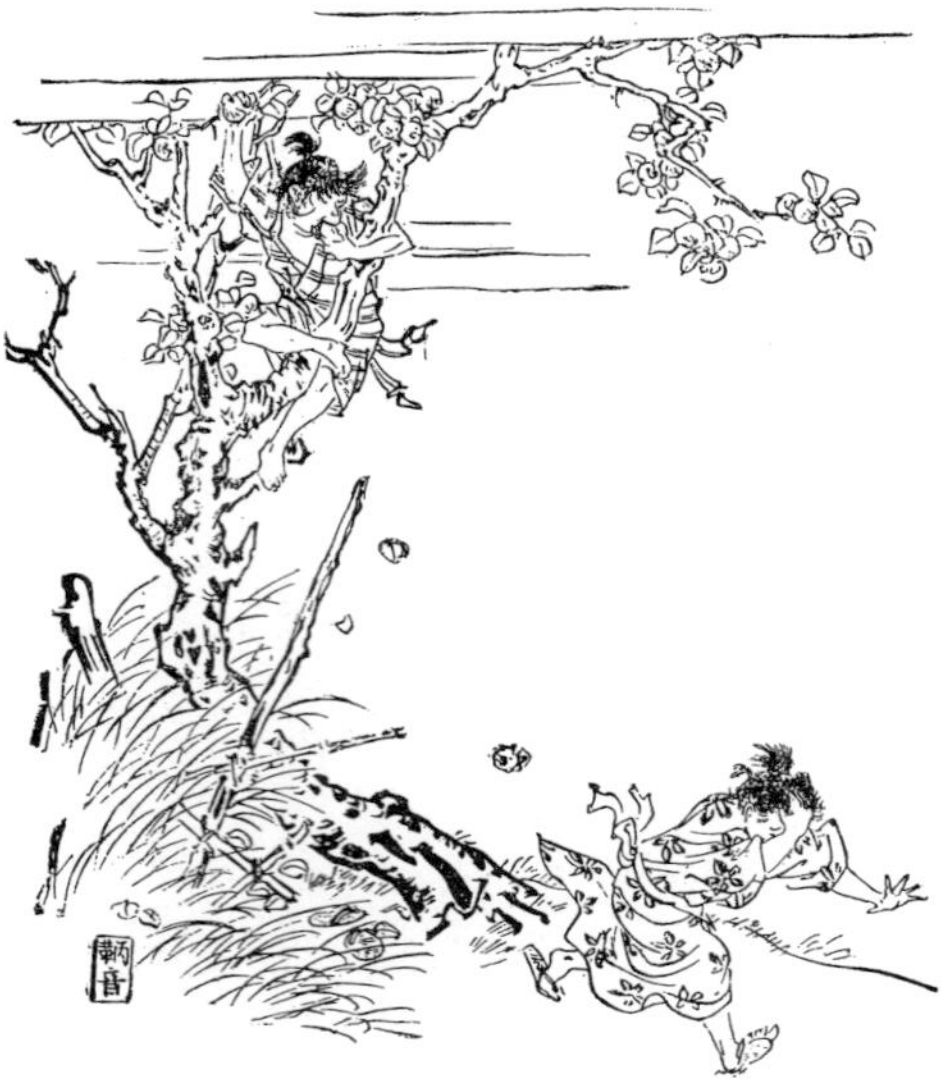

図9　猿のように木登りをする日吉丸
（学海居士「豊臣太閤（英雄伝）」）

ることになる場面で、その「猿」に似た容貌のことが書き記されている。

或る日。之綱《ゆきつな》は。飯尾に所用ありて。浜松に至らんと。牽馬《ひくま》川のほとりを過ぐるに。その容貌《かたち》猿に似たる男のいとふるびたる木綿の衣を着て。たゝずみたるをみて。あれは人か猿か。異形なる人物なり。問ふてみばやと。従者に仰せて。問はせければ。（中略）之綱如何《いか》さま。面のおもしろさよ。我汝を召使はんずるぞ。従ふてまゐれとて。その儘従者に加えて。浜松城に至り。

そしてこの後に、浜松城主の飯尾豊前守定宗《さだむね》の前で、幼い子供から与えられた「皮のまゝなる栗」を「そのまゝ口に入れて。猿の学と為して。これを食ふ」。その結果、「彼方此方に愛せられ」るようになったというエピソードが続いている。幼少時の場面でも「猿」のように木登りをする姿が挿絵入で描かれているように、立志を成し遂げる前の秀吉にとっては、「猿」のような容貌であることは不可欠でさえあった。

ところが、やがて立志の道を登りつめ「英雄」として活躍するような場面に至ると、「猿」に似た容貌のことには全く触れられなくなってしまうのだ。ここでもやはり、「猿」との類似は消去されなければならなかったのである。

6　追放される「猿」

ところで、こうして「猿」に関する『少年世界』誌上の文章を渉猟してきた本稿の視点からすれば、いささか意外かも知れないが、この時期の口絵や挿絵に最も多く描かれた動物は、実は「猿」ではない。それは圧倒的に「馬」であった。日清戦争中に創刊されたこともあり、誌面には「史伝」欄や戦況を伝える「征清画談」欄（日清戦後は「尚武」欄）の挿絵として、馬に乗って戦う武士や軍人の姿がしばしば描かれている。「猿」をめぐる記事が頻出した時期も、画像としては「馬」が溢れていたのである。

しかし、文章はといえば、「猿」の場合とは異なり、「馬」を中心とするような物語や科学読み物はほとんど載らなかった。数少ない例外は、思案外史「世界百獣伝」（三-一七、一八、明二九・九・一、九・一五）が紹介した四つの話のうち、「其二」が「ぢやくそん将軍の愛馬『小栗毛』」であり、「其四」が「亜歴山《アレキサンドル》大帝の乗馬『ばせふヮらす』」であったことが端的に示すように、名を後世に残す「軍馬」の優秀さが賛えられるような場合であった。「嗚呼、人と生れて歴史に其の美名を残すことが出来なかつたならば、此の馬にさへ会はす面目《かほ》は無いのである!!」と思案は書いている。英雄とともに「歴史に其の美名を残す」「名馬」への讃嘆は、当然日清戦争直後という時期と深い関わりがあろう。

「尚武」欄に「明治名馬鑑」（二-一六、明二九・八・一五）という功績ある「軍馬」のリストが掲載され、無署名（「元と投書」と前書きにある）だが明らかに陸軍関係者のものとわかる「馬術論（軍事談）」（三-九、明三〇・四・一五）が載せられるのも、この時期「軍馬」の重要性が極めて高くなっていたこととつながりがある。「理学士」の芳菲山人が書いた「初午《はつうま》」（三-三、明三〇・二・一）には、こんな一節を見出すことができる。

> 実は昨年来流行の馬匹《ばしつ》改良云々を耳にせしより、一回は馬匹につき記載せんとの野心ありしに、畏くも数回軍馬天覧の栄あり、彌《いよ〳〵》以て其必要を感じ、初めて馬の事を載乗《さいじやう》するにより、初午の候を撰みたる次第なり、敢て意馬《いば》の狂ふたるにも非るなり。

「昨年（明治二九年——引用者註）来流行の馬匹改良」とは、「平時にありては各軍隊及其の官衙繋養の軍馬に、適切なる調習を施して能力の発達を期し、戦時に際しては之を基幹として民間より徴発せる多数の馬匹を同化馴練し、速かに国軍の要求を達成せしむるを以て本務として居る」「陸軍の馬政」が、「明治廿七八年戦役」において当面した困難な事態が引き金となったものであった（『日本馬政史』四、一九二七・九、帝国競馬協会）。日清戦争にあたり帝国陸軍は「軍馬」の不足を補うべく、全国から約三万五千頭を徴発したというが、「この徴発馬は体尺、体重ともに不十分な牡馬で、資質劣悪であり、軍馬の要求する規格に達しないものも多く、その内実際の用に適した馬はわずか十分の一にすぎなかった」（武市銀治郎『富国強馬』、一九九九・二・一〇、講談社。以下の記述は主に同書に拠る）。この「近代戦争遂行において致命的事態」を憂えた藤波言忠《ことただ》子爵は、明治二八（一八九五）年六月に『馬匹改良意見書』を提出、それを受ける形で講和後の一〇月に馬匹調査会が発足する。三〇年六月までの三回の審議を経て、「国防上ノ必要ニ基キ乗輓駄の各用途ニ適切ナル馬匹ヲ産出スル」という「馬匹改良の方針」が定められ、種牡馬の資格標準や輸入種牡馬の選定方針を定めるなど、国産馬改良のための国家的なプロジェクトがスタートすることになった。またこの間、明治二九年には種馬牧場及び種馬所官制が公布され、奥羽及び九州種馬牧場、岩手、宮城及び熊本種馬所が創設されるなど、馬匹改良の実質的な推進がはかられていった。「初午」を始めとする「馬」に関するテクストの背景には、このような時流が存在していたのである。

そして、それゆえに『少年世界』の誌面には武士や軍人がまたがる勇壮な「馬」の姿や、彼らの活躍する戦場の光景が画像として頻出することになるのだが、ほとんどの場合、「馬」と「猿」とは同じ文中、画中に登場することはなかった。だが、このことは日本文化の歴史と特質に思いを馳せるならば、不思議な出来事であったとさえ言えるかも知れない。なぜなら、柳田國男が『山島民譚集（一）』（一九一四・七、甲寅叢書刊行所）などで述べているところに拠れば、日本には古くから猿を厩の守護とする風習があったからである。大貫恵美子『日本文化と猿』（前掲）も、

「馬の守り役としての猿が、日本人にとってはたぶん最も重要な意味をもっていたであろう。馬の無病息災に猿が力をもつと信じられていたからである」と述べ、侍が箙《えびら》に猿皮をつける意味や絵馬の奉納などに触れた後、「猿と同じく馬も、神々を天界から地上のヒトの社会へと運ぶ、仲介役を果たしていたのである。そして、野生の仲介役である馬に対して、文化に隣接する仲介役である猿が、馬の無病息災を祈禱する巫女の役回りを受け持っていたのではないだろうか」とその理由を推察している。

しかし、近代日本における西洋を範とした馬匹《ばひつ》改良は、「野生の仲介役である馬」を人工的な「文化」システムのなかに囲い込むことでもあった。種牡馬と繁殖牝馬の血統と馬格を重視し、優生学的な選別と淘汰による馬匹改良が慣行される時、馬の守り神としての「猿」は追放されなければならなかった。厩祈禱という宗教的儀礼を起源とするはずの猿廻しという芸能も廃れてゆく運命にあった。神との「仲介役」であった「猿」はその地位を遂われ、代わりに西洋から入ってきた博物学や人類学という新しい知のシステムのなかで類人猿や未開人種のイメージとリンケージし、人間と動物とをつなぐ、まさにそのことで両者を切断する役割を担うようになっていったのである。比喩的にいうならば、「馬」が「帝国」の側へと組み込まれてゆく時、「猿」は「野蛮」を表象する側へと分断されていったのだ。

このような文脈をふまえると、泉鏡花「化鳥」のなかの次のような何気ない一節も、新たな意味をまとって見えてくるかも知れない。

(翼の生《は》へたうつくしい姉さんは居ないの) ツて聞いた時、莞爾《にっこり》笑つて両方から左右の手でおうやうに私の天窓《あたま》を撫でゝ行つた。それは一様に緋羅紗《ひらしゃ》のづぼんを穿いた二人の騎兵で——聞いた時——莞爾笑つて、両方から左右の手で、おうやうに私の天窓をなでゝ、そして手を引あつて黙つて坂をのぼつて行つた、長靴の音がぼつくりして、銀の剣の長いのがまつすぐに二ツならんで輝いて見えた。そればかりで、あとは皆馬鹿にした。

川に溺れかけた自分を救い上げてくれた「翼の生へたうつくしい姉さん」が、実は「母様《おつかさん》」ではなかったかと疑いつつ、もう一度「うつくしい姉さん」に会うために「故《わざ》とあの猿にぶつかつて、また川へ落ちて見ようか不知《しら》」とまで思う少年のことを、「皆」は「馬鹿に」するだけだ。だが、「母様のおつしやること」を信じて汎神論的な世界を生きる少年も、「皆」の方こそが間違っていると見ている。少年が「母様」から学んだ人間呪祖に満ちた言葉を理解できるのは、もう一人、「あの猿――あの猿の旧の飼主であつた――老父《ぢい》さんの猿廻」だけしかいないと言う。少年は「母様」―「老人の猿廻」―「猿」という連なりの側にいる。それゆえに、人間の側、「皆」の側からは受け入れられることはない。ただ、「二人の騎兵」だけが、「莞爾笑つて両方から左右の手でおうやうに私の天窓を撫でゝ行」く。「緋羅紗のづぼん」「長靴」「銀の剣」を身につけた「二人の騎兵」、帝国陸軍の軍人である彼らは普段、そして戦場においても「軍馬」とともにある。

この短い一節から、「母様」を亡くしたであろう少年の行く末を見るのは、深読みに過ぎるだろう。「化鳥」の少年は、やがて「猿」のいる世界から「馬」のいる世界へと越境していったと想像するのは、あまりに安易ではあろう。だが、少年の世界を包み込んでいたものが、「騎兵」と「馬」のいる「帝国」の空間であったことだけは確かである。それは、人間と動物との境界を認めない少年の発想を許容しない世界であり、もしその世界の秩序をないがしろにするようなことがあれば、「莞爾笑つて」「私の天窓を撫でゝ行つた」その表情と態度が一変するに違いない世界でもあったはずなのだ。

*

最後にもう一度、巖谷小波の「猿の面」に戻ることにしよう。猿廻しの家から逃げだし、陸軍の士官になりすました高慢な「猿」の態度に最初に腹を立てたのも、人間ではなく、「猿」を乗せた「馬」であった。「人にはなんぼ解らなくつても、馬は同じ獣仲間だけに、初めから猿といふ事は解つて居りますから、先刻から癪に触つてたま」らず、

「とう〳〵堪忍袋の緒を切つて」「一つ大跳ねに跳ね」、「猿」を振り落とす。その「馬」の腹の中の思いを書いた箇所を引いてみよう。

（馬）この猿の野郎奴、おんなじ獣仲間の分際で、此の馬様を乗りまはすばかりか、自分は一廉《かど》人間の、而も陸軍の士官気取りで、高慢な顔をしやがつて、人間にまで礼をさせるとは、一体全体不届きな奴だ。おのれの様な横着者は、以後の懲らしめに、酷い目に遭はさなければならない。

「猿」が懲罰を受けなければならない理由は、動物の領分を逸脱したこと、そして人間の領分を侵犯したことにあるのだが、それを裁く「馬」は「おんなじ獣仲間の分際で」「人間にまで礼をさせる」ことを非難している。そこにこの「馬」の一種の奴隷根性を見出すこともできようが、まさにこの「馬」に「猿」への批判‐懲罰を代行させることで、かろうじて「人間」は動物とは切断された高みに置かれているのである。少年たちの立志願望をあおりつつ、そのプロセスの実行を通して「帝国」の忠実なる臣民を作っていこうとしたのが、明治期の教育であり、そのための（学校とは異なる）有効な装置が『少年世界』などの雑誌であった、という前提から、本稿は論を進めてきた。だが、教育とは、教える側と教えられる側とが対等な回路で結ばれることなど決してありえず、不均衡な関係においてしか生起しないものなのだ。そして教えられるべき者として見出された側が、教える側をあざ笑うかのように、メッセージ自体の転覆がはかられる場合さえあろう（「化鳥」の先生と少年との関係のように）。そうでなくとも、教育のためのメッセージは、絶えず読み替えられる可能性をはらみながら、教えられる側へと投げ出されればならないのだ。

少年よ、「猿」から学べ――。ここまで見てきた『少年世界』の記事からは、こんな教育的メッセージが響いているように思う。「猿」の振舞いを反面教師とし、決して「猿」のような「野蛮」な存在に堕することなく、「猿」とは異なる「文明」化された「人間」として生きよ、と。立志読み物はその具体的な在り方を提示しようとするものだったと言えるだろう。

しかし、『少年世界』の読者の誰もが、中村星湖の「少年行」の「自分」のように立志幻想に囚われたわけではなかった。そもそも、この「自分」の回想における『少年世界』の意味づけにしても、明治四〇年代の時点から遡行する事後的なまなざしに基づいたものに他ならない。誌面上に立志へと読者を駆り立てるような記事が多く見られるとしても、その記事から直ちに実際の『少年世界』の読者であった「われわれ」の生き方を想定できるというものではないはずなのだ。むしろ、そうした記事とも接する形で、ここまで見てきたような、人間と動物とを切断することで人としての生き方を諭そうとするような物語や、動物と人間を科学的な知によって切り分けようとする読み物が数多く載せられていたことが重要だと思う。立志の基本には、まず自らが「人間」であること、それも「野蛮」ではない「文明」の側に立つ「人間」であることの自己確認と自負とが必要とされたからである。「ヒトとの類似性かつ差異性」をともどもに有する「猿」の表象は、その「人間」としての自己定立を読者に与えるための格好のものであった。

だが、「猿」はまさに「ヒトとの類似性」を有するがゆえに、時に「人間」の内なる動物性や「野蛮」を見出させてしまうことにもなるだろう。また、いかに自らを「人間」として認知していようとも、他者のまなざしによって「猿」との類似性が見出されてしまうこともあるだろう。学海居士の「豊臣大閤（英雄伝）」は、そうした自意識ゆえにあえて主人公と「猿」との類縁性を途中から回避したと言えるかも知れない。

「ヒトとの類似性かつ差異性」の両面があるために、「猿」の表象は極めて有効な機能を持つことができたが、反面そのゆらぎゆえに、教育すべきメッセージを反転の危機に晒すものでもあった。類似性と差異性とのどちらにアクセントを置くかで、個々のテクストから伝わってくるものが変わってしまうことがしばしばありえたはずなのだ。とはいえ、それは「帝国」のイデオロギーが「莞爾《にっこり》笑つて」許容する範囲に止まっていたのかも知れないし、読み換え可能性をあまりに高く評価することは誤りであろう。それでも、『少年世界』のような教育＝娯楽装置は、そのメッセージ機能において、さまざまな誤作動＝誤読のオプションを含み込んだものだったことは確かなのである。個々の読者はそれぞれのテクストにおいて、「猿」の表象とどのような関係を切り結んだのだろうか。そのすべてを考え尽くすことなどできはしないが、そうしたさまざまな読書行為のなかからこそ、「われわれ」の共同性に包含されながらもゆらぎ続ける、「わたし」が立ち上げられていったのである。

註

＊1　田嶋一「『少年』概念の成立と少年期の出現——雑誌『少年世界』の分析を通して」(『國學院雑誌』一九九六・七)は、「この雑誌の購買者には経済的に恵まれた家庭の子女が多かったのは当然であった」としつつ、「この雑誌が、勉強の意欲には燃えているが経済的な事情や様々の事情で困難な状況におかれている少年たちを、『苦学』という用語をキーワードとしながら励まそうとしていた」点に注目している。「少年行」に当てはめれば、宮川牧夫やその町の友達が「経済的に恵まれた家庭の子女」(購買層としての読者)であるのに対し、まわしよみで『少年世界』に触れ、立志幻想に囚われてゆく奈良原武こそが、この雑誌が励まさんとした理想＝理念的読者(メッセージに内包された読者)であったと言えよう。こうした読者の位相のズレから考えても、『少年世界』の読者たちが単純に「われわれ」という共同意識を抱いていたとは言い難いだろう。

なお、「少年行」については、拙稿「作家中村星湖の出発——変形〈立志編〉としての『少年行』」(『国文学研究』八一集、一九八三・一〇)を参照されたい。

＊2　著名なアフリカ探検家であったデュ・シャイユーは、「ゴリラを射止めた世界最初の白人」として知られている。山田美妙が訳出したくだりは、まさに「白人」によってゴリラが初めて射殺される歴史的瞬間の回想箇所であったと言える。

山口昌男「キングコング或いは『相反するものの一致』」(『季刊宝島』創刊号「キングコング」特集、一九七七、のち『スクリーンの中の文化英雄たち』一九八六、潮出版社)に、デュ・シャイユーの記述に触れた箇所があるので、以下に引いておく。

R・ゴーテスマン他編になる『毛深い掌の中の少女』(一九七六年)によると、丁度同じころ(十八世紀の後半——引用者注)アメリカ人の探検家デュ・シャイユーがゴリラを射止めた世界最初の白人として名をとどめている。『熱帯アフリカ探検』(一八五六年)にデュ・シャイユーはゴリラは「ともかく地獄からやって来た夢魔のような生き物、半獣人の恐るべき相貌、昔の芸術家が地獄図に描いた怪物に酷似している」と述べている。(中略)デュ・シャイユーの記述はその後百年間の中に現実の中でも想像力の中でも最も強い印象を与えることになった。勿論巨大な猿というイメージはガリヴァー旅行記に始まっているそうであるが、猿からデーモニッシュな怪獣に至るためには、ゴリラのイメージが介在しなくてはならなかったという事実には我々の興味を惹くものがある。というのは、キング・コングは、或る意味で欧米の都市文化に（ママ）抑圧して来た暗黒大陸アフリカへの潜在的恐怖と憧憬が映像を通して噴出して来たようなところがあるからである。

＊3　本稿が選んだような「科学」的とされる博物学や人類学のディスクール分析にあたっても、ジェンダーの視点は不可欠と言っていい（ロンダ・シービンガー『女性を弄ぶ博物学』〔小川眞里子・財部香枝訳、一九九六・一〇、工作舎〕、特に「第三章　類人猿の男らしさ、女らしさ」「第五章　ジェンダーと人種の理論」などを参照のこと）。

しかし、『少年世界』誌上では、例えば市村塘「猿に近き人間」において「ブッシマン」の「子供を背負へる婦人」や「バリー黒人ノ処女」が挿絵入りで説明されるようなことはあるにせよ、基本的にはほとんどが人間＝男性という枠組みに終始している。本稿におけるジェンダー論的視点の欠落は、ある意味では『少年世界』のひずみを反映したものでもあると、この場では述べておきたいと思う。

なお、『少年世界』における「少女」というカテゴリーに関しては、久米依子「少女小説――差異と規範の言説装置」（小森陽一・紅野謙介・高橋修編『メディア・表象・イデオロギー』一九九七・五、小沢書店）に詳しい。

＊4　豊臣秀吉の容貌が「猿」に似ていたという説は『太閤記』に記されて以来、広く知られるものとなった。ここでは参考に、山路愛山の『豊太閤』（前編＝明四一・一一、後編＝明四二・四、文泉堂書房）の一節を引いておく（ただし、引用は岩波文庫版『豊臣秀吉』上、一九九六・二）。

太閤の容貌猿に似たりとの説は『太閤記』につらがまちは猿に似たり。『太閤素生記』に松下加兵衛が始めて太閤に逢いし時の事を記《しる》して、道にて異形なる者を見付けたり、猿かと見れば人、人かと見れば猿なり。（中略）皮の付《つい》たる栗を取出してこれを与う、口にて皮をむき喰《くら》う。口元猿に均し。それより此方《こち》彼方《あち》と愛せられ、あるいは古き小袖《こそで》を得、絹紬《きぬつむぎ》の衣裳を得、沐浴などさせ袴などを著《き》すればその形清らかにして始めの形に異なりとあり。一は猿の如き様子なりしが衣裳を整頓したれば清らなる漢《おとこ》となれりとあり。取止めたる所なしというべし。されどその頃の人が太閤を指して猿といいしは事実なるに似たり。『川角《かわすみ》太閤記』にも天正十四年、太閤の家康と戦わんとするを見て蒲生氏郷が猿めは死所《しにどころ》なくて物にくるうにやあらんといいたりとあり。明人《みんじん》の記事に太閤は色黒き男にて眼の光異常なりきとあり。いずれにしても美男子にてはあるべからず。今はその詳《つまびらか》なるを知るべからず。

III

内包される〈外部〉——越境と漂流

表象される〈日本〉
——雑誌『太陽』の「地理」欄 1895—1899

五井　信

1　明治二〇年代後半と〈地理〉

日清戦争開戦をはさんだ明治二七（一八九四）年五月と一〇月、〈地理〉にまつわる二冊のベストセラーが発行されている。明治の二大地理書とも呼ばれる二冊の著者はともに札幌農学校の出身で、在学中には、二期生がW・S・クラークの感化を受けキリスト教に入信したことから生じた宗教上のいざこざが二人の間にはあったらしい。とはいえこの二人は、二期生である一人が卒業式で述べる答辞を、四期生のいま一人は感激の涙を流しながら聞いた関係でもあったという——。二期生の名は内村鑑三、四期生は志賀重昂《しげたか》。著書はそれぞれ『地理学考』（五月、警醒社書店）と『日本風景論』（一〇月、政教社）である。二冊の著書は、『地理学考』が世界地理について概括的に述べられているのに対し、『日本風景論』は専らその対象が日本であるという違いはあるだろう。しかし両者はともにベストセラーになったという事実にとどまらず、そのナショナリズム的色彩においても共通する要素を有している。

『日本風景論』は、たとえば『太陽』創刊号（明二八・一）が教えるように、「志賀氏の日本風景論出づるや江湖の大喝采を博し未だ一月を閲せざるに悉く皆売切となり茲に再版の挙あり」という反響をもって迎えられた。日本の地形、なかでも山水美の特質を気候や水蒸気、流水の浸食などからみていく『日本風景論』は、農学校卒業後に南洋を船で廻って列強諸国による植民地状況を目にし、明治二一年に三宅雪嶺らと政教社を結成し国粋保存主義を唱えた志賀にふさわしい書物であった。「江山洵美是吾郷」という大槻磐渓の引用から筆を起こし、「実に絶対上、日本江山の洵美なるものある」として、「日本を以て宛然現世界における極楽土とな」す「外邦の客」を紹介する「緒論」の記述からも同書の性格をうかがうことができるのだが、[*1]では一方の内村『地理学考』はどうか。

政池仁によると「当時の日本の青年たちの間にはすばらしい人気で、これを読まぬ学徒はほとんどなかったという」[*2]この『地理学考』は、「地理学研究の目的」と題された第一章からいささか勇ましい言葉が並んでいる。「地理学は実に諸学の基なり」[*3]「地理学を学ばずして政治を談ずる勿れ」「地理の美学に於けるは慈母の其子に於けるの関係なり」「真理を恋ひ慕ふ誠意を以てすれば、地理学は一種の愛歌なり、山水を以て画がゝれたる哲学なり、造主の手に成れる予言書なり」というような叙述が記されるのだ。志賀同様に農学校卒業後に海外（アメリカ・アマースト大学）へ渡り地理学や地学を学んだ内村にとって、これもまたふさわしい著作であったのだろう。同時代評としては、山路愛山がいちはやい評価を与えている。「内村君の近著二三種に至つては最近の日本出版物中に於て殆んど鶏群の鶴なり。小児の群中英雄を見る物なり」[*4]というように高い評価が与えられており、それは『早稲田文学』（明二七・六・二七）においても同様である。「其の特質は詩歌的、哲学的、宗教的に地理を観察せるの点にありて議論警抜まゝ独創の見あり従来人々地理学とだに言へばひとへに乾燥蠟を嚙むものゝやうにのみ思へれど此の書によりて地理学も其の研究法によりては如何におもしろきなるものなるかを知るを得ん（中略）吾人は近来の好著として此の書を江湖に推薦するを躊躇せず」といった評は、山路愛山の評などと合わせ、当時の購読者を誘ったようだ。明治三〇年に『地人論』と名を改め、『地理学考』はさらに版を重ねることになるだろう。自伝『HOW I BECAME A CHRISTIAN』（警醒社）が発行されたのは『地理学考』発行の翌年、二八年のことである。

内村が右にあげた強烈な自負を抱いたのは、〈地理〉を学ぶことが当時の日本の国策と密接に関連していると考えたからであるはずだ。『地理学考』には「地理なしの殖産は野蛮人の殖産にして殖産と称すべからざる」というような記述をみることができるし、志賀にも同様の発言がある。[*5] さらに『地理学考』発行間もなく日清戦争開戦時の内村は、地理上の日本の位置を理由に帝国主義的な戦争さえも肯定することになるだろう。だから、たとえば第九章「日本の地理と其天職」での「日本国の天職如何、地理学は答へて曰く、彼女は東西両洋間の媒介者なり、勿言、何ぞ簡短の甚だしきやと、是れ一大国民たるに恥づべからざる天職なればなり」や「地理学の指定に係る我国の天職は大和民族二千年間の歴史が不覚の中に徐々として尽しつゝありし天職ならずや」などは、のちの非戦論者内村とは別の文脈で読まれなければならない。知られるように内村は日清戦争開戦時は義戦論を唱えており、右の引用も、「吾人は信ず日清戦争は吾人に取りては実に義戦なり、其義たる法律的にのみ義たるに非らず、倫理的に亦た然り」[*6]「吾人の目的は支那を警醒するに在り、其天職を知らしむるにあり、彼をして吾人と協力して東洋の改革に従事せしむるにあり」であるとか、「吾人は亜細亜の救主として此の戦場に臨むものなり、吾人は既に半ば朝鮮を救へり、是れより満州支那を救ひ、南の方安南暹羅《シャム》に及び、終に印度の聖地をして欧人の羈絆《きはん》より脱せしめ、以て始めて吾人の目的は達せしなり」[*7]というような、叙述と重ねて読まれるべきなのだ。われわれはここで内村を批判するのではなく、明治二〇年代後半というその時期、内村でさえもが状況から自由ではなかったことに注目するべきだろう。[*8]

『地理学考』『日本風景論』が読者に与えた影響について、ここでは後に創価教育学会の創立者となる牧口常三郎とその著書『人生地理学』(明三六、文会堂)をあげておこう。[*9] 牧口は新潟に生まれ、小学校卒業後、前二者と同様に北海道へと渡っていた。二冊の書物が出版された明治二七年から書きためた二千枚近くの原稿を持って三五年に志賀重昂を訪ね、志賀の序と校閲を得て発行されたその書は、これもまた好評をもって迎えられ、発行年中に三版を重ねたという。台湾に赴任していた新渡戸稲造は一面識もない牧口に激励の書面を出し、それを機に牧口は後に新渡戸や柳田国男とともに郷土会の一員となっている。『人生地理学』の最後を吉田松陰の「地を離れて人なし、人を離れて事なし。人事を論せんとせば先づ地理を究めよ」[*10]で結ぶ牧口は、その直前にも地理学に関して、「激烈なる対外的生存競争の世界に於て生活する国民に対しても、個人に対しても、将た国民の養成を任とする普通教育に対しても最も切要欠くべからざる学科なり」というように記している。ここにみられるのは、先にあげた内村『地理学考』同様の〈地理〉についての強烈な自負である。

明治二〇年代後半に『地理学考』『日本風景論』という地理に関する書物が高い評価を得てベストセラーになり、牧口のように強く影響されて自ら書物を著わすような青年を生んだ事態は、地理を研究しその書物を著わした側だけから生じたものではない。著者の側が〈地理〉に強烈な自負を抱く一方、読者の側からの強い支持が想定できるわけで、そこから読みとれるのは、未知の場所を言葉によって既知に変え、世界や日本に関してのより多くの情報を得ようとする多くの読者の欲望の存在であろう。そしてその欲望は内村と志賀の著作がそれぞれ対応するように、広く〈外〉に向かう視線と、より〈内〉を精緻に見ようとする視線の二つに支えられていた。島本恵也は、『日本風景論』がベストセラーになった背景を次のように述べている。

> 「日本風景論」は飛ぶような売行きを見せた。当時の日本人がいかに国土を全体として把握しようとしていたかを端的に示す。（中略）この書物が現われ、かくも盛大に売れ、かくも多くの批評をうけたというところに当時の日本の、疑いもなく浪漫的な拡大気分を郷土意識と共に観取するのはひとり筆者のみではあるまい。[*11]

その当時〈地理〉をめぐる書物に多くの読者が惹かれたことは、もちろん、それ以前に地理にまつわる視線が存在しなかったということを意味しない。学校教育においては明治五（一八七二）年の学制成立によって「地学（地理学）読方」「地学（地理学）輪講」として教えられて算術や習字に次ぐ教科として位置づけられていたし、アカデミズムにおいても、東京大学地質学科内の地学会は二二年一月から『地学雑誌』を発行している。[*12] またすでに一二年四月に、現在まで続く東京地学協会が榎本武揚や元佐賀藩主鍋島直大《なおひろ》らの提唱によって設立され、『東京地学協会報告』

という雑誌の発行も行なわれていた。[*13] 東京地学協会はイギリスのRoyal Geographical Societyを範とし、創立時の社長（会長）には後に台湾で戦病死することになる北白川能久《よしひさ》親王が就任している。同協会は創立時の規則による入会金一〇円、会費一二円という高額な金額が示すように、初期の社員（会員）は政治家や軍人、貴族、外交官などによって構成されており、毎月の通常例会も海外の旅行見聞談が主という社交的な会で、『東京地学協会報告』を年に一〇号、会員のみにではあるが発行していたのである。ただし、東京地学協会が設立された時点と一〇年以上を経た明治二〇年代の後半では、さまざまに状況が異なっていることを忘れてはならないだろう。榎本武揚は二七年五月の東京地学協会十五年会で次のような演述を行なっている。『東京地学協会報告』には日本各地に関する記述にも多く誌面が割かれているのだが、ここでの榎本は明治二〇年代後半において、読者が植民政策と関連して〈外〉に視線を向ける契機について語っているといってよいだろう。

回顧スレバ本会創立ノ頃ニ在ツテハ邦人ノ外国ニ往来スルモノ未ダ多カラズ貿易ノ利未ダ盛ンナラズ海外ノ植民スルガ如キハ其端緒ヲモ発セザリシナリ然ルニ近来学術ノ為メ或ハ冒険的企業ノ為メ海外旅行ヲナスモノ続々踵ヲ接シ船舶ハ遠ク印度洋ニ航シ移民ハ広ク布哇《ハワイ》北米豪州ノ地ニ播布シ政府モ亦タ特ニ植民地探検ノ為メ委員ヲ派遣スルニ至レリ（『東京地学協会報告』明二七・八・二八）

同協会はこの榎本の演述以前の明治二五（一八九二）年、前述の地学協会を合併し同会が発行していた『地学雑誌』を継続させてもいた。ただし『東京地学協会報告』は三〇年、廃刊に至ることになる。もちろん『地学雑誌』という性格の似た雑誌の出版を引き継いだことも理由の一つではあろうが、石田龍次郎が指摘するように、「新聞雑誌の普及により海外事情の紹介が多くなるに従い、当初の目的を失」[*14]ったことも廃刊理由の一つであった。石田はここで〈外〉＝海外事情に関してしか述べていないが、「新聞雑誌」が言及したのは〈内〉＝日本国内に関しても同様である。『地理学考』や『日本風景論』をベストセラーにさせた読者の欲望は、同時にそれらのメディアに向けられたのであろう。そしてそれら「新聞雑誌」をまちがいなく代表する一つが、雑誌『太陽』なのであった。

2　雑誌『太陽』とその「地理」欄

『太陽』は、創業時の『日本大家論集』や『日清戦争実記』の成功をきっかけに、それまで出されていた政治・経済関係の諸雑誌を廃刊して明治二八（一八九五）年一月に博文館から創刊された。創刊号の巻頭には発行人である大橋新太郎による「太陽の発刊」が置かれてあり、大橋はそこで前年の『日清戦争実記』が大成功を収めた理由を、読者の「憂国敵愾の気」のみならず、「児童漁樵も尚よく文字を解するの盛運」にも求めている。リテラシー向上を指摘する大橋の言は重要である。おそらく前章でみた『地理学考』『日本風景論』がベストセラーになった理由の一つもそこに求められるであろうし、また結果として『太陽』も、膨大な読者を持つことになった。大橋はさらに、そのような無数ともいえる読者の期待に応えるため、『太陽』は専門諸家を読者とする「各専門諸協会の雑誌」ではなく、「成るべく平易に成るべく趣味多からしめん」ことにつとめる、という決意を述べる。なるほど、大橋が言うように『太陽』には、当時の広範囲に及ぶ代表的な著者、論者たちの名前を各ジャンルでみることができる。たとえば創刊号では、以降の天皇制研究をタブーとさせたいわゆる「久米事件」（明治二五）で東京文科大学を去った久米邦武「学界の大革新」を筆頭に、井上哲次郎「戦争後の学術」、上田万年《かずとし》「国語教育に就いて」、坪内雄蔵「戦争と文学」などの名が並ぶ「論説」欄、森田思軒「紀元前の著明なる航海者」、福地桜痴「大久保相模守忠隣《ただちか》」などの「史伝」欄、また「小説」欄には尾崎紅葉「取舵」と饗庭篁村「従軍人夫」という具合なのだ。そして『太陽』が目指したところとしては、何よりも大橋の次のような叙述に集約されているだろう。ここにみられるのもまた、〈外〉と〈内〉という二つの視線に重きを置く姿勢なのである。

今や外には征清軍の嚮《むか》ふところに大捷《たいしょう》を奏するあり。内には浩然たる正気の磅礴《ほうはく》するところ禁ぜんと欲して能はざるあり。以て三千年来蘊蓄せられたる我帝国の実力は煥乎として発揚し、世界の耳目を聳動《しょうどう》し来りて、宇内の一大強国を生じたるの感、中外到る所に反響せんとす。愉絶快絶。今後の同胞四千余万は復た深窓に眠るの日本人に非ずして、五大州中に闊歩するの大日本人と為れり。豈我邦第二の維新を為す時ならずと謂はんや。此時に当りて大に知識を世界に求め、我邦文明の真相を発揮して之を宇内に宏にせんこと、蓋し国民の任務たり。生等は茲に全力を『太陽』に尽くし、一方には知識を万国に求むるの途を啓き、一方には国光を世界に輝かすの端を開き、敢えて第二維新の大業を賛助し、以て聊か至渥甚深なる皇恩の万一に酬い、併せて同胞諸君の眷顧《けんこ》に答へんとす。

そして「論説」欄、「史伝」欄に続いて目次に掲載されているのが、今回の調査対象の「地理」欄[*15]である。「地理」欄にはさまざまな形式で日本のみならず〈外〉である世界各地の記事が掲載されている。そこに集まってくる言説は、今日のわれわれが地理（人文／自然）と称するもの以外に、さらには地学や人類学、国語学、文学、気象学のみならず、政治的なものや探検と呼ぶ領域に属するようなそれである。当初そのタイトルの下に「地文地質風俗土宜より名鏡勝区古蹟遺墟に至るまで、紀行あり論評あり話説記事あり探検実記あり、明暢雅健の文章に参するに精緻微妙の図画を以てし、坐して万里に遊ばしむ[*16]」という一文が記されていたように、そのような混淆体の集積として「地理」欄は構成されている。そのような記事から、読者は「坐して万里に遊ばしむ」という感想を持ったことだろう。吉見俊哉は博覧会が提供したものとして「手軽な世界観光の経験[*17]」をあげているが、「地理」欄についても同じことが言えそうだ。また加藤秀俊は明治期の新聞の調査で、明治一〇年の表記にはたんに「外人」「外国」という表記が多かったのにくらべ、二五年には具体的な国名が記されていることに注目し、「『外国』をさまざまな国に分化させる認識方法がすすんだ」[*18]ことを指摘している。その点に関しても「地理」覧では同様で、本稿末の一覧表が示すように「外国」の多くは具体的な固有名で紹介されているのである。ただし以下本稿においては紙幅の都合もあり、おもに〈日本〉を対象とした記事の分析が行なわれることになる。もちろん、〈外〉の具体的な記述が〈内〉としての〈日本〉を立ち上げる契機になったという側面はあるだろう。だが、後述するように事態はいま少し複雑である。日清戦争のさなか明治二八年一月の創刊号から、三二年まで五年間における『太陽』の「地理」欄において、〈日本〉はどのように表象されているのか。われわれの興味の中心はそこにある。

日本各地の模様を著わす形態として、たとえば「紀行文」というジャンルに関しては、明治維新以前でも松尾芭蕉を筆頭に、『東遊紀』『西遊紀』の橘南渓や、七〇冊に及ぶ『遊覧紀』で幕末期の東北地方を描いた菅江真澄などがよく知られているし、今日でも「旅行記」の類いは枚挙にいとまがない。にもかかわらず明治三〇年を中心とするこの時期の〈日本〉各地の記述をとりあげるのは、もちろん何よりも日清戦争とそれに関連した問題が大きいのだが、その他として、とりあえず三つの理由をあげておきたい。一つにはインフラストラクチャーとしての鉄道の発達の影響があげられるだろう。「第一次鉄道熱」といわれる明治二〇年前後の鉄道会社設立が相次いだ時期は過ぎたとはいえ、明治二五年には「鉄道敷設法」が制定され、おもに軍事上の目的からではあったが鉄道建設を全国的な規模で統一するため幹線鉄道の整備が進められていたのである。「地理」覧の筆者たちは10や14・18（本稿末に添付した資料番号、以下同）のように、その名も「汽車旅行」というタイトルの記事に限らず、鉄道を使って各地を訪れ、〈内〉をより精緻に見ることができた。今回の調査でも記事中に汽車を用いたことが直接記されるものは三〇を超えているのだ。とくに「汽車旅行」（14・18）の著者大和田建樹は、明治三三年に発行された全五集からなる『鉄道唱歌』の作詞も担当することになるだろう。補足しておけば、『鉄道唱歌』の角書きは「地理教育」であった。一方読者の側に目を向けると、先の大橋新太郎が言っていたように、「児童漁樵も尚よく文字を解するの盛運」が高まったこと、そしてまたメディアの拡大により読者の数が増大したことがあげられる。『東京地学協会報告』や『地学雑誌』が限られた読者を対象にしていたのにくらべ、『太陽』は圧倒的多数の読者に対して〈日本〉各地の地理に関する情報を伝達することになったのである。また、そのことと相補的な関係を持つ三つ目として、前節でみたような読者の欲望の存在をあらためて確認しておきたい。

E・サイードは、「地理をめぐる闘争が複雑かつ興味深いのは、それが兵士や大砲だけでなく思想と形式とイメージとイメージ創造をともなうからである」[*19]と言っている。〈外〉と同様に〈内〉である〈日本〉をより知ろうとする強い欲望が、結果として「地理」欄から何を読みイメージすることになったのか、「地理」欄の読者の思い描く「心象地図」はどのようなものであったのか、それらの読みの可能性が以下に論じられるだろう。だが、それにしても、執筆者たちはどこに足を運んだのか。あるいはその視線はどこに向けられ、読者に伝えられたのか。先に答えを述べるなら、そのような視線が多く向けられた先は〈島〉と〈山〉であった。「地理」欄は当初こそ「京都の新案内記」（1）や「東京花暦」（5・8）といった観光案内記風の記述が多くみられるが、間もなくそのような性質の記事はその数を減らしている。記事で語られる多くが〈島〉と〈山〉をめぐるものであることは興味深い現象なのである。ではそこで、何がどのように語られているのか。

3　境界としての〈島〉

〈島〉をめぐっての記事が「地理」欄に最初に登場するのはの「樺太探検記」（9・16）である。筆者の関口信篤は、記事冒頭の筆者紹介によると電信分局に在勤したあと伊勢新聞の記者もつとめた人物で、この記事は、樺太への漁船に同乗した際の見聞がその内容となっている。その中心は「男児の稍才知あり且筋骨人に勝れたる者は概ね妾を蓄ふ其多きものは三四人に至る」（16）というような、アイヌの風俗についての記述であるが、樺太（サハリン）が日露両国によって古くからその所有が争われていた島であったことは注意されていい。一八五五年の日露和親条約以降、樺太は日露両国民雑居の地とされ、明治八（一八七五）年の樺太・千島交換条約によってロシア領になったが、その後もロシア政府の許可によって日本からの漁業は続けられており、関口の記事もそのような時期におけるものである。樺太は、その後日露戦争によって北緯五〇度に国境が定められ[*20]、一九四五年に再びソ連に併合されるなど、〈日本〉の国境としてはもっともその移り変わりが頻繁で、つねに境界として浮上する場所であり、そのような場所が「地理」欄における〈島〉として最初に登場していることは示唆的な出来事なのだ。「地理」欄にみられる多くの島は〈国境〉という境界として、あるいは〈日本〉の輪郭として想起される場所だからである[*21]。

今回調査した全二二五の記事中もっとも多く記述される場所は「台湾」で、その記事の数は〈内〉〈外〉を合わせた全体の一割を超えている。日清戦争後日本に割譲された台湾に、植民地として、また地理的な面からは新たな境界をなす〈島〉として多くの注目と興味が向けられたことは想像に易い。明治二九（一八九六）年一月から四月まで、「東部台湾の探検」（35）、「生蕃会見記」（40）、「台湾の地理」（42・44・46）と、ほぼ毎号にわたって台湾の記述をみることができるのだが、そこにみられるのは、まさに新たな植民地に対する興味とその可能性だ。「台湾の地理」では、台湾が歴史・地理的にみても「既往及将来共に我の領地たるの至当なるを認識せずんばあらず」（42）という強弁とともに、「旅行者の安全なるに至らば、必ず幾多の宝庫を発見開拓するに至るならん」と、未来の可能性が語られる。また「台湾に勝景の地多し」と始まる「東部台湾の探検」は、「山水の美」を語り途中の温泉を紹介するなど、記事中の用語を借りるならば「桃源郷」探訪記といってもよいものだろう。あるいは「生蕃会見記」も後の〈生蕃[*22]〉に関する記事とは異なり、そこで記される彼らの姿は、いわば牧歌的な様子で、親しみさえも感じられるような記述になっている。そこを訪れた筆者たち一行の前で、「満腔の喜悦を表し」て「清国を怨み日本を慕ふの意」の歌を歌い、「日本人になりたりと頻りに得意に話」すという姿なのである。

しかしそれから間もなく、明治二九年一〇月二〇日号から翌年三月二〇日号まで、二本の連載記事ではあるが、連続して一一回の記事をはじめとする台湾に関する記述ではいささか事情が違ってくる。小熊英二は、台湾および台湾人の〈日本〉〈日本人〉への包摂と排除が「明確な方針が決定されるに至らないまま、事態が推移」[*23]したことを述べているが、「地理」欄においてはむしろ、〈日本〉なり〈日本人〉なりとの差異が強調されているようにみえる。「台湾日記」(72・75・78・81・84・87)は、陸軍軍医総監の石黒忠悳《ただのり》が二九年一〇月二二日から一一月一一日までに台湾各地を訪れた日記で、そこにみられるのは〈土匪〉との戦いやマラリアなどの病気に苦しむ日本軍の姿である。あるいはまた、〈生蕃〉の記述も先にあげたものとは大きく異なってくる。たとえば「生蕃(地)探検記」(63・66・67・69・70)において〈生蕃〉は、ことさら「実に人間とは思はれざりき」(66)、「ア、これ人間の為し得べき業か」(69)と記される。あえて「附生蕃事情」というサブタイトルが付された「モリソン(新高山)紀行」(95・100・105・110・114・117)でも同じような視線が共有されており、そこで記される〈生蕃〉は「何となく野獣に近きか如き観あり」(95)で、衣服は「唯肩部背部及臀部を蔽ふに過ぎず」と報告されるのである。さらに「生蕃(地)探検記」では次の引用にみられるように、先験的に有している通俗的な情報を確認し、それがみつからない場合には探して「発見」し、それを扇動的に報告するという奇妙なことまでもが行なわれることになるだろう。

まだ何か袋の底にあるやうなれば見んとせしに、蕃人は頗る之を忌む色あり、さりとて強くも止めざれば、余は解せざる為し て掻き探るに、有り々果して有り、物は二個にて手触りにては、覚えのあるが如く無きが如く、何だか一寸心に浮ばざるヘンなものなり。ドレ明るき処にと両手を差し入れし時、蕃人はプイと何れへか立ち去つたり。抑《そもそ》も此袋より出しは何物ぞ、蕃人が晴の飾的と共に秘蔵せる宝は如何なるものぞ。驚く勿れこれ二個の髑髏なり。二個とも外のところは悉くサレて白骨のみとなれるが、頭蓋には皮猶ほブラ〱になりて付着、髪もところぐ〱に残れり。

台湾の〈生蕃〉をめぐる記事のなかでいま一つ注目したいのは、鳥居龍蔵による「台湾生蕃地探検者の最も要す可き智識」(107)である。というのはこの記事が、「地理」欄の記述における典型的な一つのパターンを明確に示しているように思われるからだ。いうまでもなく鳥居は当時東京帝国大学人類学教室主任教授であった坪井正五郎の弟子で、彼もまた明治二九年七月に坪井の命を受けて台湾に赴いていた。中薗英助によると、[*24]遼東半島の調査から戻ったばかりの鳥居は、後に『大日本地誌』(明三六~大四、博文館)を出すことになる地理学者佐藤伝蔵の代わりとして派遣されたらしい。記事で鳥居は、〈生蕃〉のルーツについて知るためには何よりも台湾付近の「台湾の蕃人と最も関係ありげなる、土人の智識」を持つことが必要であるとし、「ニグリトー種族」「パプアン種族」「マレイ種族」に関する詳細な特徴を記している。だが、いずれにしても鳥居の記事で注意したいのは、〈生蕃〉に関してそのルーツが詳細に述べられるのに対し、〈日本人〉の人種的ルーツについては語られていないという事実だ。もちろん鳥居の記事自体、〈日本人〉の人種的ルーツを語るにふさわしい場ではないのだが、その地に住む人々の身体上のさまざまな特徴を語りながらも、鳥居はけっして〈日本人〉の特徴を語ることがないのである。そしてそのような傾向は「地理」欄に共通してみられるもので、それは人種的ルーツに限ったことでもなければ、新たに〈内〉に組み入れられた台湾をあつかった記事だけにみられることでもない。そこで語られるのが台湾の可能性であれ〈生蕃〉の風俗であれ、またそれ以前から〈日本〉とみなされていた他の〈島〉であっても、その特殊性や差異が語られながら、それと比較されるべき〈日本〉〈日本人〉の属性が語られることはないのだ。

明治一二(一八七九)年のいわゆる「琉球処分」によって〈内〉に組み入れられた沖縄に関する記事においても、その土地や風俗の〈日本〉との差異を語りながらも〈日本〉についてはけっして語らないという記述パターンをみることができる。沖縄を「異国視し、疎外すべきものにあらず」「異国視するが如きは、大国民の恥づべき僻見なり」というように、一見その差異を語ることを禁じているかの装いをみせる「沖縄の風俗に就きて」(193)などでさえも同様の事象がみられる。著者の高田宇太郎は、原世外「沖縄の風俗」(156)における「同国内とはいひながら其風俗」などが「頗る奇異の感を抱かしめ」るといった記述の誤謬をただすと言う。高田は、沖縄と〈日本〉の同質性をいたるところで指摘する。原世外の記述は誤りで、たとえば沖縄の音楽は「支那楽三分内地楽七分」であり、家屋についても「みな我国風にして、毫も支那風という事を認めず」など、沖縄が〈日本〉であることを強調するわけだ。だが、そもそも「三分」が「支那楽」であり、そのような家屋の構造を「我国風」だとする根拠が、似たような家屋を鹿児島などで「稀に見る」ことができるからだというのだから、そこから読みとられるのは、著者が沖縄の〈内〉性を強調するだけ沖縄と〈日本〉の差異が浮かび上がってしまうという出来の悪いレトリックなのである。しかもそこではやはり、「内地楽」や「我国風」の属性が語られることはない。

明治三〇（一八九七）年九月を一区切りとしてそれまでの夥しい数の台湾の記事が誌面から減り、そのかわりに誌面に登場する〈島〉が、右にあげた沖縄と伊豆諸島・小笠原諸島である。〈内〉をめぐる「地理」欄の視線は、〈島〉から離れることはないようだ。先に引いた小熊英二『〈日本人〉の境界』で論じられることはないのだが、いわゆる伊豆・小笠原諸島と称される島々、なかでも八丈島と小笠原もまた〈境界〉として浮上する場所である。周知のように八丈島は徳川幕藩体制下においては流刑地であったし、小笠原も一八二〇年代にアメリカやイギリスと領有が争われ、一九四五年から六八年まではアメリカ海軍の施政下に置かれることになる〈島〉なのだった。これらの〈島〉をめぐる記事で共有されるのは、そこが古くから〈日本〉であり、交通の不便さから生じた後進性から抜けるために今後の「教育」の重要性を説くという表向きの記述をしながらも、読者の興味を〈日本〉との差異や異質性に焦点化しようとする試みだ。やはりここでも強調されるのは差異なのである。

「南島紀行」(128)は三宅島を皮切りに、八丈島、青ヶ島、鳥島、父島などを廻った記録である。八丈島を「今日壮年の者十中八九は眼に一丁字なく、廉恥を知らず、偏に旧習を墨守し、毫も文明の徳沢に浴せざるが如し」としながらも、「然れども今日にては既に小学校の設ある」という理由で、島の未来を語りはする。だが、「島民の言語は一種異様の発音」があり、「土人の語を解し得るなし」というように、方言さえも異質性で塗り込めようと記事は試みる。島の女性たちの頭髪がたんに長いことまでもが、「其膝下に垂るゝは殆んど普通にて、長きは地に牽きて尚ほ余るあり」というような記述で「骨格」の一つとして語られてしまうのだ。また小笠原と八丈島の違いは、「風俗は男女共に八丈島と同様なり」と問題とされず、同じ視線が小笠原について語るときにも維持される。小笠原においては、「男子は老幼とも家に在ては概ね裸体にして、女も亦腰巻のみ纏へるもの多し」であり、「此島も北海道其他新開地の例には漏れず淫風酷《はな》はたし」というのである。「近・現代のヨーロッパ人にとって、裸、乱婚、食人はつねにセットとして野蛮人の象徴」[*25]であったと阿部年晴は指摘しているが、ここでの記述が、前に述べた台湾の〈生蕃〉に関する記述と似たものであるのはおそらく偶然ではない。

「八丈島見聞録」(187・191・192)は、いま少し巧妙な語りが用いられている。著者の保科孝一は後に東京文理科大学の教授をつとめることになる国語学者で、その記述は一見、つとめて冷静かつ客観的になされているようにみえる。記事冒頭で「世人の同島に関する智識極めて空乏なるより、動《やゝ》もすれば、月鼈啻《げつべつただ》ならざる誤想を逞うするものある」(187)と注意を促し、最後には「教育を刷新して、盛に新知識を輸入」(192)することの重要性を述べることで枠組みを設定し、内容も「地勢」をはじめとして「動物」「産業」「服飾」……など一八の章ごとに詳細に語るという構成になっているのである。だがここでもまた、読者の視線は次に代表されるような記事に向けられる仕掛けになっている。というのもその直前に、角書き風にあえて「良家にてはしからず」という一節が活字の大きさを押さえて挿入されているからで、そこに至るまでに「良家」のことがまったく記されていないという事実を踏まえると、あえてその一節が挿入されることで読者の視線は次の引用に導かれることになるはずだ。引用は第一二章「男女の関係」である。

甚しきは、父母と枕を並べて情夫と同衾し、少しも怪まざるものあり。故に同島婦人は一般に貞操を持するものなく、処女にして嫁するが如きは、絶無なりと云ふ。以て同島風俗の如何に乱雑なるかを察知するに足るべし(191)

保科はまた「伊豆新島」(209)で、避暑には「学術上の研究」や「人情風俗を観察するといふ心懸」が必要であり、その「随分面白い」避暑先として信濃の木曾などとともに「伊豆の新島、大島、八丈島等」をあげている。おもに報告されるのは新島であるが、それらの〈島〉をあげる理由として「人類学上言語学上の研究にもなるし、又は、動植物学上地質学上の探検にもなる」ことが述べられている。それらの〈島〉は観察されるべき場所なのである。

さて、台湾をはじめとして〈日本〉の境界をなす〈島〉の記事をみてきたわけだが、このような「地理」欄における記述は、読者に実際の地図とは異なる「心象地図」を描かせることになるだろう。前にわれわれが、具体的な「外国」の記述が〈内〉としての〈日本〉を立ち上げる契機となる可能性を述べながら、なお事態のいま少しの複雑さを指摘したのはこの意味でである。つまり「地理」欄において〈日本〉は均質化されるというよりも、むしろそれとは反対の方向に向いているようにみえるのだ。〈日本〉の境界／輪郭に位置する台湾や沖縄、八丈島や小笠原などはつねに〈日本〉との差異が強調される。それらの〈島〉には後進性や停滞性、官能性……といった負の表象が割り当てられ、それらの〈島〉は報告され観察される対象なのである。一方〈日本〉は、その属性が語られないまま対比的にそれらとは反対の表象が浮かび上がり、それらの〈島〉を指導し観察する者としての位置を確保することになるだろう。いうまでもなく、このような視線はオリエンタリズムである。そしてまた、〈日本〉〈日本人〉の属性が語られないことによって、多くの読者が自らを〈日本人〉の位置に立つことを可能にさせるのだ。むろんその意味で「地理」欄は、〈日本〉の仮想の中心だけをより強固にする作用として働いているとも言えるのである。

このような〈島〉をめぐる視線の共通項は、「地理」欄に限らずそれに類する媒体自身が持つ性質であると言えるのかもしれない。今日においても、多くの「旅行記」や「観光案内」で程度や対象の差こそあれ、同様の記述をわれわれは目にすることだろう。自分が現在居住する空間と同じような空間について、われわれの誰が興味を向けるのだろうか——。しかしこのような境界としての〈島〉の記述パターンが、M・フーコーがいうパノプティコン（一望監視方式）とある相似形を有していることもまた事実なのである。繰り返せば、〈日本〉の境界／輪郭をなすそれらの〈島〉はつねに観察され報告される対象であり、それを観察する仮想の中心に位置する〈日本〉は空白として残されている。そして空白であるがゆえに、その位置に多くの読者は自らを置くことができるのだ。先に「地理」欄がさまざまなタイプの言説から構成されていることを述べたが、読者はそれぞれの興味によってその〈島〉をみることになる。まさに「その管理責任者が不在であれば、その家族でも側近の人でも友人でも召使でさえもが代理がつとまる」[*26]し、その結果として権力は「没個人化」されるだろう。ただしこの関係において、観察される側に課せられるとフーコーがいう規律・訓練は、〈島〉にたとえば「教育」としてそうさせられるだけではなく、読者の側にも同様に課せられていると言えるのかもしれない。リテラシーの向上に支えられた多くの読者は、自らが位置する場所の如何に関わらず強力に仮想の中心に吸引され、そこからそれらの〈島〉をみる。『太陽』を手にする読者は、彼や彼女が住む場所がどこであれ、ある仮想の中心に位置させられて、それらの〈島〉と関係を取り結び、〈日本人〉としての「心象地図」を描くことになるだろう。

4　探検される〈山〉

「地理」欄において、〈島〉と同様にその記事が多いのは〈山〉をめぐってのものである。筆者たちは鉄道の発達にともなってより広範囲な場所へ出かけ、そして〈山〉の記述を行なっている。羽峰外史は「日光」(19)で宇都宮発・日光着の時刻表さえも載せて日光の名所を報告するし、遅塚麗水は「登浅間山記」(53)で信越線を使って浅間山に登る。「知々夫紀行」(185)では幸田露伴が午後二時上野発の汽車で熊谷まで行き、そこから秩父の寺社仏閣を訪ねて廻った様子が語られる。記事に直接記されることはないが、「蝦夷の山づと」(181・184・188)で羊蹄山麓の人々の生活を語る廿三階堂(松原岩五郎)が北海道へと赴いたのは、明治二四年に全通した東北本線を使っての旅だったはずだ。〈山〉をめぐる記事が「地理」欄に多いのは、前にみた筆者と読者の欲望の存在を裏付けるだろう。〈日本〉の隅々まで言葉で表わし尽くそうと試みる「地理」欄の筆者たちが〈島〉と同様に〈山〉へ――水平軸に対して垂直軸へ——視線を向けたのは、われわれにとって不思議ではない。そしてそこに生活する人々を語ることで「地理」欄は、B・アンダーソン流にいうならば、「一生のうちで会うことも名前を知ることもない」[*27]他の〈日本人〉たちの、「ゆるぎもない、匿名の、同時代的な活動についてまったく確信」する契機を読者に与えたとも言えるのだ。

ところで、前述した志賀重昂『日本風景論』の、とりわけ「登山の気風を興作すべし」が日本の登山や山岳文学に与えた影響の大きさはよく知られている。「登山の気風を興作すべし」には「登山の準備」として衣服や食料の必需品が記され、また他の箇所には多くの山についての交通手段や登山道も記されるなど、『日本風景論』は一面、同時代における登山ガイドの役割も果たしていた。日清戦争後の山岳文学成立に関して、先にも引用した『山岳文学序説』で島本恵也は次のように言っている。

> 一面から見ると、当時、すなわち明治三十年前後より後において、日本という風土が、周辺の外国の姿がはっきりして来るにつれて、一つの統一体として浮かび上って来たことが山岳文学の成立に大きな役割を果したことを忘れてはならない。かくて都市と田園、人間の手に入った地帯と人跡未踏の地帯との異質的差が人びとの気持の上から取除かれる。山岳の頂上も渓谷の奥もひとしくわが国土だという気持が、日本をとりまく世界に眼がひらけてくるにつれて次第にはっきりして来る。

明治三八（一九〇五）年に発足した日本山岳会に集まった人々、たとえば後に『日本アルプス』（全四巻、明四三〜大四）を著わすことになる同会初代会長の小島烏水のような人物にとっては、島本の引用も当てはまるのだろう。彼らは競うように「わが国土」の〈山〉へと足を運んだのである。岩波文庫版『日本風景論』の「解説」で志賀を日本山岳の「恩人」[*28]、山岳会の「間接の創設者」と言う烏水の発言は、文庫「解説」という場を差し引いても、あながち大袈裟なものではなかったはずだ。『日本風景論』の立山火山脈の一節を引いて烏水は、自分たちは志賀の書物に感化され「本文通りを実行したのである」と回想し、その記述における「探検旅行の状態は、この通り」であったと言っている。だが、ロマン主義的な響きさえ持つであろう「探検」という語は「地理」欄において、その媒体の性格を垣間みせることにもなる。つまり、未知の場所を言葉によって既知へと変えようとする読者の欲望と、その期待に応えようと試みる筆者／編者側の欲望が相補的に関係し合う「地理」欄では、「探検」という要素自体が価値を持つのである。

　筆者側の欲望については、田山花袋の記事がよい例になるだろう。花袋は「春の日光山」(102)や「草津嶺を踰ゆるの記」(111)、「熊野紀行」(157)、「碓氷の古道」(203)など〈山〉をめぐる多くの紀行文を「地理」欄に寄せているのだが、[*29] たとえば「日光山の奥」(33・36・39)で花袋の訪れた先が日光ではなく、その「奥」であることは注意されてよい。花袋は、「一歩誤れば万事休すといふ路」(36)を進んでいく。途中にある柴の組橋を「勇気を奮」って渡る際には「目も眩むばかりに思はれ」「生きたる心地も無」いと報告するように、花袋の行程もまた「探検」といってよいものだ。それにしてもなぜ花袋がそのような場所に赴いたのかといえば、日光山南谷の照尊院の主僧の勧めによってだった。その地が「都会の人至るなく、従つて之を知る者甚だ稀」(33)であるという話に続いて、「貴君にして若し山水の志あらば、断然行て遊ばん事を勧めずんばあらず」との主僧の勧めに、花袋は「勃然詩興の激するに堪へず、悉く万事を抛擲し、一杖一笠、翌暁を待つて飛ぶが如くに寓を出」たのである。探検の理由を花袋は「詩興」というが、それを文字通り受け取るほどわれわれはナイーヴではない。「都会の人至るなく」という地を書き記すことが、花袋にとっては価値を有したはずなのだ。同じことは花袋の「雪の妙義山」(57・62)でも言えるだろう。「絶壁は削るが如く、断崖は崩るゝが如く」(57)という地に、しかも雪の日に出発するには「大勇猛心の勃興」が必要で、「断して行ん断して行ん」と決意した様子を花袋は記すのである。もちろん花袋の辛苦した行程それ自体を疑う理由はないのだが、それにしても、その旅が辛いものであるだけ、その報告の価値が高くなることは確かだ。「地理」欄という媒体では、報告され紹介される場所が、多くの読者が居住する空間と異なることが価値になる。読者の期待は、記事で報告される場所がそれまで誰も足を踏み入れたことのない空間、あるいはそれまで言葉で表象されたことのない空間に向けられるだろう。その意味で「地理」欄に「探検」の要素が強い記事が集まるのは、理由のないことではない。

「野中至氏の富士山観測所」(32)と「寒中の富士山嶺」(183・186)の、とくに後者は今回調査した記事で「探検」的な要素がもっとも強く醸しだされている記事である。筆者の野中至は明治二八(一八九五)年の一〇月から富士山頂で気象観測のための越冬を試み、一二月二一日に志半ばで諦め下山している。「寒中の富士山嶺」ではその際の様子が記されているのだが、前者の記事はその奥付(明治二九年一月一日)からもわかるように、その成功を祈念する内容とは裏腹に、すでに野中の失敗を知っていたはずの読者に届けられただろう。だから後者の記事が越冬に失敗した時点から三年も後の明治三二年一月と二月に掲載されているのは、その失敗というタイミングが要因ではなく、そこで描かれる冬の富士山頂での生活という「探検」的要素によるところが大きいに違いない。「平地の気圧は、大抵七百六十耗前後なるに、山頂は四百六十耗前後にして、実に三百耗の差あり」(183)という富士山の山頂で、観測機器が破損し、一緒だった妻のみならず自らもが「浮腫に冒され」、その結果「人事不省に陥りたり」(186)という野中の試みの「探検」的要素が価値を有した。越冬の試み自体は失敗に終わっても、それでも読者は、野中の記事によって冬の富士山頂というそれまで報告されることのなかった過酷な状況を知ることができただろう。このような〈山〉をめぐって窺える「地理」欄の性格は、「わが国土」〈日本〉を隈なく言葉で覆い尽くそうという読者の欲望に沿っているようにみえる。本節冒頭でみたような鉄道を使うことで可能となる〈山〉に限らず、そこから先の、「探検」的な要素が必要とされるような〈山〉であっても、多くの読者には「わが国土」として読まれたことだろう。

だが「地理」欄においては「探検」という要素が、地図上ではあきらかに〈日本〉国〈内〉に存する空間を、言葉で表象することであらたに〈外〉の空間として作りあげることにも貢献する。たとえば明治二八年一月の『太陽』創刊号に掲載された「利根川水源探検紀行」(2)は、まさに「探検」記である。タイトル通りに利根川の水源を確定することが主目的と語られるこの記事では、そこは「従来此深山に分け入りて人命を失ひしもの既に十余名」で「古より山中に恐ろしき鬼婆ありて人を殺して之を食ふ、然らざるも人一たび歩を此深山に入るれば、山霊の怨にやあらん忽ち暴風雨を起して進むを得ざらしむ」場所とされている。一行は「人跡未踏」の地を探検する。そしてそこで伝えられるのは、現在のわれわれが「沈黙交易」と呼ぶ、原初的な交易方法なのだ。

傍らに一小屋あり、会津檜枝岐村と利根の戸倉村との交易品を蔵する所にして、檜枝岐村より会津の名酒を此処に運び置けば、戸倉村よりは他の物品を此処に持ち来り以て之を交易し、其間敢て人の之を媒介するものなく、只正直と約束とを守りて貿易するのみ

「地理」欄で報告される〈山〉のいくつかには「桃源郷」「仙郷」というレッテルが付され、そこではいまだに古えの生活がなされているという内容が記される。そして次にみるように、前節でみた台湾とりわけ〈生蕃〉の記事が連続するなかに、〈山〉に関する〈日本〉国内の二つの空間の記事が織り混ぜられていることは、それが意図的ではないにせよ、読者にとっては効果的な配置になっていると言わざるをえない。そこで語られる空間に対しては、〈島〉でみてきたそれと等しい視線が向けられることになる。

「肥後の五家荘」(80)は、「われ幼時人の語るを聞くに曰く、吾肥後の奥の又奥には人も通はぬ五家荘といふ処ありて、こゝには元暦の昔より平家の子孫籠れりと」とはじまる。記者たちが訪れるのは次のような場所である。

伝へ聞く其かみ平家の五家に潜むや潜匿の露れんを恐れ一歩も荘外に出でず、世の中には此山奥は人跡の及ばぬ処とのみ思ひしに、いつの頃にや川上より一つの椀の流れ来しを見て、始めて住人あることを知り、其川を泝《さかのぼ》りて探し出しゝとぞ、

出発前夜、宿の亭主が語るそこは「嚮導なくて五家に迷ひ入らむこと闇夜に燈なきが如し、迷ひ〳〵て果は干死よ」という場所だ。一行が途中で出会う老婆の髪は「おどろ」であり、四〇歳ほどの男は「むくつけき」と形容されている。訪れた先の人々の様子は「身に纏ふものは嘗て洗滌せしとも見えねば汚垢塗りたらんが如く、身体は洗ふことなしと見えて、蒼黒く汚れたる皮膚に怪しき光沢あり」というもので、翌日見かけた男に関しては「我等と同人種とはいひたくなし」とまで記される。あらためて言うまでもなく、記事で語られる村の光景はおそらく〈日本〉の多くの場所でみられたものであるはずだ。にもかかわらずこの記事は、その地では学校が維持できなく一時閉校になったこと、明治維新までは「無税」で「其日常の言語の如き、全く庄外の民と異な」ったものであったというような記述を散りばめることで、「日本の政治社会は転変又転変せるに、独り五家荘の仙郷は、日本外の日本の如くにして今日に至れり」という結論を導くことにつとめている。記事で語られる場所は、「日本外の日本」なのである。

そのような視線は「阿波の小桃源」(96)でも共有される。

蓋し祖谷《イヤ》の地たる殆んど四国の中央に位し、峻嶺四方を囲繞して谷深く水清く、雲霧とこしなへに罩めて遠く俗界と絶ちたる別天地なれば、人の之に分け入る事頗る難く、其行程東西十三里南北七里の一区画は恰も擂鉢の底の如く、村民は其中にありて便宜の地を選び参々伍々家居すと雖も若し村を離れて外に出でんには四里に近く鶏犬の声を聞かず

そしてそこで生活する人々は、「世を忘れ、世に忘れられて、此別天地の住民は各独立の部落を形づくり、たゞ上に名主あるのみを知りて、絶えて他に政府あるを知らねば、素より俗界の治乱興廃に耳目を動かさるる事もな」く、そこは「中古の遺風の存する」ものが多くていまだに「古言に富む」地として記されるのだ。

これらの空間は、イーフー・トゥアンが「乏しい知識と強い憧れのうえに築かれ」[*30]ると言う「神話的空間」と言っ

てもよいものだろう。トゥアンが言うように、われわれはそれによって「既知のものを確認することができる」のであり、そのような空間は、おそらくいたるところにあったはずだ。だが、後の柳田国男の視線にも通じるこれらの記事がこの時期「地理」欄で〈島〉をめぐる記事と並んで掲載され、多くの読者に読まれたことは重要である。このような記事もまた、仮想の〈日本人〉としての「心象地図」を描く契機を多くの読者に与えたのだ。というのは、ここでもまた〈島〉に関しての記事と似た構造が繰り返されるからだ。「日本外の日本」「別天地」という表象を与えることで差異を強調しながら、それと対比されるべき現在の〈日本〉についてはけっして語られないのである。だがそもそも民俗学は、そのような土地を観察し報告する学問ではなかっただろうか。村井紀は、柳田国男の〈山人〉が台湾の〈高砂族〉や北海道のアイヌ民族からみいだされたと言っている。[*31] 右に引用した記事で語られているのは正確には〈山民〉で〈山人〉ではないのだが、このように同時代的な〈山〉に向けられた視線を見落としてはならないだろう。赤坂憲雄は柳田国男の『後狩詞記《のちのかりことばのき》』(明四一)中の「思ふに古今は直立する一の棒では無くて、山地に向けて之を横に寝かしたやうなのが我国のさまである」という一節について、「平地で体験される時間とは異質な時間の流れに浸された場所として、山が柳田によって発見された[*32]」とし、山が「空間的な異界」と同時に「時間的な異界」であったことを指摘している。もちろん赤坂はリニアな時間が山地から平野に流れているのではないと断わっているし、その意味では、柳田は伝承の再構成によって〈日本人〉を蘇らせようとしたという橋本満の論[*33]とも一致している。いずれにせよ、「地理」欄における〈山〉への視線から、後の柳田の民俗学へ続く流れをみるのは無理ではない。『後狩詞記』で語られる椎葉村は、80の記事で見た「肥後の五家荘」と「嶺を隔て隣」であった。

5 系譜としての「地理」欄

明治二六(一八九三)年一一月、前年から『国民新聞』に発表していた一連の下層社会報告に書き下ろしを加えた松原岩五郎『最暗黒の東京』(民友社)が発行されている。二七年には横山源之助が毎日新聞社に入社して社会探訪記を書き、三二年に『日本の下層社会』(教文館)を発行するだろう。またすでに柴市郎が調査したように、三〇年代中盤からは「いわば〈精神病院参観記〉と総称してもよいジャンル」[*34]が形成されていくことにもなる。それらの言説は、都市のなかにさえも異質な空間を作り上げ、読者に伝達したのだ。本稿でみてきた「地理」欄という媒体も、広くはこれらの言説群と同じ地平にある。さらにまた「地理」欄は、三〇年代前半に隆盛となった「紀行文」や、後の自然主義と称される一連の小説群、「民俗学」の系譜にも位置することになるだろう。それらの媒体の具体的な分析は続稿でなされる予定であり、その意味で本稿は、いささか大きな見取り図を描こうとした、続稿への序論、あるいは試論ともいうべき試みである。

下層社会ルポルタージュや紀行文といった媒体にももちろん共通するのだが、「地理」欄という媒体は、読者と筆者/編者の欲望がいま少し突出した媒体なのであった。繰り返すなら、読者はそれまでに記されることのなかった空間や自らが生活する空間とは違う空間の記述を欲し、筆者/編者もまた、そのような空間を記し掲載することを欲する。その結果として「地理」欄は、〈日本〉各地を言葉によって表象するのと同時に、また〈日本〉の境界や〈日本〉のなかにも異質な空間を作りだし、読者を仮想の空白に導いて「心象地図」を描かせたのである。そして本稿でもすでに述べてきたように、そのような視線は現在のわれわれにも及んでいる。テレビや雑誌、観光パンフレットなどでもみられるこれらの視線に対し、われわれはどこまで自覚的でありうるのだろうか。

註

*1 ただし大槻磐渓の句は「江山信美是我州」。前田愛は「江山洵美是我吾郷」(『明治文学全集月報96』一九八〇、筑摩書房)で、大槻磐渓が郷土愛に根ざした意味で使っていたのに対し、志賀のそれからは「日本全土を包含する」空間のもとに統一的に把握しようとする志向を読みとり、『日本風景論』を、「ナショナリティに根ざした風景論を建立」する試みと性格づけている。

＊2　政池仁『内村鑑三伝　再増補改訂新版』（一九七七、教文館）。
＊3　以下、内村の引用はすべて『内村鑑三全集2』（一九八〇、岩波書店）、『同全集3』（一九八二）による。
＊4　山路愛山「内村鑑三君の地理学考」（『国民之友』明二七・五・二三）。
＊5　志賀重昂『内外地理学講義』（明三一、谷島書店）。

植民政略ノ極端ニマテ行ハル、今日ニ於テ永ク独立ノ体面ヲ維持シテ益々我国力ヲ発達サセヤウトスルノニハウカ〱トシテ居テ出来ルモノデハナイ、一々世界万国ノ形態ヲ能ク誰デモ知ルヤウニシナケレバナラヌ（中略）四千万人ノ地理学者四千万人ノ外交家ヲ作リ出セバ万一ノコトガアリマシテモ狼狽スルヤウナコトハナイ

＊6　内村鑑三「日清戦争の義」（『国民之友』明二七・九・三）。
＊7　内村鑑三「日清戦争の目的如何」（『国民之友』明二七・一〇・三）。
＊8　佐藤全弘『希望のありか――内村鑑三と現代』（一九九一、教文館）は、内村の義戦論について「戦争を国益から断然区別し、倫理的に道義に立った戦いを肯定したものである」と言っている。同様の論として小原信『内村鑑三の生涯――近代日本とキリスト教の光源を見つめて』（一九九二、PHP研究所）があり、また志賀重昂の「愛国」「国粋」と内村のそれを区別する論として内田芳明『現代にいきる内村鑑三』（一九九一、岩波書店）がある。だがそのような内村像はいずれにせよ、「非戦論者内村」以降を知ってからの回顧的な視線にもとづいたものであることを指摘しておきたい。
＊9　以下の牧口に関する記述は、池田諭『牧口常三郎』（一九六九、日本ソノ書房）、山崎長吉『人間教育を結ぶ――北海道が育んだ牧口常三郎』（一九九三、北海タイムス社）、石上玄一郎『牧口常三郎と新渡戸稲造』（一九九三、レグルス文庫）などによる。
＊10　引用は『牧口常三郎全集第二巻』（一九九六、第三文明社）。なお、松陰のこの言葉は『地理学考』でも引用されている。
＊11　島本恵也『山岳文学序説』（一九八六、みすず書房）。
＊12　「地理学」「地学」という名称に関しては、『地学雑誌』創刊号の小藤文次郎「地学雑誌発行ニ付地理学ノ意義ニ解釈ヲ下ス」から引用しておく。

近来著シク地理学ハ発育開進スルニ伴レ、分科多端トナリ斯ノ学ハ地質学及ヒ歴史学ト交渉シ殆ンド分離シ能ハザルニ至ル、左レバ昔日ノ地理学ノ名ハ其意義ヲ全ク失ヒ当今ノ学者ハ地学ノ名ヲ応用スルコソ適当ト為スニ至レリ。

なお、アカデミズムにおける「地理」に関しては、＊14にあげる石田龍次郎の著作や、吉田敏弘「史学地理学講座における近代人文地理学導入の系譜」（京都大学文学部地理学教室『地理の思想』一九八二、地人書房）、水内俊雄「地理思想と国民国家形成」

（『思想』一九九四・一一、岩波書店）などを参照した。

＊13 石田研堂『明治事物起源』では学術協会の始めを明六社とし、東京地学協会設立前後には統計学会（明治九年）、数学協会（一〇年）、東京化学会（一一年）、斯文《しぶん》学会（一三年）、大日本気象学会（一五年）などの設立が記されている。

＊14 石田龍次郎『日本における近代地理学の成立』（一九八四、大明堂）。

＊15 ただし今回調査した期間では、明治三〇年一月一日号から「歴史及地理」。

＊16 ただし引用の記述は明治二八年六月号まで。なお明治三〇年の一年間には、次の記述があり、その他の号には記述がない。「世界万国風を異にし俗を殊にす、之を話説して人をして親睹実践の感あらしむるは本欄の特色なり、其他内外各地の名勝奇蹟、亦皆紀行記事となりて現る、臥遊の快孰か之に若くものあらん」。

＊17 吉見俊哉『博覧会の政治学』（一九九二、中公新書）。

＊18 加藤秀俊「明治二〇年代ナショナリズムとコミュニケイション」（坂田吉雄編『明治前半期のナショナリズム』一九五八、未來社）。

＊19 エドワード・W・サイード『文化と帝国主義1』（大橋洋一訳、一九九八、みすず書房）。

＊20 拙論「柳田国男／田山花袋と〈樺太〉――花袋の『アリユウシヤ』『マウカ』をめぐって」（『日本近代文学』一九九八・五）を参照されたい。

＊21 もちろんこのような言い回し自体が回顧的な視線によっているのは言うまでもない。若林幹夫『地図の想像力』（一九九五、講談社選書メチエ）が多くの論を引いて述べているように、近代以前の東南アジアにおいては〈国境〉という概念自体が意味をなさなく、樺太をはじめとする〈島〉が〈国境〉として浮上するのは、「ヨーロッパ諸勢力による植民地化によって、領域的な支配概念が移入されて後」のことである。

＊22 清朝時代からの呼称で、台湾の先住諸種族のうち漢族化したものを〈熟蕃〉、そうでないものを〈生蕃〉と呼んだ。しかし〈蕃〉には軽侮の語感があるため、後者はのちに〈高砂族〉と呼ばれ、第二次大戦後は〈高山族〉と改められた。ただし、〈高山族〉も蔑称で〈高砂族〉がふさわしいという指摘のあることを付記しておく。

＊23 小熊英二『〈日本人〉の境界』（一九九八、新曜社）。

＊24 中薗英助『鳥居龍蔵伝』（一九九五、岩波書店）。

＊25 阿部年晴「カニバリズム」（『世界大百科事典』一九九八、日立デジタル平凡社）。

＊26　ミシェル・フーコー『監獄の誕生』（田村俶訳、一九七七、新潮社）。
＊27　ベネディクト・アンダーソン『想像の共同体』（白石隆・白石さや訳、一九八七、リブロポート）。
＊28　小島烏水「解説」（『日本風景論』一九三五、岩波文庫）。
＊29　十川信介『「ドラマ」・「他界」』（一九八七・筑摩書房）は、花袋の「紀行文の基調」を、「ひととき俗界を離れて『仙郷』に赴き、その『宛然画図の如き』好風景に感嘆する」ことと指摘している。
＊30　イーフー・トゥアン『空間の経験』（山本浩訳、一九八八、筑摩書房）。
＊31　村井紀『増補・改訂　南島イデオロギーの発生』（一九九五、太田出版）。
＊32　赤坂憲雄『山の精神史』（一九九一、小学館）。
＊33　橋本満「中央と地方」（『岩波講座社会学23　日本文化の社会学』一九九六、岩波書店）。
＊34　柴市郎「〈狂気〉をめぐる言説――〈精神病者看護法〉の時代」（小森陽一・紅野謙介・高橋修編『メディア・表象・イデオロギー』一九九七、小沢書店）。

資料　雑誌『太陽』の「地理」欄 1895—1899

番号	年	月　日	タ　イ　ト　ル	著　　者
1	28	1月1日	京都の新案内記	紫明楼主人
2	28	1月1日	利根水源探検紀行	渡辺千吉郎
3	28	2月5日	桑港繁昌記	山岸薮鶯
4	28	2月5日	広島の形勢	野口勝一
5	28	2月5日	東京花暦（其一）	胡　蝶
6	28	3月5日	天津港	曽根俊虎
7	28	3月5日	京都の新案内記	紫明楼主人
8	28	4月5日	東京花暦（四月）	胡　蝶
9	28	4月5日	樺太探検記	関口信篤
10	28	4月5日	汽車旅行	羽南外史
11	28	5月5日	京都の新案内記	紫明楼主人
12	28	5月5日	仏都巴里	長田秋濤
13	28	5月5日	東京花暦（五月）	胡　蝶
14	28	5月5日	汽車旅行	大和田建樹
15	28	6月5日	仏都巴里（劇場）	長田秋濤
16	28	6月5日	樺太探検記（承前）	関口信篤
17	28	6月5日	東京花暦（六月）	胡　蝶
18	28	6月5日	汽車旅行	大和田建樹
19	28	7月5日	日　光	羽峰外史
20	28	7月5日	富士の麓	前田曙山
21	28	8月5日	琉　球	野口勝一
22	28	8月5日	松島に遊ぶ	遅塚麗水
23	28	9月5日	西比利亜の土人	鳥居龍蔵
24	28	9月5日	夏の吉野山	足立火洲
25	28	10月5日	漁舟遠航記	安藤不二雄　松川実
26	28	10月5日	上毛の三山	遅塚麗水
27	28	10月5日	棧雲一片	岡倉覚三
28	28	11月5日	印　度	呉大五郎
29	28	11月5日	漁舟遠航記（承前）	安藤不二雄　松川実
30	28	12月5日	南洋風土	志賀矧川
31	28	12月5日	漁舟遠航記（承前）	安藤不二雄　松川実

32	29	1月1日	野中至氏の富士山観測所	和田雄治
33	29	1月1日	日光山の奥	田山花袋
34	29	1月1日	阿弗利加の天険	田中達
35	29	1月20日	東部台湾の探検	柴山覚蔵
36	29	1月20日	日光山の奥（承前）	田山花袋
37	29	1月20日	西　湖	乙羽生
38	29	2月5日	ニューギニヤの風土	左川生
39	29	2月5日	日光山の奥（承前）	田山花袋
40	29	2月20日	生蕃会見記	柴山覚蔵
41	29	2月20日	游筑紫北辺記	麗水生
42	29	3月5日	台湾の地理（承前）	石塚剛毅
43	29	3月5日	游筑紫北辺記	麗水生
44	29	3月20日	台湾の地理（承前）	石塚剛毅
45	29	3月20日	大和めぐり	乙羽生
46	29	4月5日	台湾の地理（承前）	石塚剛毅
47	29	4月5日	吉　野	乙　羽
48	29	4月5日	躑躅ゲ岡の桜	二橋生
49	29	8月5日	武蔵国号考	梅のや老人
50	29	8月5日	アラスカの風土	松原氷海
51	29	8月5日	洞爺湖	伊藤保三
52	29	8月20日	大洗紀行	石黒忠悳
53	29	8月20日	登浅間山記	遅塚麗水
54	29	8月20日	ニュー，カレドニヤ一夕話	田島應親
55	29	9月5日	大洗紀行（続）	石黒忠悳
56	29	9月5日	北極探検談	ゼームス・W・ダヴキツドソン
57	29	9月20日	雪の妙義山	田山花袋
58	29	9月20日	南亜非利加の一角	揖翠生
59	29	9月20日	西湖勝概	無署名（西湖佳話による）
60	29	9月20日	信州天竜峡	無署名
61	29	10月5日	富士詣	川村文芽
62	29	10月5日	雪の妙義山	田山花袋
63	29	10月20日	生蕃地探検記（上）	中島竹窩
64	29	10月20日	松島の中秋	犀　東

65	29	11月５日	京都の秋冬	三宅青軒
66	29	11月５日	生蕃探検記（中之上）	中島竹窩
67	29	11月20日	生蕃探検記（中之下）	中島竹窩
68	29	12月５日	清国北京西苑所見概略	ＴＮ生
69	29	12月５日	生蕃探検記（下之上）	中島竹窩
70	29	12月20日	生蕃探検記（下之下）	中島竹窩
71	30	１月５日	探検旅行者の経験	神保小虎
72	30	１月５日	台湾日記	石黒忠悳
73	30	１月５日	万国都会案内	柳井揖翠
74	30	１月20日	探検旅行者の経験（承前）	神保小虎
75	30	１月20日	台湾日記（承前）	石黒忠悳
76	30	１月20日	南米巴西の都（万国都会案内の二）	柳井揖翠
77	30	２月５日	雪の洞爺湖	伊藤保三
78	30	２月５日	台湾日記	石黒忠悳
79	30	２月５日	華盛頓府（万国都会案内の三）	柳井揖翠
80	30	２月20日	肥後の奥五家荘	種玉堂主人
81	30	２月20日	台湾日記	石黒忠悳
82	30	３月５日	暹羅の観察	中村彌六
83	30	３月５日	葡萄牙の首府里斯本(万国都会案内の四)	柳井揖翠
84	30	３月５日	台湾日記（承前）	石黒忠悳
85	30	３月５日	仏国ホンテーヌブロー宮	無署名
86	30	３月20日	支那事情	楢原陳政
87	30	３月20日	台湾日記（承前）	石黒忠悳
88	30	３月20日	上野日暮里　明治花暦	幸堂得知
89	30	４月５日	支那事情（二）	楢原陳政
90	30	４月５日	山分衣（芳野紀行）	天囚居子
91	30	４月５日	西班牙の首府馬徳里（万国都会案内乃五）	柳井揖翠
92	30	４月20日	燕西紀行	中田敬義
93	30	４月20日	支那事情（其三）	楢原陳政
94	30	４月20日	佛京巴里（万国都市案内の六）	柳井揖翠
95	30	５月５日	モリソン紀行　附生蕃事情	斉藤音作
96	30	５月５日	阿波の小桃源（祖谷山）	喜田貞吉
97	30	５月20日	墨西哥風土	沢木吉三郎

98	30	5月20日	英京倫敦（万国都会案内の七）	柳井揖翠
99	30	5月20日	山寺山勝概	高橋正央
100	30	6月5日	モリソン紀行（附生蕃事情）	斉藤音作
101	30	6月5日	墨西哥風土（承前）	沢木吉三郎
102	30	6月20日	春の日光山	田山花袋
103	30	6月20日	独京伯林（万国都会案内の八）	柳井揖翠
104	30	6月20日	土耳其風俗	山田寅次郎
105	30	7月5日	モリソン紀行（続）（附生蕃事情）	斉藤音作
106	30	7月5日	羅瑪尼の首府ブカレスト（万国都会案内の九）	柳井揖翠
107	30	7月20日	台湾生蕃地探検者の最も要す可き知識	鳥居龍蔵
108	30	7月20日	外人の内地旅行記	一外人（聖山生抄訳）
109	30	8月5日	立山躋攀録	風雲児
110	30	8月5日	モリソン紀行（続）（附生蕃事情）	斉藤音作
111	30	8月20日	草津嶺を踰ゆるの記	田山花袋
112	30	8月20日	白耳義の首府ブラツセルス（万国都会案内の十）	柳井揖翠
113	30	8月20日	ヴェネズエラの首府カラカス通信	矢田貝勇造
114	30	9月5日	新高山紀行（附生蕃事情）	斉藤音作
115	30	9月5日	憶曾遊	田山花袋
116	30	9月20日	多摩の左岸を渡る記	麗水生
117	30	9月20日	新高山紀行（続）（附生蕃事情）	斉藤音作
118	30	10月5日	甲山豆水	松居松葉
119	30	10月5日	セツサリー紀行	センチユリーマガジン
120	30	10月20日	甲山豆水	松居松葉
121	30	10月20日	土耳其の首府君士但丁堡（万国都会案内の十一）	柳井揖翠
122	30	11月5日	那須野の沿革	大森金五郎
123	30	11月5日	サモア島風俗	或人（左泉生抄訳）
124	30	11月20日	那須野の沿革	大森金五郎
125	30	11月20日	鏡浦万言（上）	三渓居士
126	30	12月5日	墺都ヴィエナ	柳井揖翠
127	30	12月5日	鏡浦万言（下）	三渓居士
128	30	12月20日	南島紀行	関口弄雷
129	31	1月1日	浮島の沼	小藤文二郎
130	31	1月1日	蘇杭と揚子江	川崎紫山

131	31	1月1日	西蔵種緬甸人と西蔵人	揖翠散人
132	31	1月20日	琉球経済事情	幣原担
133	31	1月20日	喜馬拉山腹の一市	大林雄也
134	31	1月20日	波斯人	揖翠散人
135	31	2月5日	三浦半島の一角	田山花袋
136	31	2月5日	中部阿非利加探検記（一）	絅斉居士
137	31	2月20日	万里の長城	紫山逸人
138	31	3月5日	象潟の古景	吉敷旭川
139	31	3月5日	中部阿非利加探検記	絅斉居士
140	31	3月20日	蘇杭随見録	加藤主計
141	31	4月5日	支那巡りの俗話	神保小虎
142	31	4月20日	雪の金洞山	麗水生
143	31	5月5日	紐育風土記	呑舟生
144	31	5月20日	北洋機器局と伝雲龍氏	川崎紫山
145	31	5月20日	伯剌西爾の首府「リオ、デ、ジャネーロ」	臥龍生
146	31	6月5日	瓜哇のはなし	近藤虎五郎
147	31	6月5日	山海関紀行	川崎紫山
148	31	6月5日	下総紀行	水哉子
149	31	6月20日	巴里繁昌記	長田秋濤
150	31	6月20日	志摩めぐり（上）	田山花袋
151	31	7月5日	志摩めぐり（下）	田山花袋
152	31	7月20日	鳴門の記	遅塚麗水
153	31	8月20日	富士山上下	坪谷水哉
154	31	8月20日	冨士案内記	愛　花
155	31	8月20日	玖馬島	ロベルト・チ・ヒル
156	31	8月20日	沖縄の風俗	原世外
157	31	9月5日	熊野紀行	田山花袋
158	31	9月5日	台湾北投の温泉	冶雷生
159	31	9月20日	北海道官設鉄道	田辺朔郎
160	31	9月20日	南信濃路（上）	大和田建樹
161	31	9月20日	熊野紀行	田山花袋
162	31	9月20日	奥州浜街道	水哉子
163	31	10月5日	南信濃路（中）	大和田建樹

164	31	10月5日	金陵勝概	西村天囚
165	31	10月5日	巴里繁盛記	長田秋濤
166	31	10月20日	馬來半嶋管見	副島八十六
167	31	10月20日	南信濃路（下）	大和田建樹
168	31	10月20日	金剛鑑南洋廻航略記	ＤＭ生
169	31	11月5日	天塩川沿岸のアイヌ	近藤虎五郎
170	31	11月5日	馬來半島管見（承前）	副島八十六
171	31	11月5日	金剛鑑豪州航海日誌	吉沢陸三郎
172	31	11月20日	伊豆半島一匝の記	麗水生
173	31	11月20日	金剛鑑豪州航海日誌	吉沢陸三郎
174	31	11月20日	巴里の市街	長田秋濤
175	31	12月5日	紀泉名勝案内	宇田川文海
176	31	12月5日	巴里繁盛記	長田秋濤
177	31	12月20日	参山遠水	松居松葉
178	31	12月20日	金剛鑑豪州航海日誌	吉沢陸三郎
179	32	1月1日	信濃旅行の雑記	神保小虎
180	32	1月1日	三保の富士	乙羽生
181	32	1月1日	蝦夷の山づと	廿三階堂
182	32	1月20日	東北七州	大橋乙羽
183	32	1月20日	寒中の富士山巓	野中至
184	32	1月20日	蝦夷の山づと（承前）	廿三階堂
185	32	2月5日	知々夫紀行	幸田露伴
186	32	2月5日	寒中の富士山巓（承前）	野中至
187	32	2月20日	八丈島見聞録	保科孝一
188	32	2月20日	蝦夷の山づと（承前）	廿三階堂
189	32	3月5日	八丈島見聞録（承前）	保科孝一
190	32	3月5日	三河北部の勝地	久保天随
191	32	3月20日	八丈島見聞録	保科孝一
192	32	4月5日	八丈島見聞録（承前）	保科孝一
193	32	4月20日	沖縄の風俗に就きて	高田宇太郎
194	32	4月20日	千鳥日記（上）	大和田建樹
195	32	4月20日	大和の香雲郷（月ヶ瀬）	山田霞筑
196	32	5月5日	伊良湖半島	田山花袋

197	32	5月20日	断魚渓	久保天随
198	32	5月20日	伊良湖半島（承前）	田山花袋
199	32	5月20日	千鳥日記	大和田建樹
200	32	6月5日	蓑州雑記	日野珠堂
201	32	6月5日	千鳥日記（承前）	大和田建樹
202	32	6月20日	世界漫遊譚	ブランダニーエツセ
203	32	6月20日	碓氷の古道	田山花袋
204	32	7月5日	西湖游小記	紫山逸人
205	32	7月5日	世界漫遊談	ブランダニー
206	32	7月5日	蓑州雑記（承前）	日野珠堂
207	32	7月20日	遠州濱名十二勝記	学海居士
208	32	7月20日	信州の温泉	増沢長吉
209	32	8月5日	伊豆新島	保科孝一
210	32	8月5日	清国福州観察記	塩野光雋
211	32	8月20日	豊肥の路草	梅　癡
212	32	8月20日	清国福州観察記（承前）	塩野光雋
213	32	9月5日	台湾及支那（其一）	角田真平
214	32	9月5日	豊肥の路草（承前）	関梅痴
215	32	9月20日	多摩川水源探検紀行	紫田木公
216	32	9月20日	台湾及支那（其二）	角田真平
217	32	10月5日	多摩川水源探検紀行（承前）	紫田木公
218	32	10月20日	西比利亜遠征紀行	児玉秀雄
219	32	10月20日	多摩川水源探検紀行（承前）	紫田木公
220	32	11月5日	北海の七奇勝	二十三階堂
221	32	11月5日	西比利亜遠征紀行（承前）	児玉秀雄
222	32	11月20日	游松川浦記	麗水生
223	32	11月20日	西伯利亜遠征紀行（承前）	児玉秀雄
224	32	12月5日	西伯利亜遠征紀行（承前）	児玉秀雄
225	32	12月20日	西伯利亜遠征紀行（承前）	児玉秀雄

「テキサス」をめぐる言説圏
——島崎藤村『破戒』と膨張論の系譜

高　榮蘭

1　一九〇六年・『破戒』・テキサス

島崎藤村の『破戒』(「緑陰叢書第壱篇」として出版)が、丑松の「テキサス」行きという急転ともいうべき結末を迎えることはよく知られている。しかし、この『破戒』が執筆され、世に出された一九〇四年から一九〇六年の間は、移動をめぐるさまざまな言説の錯綜していた時期にあたることは、必ずしもよく知られているとはかぎらない。こうした日露戦争前後の言説状況をおさえた上で、「テキサス」とはどのような意味をもっていたのかを考えてみよう。

そのまえに、まず『破戒』研究における、丑松の「テキサス」行きをめぐる論議に注目しておこう。一九五三年の『破戒』の初版復原以来[*1]、部落解放運動の側から、「テキサス」行きは、丑松の「告白」の場面とともに批判されてきた。その批判の主軸をなすのは、復原の翌年三月に発表された、北原泰作の論である。北原は、「テキサス」行きについて、「不合理な差別をなくすために闘おうとせず、新生活をテキサスで築くために日本を離れようとする」[*2]行為であると述べている。

同年四月、『破戒』初版本復原に関する「部落解放全国委員会からの声明」で、その復原には「周到な準備が必要である」という指摘がなされる。その指摘を受け入れる形で、一九五七年以来、岩波文庫版『破戒』には、野間宏の解説が加えられるようになるが、ここで野間は「テキサスへ新天地を求める」ことは「逃げ」だと言う。[*3]

二つの論に共通しているのは、「テキサス」行きを差別からの「逃避」として捉えている点である。それによって「テキサス」は、日本での差別から逃れてきた「逃避」者のための、「新生活」を保証すべき「新天地」というイメージをかもしだすことになる。

否定的評価ともいえるこれらの論に対する批判としてよく知られているのが、土方鉄と飛鳥井雅道とによる『破戒』の評価をめぐって」という対談である。[*4] そのなかで土方は、「アメリカへ逃げていくからダメだというような、単純な論議だけでは、生産的じゃな」いとし、「日露戦争前後のあの時代までさかのぼらせ」て『破戒』を評価しないと、まちがいになる」と指摘する。飛鳥井もまた、「移民の問題は当時の社会情勢として考える必要がある」と述べている。

そこで強調されるべき「当時」の状況として土方は、「全国水平社を創立した西光万吉さんや阪本清一郎さんが南方へ移住しようと考えてマレー語なんかを勉強していたこと」を、飛鳥井は、「日露戦争の前後ではれっきとした社会主義者が渡米の運動をやってい」たことを提示している。

丑松の「テキサス」行きの意味を、全国水平社の創立メンバーの「南方移住計画」や、日露戦争前後の社会主義者の渡米運動、とりわけ「れっきとした社会主義者」としての片山潜に重ねあわせて考えるということは、「内地」の迫害をさけるための「逃亡ではない」、むしろ闘争を続けるための「亡命」として捉えようとしていることを示していよう。

この対談のなかで注目すべきは、土方が「テキサス」行きをアメリカ行きに、丑松の行き先も「カリフォルニア」に間違えている点であろう。これがそのまま『歴史公論』に載っていたことからもわかるとおり、ここでは丑松の「テキサス」行きを、「日本の外に出る」こととしてだけ焦点化していたのである。

右の対談の流れを踏まえて川端俊英[*5]は、丑松の行き先が「他ならぬテキサスの地」であったことに注目し、当時「テキサス」行きの奨励を行なっていた吉村大次郎の『テキサス州の米作』（一九〇三）や、外務省通商局編『移民調査報告』（一九〇八）などをたんねんに調べている。そのうえ、川端は当時の「テキサス」行きは、出稼ぎ的渡米ではなく、「技量と資力の備え」のあるものによる「農場経営」のためであったと指摘している。そして彼は、丑松の「テキサス」行きに「逃亡的な日本脱出の気配を感じとることは、形式論理の域を免れないもの」だとし、ここには、「自由と平等の村づくりという社会的実践に直接携わろうとする積極性があった[*6]」と述べている。

「テキサス」行きを否定的ではなく、日露戦争前後の生産的行為として捉えようとしているこれらの論に見られるのは、日本の差別構造に抵抗する場の表象としての「テキサス」である。それが、国民国家「日本」における被差別部落民の位置、すなわち「日本」の境界、「国民」の境界という視点を取り込んだ論においてはどのような様相を見せているのだろうか。

絓秀実[*7]は「天皇という不死の身体の上で『国民』化されない」丑松が「『放逐』されることで『国民』化される」道を選んだとみている。また、天皇の「支配から離れ、明治日本という〈国家〉からの脱出」として捉えた千田洋幸[*8]においても、「テキサス」は、ただ「日本」という国家のイデオロギーが届かない場としての意味しかもたない。はたして「テキサス」は、千田洋幸の言うとおり、その「地名を実体化して考える必要はまったくない」「読者に明瞭なイメージをけっしてむすばせることのないニュートラルな場所」として浮び上がっていたのだろうか。また、当時の「テキサス」は、瀬沼茂樹[*9]以来、川端に至るまで語られてきたとおり「「下層社会」を解消した「自由社会」―「理想社会」」が実現すべき土地として表象されていたのだろうか。

先に述べたとおり、日露戦争前後は「移動」をめぐるさまざまな言説が飛びかう時期にあたる。これらの言説は、「殖民・移住・移民」の概念が入り混じった形で繰り広げられていた。

そもそも「移民」とは、一八九六年の「移民保護法」第一条[*10]に出ているとおり、「労働を目的として外国に渡航す

年	1901	1902	1903	1904	1905	1906	1907	1908	1909	1910
渡米者数	5,841	15,443	9,965	10,263	11,764	29,579	20,808	6,103	2,777	3,616

表1　渡米者数（外務省領事移住部『わが国民の海外発展資料編』1971年138頁より）

年	1901	1902	1903	1904	1905	1906	1907	1908	1909	1910
海外渡航者総数（植民地含）	27,582	36,804	38,411	24,181	36,234	134,181	93,644	69,602	48,726	68,870
植民・植民地圏渡航者数	14,699	13,421	14,145	10,836	22,876	84,887	54,125	51,293	35,726	49,449
非植民圏渡航者数	12,883	23,383	24,266	13,345	13,358	53,294	39,519	18,309	13,000	19,421

表2　海外渡航者数（木村健二「明治期日本人の海外進出と移民・居留民政策」より）

る者」、いわば「出稼ぎ」を意味している。とはいえ「移民」という言葉が、「移民保護法」の定義どおりに、言説上において使われたとは言いにくいだろう。[11] 一九〇一年「移民保護法」の改正により「韓国」[12]と「清国」への渡航制限が緩和[13]される。これは日清戦争の勝利による台湾領有とは異なる、「日本」の境界線の拡張への試みであっただろう。このような法的装置の変化と呼応するように「移動」の言説もまた、「日本」の境界の揺れをもたらすべく組み立てられた。

実際の「移動」の痕跡をたどってみると、注目すべきは日露戦争前後における変化である。外務省の『わが国民の海外発展』の統計（表1）によると、一九〇六年の渡米者は約二万九千人、一九〇七年は二万人である。一九〇一年は約五千人であるから、これを一九〇八年以降、渡米者が約六千人以下になることと合わせて考えると、一九〇六年から一九〇七年の間は渡米のピークを迎える時期であったことがわかる。

それだけではない。木村健二の論[14]（表2）によると、海外渡航者の総数が一九〇五年まで約三万人ぐらいだったのが、一九〇六年に約一三万四千人、一九〇七年には約九万三千人に激増していく。それが一九〇八年以降は約六万人へと減っていく。「植民圏」（木村によれば、植民圏というのは、台湾渡航者数に、一九〇五年以降は韓国、一九〇六年以降は樺太、関東租借地渡航者数を加えた数）への移動が増えつづけていたことを考慮すると、減っていたのは「非植民圏」への移動であろう。

一九〇六年から一九〇七年の間は、渡米の絶頂期であるとともに、「植民圏」への移動が「非植民圏」への移動より多くなり始める時期であったことがわかる。このように移動の歴史において変化が起こりつつあった日露戦争前後に、島崎藤村の『破戒』は執筆され、世に出されたのである。

『破戒』において「テキサス」行きについて言及される箇所は、次の二ヶ所[*15]だけである。

大日向が――実は、放逐の恥辱が非常な奮発心を起させた動機と成つて――亜米利加の「テキサス」で農業に従事しようといふ新しい計画は（中略）教育のある、確実な青年を一人世話して呉れ、とは予て弁護士が大日向から依頼されて居たことで、（二二―五）

大日向といふ人は、見たところ余り価値の無さそうな――丁度田舎の漢方医者とでも言つたやうな、平凡な容貌で、これが亜米利加の「テキサス」あたりへ渡つて新事業を起さうとする人物とは、いかにしても受取れなかつたのである。（中略）大日向は「テキサス」にあるといふ日本村のことを丑松に語り聞かせた。北佐久の地方から出て遠く其日本村へ渡つた人々のことを語り聞かせた。一人、相応の資産ある家に生れて、東京麻布の中学を卒業した青年も、矢張其渡航者の群に交つたことなぞを語り聞せた。（二三―二）

ここからわかる情報は、大日向がアメリカの「テキサス」で農業に従事しようという計画を持ち、行き先は「テキサス」の「日本村」であるということである。ここで注目すべきは、『破戒』のなかでは、アメリカではなく「テキサス」が強調されていることであろう。こうしたことをふまえて、この論では、日露戦争前後におけるアメリカへの移動、特に当時の言説のなかで「テキサス」という場の表象のあり方を分析してみたい。

2　差別解消法としての「殖民」論

移動をめぐる言説は、当初被差別部落に対しては、「移住」の言説として現われた。しかも、それは差別の解消法として提言されたのである。丑松の「テキサス」行きも、このような流れと照応される形で論じられる場合が多い。柳瀬勁介の『社会外の社会穢多非人』[16]（一九〇一・二）では、被差別部落民の救済策として「人為的の移転」を取り上げている。彼のいう「人為的の移転」とは「内国若くは外国に殖民するの謂にして故郷と隔絶せる天地に放て新たなる故郷を造る」ことである。ここで、柳瀬が「移転」先として勧めているのは、日清戦争の勝利によって獲得した台湾である。被差別部落民は日本の支配下にある台湾へ「移転」することによって、「内地」の差別から逃れ、「斉しく亜細亜人なり、大日本帝国の臣民」になり、それによって「速に恒産を作り得る」と述べている。「移住」・「移転」は、ここで「殖民」の言説と完全に重なっている。

　この本が柳瀬勁介の遺著として出版されたのは一九〇一年であるが、書かれたのは、おそらく一八九六年五月彼の台湾総督府赴任以後、亡くなる同年一〇月までの五ヶ月の間であろう。この時期柳瀬が、台湾を「我が民族の播殖すべき」地として「嘱望」し、被差別部落民の移住が、「国家も亦た之に依て南門の鎖鑰に用」いられると述べていることに注目すべきである。

　小熊英二[17]のいうように、台湾が「『南門の鎖鑰』と形容された」場合、それは国防重視路線による台湾原住者の台湾島外への排斥と「〈日本人の住む土地〉に改造するための」日本人移住を意味する。そのため、被差別部落民の台湾移住に国家も「相応の助力を与る」べきというこの救済策は、侵略的殖民の言説ともつながるのである。

　柳瀬のほかにも、被差別部落の問題を扱った人物としてよく知られているのが、杉浦重剛である。政教社のメンバーの一人である杉浦重剛が、被差別部落の問題を正面から論じているのは、「革俗一家言第三十八項　新平民論」

（『読売新聞』、以下『読売』と略す。一八八六・六・五）と「新平民諸氏に檄す」（『読売』一八八六・七・三）の二編で、小説としては『樊噲《はんかい》夢物語』（一八八六・一〇、沢屋）がある。これらの三つのテクストに共通するのは、今のわれわれの目から見ると明らかに差別的言説とも言える、被差別部落民の「肉食」についての強調である。

新平民の社会に在ては従来肉食を常とする（中略）新平民の如きは、其体力性質等に於ては他の日本人に比すれば、西洋人の方に一歩を先んじ居る（中略）其力を日本の社会に自由に用ふること能はざらしむるは、随分不利益のことなるべし。（「革俗一家言第三十八項　新平民論」）

このような被差別部落民の「食」に関する言説は、同年一月二三日の「革俗一家言第六項」（『読売』）にも出てくる。ここでは被差別部落民の「忍耐力」は「肉食」から出てくると述べ、これは食物の「淡泊」な日本人が「西洋人と競争」するために行なわれるべき「食物の改良」への説得の材料として使われる。「肉食」の勧めは、「雑婚」より「衣食等の改良」に「至極御同意」を明らかにした「革俗一家言第八項　日本人種改良論を聞く」（『読売』）と同文脈とみてよいだろう。

従来なら差別を本質化する要素であった「肉食」が、ここにおいて肯定的評価に反転され、しかもそれは「人種改良」や「殖民」の言説と接合される形で現われる。杉浦にとって「殖民」は、「肉食」によって生み出された被差別部落民の「力を日本の社会に自由に用ふ」るべき道であったのである。

「新平民諸氏に檄す」では、「六十余州の外に於て別に殖民地を設け新日本を開」くことがあたかも差別からの解放とつながるような書き方で、おおいに日本の「国威を海外に輝かすの機関となる」として、「他種の日本人が先鞭を着けざる前、此殖民の業を従事することを促」している。このような流れのなかで『樊噲夢物語』が書かれる。それと同時に、「東洋論策」（『読売』一八八六・一〇・一）などでは「版図を拡張するは、国を維持せんが為め」と日本の対外侵略論が唱えられていく。

一八八七年夏、井上馨外務大臣の条約改正案が民間に洩れ、彼は政府の内部からも民間世論からも攻撃を受けるようになる。[18] そのため、同年七月には条約改正会議が無期延期となり、井上は九月辞職に追い込まれる。[19] 後に条約改正、特に「内地雑居」反対論者として名を知られるようになる杉浦の、その反対運動の始まりはこの時期である。

今まで取り上げてきた杉浦の一八八六年の論の背後には、条約改正の問題が関わっていた。そのため、「殖民」や侵略論を唱える一方で「人民中にも猶ほ日本国と云ふ思想に乏しきもの甚だ少ならず[20]」という言葉をさまざまな論のなかに組み込んでいったのである。

条約改正の延期後に出された「進取論[21]」で、「殖民侵略の策」の利点として取り上げたことのなかで、第二として「国内に於て不平党の如きもの丶起きるは、(中略)他に楽郷あるを検出し」て日本の外に出すことになると述べている。これは被差別部落民に「殖民」を勧めたことが何に繋がるのかを明らかにしている。また第四では、「殖民侵略」が「条約改定の準備」ともなると語っている。最後の「日本に於ても殖民省を建て、北海道、小笠原島等の管轄より布哇《はわい》国の移住民に至るまで之を監督」すべきであるというのは、軍事的侵略だけではなく移住あるいは「殖民」をもって「新日本を開く」可能性を見出そうとしていることがうかがえる。

『樊噲夢物語』で、「一畿八道ノ外」への移住が、「日本ノ光輝を添」い、「興亜ノ策略」を助けられうると語られるが、そこには軍事行動とは異なる「版図」拡張の狙いがあったとみてよいだろう。柳瀬においても杉浦においても、被差別部落民を殖民地開拓の尖兵として利用しようとする意図があったといえるだろう。

3　「平和的」膨張論・前史

早い時期からアメリカ移住を主張したのは福沢諭吉である。福沢の移住論は、主に『時事新報』や三田演説会を通して繰り広げられる。それを示してくれるのが福沢諭吉の門下で、実際、福沢の援助により、いわゆる農業開拓移民団を率いてアメリカへの移住をはかった井上角五郎の記述である。井上は当時の福沢の移住論について次のように述べている。

先生（福沢）は移住の必要を極論せられた。時事新報創刊以来、殊に明治十八年より二十二年頃にかけて[22]の同新報を繙閲せられたる人は、三四枚毎に、移住の必要を論ぜられたる社説を発見するであらう。（中略）日本人は、サツサと外国へ出て行け。出て行つて、其処に安楽な居住を定め、平生に於ても、万一の場合に於ても、母国を忘るゝことなく、その日用品は、母国産を取り、そして、母国の為になる様な事業を興すが善い。そこで、移住を盛んにすればする程、海外に我が国力を発展することが出来るのであるから、移住は、大に奨励しなければならぬと。これが先生の論ぜられた移住奨励の要旨であつて、先生は、私に向つて、唯だ口で言つたばかりでは、中々世間の者が墳墓の地を捨てゝ出かけるまでには成らぬ、そこで、角五郎、お前が卒先して行くが善からうと云はれた。つまり先生が資本を私に与へて、亜米利加に移住せしめられたのである[23]

ここで語られた、福沢の「移住」の言説は定住を意味していることがわかる。それは一八八五年二月の第一回官約移民のホノルル入港以来、アメリカ移住の主流になる出稼ぎ的移民とは異なるものである。また、同時期に『時事新報』が渡米論の対象として想定していたといわれる「貧書生」[24]、特に慶応周辺の「書生」の関心をアメリカに向かせた言説とも違う方向性をもっていたといえる。

井上角五郎[25]は、一八八二年一二月、「朝鮮」での金玉均ら、親日的開化派によるクーデターの時、襲撃用の武器を提供するなど重要な役割を担っていたし、クーデターの失敗後も金玉均らの日本への脱出を助けている。甲申政変といわれるこのクーデターに対する福沢諭吉の支援のことはよく知られている。そもそも慶応義塾を卒業した井上に

「朝鮮」行きの話を持ちかけたのは福沢である。「朝鮮」政府の唯一の外国人顧問になった井上の朝鮮での活動は、福沢の影響圏内にあったといえる。[26]

その井上は、一八八七年一月「朝鮮」から帰国してから、同年二月から渡米する六月まで、『時事新報』の記者としての活動の傍ら、移民団を組織し、渡米の準備をする。そのきっかけになったのが福沢に命ぜられ、「海外移住問題調査」に着手したことである。井上のいう「模範移民」[27]というのは、当時問題になっていた中国人排斥の原因を考察して、アメリカの労働者との衝突を避けられる方法として見出されたものである。それは「高級な移民」、アメリカで「土地を買つて農業を営むとか、或は適当な企業を経営するとかいふ労働者兼地主・企業家たり得る者」を送ることを意味した。井上は福沢諭吉と協議し、自ら「模範移民」を実行に移すことにしたのである。

「高級移民」のための費用は、福沢諭吉、米穀取引所知事長であった中村道太、井上の三人で出すことになった。井上の移民団はカリフォルニアに向けて六月九日に出発し、キャラベラス郡のバーレースプリングに、相当の住宅の付いた土地を約五〇エーカーほど購入した。しかし、翌年一月、井上は、事業の拡張の協議のため帰国した際、井上馨の告発で警視庁に逮捕される。逮捕の表面的理由は、失敗におわった金玉均らのクーデターの責任追及であるが、実際は井上馨と黒田清隆との政治的衝突と関係があるという。[28]一八八八年一月二七日の逮捕から、翌年二月一一日特赦として出獄するまで、一年以上の時間が経過したため、彼の移民団は一年ぐらいで解散してしまう。

井上移民団は、先ほどの引用のように福沢の移住の言説の実現を目指したものであった。「移住を盛んにす」ることによって、「海外に我が国力を発展」させる場として選ばれたのが、当時開拓が本格的に始まっていたカリフォルニアだったのである。その井上移民団の役割をうかがえるのが、移民団結成の年に『時事新報』に発表された福沢の移住に関する論である。

「明治二十年一月一日」という論のなかで福沢は、アメリカへ移住者を多く送ることによって、「遂に人口幾千幾万の日本国、亜米利加の地方に創立するに至る可し。既に新日本国を海外に開く」[29]と述べている。ここで「新日本国」

とは定住移民を指している。「内地に学校を設立すると外国に移住するを助ると其利不利如何」（一八八七・一・一二）は、華族から中学設立に関する相談を受けた際、その答えを記した書簡である。そのなかでも、学校設立費用をもって移住を実践すれば「北米の一地方に日本の部落を成し、厳然たる一国の基を立るに至るべし」と述べている。福沢は、井上移民団をもって、「新日本国建設」の土台作りを試みていたのであろう。ここで興味深いことは、実行者であった井上の資金が「朝鮮」から「持つて帰つた余裕」だと述べられていることである。「朝鮮」での経験がいかされるべき土地としてアメリカを目指し、資金もやはり「朝鮮」からのものがアメリカへ流れる仕組みになっていたことは、福沢の動きと合わせて考えるべきだろう。

福沢が金玉均らのクーデター失敗以降「脱亜論」的言説を発表しはじめたことはよく知られている。「脱亜論」は移住論として、石川好の「近代日本の宿命となった脱日入米論[*30]」のなかで詳しく論じられているが、この「脱亜論」的言説から見出されたものがアメリカでの「新日本建設」ではなかっただろうか。

先に取り上げた杉浦が「殖民」をもって「新日本を開く」ことが「興亜ノ策略」のためになると論じたのは同じ時期である。「脱亜」的言説と「興亜」的言説から生じる「アジア」「日本」「欧米」の構図の相違は小熊英二のいうとおり「同和政策」や欧米的「植民地」政策へと分かれることになるが、福沢や杉浦の「移住」の言説のなかにもその一端がうかがえるといえる。これは同時期の「内地雑居」をめぐる両方の論の相違のなかにもはっきり現われている。簡単にいえば、「内地雑居」反対の杉浦と、中国人以外の外国人の「内地雑居」に賛成していた福沢の見解の違いである。

このような違いがあるにもかかわらず両方が目指していた方向には「新日本建設」「平和的膨張」という共通項があるがゆえに、福沢的移住の実践者であった井上と杉浦は一八九三年榎本武揚の「殖民協会設立」に評議員として参加するのである。

殖民協会はよく知られているとおり、日本の殖民地として南米に注目し、それの推進のため榎本武揚によって一八九三年三月設立された。杉浦、井上、それに『社会外の社会 穢多非人』の序で被差別部落の台湾への「移植」を評価していた島田三郎が評議員として参加している。協会運営の中心となる二八名の評議員には、上の三人の外に、現職の代議士・政府官僚出身者が全体の七割近くを占めていた。[31] そのなかには、いわゆる国権主義を提唱し、対外的に強硬外交を推進しようとする人たちが多く含まれ、政教社の人々も名を連ねていた。

「殖民協会設立趣意書」は、「海外に移住する者」を「定住移民」と「定期移民（出稼ぎ）」の二つに分け、当時日本における主な移民の形態であった「一時の利を収むる」出稼ぎ移民より、「欧洲の雄国」のように「移住殖民の業を急務」とするとし、その理由を記している。この「殖民協会設立趣意書」において「移住・移民・殖民」の定義は錯綜しているが、「定住移民」が「移住殖民」と同じ意味であるのは確かであろう。

「殖民協会設立趣意書」のなかで、「移住殖民」を勧める根拠として、人口、土地の狭さ、海権の拡張、商権の伸張などが取り上げられている。「殖民協会」における「定住移民＝移住殖民」の狙いをうかがわせるのは「殖民協会設立趣意書」第二と第三のくだりである。

> 第二　我国の地形は四面海を環らし交通自在なれば最も能く移住殖民の業に適せり中古我国人が東洋及び南洋に遠征したるは地形の便利あるに由るなり彼の兵力を以て人の国を略し地を掠むるか如きは以て我国の殖民政略と為すべきに非らすと雖も海外に適当の地をトし平和の手段に由て之を行ふに於ては何の妨か之れあらん今日海外の交通愈々盛なるや我国は宜しく其天然の地形を利用し四隣に移住雑居して日本人種の繁殖を謀るべきなり。

ここで「移住」は、殖民地獲得のための「平和の手段」として見出されている。これは軍事的侵略に反対していた言説と見るより、欧米との競争をさけられる方法の模索として見ることができるのである。そのため「移住」は「行ふに於ては何の妨か之れあらん」と述べられているのである。

この「殖民の事業」は、第三で表わしているとおり「海権を収攬するの勢援を為る者」であると言い、「殖民を扶助し航海するは海軍平時の一大要務」であり、そのため「海軍の拡張」が必要であると述べている。このような見方は、先の杉浦の「進取論」での「殖民侵略の策」と繫がり、いわゆる「平和的」日本膨張の言説とも見てよいだろう。福沢の「移住」の言説は、日清戦争以降、「移民保護法」が実行になった一八九六年一月に再び『時事新報』誌上に現われる。それは、殖民地獲得に不可欠な海軍による「海外定期航路を開拓」[*32]し、移住地においては「必ず日本語を通用せしむることとして移住民の便利を謀ると共に、本国の勢力を其地に拡張す可き」[*33]であると語っているのである。これは、移住先を「世界のあらゆる所」[*34]とし、特定はしなかったものの、一八八七年の井上移民団と同じ言説圏内にあることがわかる。

このように「興亜」的移住の言説と「脱亜」的移住の言説は、ともに「平和的」日本膨張論の系譜を形成することになる。また、ここまで取り上げてきた「移住」の言説の系譜は、「平和的」膨張論の系譜ともいえるのである。

4　社会主義における「移動」の言説

明治に入って渡米奨励論の先駆け的存在が福沢であったとすれば、本格的渡米ブームがおこった一九〇〇年代においては片山潜がその役割を担っていた[*35]と見てもよいだろう。

一九〇一年を境として渡米奨励本が数多く出版される[*36]が、そのブームに火をつけたのは片山潜である。彼の『渡米案内』は、一九〇一年八月に刊行されてから、一週間に二千部も売れ[*37]、一九〇九年までに一四版を重ねている。その後出された『続渡米案内』も、ベストセラーになる。当時の渡米熱が苦学熱や成功ブームとともにあったからこそ[*38]、「苦学生」を読者として想定して書かれた『渡米案内』(図1)はベストセラーになったのであろう。

片山潜の『渡米案内』での「移住」は永住を意味しているわけではない。ここでの「移住」というのは「多年の後我国に帰り、国を善くし、種々なる方面より、日本を助長」するための一時的移動である。

『渡米案内』の成功は、一九〇二年四月三日『労働世界』[39]再刊と同時に「渡米協会」の設立にいたる。『労働世界』はもともと一八九七年鉄工組合の機関紙として出発し、一九〇一年七月からは社会主義協会の機関紙になる。再刊以降、『社会主義』『渡米雑誌』『亜米利加』と雑誌名が変わっていく（図2）。ここで注目したいのは『社会主義』における「移住」の言説である。

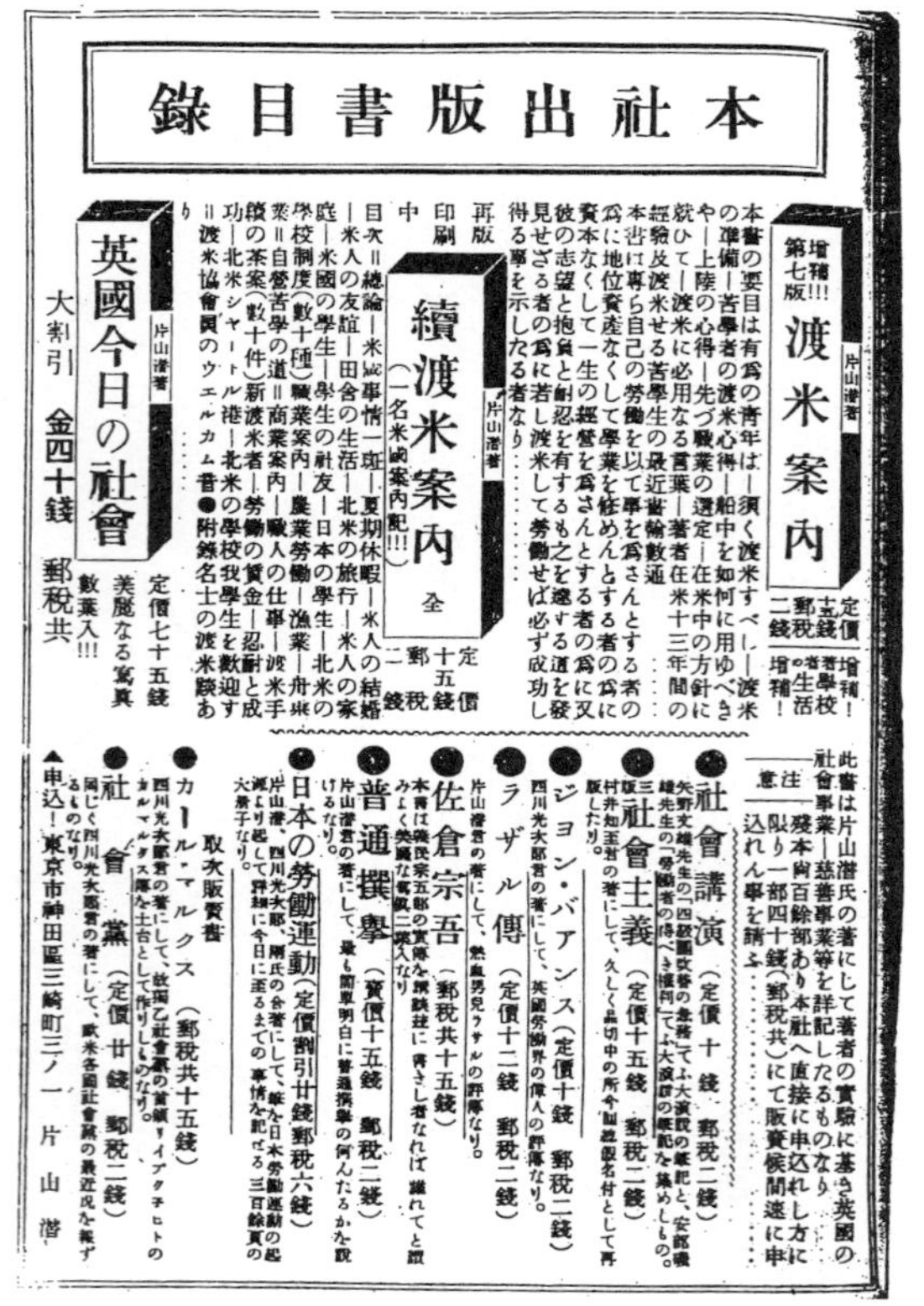

図1 『渡米案内』と『続渡米案内』の広告（『社会主義』より）
この広告には，『渡米案内』と『続渡米案内』の目次を記しているが，両方の目次をみるだけでも，これが主に「苦学生」を想定して書かれたものであることがわかる。

「渡米協会規則」第四条には「『労働世界』直接購読者は会員たることを得」[40]ると書かれてある。これは「渡米協会を『労働世界』経営の基盤とし、渡米奨励と社会主義啓蒙の一石二鳥」を狙ったともいえるが、「渡米協会規則」第四条は『社会主義』に変わってからも続く。[41]また、第六条に出ているとおり、「渡米協会」は「労働世界を以て会務を報告」することになる。

『労働世界』（以降『社会主義』）誌上で「渡米協会」と「社会主義協会」記事が出会うようになったのは、当時両協会の中心メンバーであった片山潜が『労働世界』（『社会主義』）の編集を担当していたことと深く関わっている。

図 2　雑誌『労働世界』『社会主義』『渡米雑誌』『亜米利加』の表紙

『労働世界』において、渡米協会会員のために与えられた紙面(「渡米協会記事」「渡米案内」)は二、三頁程度にすぎない。「北米は苦学生の天国なり」という渡米協会の第一声からもわかるとおり、「記事」の内容も、会員からの「たより」「会員問答」なども、苦学生のためのものが多かった。それは「渡米協会」が『渡米案内』と同様な路線であったことの現われであろう。

渡米協会の紙面数は『労働世界』が『社会主義』になってからも変わらないし、「渡米」あるいは「移住」を促す言説が「渡米協会記事」の枠を出ることはなかった。しかし、一九〇三年七月頃から、『社会主義』誌上に変化が起きる。それは非戦論の登場と、それと前後して「渡米」あるいは「移住」の言説がその「渡米協会記事」の枠をはみ出すようになったことである。

このような『社会主義』における「渡米協会記事」の拡大や「移住」をめぐる言説の増加は、今までは社会主義協会の活動の中心が『社会主義』から『平民新聞』に移ったことによると指摘されてきた。[*42] 確かにそれまで『社会主義』が担ってきた社会主義協会機関誌としての役割は一九〇四年一月をもって『平民新聞』に移され、[*43] 同時期に『社会主義』の表紙には「渡米者の良友」(一九〇四・一・三)と書かれ、三月三日号からは「渡米協会機関」になっていく。また、「渡米協会の事業を拡張」するという予告記事が載ったのは、一九〇三年一〇月一八日であり、それは片山潜が渡米協会幹事「改選」に落選してから三日後のことである。ここでこれらの経緯を詳しく述べるのは、この論の主眼ではないので避けるが、このような変化のきっかけになったのは、他ならぬ社会主義者による「非戦」運動であろう。

当時、社会主義者の主な活動の一つは「非戦」運動であった。それは社会主義者が「移住」論を多く発表しはじめる時期と微妙に重なっているが、この「非戦」論のなかにもまた「移動」の言説が多く見られるのである。社会主義者による「非戦」「移住」の言説、無関係にもみえるその言説が頻繁に交差しつつ「渡米」をある特殊な表象として作り上げて行く。そうした過程がうかがえるのは一九〇三年七月以降の『社会主義』ではないだろうか。

『社会主義』に幸徳秋水の「非開戦論」が掲載されたのは一九〇三年七月である。論のなかで秋水は、「戦争の費用」や徴兵などによって苦しむのは「賤家の子弟」だけであり、「兵を出すことが日本人の理想」ではないと語っている。

ここで秋水が戦争の代案として示したのは「移住」である。

今日、日本の急は露西亜と戦ふことではない、実際的に経済的に満州に出て行くより外はない。即ち沢山の人間を移住させ、資本を投じて、固着せる土地に密着して、富を吸収するに如くはない。之れでこそ日本は安泰である。

このように秋水は「移住」をもって平和的膨張、彼の言葉を借りると「経済的膨張」を計りうると見たのであろう。同様の「移住」の言説は、翌月の『日本人』に発表した「非戦論」[*44]にも現われる。ここにおいても、「農夫商人」の「移住」によって、「経済的に」韓国や満州を「我手中に握り」うると主張している。

このような「非戦」の言説は、同時期の内村鑑三「満州問題解決の精神」(『万朝報』一九〇三・八・二五)にも見られる。

国は到底剣や政略を以て取ることの出来るものでないことは世界歴史の充分に証明する所である、其国を愛する者が終には其国の主人公となるのである、最も多く満州を愛する者が終には満州の持主となるのである(中略)為し得る範囲内に於て大に其膨張を計るべきである。

極めて曖昧な表現ではあるが、この言説は膨張の方法として、戦争(「剣」)ではない「愛」という言葉を使っている。この「愛」というのは「平和的膨張」の手段になりえるのではないだろうか。この答えを探るべく、『社会主義』

に戻ってみよう。

特に目を引くのは、一九〇三年一〇月一二日の内村鑑三・堺利彦・幸徳秋水ら三人の『万朝報』退社から、同年一一月一五日の『平民新聞』創刊までに、『社会主義』において語られた「非戦」あるいは「移住」の言説である。一〇月一八日には、秋水ら三人の『万朝報』退社の記事がのり、「非戦論大演説会」（一〇月二〇日に行なわれる）の予告とともに「渡米案内」には「今後大いに渡米協会の事業を拡張」すると述べられる。同欄には方舟（山根吾一、この記事の翌年から、『社会主義』の編集を担当する）の「大石徳太郎氏の成功」が載る。ここで彼は、「亜米利加」では「小日本村を造りつゝ」あり、米国の市民権を持つ「小児」により「天長節又は新年」には「日本天皇陛下万歳を称へて」いると述べている。

一一月三日には、前号で予告していた「非戦論大演説会」の内容が「論壇」の枠のなかで報告される。そのなかでも『万朝報』記者だった斯波貞吉は「戦争史観」という演説で「殖民は戦争によつてするものでない」とし、その例として英国の「殖民政策」、「平和主義」的「移住」を取り上げている。

「非戦」論が並ぶこの「論壇」の枠のなかには「海外移住論(一)」も載っているが、これを「海外移住論(二)」[45]と合わせてみると、これが「移住」の言説にも、「非戦」の言説にもなり得ることがわかる。ここで「海外移住」というのは、「偉大なる使命」である「民族膨張」に繋がるとして、日本の「膨張」のためには「自ら進んで他国を屈服し、他国を支配」する必要はないと述べられる。

「渡米協会」演説を記事にした蔵原惟廓「渡米者に対し予の希望」[46]は、他の「移住」の言説と同様に、人口問題の解決の方法として、外国移住を勧めている。集団移住をさせることによって、「兵は強いが、何も人の国を取らなくても宜い、人の国を自分の国と思へば宜いのだ」と言いながら、「百年の間」「海外に押し出せば、満州や西比利亜《しべりあ》を二つや三つ取つたよりはまだ広い」と述べている。移住後、そこで結婚し、子供を生み、日本人を増やしていけば、「露西亜と戦争」して「金を使ひ、多数の人間を他殺して勝つた所で」、この「殖民法に及ばない」と主張している。

論者は「殖民」をとおして、いたるところに「小日本国を造る」ことができると述べているのである。

『社会主義』の「渡米案内」欄に絶えず「苦学生」の渡米に関する情報が飛びかう一方、その他の欄における「移住」の言説では、「平和の戦争」[*47]が「非戦」の言説と同じレベルで語られ、「平和的膨張」／「小日本建設」を表象するようになっていく。

片山潜の「移住」の言説に変化が見られるのもこの時期である。一九〇三年一〇月一五日協会幹事の座を去らなければならなくなった彼は、二〇日の「非戦論大演説会」には参加せず、一二月二九日、「社会主義者の万国大会」参加と、彼の紹介で渡米した人々の「総合」[*48]のために渡米する。渡米後は「米国だより」という形で『社会主義』に記事を送り続ける。

片山潜は渡米直前「永住」こそ渡米青年の成功の鍵であり、「永住して必要なのは家庭である」と、女性の渡米を勧めている。[*49]ここで注目すべきは「永住」という言葉である。

そもそも彼の「渡米」奨励は、『渡米案内』や『社会主義』誌上の「渡米案内」においても、労働による「苦学」を促がしているものの「永住」を積極的に勧めてはいなかった。このような彼の変化は、渡米以後の「テキサス」をめぐる言説とともに考察しなければいけない。これに関しては、後でふれることにしよう。

いままで述べてきたとおり、『社会主義』誌上の「非戦」的「移動」の言説が、「主戦」の言説に対抗する、殖民地をめぐる駆引きの手段として見出されたことは確かであろう。代表的反戦論者であった内村鑑三の「最も多く満州を愛する者が終には満州の持主となる」とか、幸徳秋水の「満州」への「移住」奨励のように、「移住」の言説は、「非戦」の言説に書きこまれることによって、「平和」という言葉を借りたもう一つの「日本膨張」の言説になりえた。これらの問題は「非戦」の立場をとっていた『社会主義』のなかに、『労働世界』の時代とは異なる「民族膨張」として「移住」の言説が登場したことと合わせて注目すべきであろう。

5　表象としての「テキサス」

一九〇三年一二月二九日に渡米した片山潜は、日露戦争中に「テキサス」に関する話を『社会主義』（『渡米雑誌』）だけではなく、当時の一般誌であった『成功』や『東洋経済新報』などにも送り続ける。

そもそも「テキサス」は、一九〇二年一〇月二六日発行の『通商彙纂』に、当時のニューヨーク総領事内田定槌《さだづち》の報告書が公表されてから[*50]、日本の各メディアに注目の土地として浮上してくる。これは、成功ブームにのっている青年たちの渡米や移民（出稼ぎ）の動きとは異なる、「殖民」の言説であった。

一九〇八年一二月に出された在シカゴ領事清水精三郎の「北米テキサス州本邦人移民地取調報告書[*51]」を見てみよう。

布哇《ハワイ》若クハ太平洋沿岸諸州本邦人事業ノ発展ハ多数ノ労働出稼ヨリ年所ヲ経テ資金ヲ積ミ漸ク事業ヲ起スニ至ル例ナルニテキサス州ニ於ケル事業ノ発達ハ大ニ其趣ヲ異ニシ其経営者ハ本邦ニ於ケル中流以上相当ノ位地信用アル者先ヅ資金ヲ携エ来リ土地農業機械等ヲ買入レ日本人ヲ使役スルト其ニ米人、墨其西哥《メキシコ》人、黒人等ヲモ使役シ（中略）本邦人ノ海外発展ノ事例中特色ヲ帯ベル真個ノ殖民事業ナリト謂フベシ

当時旅券下付を厳しくすることで[*52]渡米を制限する政策をとっていた政府側の報告書に、「テキサス」が「殖民事業」として取り上げられていたことは注目すべきであろう。

『万朝報』（一九〇三・一二・一九）誌上には「テキサスの日本殖民事業」という記事が載り、テキサス州は「日本帝国に二倍の面積を有し而も其人口僅に三百万人、日本人の殖民事業として有望なる新天地」として述べられている。同年一月『大阪朝日新聞』にも同様の言説が見られる。それは「再びテキサス州の米作地に就て[*53]」という題名で八

回にわたって連載される。この記事は、これより先に掲載された「テキサス州に於ける米作」および「合衆国の米作地と日本移民」が「我数十万の読者に特別なる注意を以て閲読」されたことにより書かれたという。

ここでいう「移住」は、「一時的の移住」ではなく、「子孫を此地に繁栄なさしむべき決心」[*54]、いわば「永住」を意味し、そのためには「日本村を彼地に設立するの覚期を以て、三戸以上の連合」による「移住」が望ましいという。「日本村」以外にも「資金」のことが多く取り上げられる。三回目の記事のタイトル「作男は、悉く、黒色人種」からもその内容がうかがえる。


下級労働者として渡米するもの多く低廉なる賃銀を栖として白人の下級労働者と競争を為すが為なり併しながら其は未だ敵手たるものゝ白人なるが故に尚巳むを得ずとするも米作地方に於て黒人と労働を争ふに至りては日本人の面目を損すること最も大なるものあればなり此の事に関しては内田総領事も我が労働者の同地に入込まざらんことを希望する旨を予に語れり

「内田総領事」の言葉をかりた形で、「黒人と労働を争ふに到りては日本人の面目を損する」恐れがあるため、「労働者」ではなく資本をもっている日本人が「テキサス」に来るべきであると述べている。これは黒人に対する人種差別の現われであるが、当時アメリカで頻発していた日本人排斥の防止策として打ち出された案ともいえるだろう。資本家が移住することによって、「今日の所にてはテキサス州米作地方の白人等は」、日本人を黒人のような「下等人種にあらずと信」じ、日本人の「永住」を「歓迎」していると語っているのである。また第六の「移住者と英語」では、集団で移住するものには「一人英語を少し話し得れば足れり」と書かれている。

上の記事は先にも述べたとおり、「テキサス州に於ける米作」が反響を呼び、書かれたものであった。吉村大次郎も『渡米成業の手引』（一九〇三）で、「テキサス州に於ける米作」および「合衆国の米作地と日本移民」をそのまま転載する形で[55]、テキサスを紹介した。彼は、『渡米成業の手引』以外にも渡米案内書や『北米テキサスの米作』（一九〇三）、『テキサス州米作の実験』[56]（一九〇五）のような本を出し、片山潜のようにテキサスに滞在しながらテキサス移住を勧めた。

『渡米成業の手引』で吉村は、定住移民によって、「新日本を太平洋の彼方に形成するに至らば」、個人の幸福のみならず国家のためにもなると次のように述べている。

若しも相当の資力を備へ組織を立てゝ、奮然渡航此未発の富原を開拓する人々あるならば、真にこれ家に取りては子孫の為の無上の良計、国に取りては国民膨張の先鋒として、偉大の貢献を国家に致すことが出来るであろう。

ここで、吉村のいう「新日本」建設と「テキサス」移住奨励による「国民膨張」は繋がりを持つようになる。この時期から彼は本格的に「テキサス」移住奨励を行なった。『渡米成業の手引』から二年後の「テキサス日本人」（『渡米雑誌』一九〇五・一・三）で吉村は、「テキサス」日本村のことを「日本人殖民地」として扱っている。『渡米雑誌』（一九〇六・三・三）の「北米テキサス州日本村経営」にも、同様の言説が見られる。

我日本国民が其子弟及家族をして務めて海外に発展せしむべき急務は今更蝶々するの必要なかるべし、而して其発展は何れの地を可とするかとの国論は未だ一定せざるなり、否一定するの必要なし、戦後の日本国民は寧ろ全世界に向つて発展すべきなり、（中略）殖民事業に成功せし国民が、即ち勢力ある国家を形成せしことは已に歴史の證する所なり。彼の希臘人、羅馬が其勢力を有したるは、其殖民に努めたるに因るなり、希臘人の殖民は必ず常に絶へざるの火を持ち行けりと、是れ彼等が多数の団体によりて成功せし所以にしてこの論では、「満韓」「阿弗利加」「南米各国」「北米」などを「好殖民地」として並べているが、そのなかでも「テキサス」を「望ましき」「殖民地」として取り上げている。

「日本村経営」という題名のとおり、これを書いた岡崎常吉は「吾人の主なる目的は我同胞の村落」の組織にあるとし、その「日本村」については「大和民族の子孫をして、其故国を忘れざらしめ」る場であると紹介している。「家庭と其宗教、道徳、習慣」を保ったままの「移住」を語った岡崎常吉は、実際この時期、片山潜と共同で農場経営を計画していた。[*57] この論は、その計画の実行に必要な日本からの移住希望者を集める目的で書かれたのであろう。岡崎のいう「吾人の殖民地」としての「テキサス州日本村」を、同計画に加わっていた片山は「模範村」[*58]とし、テキサスを「大和民族の膨張を得せしむる」[*59]「好殖民地」として紹介している。

岡崎の記事より一ヶ月前の『渡米雑誌』（一九〇六・二・三）には「岡崎常吉氏の農場経営」という記事が見られる。これは同雑誌の編集者である山根吾一によるものである。山根は、岡崎の「日本村」経営計画が「第一回に於ては少なくとも二百家族の邦人」の移住であり、「相当資産ある人士にして日本村に加入せんと欲する人士には旅券は容易に下付さるべし」と「日本村」を宣伝している。岡崎の「日本村」と山根のいう「小日本村」（『社会主義』誌上が非戦論でゆれていた時期に書いた「大石徳太郎氏の成功」前掲）の間には移住を殖民事業として捉えている点で共通している。

当時の「テキサス」をめぐる言説のなかには、このように「日本村」建設が絶えず述べられる。しかし、「日本村」に対する批判も存在した。その批判の一つとして植原悦二郎のものがある。植原は、一八九九年に渡米し、『破戒』出版の翌年である一九〇七年まで滞在する。帰国後は明治大学教授となり、一九一七年には衆議院議員に当選している。[*60] 彼が帰国後に書いた「排日の真相と其の解決策」のなかの「日本村」はカリフォルニアを指しているが、ここで彼は「日本村」について、「日本人の海外発展として一面喜ばしき者ゝように思はるるけども」、これは「米国に於いて、日本人が一種の特殊部落を作つて居ること」「明かに日本人の米国に同化せざることを示す」[*61]と批判している。

最初から「永住」を目的とし、集団移住に近い形での「移動」が企てられ、「殖民地」あるいは「新日本」として表象された「テキサス」と、渡米者の増加により「日本村」を形成していったカリフォルニアの「日本村」には相違点[*62]があるとはいえ、「日本村」がアメリカのなかの「日本」という、そのナショナリティを強くかもしだす点においては共通するものがあった。

片山潜や『社会主義』の「渡米」をめぐる言説が「永住」を勧めるようになった時期に同誌上には社会主義者による「非戦」の言説が多くあらわれる。まさにこの時期に「テキサス」は「殖民地」として見出されたのである。これらのことを踏まえて考えると、幸徳秋水や内村鑑三の「非戦」の言説を「平和的日本膨張」の言説と解釈することができるように、片山潜の「テキサス」移住奨励も同様の線上のものとして捉えうるのではないだろうか。

内田領事の影響でテキサスへ移住した人々のなかには、『時事新報』の記者だった大西理平や、自由民権運動家としても活躍し、一八九五年[*63]からは北海道開拓事業にも関わっていた西原清東《さいばらせいとう》も入っている。この二人も日本に向けて「テキサス」移住奨励論を発信していたことはいうまでもない。

実際には失敗に終わるとは言うものの、当時の言説がつくりだした「テキサス」は、ここまで述べてきたさまざまな「移動」の言説が出会う場であった。こうして「テキサス」は、在ニューヨーク領事、後期の自由民権運動家、時事新報の記者、社会主義者といったまったく立場もイデオロギーも異なる面々の言説によって織りなされ、「平和的」日本膨張の対象とすべき未踏の領土という一個の表象として機能した。「日本の膨張地」としての「テキサス」。そしてそのなかの「日本村」を「新日本」として表象することにおいて、まったくかけ離れた言説が相互に協力補完関係を結んでいたのである。

まさに「テキサス」行きが「平和的」日本膨張として意味づけられていた時期に、『破戒』は執筆され、世に出される。『破戒』には、大日向や丑松が「新日本建設」という自覚をもって「テキサス」に渡ろうとしているとはどこにも語られていない。しかし、被差別部落の移動の言説圏においてみても、また渡米あるいは「テキサス」の移動の言説圏においてみても、丑松の最後の跳躍が「『日本』という『国家』からの脱出」[*64]を意味するとはいえないだろう。なぜなら「テキサス」は「『国家』という堅固な秩序体系とは無縁[*65]」な場であるどころか、まぎれもなく「新日本」建設の場にほかならなかったからである。

『破戒』を作品論的にそれ自体で完結した有機的テキストとしてとらえることは正しくない。それは結局、表象としての「テキサス」を取り落とし、読者のそれぞれの立場によって意味を充当するにとどまるからである。研究者がその例外ではないことはすでに見てきたとおりである。そしてそのことが罪深いのは、左右どちらのイデオロギーに属するものであったとしても、あの幸徳秋水ですら、ナショナリズムの陥穽をまぬがれず、帝国の膨張を通してしか国内矛盾の解決がないと主張していたことを見落としてしまうためである。ナショナリズム一般を事後的な視点で弾罪することは論者自身を問い返すことになるが、しかし、その罠を自覚することのない者たちにはその自己批判も無意味だといわざるをえない。

註

＊1　改訂過程および丑松の告白の問題に関しては、高榮蘭「『破戒』改訂過程と民族論的言説」(『語文』一九九八・三、日本大学国文学会)を参照していただきたい。
＊2　北原泰作「『破戒』と部落解放運動」(『文学』一九五四・三)。
＊3　野間宏「『破戒』について」(岩波文庫『破戒』解説、一九六八・八)。
＊4　飛鳥井雅道・土方鉄「日本近代文学における被差別部落――『破戒』の評価をめぐって」(『歴史公論』一九七八・一二)。
＊5　川端俊英「『破戒』の読み方――読書指導の観点から」(『破戒』とその周辺――部落問題 小説研究』一九八四・一、文理閣)。川端はそこで「西光万吉や阪本清一郎らの自覚的な青年たちでさえ、日本脱出を企てていた時代である。そういう時代状況のなかで丑松のテキサス行きをとらえてみることが、作品に忠実な読みとして要求される」と述べている。

＊6　川端俊英『『破戒』の結末をめぐって（1）』（『『破戒』の読み方』一九九三・一〇、文理閣）。
＊7　絓秀実『『国民』というスキャンダル』（『批評空間』一九九七・四）。
＊8　千田洋幸「父性と同性からの解放――『破戒』の構図」（『島崎藤村　文明批評と詩と小説と』一九九六・一〇、双文社出版）。
＊9　瀬沼茂樹『評伝島崎藤村』（一九八一・一〇、筑摩書房）。
＊10　移民保護法の第一条、「移民と称するは労働を目的として外国に渡航する者」をいう。
＊11　移民関係の用語としては、これまで「移民」のほか、「植民」や「移住」といったことばが使用されてきた。しかしそれらの意味する内容については、実にさまざまなものがあり、統一的規定は未だなされていないようである。木村健二「明治期日本人の海外進出と移民・居留民政策（二・完）」（『商経論集』三六号、一九七九、早稲田大学大学院商学研究科院生自治会）。
　これらの事情を今井輝子「明治期における渡米熱と渡米案内書および渡米雑誌」（『津田塾大学紀要』一六号、一九八四・三）は、移民保護法の規定による「移民」と、immigrant の訳語としての「移民」の概念が異なることが、移民ということばの不明確さを生んだと指摘している。明治以来日露戦争前後に至るまでの間、「移民・移住・殖民」という言葉は明確に定義されて使われていたというより、錯綜していたのだろう。この論では、このような錯綜状態にあった「移民・移住・殖民」の概念をあえて定義しないことにする。なぜなら回顧的に「移民・移住・殖民」を分けて定義づけようとする試みこそ、警戒しなければいけないことだと思うからである。
＊12　この論においては、韓国の国号を、一八九七年一〇月の大韓帝国（韓国）成立前を「朝鮮」、成立後を「韓国」と表記する。「韓国」という国号は、「韓国併合に関する条約調印」の公布と同日（一九一〇年八月二九日）に、「韓国の国号は之を改め、爾後朝鮮と称す」という公布勅令（即日施行）により「朝鮮」に変えられた。
＊13　第一条中「外国を清韓両国以外の外国と改む」。
＊14　この表は『帝国統計年鑑』各年「海外旅券受取人員」によるという（前掲『商経論集』一九七九、一〇四頁）。
＊15　引用は『藤村全集』第二巻（一九六六、筑摩書房）による。
＊16　柳瀬勁介『社会外の社会 穢多非人』第五章救済策（『明治文化全集』第六巻社会篇、一九二九、日本評論社所収、ここでは一九六九年第三版による）。
＊17　小熊英二『〈日本人〉の境界』（一九九八、新曜社）「第四章　台湾領有」を参照。
＊18　稲生典太郎『条約改正論の歴史的展開』（一九七六、小峰書店、二七〇頁）。

＊19　大町桂月・猪狩史山『杉浦重剛先生』（一九二四年初版、ここでは一九八六年の復刻版を参照、二三三頁）。
＊20　杉浦重剛「外交論」（『読売新聞』一八八七・七・六）。
＊21　『読売新聞』（一八八七・八・一一）。
＊22　立川健治「明治前半期の渡米熱（一）」（『富山大学教養部紀要』人文・社会科学編、一九九〇・一）は、『時事新報』に渡米奨励論が多く現われるのは、一八八四年から一八八八年と見ている。
＊23　『井上角五郎君略伝』（一九一九、井上角五郎君功労表彰会、五二頁）。
＊24　立川健治「明治前半期の渡米熱（一）」（前掲）。
＊25　海野福寿『韓国併合』（一九九五、岩波新書）。
＊26　以下の井上角五郎に関する記述は、古圧豊編『井上角五郎君略伝』（前掲）、近藤吉雄編『井上角五郎先生伝』（井上角五郎先生伝記編纂会、一九四三）。ここでは、大空社の伝記叢書四三（一九八八）を参照した。
＊27　「井上角五郎自己年譜」による（近藤吉雄編『井上角五郎先生伝』前掲、一二五頁）。
＊28　井上角五郎の逮捕の原因については、近藤吉雄編『井上角五郎先生伝』（前掲、一四四〜一四九頁）が詳しい。
＊29　「明治二十年一月一日」（『時事新報』一八八七・一・一）。
＊30　『中央公論』（一九八三・八）。
＊31　児玉正昭「解説」（『殖民協会報告　解説・総目次・索引』一九八七・二、不二出版、一〇頁）。
＊32　「移民と航海」（『時事新報』一八九六・一・二五）。
＊33　「移民と宗教」（同、一八九六・一・一七）。
＊34　「人口の繁殖」（同、一八九六・一・三）。
＊35　立川健治「福沢諭吉の渡米奨励論――福沢の交通、アメリカの原光景を中心として」（『富山大学教養部紀要』人文・社会科学編、一九八九・一二）。
＊36　渡米奨励本のリストや売行きに関しては、立川健治「明治後半期の渡米熱――アメリカの流行」（『史林』一九八六・三）七二頁の「表1」を参照。今井輝子「明治期における渡米熱と渡米案内書および渡米雑誌」（『津田塾大学紀要』一九八四・三）は、この渡米案内書の出版ブームが一九〇四・五年まで続いたと述べている。
＊37　片山潜の『自伝』（一九五四・二、岩波書店）によれば、『渡米案内』が「大当りに当つて一週間に二千部も売れると云つた様な

風で（中略）其の後（『渡米案内』出版後）間も無く渡米研究会を開くと、多くの青年がやつて来たものだ――其れも其の筈だ予が『渡米案内』を発行してから半年も出でずして『太陽』でさへ渡米案内欄を設けて盛んに渡米熱を鼓吹させ、のみならず、渡米に関する書物も発行した（中略）売上の収入で一家を支へる事が充分出来得た位であつた」（二一三頁）という。

＊38 立川健治「明治前半期の渡米熱――アメリカの流行」（前掲、七六頁）、今井輝子「明治期における渡米熱と渡米案内書および渡米雑誌」（前掲、三三〇頁）、正田健一郎「明治期における社会主義者の海外移民に対する態度について」（『早稲田政治経済学雑誌』一九八九・四、二九頁）に同様な指摘が見られる。

＊39 『労働世界』は第七年七号（一九〇三・三・三）から『社会主義』へ、第九年一号（一九〇五・一）から『渡米雑誌』へ、第一一年一号（一九〇七・一）から『亜米利加』へと改題。

＊40 隅谷三喜男『片山潜』（一九六〇、東京大学出版会、一三八頁）、今井輝子「明治期における渡米熱と渡米案内書および渡米雑誌」（前掲）に同様な指摘が見られる。

＊41 『社会主義』第七年一八号（一九〇三・八・一八）から第三条へと変わる。「渡米協会の会費の変遷」については、立川健治「時代を吹きぬけた渡米論――片山潜の活動をめぐって」（『汎』一九八七・三、一〇〇頁）が詳しい。

＊42 このようなことが幸徳秋水・堺利彦側と片山潜との決裂を意味するのかどうかに関しては異なる見解を示しているものの、『社会主義』が「渡米協会機関」になり、『平民新聞』が「社会主義協会機関」になったことに対しては、同様な指摘がみられる。太田雅夫『初期社会主義史の研究――明治三〇年代の人と組織と運動』第一部第四・五章（一九九一・三、新泉社）、正田健一郎「明治期における社会主義者の海外移民に対する態度について」（前掲、三三頁）、立川健治「時代を吹きぬけた渡米論――片山潜の活動をめぐって」（前掲、一〇四頁）、岸本英太郎「解説」（『明治社会主義資料集　補遺Ⅴ』明治文献資料刊行会、一〇頁）。

＊43 より詳しくいえば、一九〇三年一〇月一五日、片山潜が社会主義協会幹事の座を失ってからである。

＊44 『日本人』第一九二号（一九〇三・八・五）。

＊45 植松考昭（東洋経済新報主幹）「海外移住論（一）」（一九〇三・一一・三）、「海外移住論（二）」（一九〇三・一二・三）。論壇の枠のなかで「移住」の言説が載ったのはこの論が始めてである。

＊46 蔵原惟廓（五月一七日渡米協会演説）、『社会主義』一九〇四年六月三日。

＊47 加藤時次郎「国民の発展」（『社会主義』一九〇四・七・三）。

＊48 片山潜「告別の辞」（『社会主義』一九〇四・一・一八）。

＊49 「渡米奨励演説会」での片山潜の演説。「青年女子の渡米」（『社会主義』一九〇四・一・三）。
＊50 内田定槌の報告書の影響で「テキサス」への移動が始まったという指摘は、同時代の『移民調査報告』（一九〇八・一二、外務省通商局、一頁。ここでは一九八六年の復刻版を参照）。また入江寅次『邦人海外発展史上』（一九三八・一、移民問題研究会「第一九章 日露戦争前後の在米同胞」の「三、テキサスの邦人米作」（四八三頁〜）に詳しく記されている。
＊51 『移民調査報告』（前掲、二五頁）。
＊52 『労働世界』一九〇二年五月三日。「当局者（中略）渡米者に向つては条件に条件を附し（中略）刑事探偵を派して罪人かの如く身元調べを為す（中略）渡米者を妨害するものの如くは（中略）上陸は少しも困難ならざるは其着後の報に依りて確証得る所なり」。右のように「渡米協会記事」には絶えず「渡米」制限に対する批判が展開された。
＊53 在紐育青尊生。吉村大次郎の『渡米成業の手引』（一九〇三、岡島書店、五七頁）によれば、彼の知人である福永青尊が、内田総領事の談話に頼りて、『大阪朝日新聞』にテキサス移住奨励文を書いたという。（一）一九〇三年一月二〇日、（二）一月二七日、（三）一月二八日、（四）一月二九日、（五）一月三〇日、（六）二月一日、（七）二月二日、（八）二月三日。
＊54 （四）一月二九日。
＊55 五八頁〜七三頁。転載の理由として「テキサス州米田の実況は、簡にして要は尽し内田氏の親談と符節を合するが如きものあるから」だと述べている。
＊56 吉村大次郎『北米テキサスの米作』（一九〇三、海外起業同志会）、同『テキサス州米作の実験』（一九〇五、海外起業同志会）。
＊57 片山のパトロンであった岩崎清七（隅谷三喜男『片山潜』前掲）は『欧米遊蹤』（一九三三、アトリエ社）のなかで、「ヒューストン市にレストランを開いて居た岡崎と云ふ人と共に、二万エーカーの地所を買う約束をして帰つて来て、其の事業の有利有望なことを力説するのであつた」と回想している。
＊58 『光』（一九〇六・二・五）。
＊59 片山潜「米国テキサス州最大成功者岡崎常吉君立身伝」（『成功』一九〇六・三）。
＊60 小熊英二「有色の植民帝国——一九二〇年前後の日系移民排斥と朝鮮統治論」（『ナショナリティの脱構築』一九九六、柏書房、八四頁参照）。
＊61 植原悦二郎「排日の真相と其の解決策」のなかの「（四）加州に於ける日本村」（『太陽』一九二〇・一一、五頁）。
＊62 両方の米作事業に関する比較は、佳知晃子「テキサス州における日本人米作の起源とその成果についての一考察」（『社会科学研

究年報』一九八二・三）が詳しい。
＊63 例えば大西理平「米国の米作事業」（『渡米雑誌』一九〇六・二・三）、西原清東「テキサス移住」（『亜米利加』一九〇七・四・一）がある。
＊64 絓秀実「『国民』というスキャンダル」（前掲）。
＊65 千田洋幸「父性と同性からの解放――『破戒』の構図」（前掲）。

〈立志小説〉の行方
――『殖民世界』という読書空間

和田　敦彦

1　「立志」と「殖民」の出会い

ここで主として論じたいのは、明治三〇年代後半の実業をめぐる諸言説の行方、特に「成功」や「立志」をめぐる諸表現の行方だ。それを、記号表現と、そこに生じる読書の容態、さらには情報の理解、享受の枠組みの生成、変貌の問題として論じてゆこう。より具体的には、明治三〇年代後半から四〇年代にかけて、堀内新泉が数多く執筆した〈立志小説〉という小説群の行方に焦点をあてたい。特にこの地点に焦点をあてるのは、いくつかの戦略的な理由があってのことだ。まずその理由を説明しつつ、以下で論じてゆく手順についてまとめておく。

その理由は、この地点が「立志」をめぐって作り上げられた諸表象と、「殖民」をめぐって作り上げられる諸表象とが出会う場であるからだ。成功雑誌社の雑誌『成功』はこの時期の「立志」をめぐる代表的な雑誌としてとらえられようが、成功雑誌社からは、一九〇六（明三九）年五月に『探検世界』が、一九〇八（明四一）年五月には『殖民世界』[*1]といった雑誌が出される。新泉は雑誌『成功』に実業家や経済的な成功を収めた人物に取材した評伝やインタヴュー、小説などを発表し、「立志小説」を冠する多くの著作を刊行していたが、雑誌『殖民世界』において、「立志小説」の形態的な特徴を受け継いだ「殖民小説」を冠する小説を発表することとなる。したがってこの時期の新泉、およびその関わった雑誌の言説からは、「移民」や「海外」をめぐる諸表象と、「立志」や「実業」をめぐる諸言説の連接の様が見出しうる。そこでは、「移民」や「海外」の表象が、どのような形でジャンルの枠組みを変更し、どのような読みの容態とかかわることになったのかを史的に検討する可能性が開けてくるはずだ。なお、ここでは「殖(植)民」という用語を用いるが、それは少なくともこの雑誌や、この時期の周辺の言説においては「殖(植)民」をもって国外への移民も、また国内(新たに領土化した地をも含めて)への移住も指しており、現在の「植民/移民」といった分節ではとらえ難い。そこには、それらの意味の混交した場に、領土内/外という境界の強度が侵入し、分節化を引き起こしつつある状況があるのだ。そうした事態をもまた検討してゆきたい。[*2] ちなみに、「植/殖」の用字は、当時からともに用いられているが、本稿では、資料自体の用字法に従った。また、ここで考察の対象となった言説のまとまりを表わす際にも「殖民」を用いている。

しかしながら、ここでの分析は、一つの局限されたケース・スタディでもある。それを時代の認識の枠組みに直結して、拡大して論じることは避けるべきだし、さらにはそうした認識の枠組みの変遷をすぐさま史的な図式としてしまうことも避けるべきだ。だがその一方で、ここでの分析を一時期に局限し、一個人の言説の編成に還元し、封じこめてしまうことも避けたい。したがって次の点に留意しつつ論じてゆくことになるだろう。一つには、ここでの調査を、「立志」をめぐる言説と「殖民」をめぐる言説がつながってゆく数多くのラインの一つとして明確化してゆくこと。そしてもう一つは、ここでの調査、検討を、表現と読者の間で生起する出来事として、特に「国家」や「領土」とその越境をめぐって、そこに生起する記号表現と読者の認識、思考との関係として議論してゆくことで、現在の私たちをとりまく「国家」「海外」の諸表象と、その理解、受容自体についての問いをより先鋭化するための方法を模索しつつ論じることだ。

論じる手順としては、まず、「立志小説」と読書モードについての既発表の拙論[*3]を簡単に概説し、ここでの「殖民」

の問題との関係性を明確にしておきたい。さらに、その背景となっている実業をめぐる言説のなかに、いかに「殖民」の問題系が流入してくるかを論じ、その後、堀内新泉のかかわった雑誌『殖民世界』をとりあげてその諸表象を検討することにする。特に「南米」と「殖民」をめぐる問題系をそこから抽出し、そこでの表現と読者の関係について検討しよう。また、当時の実際の南米への移民事情や植民政策との関係のもとでそれらを考えたい。そして、そうしたなかで、いかに海外がイメージ化され、表象されているのか、そこでどのような誘いのディスクールが生まれているのか、といった点をも論じてゆくことになるだろう。また、それは「移民」をめぐってなされる錯綜した議論やイメージの場を論じることとなる。そのうえで、小説の形象において、それらがどのような形で具体化され、どのような読みの空間を生み出しているのかを考えてゆくこととなる。

2 〈立志小説〉と読書モード

まず、新泉の〈立志小説〉群をめぐる私自身の分析とここでの議論のつながりを明確にしておきたい。先にも触れたが、明治三〇年代後半から量産されてくるこれらの小説群の背景には、実業系雑誌の流通や、竹内洋をはじめとする人々によってこれまで問題化されてきた「成功ブーム」がある。[*4] では、ここで述べている小説群は、どのような成功のパターンを、どのような欲望の形を形象化しているのだろうか。そこでは何が価値あるものとされ、どのような地点が目指されているのか。

> 彼《か》れが今日の生活状態は何うであるか、物質的に精神的に障害交々《こもごも》並び至つて、殆んど身動きも出来ぬまでに、困難苦痛悲哀の深みに沈んで居る。格一にして、若し意思《こゝろ》の弱い青年《わかもの》であつたならば我が事已に休《や》むとして、心の発達進歩を或ひは止めたであらうが、心の忍耐《ねばり》の強い彼れは、此等の一時的障害を以て、我が進取的勇気に対する大

打撃とは敢てせず、常に一定不変の目的と固着力と、力行《りよくこう》の持続力とを以て有らゆる障害《さまたげ》と健闘し、顔には笑を、心には歌を有《も》ち、何時《いつ》も希望の人として、幾多の障害《じやま》を征服し、我が前途光輝有る新運命を造る準備《ようい》を彼れは造次《ざうじ》も怠りはせぬ。

まずこれら小説群において、「資本を欠いた者が成功する」という基本パターンがあることを拙論において指摘した。そして、にもかかわらず、当時の教育制度や経済状況において、実際にはそれが極めて困難であったこと、[*5]そして、その困難さを覆う形で、資本の欠如を代替するさまざまな表象（男性性や肉体的健全さ、信頼性など）が立ち上げられてゆく様相を分析した。さらに、そこには、資本の欠如へのまなざし、注意を別の回路に分散させる表象の仕組みが、経済的な用語系を性、身体、精神の用語系に移し替えてゆく仕組みがあったことを指摘した。引用は『立志小説人の兄』[*6]からだが、その語りは青年池端格一の精神、身体の価値を積極的に支援しつつ、いくつもの障害のなかで努力するプロセスを描き出してゆく。[*7]

さらに、その小説群には明瞭な到達地点、目標が見えず、むしろ立志における艱難辛苦のプロセス自体を自立させ、聖別してゆく特徴が見られる。苦しみのみで実質的な上昇プロセスを欠いた小説、具体的には、貧困のなかでの辛苦するプロセスのみを描き、その後どうなるのか、あるいはどのようにして成功したのかが明示されない、といった形態である。あわせて、経済的な豊かさが否定され、目的地点となっている「事業」や「実業家」という価値自体も、実質を欠いた空虚な地点となっていることを述べた。

そこから、実質的な上昇プロセスを欠いたまま辛苦するプロセスのみを自立的に描く方法、すなわち到達地点を否定し、辛苦のプロセス自体を聖化する小説の型について指摘し、「辛苦という快楽」にひたる読書モードの生成について論じた。というのも、そうした描かれた辛苦自体の自立は、現時点の艱難辛苦がやがて報われるという安定した時間的パースペクティヴと、その苦しみを評価する現時点での評価システムの永続性を、前提として読者に要請するからである。読者はその要請に応じることで制度的な安定性、永続性に浸ることが可能になる。それは一見苦しみに見えても、実際の読みにおいては、むしろ安心して浸ることのできる「辛苦」なのだ。そうした読みの前提、枠組みを読者に要請する一方で、「成功」や「実業家」といった内実を欠いた空虚な到達地点を小説の枠組みとして提示する。その地点への具体的な上昇プロセスは空白として残されたまま、辛苦と成功とを読者が結びつけてゆくことになる場を論じ、それを読書モードとして分析したわけである。

例えば先にふれた立志小説の池端格一は「偉人を育てあげた乳は大方艱難である。大きい人程大量にこの乳を呑むで居る」と信じ、「貧窮」を「父祖より継承する遺業の至幸至福」とさえ考え、「辛苦の人は神聖である」と語る亡き父の言葉を反芻する。こうして提示される内面を通じて、現時点での辛苦の享受と、そのなかでほとんど自己目的化した「奮闘」「努力」プロセスに自らを封じ込めてゆく読みのモードが生成される可能性を検討したわけである。

さて、こうした表現のなかに、「殖民」のディスクールはどのような形で流入してくるのか。単純に考えれば、先に述べた欠如した資本の代替となることが想像できよう。つまり、廉価な海外の土地を資本として活用する、あるいは労働力の不足する海外で外貨を稼ぐ、あるいは海外に新たな購買者を見出す、といったパターンが考えられるだろう。竹内洋は雑誌『成功』における「海外雄飛」については、特に一九〇〇年代に入って誌面で強調され、「海外活動」欄の創設（『成功』明三八・一）や「記者と読者」欄における「海外」欄の設置（『成功』明四二・三）といった動きが見られることから、実質的に頭打ちとなりつつあった低学歴層が成功するルートの一可能性として、海外植民についての記事にも力を入れていたことを指摘する。[*8] ここでは、当時の実業系の一般雑誌として『成功』とならんで大きな存在であった実業之日本社の雑誌『実業之日本』の誌面構成から、明治三〇年代後半の「海外情報」の扱いについて見ておこう。

明治三五（一九〇二）年一月の『実業之日本』の構成は、社説／論説／資料／実務／伝記逸話／実業家経歴談／人物評論／実業家の家庭／雑録／内外実業新報に分かれている。表紙や口絵でも成功した「人物」が中心であり、「全国実業大家五十名の肖像」を大付録として付し、口絵にも「三井十一家主人の肖像」が用いられる。その構成においては、単に各種職業の動向や実数にもとづく経営上の情報以外に、先にも述べたような、立志、成功にいたる伝記的情報や、それを青年向けの教訓といったスタイルにした記事も多く、そうした実業家の経歴人物といった記事に年間を通してみれば約二割が割かれている。

翌年一月から新設された欄として、「青年と実業」欄があり、実業家が青年たちにむけて、その望む青年像や、青年に求めること、などを掲載している。岳淵生の「失意の青年に与ふる書」（『実業之日本』明三六・二・一〜三・一五）や「成功者が其子を戒むる書」（『実業之日本』明三六・五・一五）のように、実業家をめざす青年に向けたメッセージの形態をとっている。この欄は日露戦争の動きに合わせ、一九〇四（明三七）年に「戦争と実業」という欄に変更（『実業之日本』明三七・二・一五）される。また、同年から経歴小観欄に「日本人の海外成功者」欄ができる（明三七・五・一五）。「戦争と実業」欄は再び「青年と実業」欄にもどるが、その一方、「海外の発展地」欄が出現している（『実業之日本』明三七・六・一五）。ここではおもに「韓国」の農業経営が対象である。当時実業練習生としてアルゼンチンに滞在していた丸井三次郎は「南米の事情」（『実業之日本』明三七・八・一五〜九・一五）において南米の紹介記事を掲載する。「南米」をめぐる諸イメージについては後に詳しく取りあげよう。その後も丸井はアルゼンチンについての情報を掲載し、山口周平も「亜爾然丁《アルゼンチン》殖民事情」（『実業之日本』明三七・一〇・一）などでその紹介を行なっている。丸井はその記事において、森岡移民会社がそれまで行なっていたペルー移民の成果が芳しくないことと対比しつつアルゼンチン移民の有望であることを論じているが、その森岡商会の森岡秀吉は「発展地としての秘露《ペルー》の価値と発展方法」（『実業之日本』明三九・五・一五）でペルー植民の有望さを、現在までに送り込んだ移民の送金高や労働条件を具体的にあげて述べている。誌面構成の変化に話をもどすと、一九〇五（明三八）年に「海外渡航案内」欄が新設される（『実業之日本』明三八・三・一五）。この時期、その他にも、「清国」「北米（テキサスの農業、アラスカの漁業）」「シャム」が登場しているが、「東洋汽船会社南米初航海第一報告」（『実業之日本』明三九・四・一五）、森岡秀吉「発展地としての秘露《ペルー》の価値と発展方法」（『実業之日本』明三九・五・一五）、白石元治郎（東洋汽船会社支配人）「南米発展地と発展の方法」（『実業之日本』明三九・七・一五）、あるいは読者からの南米渡航に関する質問に適宜答える形式をとる大関昌之佐「南米渡航移住問答」（『実業之日本』明三九・九・一五）のように、「南米」が海外発展地として強調されていることがわかる。

一九〇八（明四一）年、成功雑誌社から雑誌『殖民世界』が刊行される背景には、こうした海外での成功、発展という情報の増加があった。次節において、『殖民世界』における諸表現を細かく検討してゆくこととする。渡航先の各国、特に南米の国々の情報における国家、人種の表象のあり方や、「殖民」自体の表象の様態、さらには記事の形式や構成によって生み出される読者への効果の問題をも含めて論じてゆきたい。

3　『殖民世界』の諸表現

「海外」という場

雑誌『殖民世界』は雑誌『成功』を、「殖民志望者」向けに特化した形で作られている。その綱領には「殖民志望者の唯一伴侶となり」「大陸的世界的の実業家を、我国民中に養成せん」といった文句が見られる。内容としては海外の風土や風俗、植民可能な有望地の職業情報や渡航方法、植民者の現状などの情報があり、植民者や植民政策についての主張がある。形式としては、論説ばかりではなく、海外からの便りや読者との応答、植民にまつわる懸賞小品文を募集したり、「殖民文学」欄をもうけて「殖民小説」を冠した小説を掲載したりもしている（図1）。

さて、ここではこの雑誌の表現をいくつかのレベルで検討してゆくことになるが、明らかになってくることがどういったことかをあらかじめ示しておこう。学歴をも含めて、資本を持たない者が成功する経路を提示しようとする雑誌の傾向は、確かに、安価な土地や利益を得るのに有利な条件を備えた「海外」という場を、格好の資本の代替物として表象のなかに組み入れてゆくことが考えられるだろう。ちょうど海外に出掛け、その土地を入手してそこから利益をあげるように、海外の土地を誌上で情報化することを通じて、あらたな「富源」を作り出す。情報としての「海外」が、資本の代替として活用され、立身プロセスを作り上げることを可能とする。先に、「立志小説」に言及し、そこにおいて資本を欠いた者が具体的に上昇するプロセスの不在を指摘したが、それらの小説群の形態は、ここにいたって、具体的な「資本」を見出すことになるのだろうか。辛苦の自立、聖別を小説の型として継承し、その辛苦の代償として、約束され、前提とされる空白の目的地の代償として「海外」を呼び寄せるのだろうか。そうした図式を描くことができるのだろうか。しかし、実を言えばここで明らかになってくるのは、そうした事態ではない。むしろ「南米」を中心として立ち上がってくるあらたな「富源」、そして「殖民」が、表現の上で次第に錯綜し、失調してゆく事態なのだ。

「南米」イメージの行方

『殖民世界』においては、こうして「有望」情報化された世界が作り上げられる。例えば島村他三郎「カムチヤツカ半島の大富源」（『殖民世界』明四一・九）は、その地における漁業の将来性、日本物資の輸出の将来性について述べ、今井鉄嶺「比律賓群島の一大福音」（『殖民世界』明四一・九）は面積、距離、人口、人口密度、交通路、労働者の不足、労働の賃金など細かい数量的な情報を提示する。注意すべきは、そうした細かな数字が、単に客観的な数字ではない、ということだ。それは「有望」度という「数量」へと世界を変換する修辞なのだ。例えば柳沢義一郎「暹羅《シャム》は如何なる事が日本人に有望なりや」（『殖民世界』明四一・九）は外国の単なる職業紹介ではなく、「日本人」への有用性に変換された「暹羅」なのだ。

『殖民世界』で、そうした「有望」度において、もっとも言説上の優位をしめているのは「南米」という場である。それは他国の表象と比較しても際立っている。もっとも、「南米」への植民というイメージは、既に内田魯庵「くれの廿八日」（『新著月刊』明三一・三）にも書き込まれている（この場合は中米だが）。周知のごとく、この背景には明治三〇年の「榎本殖民」[*9]を契機としたメキシコ植民への一時的な関心の高まりがあり、そこに描かれたメキシコの描写が、地理的な情報を十分ふまえていることは既に指摘されている[*10]。では、この明治三〇年代後半の南米への関心は、どのような状況のもとにあったのか。ひとまず南米移民の実状をとらえておくことからはじめよう[*11]。そのうえで、当時の南米、ブラジルやペルーを中心にそのイメージをおさえ、改めて『殖民世界』の表現を考えてみよう。

ブラジル移民については、一九〇五（明三八）年に現地に着任した外務省通商局長杉村濬《ふかし》が外務省に送った報告書により、ブラジル移民の有望さが情報としてもたらされ、それが新聞などで広く知られることによってブラジル渡航熱が高まってゆく[*12]。ブラジル渡航旅券が交付されはじめるのは一九〇六（明三九）年二月である。ブラジル移民熱の高まりは、より大規模な契約移民、サンパウロ政府と皇国殖民会社との間で結ばれた契約をもとに三〇〇〇名を三年間に送る契約を翌年一一月に結んでからである。一九〇八（明四一）年四月八日に移民を乗せた笠戸丸が神戸港を出発するが、『殖民世界』はまさにその翌月、五月一日に発行されるわけである[*13]（図2）。ペルー移民は、森岡商会および明治殖民会社が手がけており、一八八九（明三二）年から始まって、この年までに九回、合わせて六二九五人を輸送している。この数は一九〇九（明四二）年一二月までに五一五八人に減少しているが、その要因は過酷な労働や風土病による病死が多くを占めている[*14]。アルゼンチンは移民の受け入れ、支援はしていたものの、基本的には欧州からの移民を優先しており、実際の入国はかなり制限されていた。大正期までのアルゼンチンへの移民は、ブラジル移民からの転入者であり、その数はわずかである[*15]。

さて、そうした状況に対して、この雑誌はどのような「南米」像を作り上げているのか。一言でいえば、他国と対比的に、際だってその土地の広さ、獲得しやすさ、労働条件や気候の良さが強調されている。例えば、古在由直「韓国農業経営法」（『殖民世界』明四一・五）では、「韓国」を論じるにあたって「南米あたりの荒蕪地とは性質が違ふ」耕すに適さない土地があるばかりか、日本人でも土地への投資が始まり、地価の騰貴もはじまっている、という認識

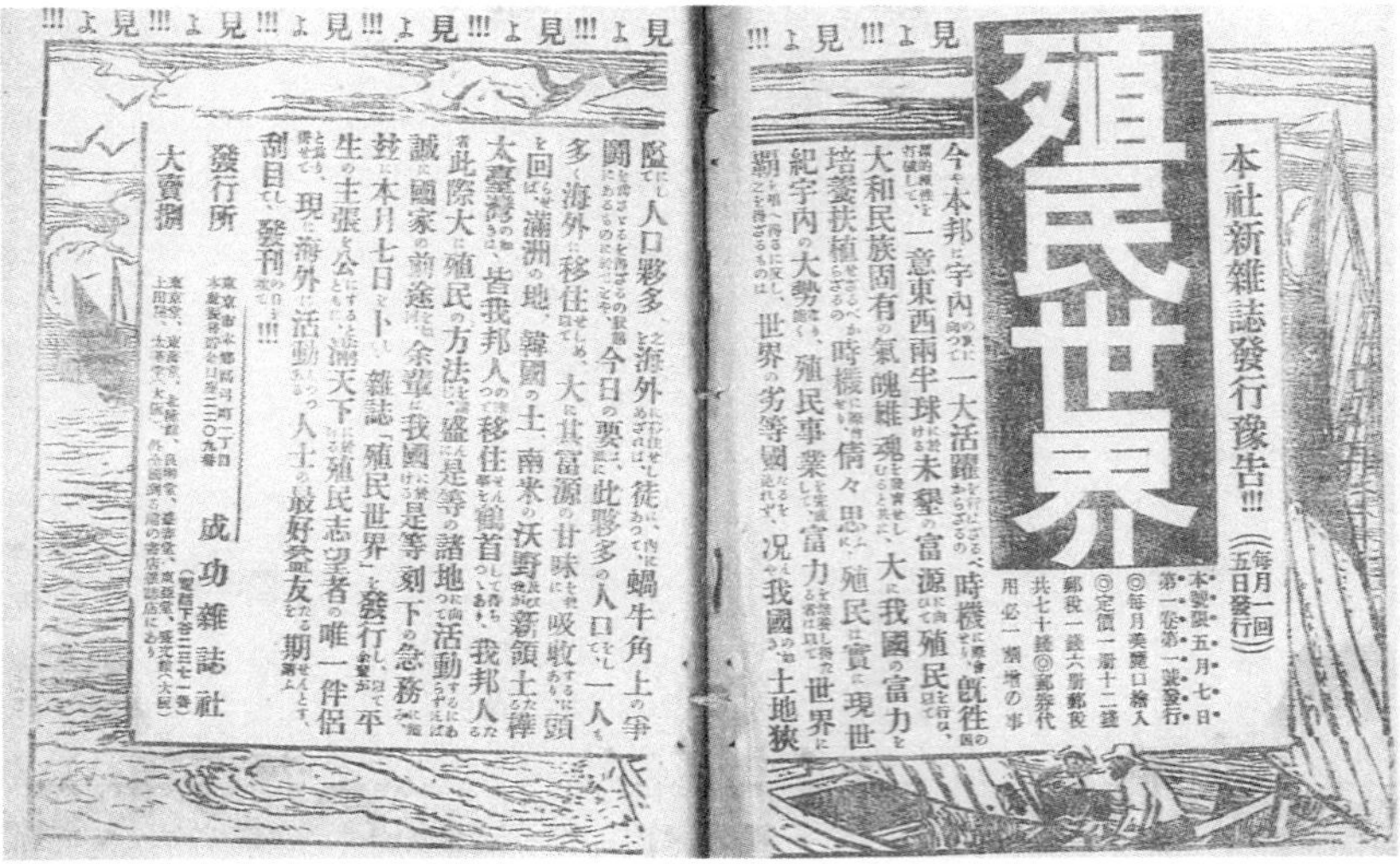

図１　『殖民世界』広告（『成功』明41.5）

図２　「南米ブラジル殖民者笠戸丸にて出発の光景」（『殖民世界』明41.6）

が述べられている。進藤道太郎「南米秘露風俗」(『殖民世界』明四一・五)では、「北米」は社会も完備していて、排斥運動もあり、相当な資本が無ければ成功が難しいが、南米では「『事業』は『人』の来るを待つて居る」と「北米」と対比して述べる。こうした対比的な構成上の効果については後にもう一度触れよう。

大隈重信「大和民族膨張と殖民事業」(『殖民世界』明四一・五)では、北米の排日熱に触れつつ、「南米の天地」を有望視し、「天然の富源は至る処に埋没して居る」と述べる。「広濶豊穣なる地」であり「人口四五億を容れて尚余裕」であるのに比し「朝鮮は先づ五六百万から一千万」が限界としている。この人口と国土の問題は、植民の主要な理由づけとなる点なので後に再びとりあげたい。小林直太郎「墨士哥《メキシコ》の有望殖民地」(『殖民世界』明四一・五)はメキシコの「キミチス殖民地」の面積、気候、雨量などの細かい数字をあげて説明する。朝日胤一「南米秘露ロレト州の有望産業」(『殖民世界』明四一・五)では護謨《ゴム》樹の栽培、樹液の採取に従事する「日本労働家」の写真を掲載し、あわせて細かい地誌的情報を掲載する。執拗なまでに提示される詳細な数字は、一見不要に思えるが、過剰なまでのその数字こそが、それを提示すべき理由が十分にあるかのような効果を生み出すのであり、その意味では数字の提示こそが、その数字自体の重要性を生産しているといってもいい。

雑誌自体の傾向としても、南米への植民を支援しようという方向性をかなり明瞭に見てとることができる。記者による時評欄を見ると、「墨士哥殖民の有望」(『殖民世界』明四一・五)では、メキシコを「本邦殖民の好適地」とし、「伯剌西爾《ブラジル》の移民契約」では年々二千名の日本労働者を送る契約を水野龍が結んだことを「我国移民の前途に一大光明を与えしもの」と評価しているし、「秘露移民規約の革新」では森岡商会が期限六ヶ月の短期契約移民を行なうとも、移民増への新たな試みの一つとして評価している。

実際の細かい渡航費用や方法、手続きについての情報ももちろん掲載される。土井権大「南米黄金郷伯剌西爾殖民心得」(『殖民世界』明四一・六)では「殖民地として好適な理由」をあげつつ、皇国殖民会社のブラジル政府との契約について説明し、「殖民の享く可き利益」としてブラジル政府からの医療面、住居面の支援や会社からの土地払い下げについて、土地所有権の獲得についても述べ「三千円以上の貯蓄を一ヶ年になすことを得べし」とする。進藤道太郎「南米秘露各国人活動視察記」(『殖民世界』明四一・六)では、「勤勉なる労働者と事業家」の欠乏を訴え、中堅として活動すべき「中流の人民」がいないとしている。小林直太郎「墨国日本殖民者の実収入」(『殖民世界』明四一・七)では農産物の収入、純益計算を細かく提示している。朝日胤一「南米秘露日本労働者の現状」(『殖民世界』明四一・七)は「秘露に於ける日本の将来は非常に有望なものである」「秘露人は非常に日本人を歓迎する」「どれが日本人でどれが土人かを分ち得ぬ」と、ペルーには「白人」への反感があり、日本人への人種的な偏見がないことを述べる。長風散士「伯剌西爾渡航方法」(『殖民世界』明四一・八)では、仲介する移民会社の紹介を含めた具体的な旅費、手続きなどの情報を掲載しているし、朝日胤一「秘露サンタバルバラ日本労働者」(『殖民世界』明四一・九)も、衛生上から見て日本人の労働者の家屋に問題があることや賭博の蔓延に注意すべきことなどかなり詳しい実地の情報にまで触れている。

雑誌表現のレベルから

雑誌の形態や記事の配置を考えながらこれまでの問題を考えるとき、そこからさらにこの雑誌独自の意味作用を見出してゆくことも可能だ。配置、構成のレベルでは、南米各地と北海道、朝鮮の拓殖が、ほとんど同じレベルで併置される。こうした配置は、一方で実際にはかなりの遠方にある南米の各地を、近距離の植民地と同じレベルで接合することを、誌上において実現する。それとともに、植民地としての「有望」度を同一の次元で比較することをも可能にする。

『殖民世界』(明四一・六)では巻頭の図版において、北海道植民とブラジル植民が併置され、「富源」欄においては古在由直「韓国に適する農作物」と土井権大「南米黄金郷伯剌西爾殖民心得」が併置され、後者の「有望」度が対比的に強調される。朝鮮の場合、事業の大半は「資本がなければ出来ない」あるいは「小資本家同士連合」することによってはじめて可能になるという、より現実的な条件を提示する。一方後者は、移住者に「渡航旅費を支給し、且つ凡ての殖民者に向つては土地を給与する制度を取れり」とする。

こうした対比によって「南米」の位置は高まってゆく。特に北米の記事などはかなりシビアであり、泉量一「日本職工米国就業案内」(『殖民世界』明四一・六)は「十分の資力がなくて出掛ける者は成功を焦せる様なことでは到底行かぬ」として地道な職工勤めの方法を述べる。黄稲生「テキサス日本青年殖民者の書簡」(『殖民世界』明四一・七)ではテキサスの「畜力と器械とを応用する」「大農的」生産について説明し、「威張屋の日本人はカラ駄目」「日本ではテキサスへ行つて米作すれば、三年で資本を取返し、五年目には大金持になると考へてる者もあるらしいが、空想も甚しいもんだ」と収支計算を細かくあげつつ論じている。今井鉄嶺「北海道富源地移住者心得」(『殖民世界』明四一・七)では北海道移住後の経済について説明するが、五年目からやっと「年百五十円」というし、深井弘「朝鮮全羅南道の日本人農業」(『殖民世界』明四一・八)は朝鮮が「殖民地として天与の好適地」であるとし、渡航費は二等一六円で、比較すれば安いとしつつも、「新開地を開拓して一獲千金的悪儲けをしやうと思ふと当が違ふ」として「小農者の小資本」では成功はおぼつかないと言う。呉永寿「奉天商業の将来」(『殖民世界』明四一・九)は「支那語も話せずに支那人を対手に商売するなどは無謀も甚だしい」とし、「満ゴロすらゴロツク余地がなくなつて居る」から「精選した実力のある者」が植民すべきだと語る。もちろん内藤昌樹「南洋諸島の大富源」(『殖民世界』明四一・八)のように「絶大の富源、而して未開の地」として南洋諸島の「無資本殖利」を説く者もいるが、その場合、現実的な渡航ルートや具体的な情報は南洋の「各諸国政府」の政策を漠然と説明するのみであり、現在の日本人労働者で成功している者の少ない理由を、これまた漠然と精神的な要因に帰している。

これらの記事が、先にあげた「南米」イメージと併置されることによって、「南米」の「有望」度は際立たせられる。国家の領土内の植民地の表象へと海外の地を取り入れるとともに、その地を「有望」情報化する構成、表現がここにはある。むろんそうした有望さを強調する数値自体がある種のレトリックでしかないことは前にも述べた。実際には、例えば一九〇八年のブラジルへの第一回移民の場合にしても、耕地契約労働者がいかに厳しい条件におかれていたかは既に数多くの資料がある。『殖民世界』では、収支計算をあげていかに利潤を得ることができるかを説明してはいるが、そうした計算には、農作物の価格変動も、労働の熟練度も、また契約労働以外に自分で農作物を作ることさえもが制限を受けることも、耕主経営の売店によって不当な価格の商品を買わねばならないことも入ってはいない。

しかしながら、実際に情報量の入手経路の限られた「南米」情報は、同一の視察、報告者による情報に頼ることとなるとともに、その記事に基づいて新たな記事を作るという回路を生み出してゆく。情報の少ない国や国民に対して、別の記事で用いられた決まり文句や類型をあてはめるという傾向を作り出しているのだ。例えば長風散士「南米最有望の日本人手職」(『殖民世界』明四一・八)は、現在の「秘露人種」は「ラテン民族中の最劣等の西班牙《スペイン》民族」「遊惰の民」と「土着の秘露土人」「遊民」との雑種で「昏愚」とするが、朝日胤一「秘露日本人会活動談」(『殖民世界』明四一・八)にも「秘露人は、ラテン民族中の最劣等人種西班牙人と、性来懶惰な秘露土人との雑種」「遊惰の民」といった表現が見られ、類型的な表現の流用、呼応を見て取ることができる。また、こうした効果は読者の側にも波及する。それが明瞭になってくるのは懸賞当選小品文であり、読者は誌上で作り上げられた「海外」、誌上イメージに染まったその仮想の地に身を置き、川柳や友人への手紙を生産するのである。『殖民世界』(明四一・六)に載った懸賞当選小品文の「友人に渡米を薦むるの書」「嗚呼偉大なる哉殖民事業」、同じく懸賞当選狂歌の「雨もなき秘露の国に来てからは蛇の目も下駄もつい忘れけり」「インヂアンの黒き娘に見とれつゝ椰子の実かじるテキサスの野辺」のような作品が日本の国内からの投稿者によって作り出されるのである。だが、この雑誌は、そのなかに実際の海外からの書簡や川柳を織り交ぜており、仮想の「海外」に迷彩を施してもいる。

誘いの言説空間

前節では、『殖民世界』が作り出す「南米」像を中心に検討した。ここでは、海外にゆくことをいかに正当化し、その理由づけを行なうか、といった点について、この雑誌の表現を同時代の表現の枠組みも視野にいれつつ考察しておきたい。この雑誌における「殖民」観、「殖民政策」観について考えることとなるが、先に触れた人口という数の言説についても補足的に説明しつつ述べてゆこう。そうした理由づけは、「人口」問題への危惧として、そしてそれを解消するにあたって「日本国民」が本来もつ「膨張的な性質」を伸長させてゆこう、という形の表現として、この雑誌には頻繁に現われてくる。

　大隈重信「大和民族膨張と殖民事業」（『殖民世界』明四一・五）は人口が「年々の増殖」により「百年を出でずして一億の人口となる」ことを述べ、竹越与三郎「殖民文学を振起せよ」（『殖民世界』明四一・五）は「近来我邦人口の増加は実に澎湃として潮の来るが如し」として「百年を出ずして一億の同胞は我国内に充満」するとする。土井権大「南米黄金郷伯剌西爾《ブラジル》殖民心得」（『殖民世界』明四一・六）はブラジル移民に悲観的になるなら、「マルサスの人口論」がもたらす結果を目にするであろう、と警告しているし、嶺八郎「殖民の三要点」（『殖民世界』明四一・九）は「我国の人口は年々歳々増殖を示し来たり既に最近に於ては一ヶ年七十万人以上の増加を示」すことを指摘し、人口増加率を他国と比較している。

　こうした人口過剰をめぐる危惧と、海外への植民がセットになっていることは言うまでもないが、この誌上では、海外へと膨張してゆくことが「本来の国民性」と結びついてしばしば論じられることになる。竹越与三郎「殖民文学を振起せよ」（『殖民世界』明四一・五）では、日本の「国民性」が植民地建設に適するとして「暹羅《シャム》に於て墨士哥《メキシコ》に於て我が大和民族の雄飛せる形跡あるは歴々として見るべきものなり」とする。高橋山民「殖民世界発刊の主旨」（『殖民世界』明四一・五）でも人口論とともに、「徳川氏三百年間の鎖国主義」が「帝国民の膨張的性格を圧迫」したと述べる。こうした、江戸時代に抑圧されることで形成された日本の島国根性の批判、といった文脈の背景には、竹越の『二千五百年史』[*16]の史観、民族の南方渡来説や混合民族論の立場があり、それはまた、日鮮同祖論の立場に立つ歴史学の記述、当時においては久米邦武『日本古代史』[*17]の主張においても見られる表現である。こうした民族の「起源」、あるいは「本性」をめぐる一つの立場に近い位置をこの雑誌ではとりつつ、その議論を、海外への膨張、発展の思考と結び合わせてゆく一つの具体的な地点となっていることに注意しておきたい。[*18]

神山閏次「韓国沿岸漁業家心得」では「国家の発展を示さん」とするには「拓殖殖民の右に出づるもの無かるべし」として「離郷移住の勇気」の重要性を語る。板垣退助「国家百年の長計と殖民事業」（『殖民世界』明四一・六）は日本について、「面積よりは人口が余つて居る国」「冒険的気質の富んで居る国民」だが「鎖国の政治」がそうした国民の性質、欲望を抑えたとする。そして「島国を去って海外の荒野に出る」ことが「国家の防腐剤」であり、内にとどまる満足心こそが「魔睡剤」であると主張している。

問題は、これらの情報をより信頼性のある形に加工している手法であり、この雑誌においては、一つには書簡形式や対話形式、経験者へのインタヴューという形式がそうした方法として指摘できる。「横浜移民船宿上州屋店員」による談話を記事とした「船宿移民の一夜」（『殖民世界』明四一・五）では、「誰れでも三四千円の金は（帰国時に）もつて来る」と証言している。牟田口竹次郎「墨士哥通信」（『殖民世界』明四一・五）は、メキシコから一時帰国している小林直太郎に届いた植民者からの私信の転載の形で「目今の景況は未だ増加の見込も有之」とするし、蛍光生「妻に与へし出稼人の手紙」（『殖民世界』明四一・五）は、手紙の形をとった、わかりやすい口語での呼びかけ調。あのとき奮発してメキシコに来てよかった、という主旨で、すでに二千円近く送金できたことを報告し、「身体さへ丈夫なら、家にゐて困る人は、早くこちらに来るに限るだ！」と呼びかける。こうしてかなり実際とはかけ離れた情報がもたらされる。進藤道太郎「南米秘露風俗」（『殖民世界』明四一・五）ではペルーは「不作の無い処」、どんな年でも極めて「豊穣な収穫」が得られるとする。また、「日本では非常な美人は凄いといふが、秘露に行けばその凄い性の美人がいくらでも居る」、そして「日本人に対しては悪感情は更にもつて居ないので、よろこんで結婚する」「現に日本移民で少し長く向ふに居るものは、大分これ等の美人と結婚して居る」と言う。

人口をめぐる言説について考えるには、先に触れた数量表現についても検討しておく必要がある。各種南米案内はこの後も出てくるが、水野龍『南米渡航案内』（一九〇六・一二、京華堂書店）でも、海外への渡航、労働が、外貨獲得として効果があることとともに、人口過剰や食糧問題の解消策としてとらえられている。大正期に入っての富田謙一『南米事情』（一九一五・六、実業之日本社）や奥村安太郎『南米移民研究』（一九二三・八、弘文堂書房）においても、人口過剰の解消地として「南米」をとらえている。こうした人口観はマルサス説の影響下にある。マルサスの人口論は、すでに一八七六（明九）年より紹介が行なわれ、[19]明治二〇年代には人口論といえば特にマルサス説と述べなくともそれを指している例も出ており、かつ、その説への批判も現われている。それがさまざまな場において「俗流化、常識化」[20]されてくることになる。

この時期の実業系雑誌からは、特に「数の説得力」が強化されつつあることがうかがえる。人口にしても、そして賃金や利益に関しても、すべて細かい数をあげての論述となっている。そうした事態を典型的に見て取ることができるのは先にあげた雑誌『実業之日本』の表紙だろう（図3）。一八九七（明三〇）年一月に創刊されたこの雑誌の表紙は、毎号表紙に日本地図を用い、毎回各種の生産高や取引高などの情報を地域別に数値化して図案化している。領域の限定と数量化をこれほど明確に表わしているものはない。限られた領土に充満する「数」が、極めて具体的なイメージをもって提示される。[21]

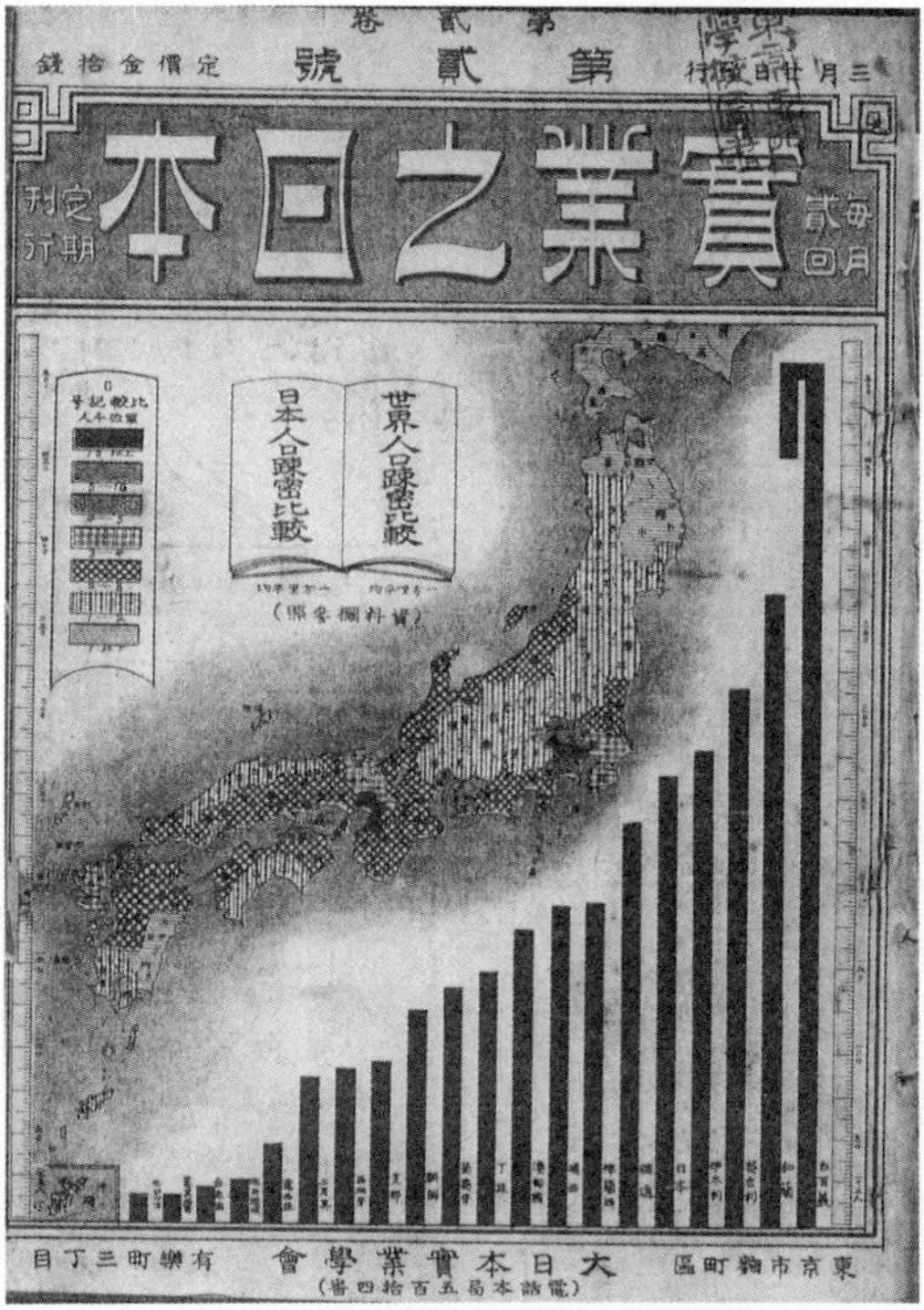

図3 『実業之日本』（明32.3）の表紙

実際、明治三〇年代はまた統計学史においても、人口統計をはじめとする各種統計調査が大規模に行なわれてくる時期でもある。日本が国際統計協会から一九〇〇（明三三）年の世界人口センサスに参加するよう勧誘されたことを受けて、明治三〇年代においては人口センサスへの関心が高まる。それは一九〇二（明三五）年一二月公布の「国勢調査ニ関スル法律」につながってゆく。[*22] 物価統計においても、日本銀行調査局が一九〇〇（明三三）年の金本位制導入にともない東京卸売月別物価指数の計算を開始している。[*23] また、体系的な賃金統計の始まりともいえる「明治三三年農商務省統代一二号令達」と、それに基づいた調査の開始をあげてもよいだろう。労働問題の前景化に応じた各種労働統計のもととなる調査も明治三〇年代に入って刊行されることとなる。

『殖民世界』においても、極めて多くの「数」「統計」が登場する。繰り返しになるが、あくまでそれは客観的な数値というレベルで議論すべきではない。それはさまざまな要因を消去した上で出てきたレトリックとしての「数」なのである。

4 「移民」と「殖民」、そして「立志」

さて、これまでこの雑誌における南米イメージの生成と、植民の動機づけ、さらにはそこでの海外へと誘うレトリック、形態的な特徴を同時代の言語状況とあわせ論じてきた。ここでは、これまで論じてきた特徴を、「立志」イメージとの相関関係のもとに考えてゆくとともに、小説の表象分析をもあわせ行なってゆきたい。雑誌『成功』に見るような立身出世に関わる雑誌の言説が、『殖民世界』における民族や人種決定論的な枠組みになぜ、どのように接続するのか。そしてまた、海外での成功と、それまでの国内での成功は果たして相似形のように接続しているのか。

これらの問いに対して、例えば、欠如した資本の代替を海外という領土に求め、国内での成功の枠組み、欲望の形を、そのまま海外への「国家」の欲望に転移、拡張してゆくという単純な図式が浮かびそうだが、こうした図式をまず放棄しておこう。というのも、ことここにおいて立ち上がってくる「南米」という場に関していえば、そうした単純な事態が起こっているのではないからだ。以下、論じる点をまとめておくと、特定個人の「立志」や「出世」に関する言説と対照的に、『殖民世界』の諸表現においては、「殖民」というテーマ系に応じて「人種」や「民族」の主語化、類型化という事態が起こっていることを示す。だがその一方で、「南米」という、他国の領土内で生活してゆく場においてはそれら「人種」「民族」といった範疇と、「国家」や「国土」の表象とが乖離する事態も起こってくることを論じる。このことは、それまでの「立志」の主要な装置の一つである「故郷」や「帰省」が否定される、という事態につながってくる。そしてこれらの点から、「殖民」の枠組みはそれまでの「立志」の枠組みと相容れなくなってくる。また、それゆえに、それまでの「立志小説」と形の上では相似形に作られた堀内新泉の「殖民小説」が、まったく違った読みの枠組みで受容されるという事態が起こってくる。これらのことを指摘したい。

さて、まず最初に、この雑誌の表現が、しばしば「人種」や「民族」の主語化を引き起こす点を論じておこう。萩原守一「露国の北満州経営法」（『殖民世界』明四一・九）は「アングロサクソン民族は」「膨張的性質」に富んで「冒険的思想が非常に旺盛」、「支那人は」「随分尊大な国民で、事大主義」、そうした対比のなかで「露西亜人」の性質を論じている。重要なのは民族、国民の性質によって植民政策を解釈、説明、評価するディスクールである。

こうした記事は枚挙にいとまがない。進藤道太郎「日本殖民者の欠点」（『殖民世界』明四一・九）は「我が国民の海外発展に功を奏して《（ママ）》得ないのは、永く養はれ来つた国民性《ナショナルキアラクタリスチック》に起因」するとし、鎖国制度を「国民性」の因としてではなく、「国民性」を鎖国制度の因として見ている。長風散士「南米最有望の日本人手職」（『殖民世界』明四一・八）は「ラテン民族中の最劣等の西班牙《スペイン》民族」という「遊惰の民」と「土着の秘露土人」の雑種である現在の「秘露人種」は「昏愚」として、その地での日本人の成功を確信している。また、そうした海外での成功と国民性を並行して論じている南天涯「在外支那商人気質」（『殖民世界』明四一・六）や、植民地での勢力拡張と人種観を並行して論じる高橋山民「殖民地と宗教」（『殖民世界』明四一・八）をあげてもよい。

このようにこの雑誌では、先に指摘した国土の有望情報化と同時に、人種、あるいは国民の類型化が、説明や解釈の装置として常時用いられている。その一方で、この雑誌においては、「殖民」が、「日本」の「国土」や「人種」という枠組みを動揺させてもいることを指摘しておこう。つまり、「南米」という場が、人種が混交する場であり、なおかつ「日本」という国家に属さない場であり、そうした場を評価し、誘う表現もそこに出てくることになる。蛍光生「妻に与へし出稼人の手紙」（『殖民世界』明四一・五）では、「労働者の中には、英吉利人も居れば亜米利加人も居り、墨士哥人も居れば独逸人も居り、中米人も居れば黒人も居り、朝鮮人、支那人、露西亜人、仏蘭西人、西班牙人、何処の国の人でも来て居る、その中に日本人も八百人ばかり居るが、イクラ大勢でやつて来ても、仕事はこれからドシドシあるだ！」として、民族混交の場へと誘う。進藤道太郎「南米秘露風俗」（『殖民世界』明四一・五）では、「英、米、独、仏諸国人と共に事をなし得る」ことを積極的に支持している。あるいは内藤昌樹「黒龍沿岸の重要商工業」（『殖民世界』明四一・五）のように「露国」への移住を誘っている場合もある。「彼等は所謂大国民で和し易く、人情に厚い種族」「移住せんとする何国人にも、至大の便利と至大の保護とを与へる」とする。

さらに、一時的に海外に出ることを批判し、海外を自分の故郷とすることを積極的に主張するのがこの雑誌の特徴となっている。[24] 三宅雄次郎「中流民族と殖民」（『殖民世界』明四一・六）では、移民斡旋事業の監視、管理の必要性を述べ、「永住するもの」が少なく、「出稼ぎ人」となる原因の改善を求める。高橋山民「日本国民と小人島根性」（『殖民世界』明四一・六）は「鎖国主義の為めに一種の懐郷病患者」となった日本国民を非難し、「永住の念」の欠落を批判する。進藤道太郎「日本人の学ぶべき欧米殖民真髄」（『殖民世界』明四一・七）も「三千円目的の出稼人」を批判し「一度渡航して彼の地に着けば、最早本国を忘じ去る。これ真に殖民の真髄である」（傍点引用者）と述べている。さらに、「本邦青年海外殖民要訣」（『殖民世界』明四一・九）と題する特集記事において、早田元道「思郷病は殖民の大毒也」は、「畢竟《ひつきよう》思郷病《しがうびやう》は殖民の大毒なり人間到処《いたるところに》有青山《せいざんあり》」とする。

こうして、日本の「国土」への執着が批判される。進藤道太郎「日本殖民者の欠点」（『殖民世界』明四一・九）は

「布哇《ハワイ》に於ける日本移民の現状」を論じ、「移民といふよりは寧ろ出稼ぎ人」で市民権や選挙権の獲得に無関心なことを批判し、「五年か三年かの後には故山に帰るつもり」ではだめだと言う。欧州移民の「本国あるを忘れて行く」「最早その地を墳墓の地と定めて更に故山を憶ふことをせぬ」ことを評価している。むろんそうした場合、「偏狭なる地理的愛国心」を批判し、「国土」よりも「民族」へ愛を、「愛国心に地理的の境界をおかぬ」ことを求めることで「民族」を立ち上げようとするケースも出てくるわけだが、こうした主張においては「混血」の問題系が無視、抑圧されている。それゆえにそこで主張されている「民族」自体も空疎で曖昧になっている。

実際、こうした点から、「南米」のような遠方への植民については国内においても議論は一貫していない。確かにこの雑誌においては、「南米」は有望なのだが、そこには、上にあげたような「国家」や「国土」「民族」について、それらを当然の前提として価値づけえないような事態が出現してくるのだ。この雑誌の内部は比較的方向性が明確だが、それでも例えば有望な殖民先として多くの人物にアンケートをとった場合、「本邦青年海外殖民要訣」（『殖民世界』明四一・九）のように、朝鮮、満州を中心にせよという意見も多い。有望な植民先として、井上雅二は「将来日本の属邦若しくは勢力圏」を、神山潤次は「母国に近く」「帝国の勢力圏内」を考える。あるいは植民地評価の際に、古在由直「韓国農業経営法」（『殖民世界』明四一・五）のように、内地と交通しやすく、「生命財産の保護の行届く処」を主張する場合もある。『殖民世界』は「南米」を「殖民」の最有力地としてイメージ化したが、それは、「国家」を拡張する思考と、「国家」の外部に位置しようとする思考を同時に招き寄せることとなった。

5　〈立志小説〉と〈殖民小説〉

以上述べた特徴は、「立志」のディスクールに極めて異質な性質を持ち込むこととなる。そこでは「個人」としての上昇過程が「国民」自体に置き換えられてしまう。個人にとっての成功というよりも、日本にとっての有用さに応じた「海外」の情報化もなされてゆく。そしてまた、自らの社会的な上昇の起点、苦難の出発地点（故郷、故国）への回帰も否定される。そればかりか評価システム自体の普遍性、永続性が機能しない場への誘いともなる。そこでは、日本語による、日本の階層意識や評価尺度が通用しない「領土外」の場が浸入してくるのである。

こうした地点について、小説の表象を軸に考えてみよう。『殖民世界』には「殖民文学」欄がある。この「殖民文学」は、この雑誌で植民教育の一つの方法として試みられているものでもある。新渡戸稲造は「海外殖民の三大要素」（『殖民世界』明四一・六）において、東京帝国大学での植民講座の創設に賛成し、植民政策の学理的追求の必要性を述べる。そこにおいて、単に数値を重視した地理教育の無味乾燥を非難するとともに、より平易に刺激的に地理教育する方法として「殖民文学」の可能性に言及する。また、竹越与三郎「殖民文学を振起せよ」（『殖民世界』明四一・五）では、「殖民文学」が「国民性」（その優劣によって「殖民的膨張」に成功するか否かがきまる）を刺激、指導する役割を期待されている。

堀内新泉は、ここに、「殖民小説南米行」、そしてその続編である「殖民小説殖民隊」「殖民小説深林行」という「殖民小説」を掲載する。[*25] その特徴は、先の新渡戸の主張を裏づけるように、細かい地理的な描写を交えながら描かれる。以下は「殖民小説殖民隊」における「笠戸丸」からの描写シーンである。


『夜が明けた！夜が明けた』

と仲間の騒ぐ声を聞いて、急いで甲板《デッキ》に上つて見ると、遙か向ふの方に屹立して居る山が見える。皆船員を呼び止めて、向ふの方を争ひ指《ゆびさ》し、

『モシ彼《あれ》は何んといふ山ですか』

と問へば、

『彼はコルヂレラ山と云つて、イズパニアの山脈だ』

と言ふ、山の頂上《いたゞき》は真白に雪を被つて居るやうだが、何分距離が遠いので、山の頂上が地平線よりも低いやうに見えた。尚、船員に就いて問へば、此処《こゝ》はペルーの要港で、当国の首府リマ市から少し隔たつて居る所ださうだ。

あるいは次のような描写からも、地理的な海外の知識を具体的に与えようとしていることをよく見てとることができる。

モエンド市は、恰是《ちやうど》我が国の長崎市を見たやうな地形をして居る市街《まち》で、土地の高低定《さだま》りなく、ホテルは何れも高台に在つて停車場《ステーション》に臨み、中々景色の好い市街で、一方の湾港に向つた所は、浪が高く岩に怒つて、絶えずドーン〳〵といふ高い音が聞えて居る。

だが、まずこの小説はそれまでの新泉の「立志小説」の枠組みをそのまま用いる形で作られていることを指摘しておこう。すなわち、資本を欠き、父をも亡くした青年が、苦しみつつ努力してゆくプロセスが描かれる。「殖民小説 南米行」において、「自分」はまずこう語り出す。

自分は九州の山間に生れた薄命者《ふしあはせもの》だ。山間に生れたからと云つて皆薄命者とは限らぬ。資産さへあれば、随分呑気に生活《くら》して居るものも少くないが、自分は田畑《でんばた》を合《がつ》して三反しかない貧乏百姓の家に生れたので、決して幸福とは云はれなかつた。

この青年は横浜港から明治移民会社の斡旋によるペルー移民に加わって笠戸丸に乗船することとなる。山間の農村で土地をほとんど持たず、なおかつ父親さえ亡くしてしまっている状況におかれた青年。これは立志小説群において用いられる典型的な枠組みの一つである。美濃国の「山間の孤村」で、だまされて土地を失った農家、父を亡くし、さらには母とも別れて祖母と生きてゆく『帰郷記』の俠一。四国伊予国の寒村で、同じく正直だけがとりえの貧しい農家、両親さえ失って故郷を後にする『立志小説 観音堂』の孝吉。土地も財産もなく、美濃の山の中から上京する「立志小説 春の声」（『成功』明四二・一）の孤児の三吉。これら「立志小説」の主人公が都会で貧しいなか、苦しみつつ努力するプロセスの代わりに、「殖民小説」においては海外に移民する要素が取り入れられている。

続く「殖民小説 殖民隊」「殖民小説 深林行」においては、この青年がペルーに到着し、目的とする植民地まで過酷な徒歩の旅を続け、厳しい深林行を経てゆく様が描かれる。立志小説群と同じく、到達地点での作業や仕事が具体的に描かれるのではなく、ひたすら苦しみつつ進んでゆくプロセスに焦点があてられている点に注目したい。ちょうど立志小説において辛苦するプロセスが自立的に描かれたように、新泉は「殖民小説」で目的地へと進むプロセス自体を自立させて小説を作るのだ。成功する到達地点は示されず、ここにあるのは、ただ辛苦しつつ進んでゆくプロセスだけであり、先に述べた立志小説の辛苦プロセスの自立という特徴を引き継いでいる。しかしながら、この小説において「立志小説」と決定的に異なるのは、そこで描かれる苦しみのプロセスが、言語的、地理的な国家の管轄から逸脱してゆくプロセスであるという点だ。そこには、前提となる評価システムも安定して支えてくれる制度もない。

彼はこの後もいくつもの「立志小説」を刊行するが、「殖民小説」を連作していった形跡は見出しえない。この理由は、単に移民受け入れ先が限定されてゆくという状況にのみあるのではないのではないか。「殖民小説」が、「立志小説」が与えていた「辛苦という快楽」を与えられなかったことに起因するのではないか。この点について説明するためには、「立志小説」を支え、その前提となっていた読書モード自体がどうなっているのかを考えてみる必要がある。

先に述べたように「立志小説」は、前提として永続的な評価システムや安定した時間的パースペクティヴを読者に要請し、その上で安心して辛苦に浸ることができるという読みの枠組みを作り出していた。ところが、それはあくまで国家の「領土」内において前提としうるものだ。また、やがてたどりつく成功した到達地点を前提とすることもできない。「立志小説」は現実に存在する実業家や成功した人物と主人公を重ねたり、登場人物の成功した地点からの回想形式を用いたりすることによって、苦労していればやがては成功するという安定した時間軸を提供し得ていた。ところが、「殖民小説」はほとんど当時の読者とリアルタイムの出来事である南米移民を枠組みとして採用する。したがってそこでは、成功した到達地点を前提として読者に想定させようにも想定させることができない。「立志小説南米行」の冒頭で示される「決して幸福とは云はれなかつた」という一見成功地点からの回想形式ともとられる書き出しは、実際には不安定な見えざる未来しか読者に与えることができない。

我々の如き貧乏人が、内地で愚図々々して居つて、今日の少い日本の米を食潰すよりか、君も一番奮発して外国出稼と出かけては？（中略）今までは鉄砲の戦争で、お互に、聊《いささ》か国家に尽した了簡だが、これから先のご奉公には、平和の戦争に力瘤を入れるより外《ほか》道がない！来給へ、来給へ、君も愚図々々して居らんで、一船《ひとふね》後から奮発し給へ！

こうした友人の手紙に「自分」は奮起して渡航しようとするのだが、この友人の手紙は、前にふれた懸賞小品文「友人に渡米を勧むの書」のような誘いの形式と変わりない。こうした小品文はしばしば読者、あるいは時には記者が、移民を頭で想像して、その豊穣な仮想の地からの手紙という形をとると述べたが、実際に成功した実業家や実在する成功者を示唆する場合とは異なり、それはあくまで仮想された到達地点でしかないのだ。例えば次の「奮闘」（『殖民世界』明四一・九）という懸賞小品文もその一例である。

十五エーカー、蕞爾《さいじ》たるものである……が之は友と僕とが流した血と汗の清い塊りである。僕は此の丘に立つて、眼下に愛する此の農圃を見更に遠く千里の沃野を眺めて、胸を躍らせるのである。（中略）冀《ねがは》くは、奮闘の趣味を解し給へ、そして来給へ、是非ね……

自明化された階層性やその上昇プロセスが、もはや前提とならない場。付け加えるなら、このことは明治三〇年代までの部落問題小説における「海外」の表象をも合わせ考えてゆくことが必要になってくるだろう。海外渡航による差別からの脱出、そして立身、といったタイプが現われてくる。[*26]そこでは、「海外」はある意味で解放の場としてイメージ化されているが、[*27]それは同時に、既存の制度内、「領土内」での評価系から脱してゆくプロセスでもある。そうした「海外」の表象群は、「領土外」を自由な場としてイメージ化すると同時に、「領土内」の諸前提、評価が自明化されえない不安をかき立てる「海外」という表象を形作ってゆくことにもなるだろう。[*28]ここで論じている時期、対象においては、後者の方がむしろ強化されているという事態を見て取ることができる。

また、雑誌『殖民世界』の諸表現が作り出す場も、「殖民小説」を失調させてゆく要因となっている。ここで論じてきたように、この雑誌では「南米」は、極めて豊饒で条件のよい場としてイメージ化されている。だが、「立志小説」の形態を継ぐ「殖民小説」は、辛苦としてその行程を描く形態をとる。そのため、「殖民小説殖民隊」や「殖民小説深林行」は、苦難に満ちた旅の行程を、そして植民先に到着するまでに風土病による死亡者が出るといった過酷な状態を描くこととなる。次の引用は「極正直者」で故郷に男女四人の子どもを残してきたある移民の死なのだが、こうした点で、雑誌の提示する楽天的といってもいい「南米」イメージと相容れなくなってくるのである。

これは土地の風土病に冒されたので、前にも云つた通り大勢一斉《いちじ》に冒《や》られたのであつたが、中にも其の男が一番強《ひど》く冒されたのであつた。何様《なにさま》四十度以上の熱が三日も四日も下らぬので、見る／＼ズン／＼と衰弱する一方だ。

また、一時的な「出稼ぎ的」植民を批判し、海外への帰化、永住を主張するこの雑誌の論調は、「立志小説」が備える、帰郷による故郷での再評価、という評価系とも齟齬を来すこととなる。もっとも、一時的な「出稼ぎ」による「成功」は、結局のところ外貨を稼いで帰国することだが、そうした金銭を得ることのみに帰結する「成功」はそもそも「立志小説」が否定する到達地点でしかないのである。[*29]

こうして、形態的には全く「立志小説」に類似する「殖民小説」は、それまでに要請されていた読みのモードが失調することによって、そしてまた雑誌のつくる言説の場と齟齬を来すことによって、二重に異形のものとなるのだ。そこで描かれるのは、もはや安逸な快楽としての「辛苦」ではなく、ただ行く先のない、辛苦のプロセス自体となる。そこでは、耐え難い辛苦自体が露出し、「領土外」への逸脱の恐怖として機能してしまう。こうして「領土外」での成功を志向する新泉の「殖民小説」は機能不全に陥ってしまうのだ。それは、これまで述べた読みのモード自体の変容と、領土内／外という境界の強度が読みのモードのうちにも浸透してきているという事態を示しており、さらには「領土外」へ赴くことが逸脱の恐怖と不安へと連鎖しつつあるという事態を示してもいるのだ。『実業之日本』にしろ、雑誌『成功』にしろ、明治四〇年代に入ると南米植民の表象上の優位は薄れてゆく。「立身」や「成功」は「領土内」という領域と依存関係を強化しており、それは「領土外」での個人的な成功を機能不全に陥れるものでもあったのだ。

註

＊1　『殖民世界』は成功雑誌社から一九〇八（明四一）年五月に刊行され、同年九月まで刊行されている。
＊2　植民政策学の確立と、当時の日本におけるアジアの心象地理との関係性、あるいは「植民」の範疇の変成については姜尚中『オリエンタリズムの彼方へ』（一九九六・四、岩波書店）が問題化している。
＊3　拙論「〈立志小説〉と読書モード」（『日本文学』一九九九・二）。
＊4　例えば竹内洋『選抜社会』（一九八八・一、リクルート出版）、『日本人の出世観』（一九七八・一、学文社）など参照。
＊5　萬成博『ビジネス・エリート』（一九六五・六、中央公論社）。

＊6　堀内新泉『立志小説人の兄』（前編、一九〇五・六、成功雑誌社、後編、一九〇六・一二、同）。

＊7　ちなみに調査対象とした新泉の小説は以下のとおり。『立志小説人の兄』（前掲）、『愛の神』（一九〇七・四、鶯々堂）、『帰郷記』（一九〇七・八、成功雑誌社）、『立志小説全力の人』（前編、一九〇七・七、鶯々堂、後編、一九〇八・八、東亜堂）、『立志小説観音堂』（一九〇八・一、成功雑誌社）、『血写経』（一九〇八・一一、成功雑誌社）、『立志小説逆境の勇士』（一九〇九・一、成功雑誌社）、『運命の改造』（一九一〇・一、東亜堂書房）、『立志小説人一人』一九一〇・一一、成功雑誌社）、『立志小説汗の価値』一九一一・一、成功雑誌社）、『立志小説此父此子』（一九一一・五、成功雑誌社）、『明治の二宮尊徳』（一九一一・九、冨山房）。

＊8　竹内洋『日本人の出世観』（前掲）。また、雨田英一「近代日本の青年と『成功』・学歴」（『学習院大学文学部研究年報』一九九〇・三）も雑誌『成功』の海外渡航奨励について触れている。

＊9　この事情については上野久『メキシコ榎本殖民』（一九九四・四、中央公論社）が詳しい。

＊10　西原大輔「内田魯庵『くれの二八日』とメキシコ殖民」（『比較文学研究』一九九五・一〇）。

＊11　ちなみに『南米調査資料』（一九一一・八、生産調査会）や永田稠『南米一巡』（一九二一・五、日本力行会）などのように、「南米」としてメキシコをも含めて論じる著書も多い。

＊12　今野敏彦・藤崎康夫『移民史Ⅰ　南米編』（一九八四・二、新泉社）は、渡航前は移民反対論者であった杉村が日系移民の受け入れが歓迎されると判断した背景には、当時のブラジルがコーヒー好景気への転機にあたっていたことや、その前に起こったコーヒー大暴落後に、それまで多くの移民を送り込んでいたイタリアがブラジル移民を禁止したことにあったとしている。

＊13　この様子を『殖民世界』（明四一・六）では巻頭写真で「南米ブラジル殖民者笠戸丸にて出発の光景」として掲載している（図2参照）。

＊14　伊藤力・呉屋勇『在ペルー邦人七十五年の歩み』（一九七四・四、ペルー新報社）、および田中重太郎『日本人ペルー移住の記録』（一九六九・七、ラテンアメリカ協会）。

＊15　入江寅次『邦人海外発展史　下』（一九三八・一、移民問題研究会）。

＊16　竹越与三郎『二千五百年史』（一八九六・五、警醒社書店）。

＊17　久米邦武『日本古代史』（一九〇五・七、早稲田大学出版部）。

＊18　竹越与三郎の当時の言論活動と人種論については、小熊英二『単一民族神話の起源』（一九九五・七、新曜社）が詳細に論じている。

*19 元野助六郎「人口増殖ノ開化ニ害アルノ説　投書」（『評論新聞』六六号、明治九・一）。

*20 こうしたマルサス人口論の「俗流化、常識化」されてゆく過程については、吉田秀夫『日本人口論の史的研究』（一九四四・二、河出書房）参照。

*21 むろん人口もこうした表紙に用いられている。例えば『実業之日本』（明三一・一）では「全国府県別人口比較」が表紙に、同（明三二・三）では「世界人口疎密比較日本人口疎密比較」が表紙に用いられ（図3参照）、それぞれ誌面の資料欄においてより詳細な数字があがっている。

*22 池田豊作『日本の統計史』（一九八七・五、賢文社）。

*23 日本統計研究所編『日本統計発達史』（一九六〇・三、東京大学出版会）。

*24 実際には戦前の日本における領土外の帰化率は極めて低い。例えば、帰化の制約の緩やかなブラジルにおいても戦前の帰化率は全移民中の約二・六パーセントという（山本喜誉司『移り来て五十年』一九五七・二、ラテンアメリカ中央会）。

*25 堀内新泉「殖民小説南米行」（『殖民世界』明四一・五）、続編「殖民小説殖民隊」（『殖民世界』明四一・六）、「殖民小説深林行」（『殖民世界』明四一・七）。

*26 澤正宏「明治三〇年前後の部落問題小説」（『福島大学教育学論集（人文科学部門）』一九八九・一一）はこの点について天皇制とからめつつ論じている。

*27 例えば長野楽水編『夜の風』（一八九九・七、春陽堂）では、北米が自由平等な場として、南米（アルゼンチン）が富をなす豊饒な地としてイメージ化され、そこで成功して帰国するというパターンが見られる。

*28 佐野正人「〈移動〉する文学——明治期の『移植民』表象をめぐって」（佐々木昭夫編『日本近代文学と西欧』一九九七・七、翰林書房）は、「移動」の表象が異質さ、過剰さと結び合わされつつ周辺化されてゆく地点を明治三〇年代後半を中心に論じている。ただ、ここでの調査のように実際には移動先の国々の表象に応じた差異が、さらには媒体に応じた細かな差異があり、早急な図式化は避けたい。

*29 「立志小説」群が、いかに金銭的な成功を侮蔑的な表象を用いて表現しているかについては、前掲の拙論において具体的に論じている。

付記　本稿を脱稿後、参議院本会議で「国旗及び国歌に関する法案」が採決された。不十分な審議と短期間で強行された今回の法制化に対し、強い疑念を抱くとともに、私自身、はっきりと批判的な立場に立つことを付記しておきたい。国歌、国旗といった装置が、いかに日常的な諸実践のレベルでわれわれの身体に介入し、言語や思考に介入し、「国家」の自明性を強化してきたか。それは「国家」をめぐる諸々の言説の力を史的に問おうとする際の文化研究の問題意識とも重なるはずだ。これらの研究が、限られた「時代」に閉ざされたものではなく、現在の政治との密接なつながりのもとにあること、そして現在はそのつながりを、(あるいは断絶の仕組みを)より鮮明にしてゆくべき時点でもあると考えている。

「冒険」をめぐる想像力
——森田思軒訳『十五少年』を中心に

高橋　修

森田思軒訳『冒険奇談十五少年』[*1]の原題は、いうまでもなく『二年間の休暇』（"*Deux ans de vacances*"）である。そこには、オークランドの港から無人島に流された十五人の少年たちの二年間の体験が書き込まれている。邦題と原題のあいだには意味上の隔たりが大きく意外な感もするが、この後孤島で待ちうける困難な状況を、「少年」たち自身の智恵と力だけでうち破っていくという物語内容の一部を、『十五少年』なる邦題は端的に伝えている。それは、創刊されたばかりの『少年世界』（明治二八年一月創刊）という雑誌には相応しい題名であった。後になされる多くの翻訳でも踏まえられる、すぐれた命名の一つといえよう。

一方、原題の方にも必然的な意味がある。それは、単にふた月あまりの短い夏休みが、思いもかけないことで「二年間の休暇」になってしまったということだけではなかろう。休暇という非＝学校的時間、無人島という非＝学校的空間に、イギリス寄宿学校の規則、教育、慣習、いわば〈学校〉そのものが持ち込まれ、少年たちはそこで身につけたルールに則って生活する。ここには学校教育についての問題系が盛り込まれている。『二年間の休暇』には、そうしたイギリス風の教育に対するヴェルヌの批評意識が込められていると思われる。こう考えると、原文と森田思軒訳の違いは、単に題名にとどまるのではなく、両者が焦点をあてる部分自体が異なっていることを示していると思われるのである。

ならば、両者の物語の中心はどこにあるといえるのか。何が前景化され、何が後景化されているのか。それを考えることは、日本における「冒険小説」というジャンルの展開のみならず、明治二〇年代から三〇年代にかけて人々を駆り立て、作動していた「冒険」をめぐる同時代的な想像力のありよう、また歴史的コンテクストを浮上させると思われるのである。ここでは、明治三〇年代における「冒険」をめぐる歴史的な位相を、森田思軒訳『十五少年』を論ずることから考えていくことにする。

1 〈外部〉の在処《ありか》

十五人の少年たちが乗り込んだスルーギ号は、想像以上に装備の整った帆船であった。「一〇〇トンばかりのヨット」であると記されているが、武器、火薬、身のまわりの品、料理の道具、防寒具などの衣類、食糧、酒類、工具、金具など十分な用意が積み込まれていた。これらの多くは少年たちの夏休み沿岸周遊航海のための装備であったのだが、それにとどまらず、アネロイド気圧計、酒精百分度寒暖計、暴風雨予報器、旧世界と新世界を含む世界地図、そして、「イギリスとフランスのりっぱな本、とくに旅行記や、科学書が、かなりならんでいた」とされる図書室も備えつけられていた。

そこに蔵されている本についての詳しい言及はなされていない。だが、「有名な二冊のロビンソン物語」の蔵本についてだけは明らかにされている。この二冊の「ロビンソン物語」とはいうまでもなく、ダニエル・デフォーの『ロビンソン・クルーソー』（一七一九）とヨハン゠ダビット゠ウィースの『スイスのロビンソン』（一八一二）を指している。ジュール・ヴェルヌは「序文」の冒頭で、この著名な二つの小説を取り上げ、つぎのように述べている。

今日まで、数多くの「ロビンソン」ものが少年の読者たちの好奇心を満足させてきた。
ダニエル・デフォーは、その不朽の名作『ロビンソン・クルーソー』で、孤独な漂流者を描いた。ウイスは、『スイスのロビンソン』で、同様な状態におかれたある一家の姿を、興味深い物語につくりあげた。*2

上記の二つの「『ロビンソン』もの」が、基本的なタイプであるというのである。これらの蔵書は、船が遭難・座礁するような嵐のなかでも無事に生き残り、小説好きの少年サービスによって救い出される。のみならず、この少年はダチョウを乗りこなすことを試みるという意味で『スイスのロビンソン』を生きようとする。しかし、この試みはたやすく実現はされず、むしろ他の作中人物の口から「空想と現実の違い」として、あたかも小説というジャンルそのものへ自己言及するかのように提示される。この二つの小説が、『二年間の休暇』のプレテクストとして物語の枠を作り上げているのは間違いない。

しかし、両者は嵐にあって無人島に漂流し最終的に文明世界に帰還するという意味では構造的な相同性は指摘できるが、複数で漂流するか単数で漂流するかでおのずとその物語の向かう方向が変わってくることになる。単独の漂流である『ロビンソン・クルーソー』では、言葉を投げかけ語り合うべき相手が存在せず、終始自分と向き合うことになる。そして、いうならば自分との対話のなかで〈神〉を見出していく。冒険物語において〈神〉との対話をとおして〈内面の物語〉が展開されているというべきか。一方、『スイスのロビンソン』では漂流した家族が、父を中心にしていかに各々の役割を果たし家族の絆を深めるか、さらに『二年間の休暇』についていえば、出生国の異なる少年たちがいかに共同性を保ち、その壁を乗り越え和解するか、という関係性に焦点が当てられていくことになる。ヴェルヌも先に引用した「序文」で、次のように述べている。

この無限ともいえるロビンソンもののリストは、八歳から十三歳までの子どもたちの一団が孤島に漂着し、国籍のちがうことから起こる偏見や愛情の中で、生存のための戦いに立ち向かう間の経験と冒険とが描かれれば、さらに完全となるように思われる。*3

これまで数多く出版された「ロビンソンもののリスト」に足りないものを、十五人の少年たちの漂流する『二年間の休暇』という小説で補おうというのである。そこに「いま、私が新しく『二カ年の休暇』の題名の作品を読者に贈る目的」(序文)があるとされている。この意味では、漂流から帰還へという枠よりも、「国籍のちがうことから起こる偏見や愛情の中で、生存のための戦いに立ち向かう間の経験と冒険」という枠のほうに、むしろこのテクストの中心があるといっても過言ではない。

ヴラジミール・プロップ風の物語の構造分析を試みれば、難破船スルーギ号が暗礁に乗り上げ、四〇〇メートル先の陸地へ渦巻く波を越えていかにたどり着くかが少年たちの間で議論される、その時、指導的役割を果たし「共同の利益」を守ろうとするフランス人の少年ブリアンは、反目するイギリス人少年たちに向かって「どんなことがあっても、ぼくたちは離れてはだめだぞ！ いっしょに、ここ(難破船)に残るんだ。さもないと、ぼくたちは助からないぞ！」「みんなが助かるには、協力して行動しなければならないということだよ！」と述べる。まずは、共同性を破ってはならないという〈禁止(タブー)〉が仕掛けられている。むろん、これは後に破られ物語は急展開することになる。つまり、敵対するドニファン(イギリス人少年)たちによって破棄されることが侵入者たちとの遭遇を促し、物語は新たな局面に入り込み、最終的な結末に向かって一気にすすんでいくのだ。この守るべき「共同の利益」〈共同性〉がどう物語化されているかを読み解くのがひとつの鍵となる。

そこに絡んでいるのが、異なった国籍のルーツをもつ少年たちの国民性の差異である。小説の舞台から述べれば、十五人の少年たちは「太平洋にあるイギリスの重要な植民地、ニュージーランドの首都」「オークランド」にある「チェアマン寄宿学校」の生徒である。これは「上流家庭」の子弟向けの学校で、イギリス本国と同じような、まさにイギリス風の教育がなされていた。生徒たちにはイギリス人だけでなく、フランス人、アメリカ人、ドイツ人も含まれていたようだが、当然のようにイギリス人が多数派を占めている。この小説に登場する十五人の少年たちにおいても、イギリス人が十二人で、残りはフランス人のブリアン兄弟、アメリカ人のゴードンのわずか三人である。しかしながら、数の上では圧倒的に優勢なイギリス人たちなのだが、リーダーとなるべき人物がおらず、はじめから、非＝イギリス人の少年たち、とくにフランス人のブリアンとの軋轢、葛藤がおこる。先の上陸をめぐる議論でも、「ブリアンがフランス人だというだけで、イギリス人の少年たちは彼の指示に従いたがらなかったのだった」とされる（この部分、森田思軒訳にはない）。この小説ではこうした不調和がフランス人の側から眼差されているのである。

そして、このような主導権争いにともなう葛藤は、この島のリーダー決定時に集約的に現われることになる。

リーダーになるべき年長の人物は三人いる。まずイギリス人のドニファン。この少年はフランス人からみたイギリス人を表象しているかのようにみえる。「貴族的な尊大な態度から《ドニファン卿》というあだ名をつけられており、その高圧的な性格から、いつでも人を支配したがる傾向があった」。上流社会に属する豊かな地主の子であり、成績優秀であるが高慢で人望がない少年とされる。次にアメリカ人のゴードン。「態度にも、すでにすっかり〈ヤンキー〉式の垢ぬけしないようすが身についている」「するどい才気をもっていないが、正義感と実際的な感覚をそなえている」。また「きちょうめんなアメリカ人――生まれながらの会計係と言っていいだろう」ともされる。こうした公正で真面目な性格ゆえに、初代の「大統領」となる。しかしながら、あまりにアメリカ人的、清教徒的な厳しさで、幼い子たち（世論として機能する）の信望を失ってしまうことになる。そしてフランス人のブリアン。「大胆で、物おじせず、体操がうまく、頭の回転が早く、そのうえ親切で、人がよく、ドニファンのような尊大なところはなく、少しだらしなく、身なりにかまわない――要するに、非常にフランス人らしく、その点でイギリス人の仲間たちとはかなり違っているのだった」。弱い者を守り、力強さと勇気をもって、幼い子たちにも好かれる。いうまでもなく、この少年はヴェルヌの考えるフランス人を表象＝代行している。こうした人物設定をみただけでフランス人ヴェルヌのイギリス人観[*4]、アメリカ人観の一端をうかがい知ることができよう。

同様のことはイギリスの学校教育を紹介する場面でも示される。語り手は次のように述べる。


イギリスの寄宿学校で行われる教育は、フランスの寄宿学校で行われるものとはかなり違っている。生徒たちに、はるかに自主性、つまり相対的な自由が与えられており、それが生徒たちの将来によい影響を与えるのである。生徒たちは、フランスと比べて、早くおとなになるのである。一言でいえば、人間的な教育が知的な教育と並行して進められる。その結果大部分の生徒が礼儀正しく、他人に対して思いやりがあり、きちんとした服装をしている。そして、これは注目に値することだが、受ける罰が正当なものであれば、それを逃れるためにごまかしたり嘘をついたりすることは少ないのである。(三章)

フランスの教育との差異から、イギリス寄宿学校の教育が生徒たちの「自主性」を重んじ、生徒たちもきちんとそれに応えていることが称揚される。そのうえで、「こういう自主独立を悪用する生徒がまれにあるが、それに対する懲罰として、体罰——おもに鞭打ちの罰——がきめられている。しかし、アングロ・サクソン民族の少年たちにとって、鞭打たれることは少しも不名誉なことではないのである。彼らは、自分がそれに価すると認めたときには、抵抗することなくその罰を受ける」と、アングロ・サクソン民族の〈民族性〉にまで踏み込んで述べている。

また、十九世紀初頭に発達したとされるイギリスのパブリック・スクールにおける「ファッグ制度[*5]」の伝統に言及して、「新入生は上級生に日常生活で奉仕をしなければならず」、それは、「朝食を運んだり、服にブラシをかけたり、靴を磨いたり、お使いをしたりすることで、それらは《雑用》《ファジズム》と呼ばれ」「服従を拒むと、ひどい目に遭うことになる」と、上級生たちは下級生への支配権を持つ一方、彼らに対する保護の義務を持つとされ、次のように述べられる。

そのことが少年たちに規律に従う習慣を与えるのであり、それはフランスの高等中学校《リセ》には見られないところである。しかしとにかく、伝統はそれに従うことを要求しており、すべての人間がそれを守っているのが大英帝国なのである。大英帝国では、最も身分の低いロンドン子《ロックニー》から上院議員にいたるまで、伝統に従うことが要求されているのである。（三章）

ヴェルヌは、「驚異の旅」シリーズの第一作『地底旅行』（一八六四）では、ドイツ人の地質学者リンデンブロックをエキセントリックなドイツ人気質として戯画化しているが、そうしたシニックな眼差しがここにもある。まずは、学校教育の違い、民族的・文化的な違いに焦点があてられ、『二年間の休暇』では、そうしたイギリス的な寄宿学校の教育、集団のルールが少年たちが流れ着いた無人島に持ち込まれる。その名も少年たちの寄宿学校の名が命名された「チェアマン島」という〈非＝学校空間〉でイギリス的〈学校〉的規律・論理が実行されることになるのである。緻密に立てられた日課表は「アングロ・サクソン人の教育の基礎をなしている、次のような原則に基づいてつくられていた」とされる。

恐れることなく、行え。
つねにできるだけ努力せよ。
疲労を軽視するな、疲労は決してむだにならない。（一三章）

この原則に従って働き、朝と晩の二時間、全員が広間で勉強し、上級生たちが交代で、下級生に数学、地理、歴史を教える。さすがに「ファッグ制度」そのものはこの島に持ち込まれていないが、「小さな子どもたちの教師となっておしえることが、上級生たちの仕事」「義務」であり、彼らは年少者たちの安全と健康に細心の注意を払っている。

ここには「イギリスの学校生活の伝統」が明らかに残っている。この意味では『二年間の休暇』という題名自体が、学校の休暇――〈非＝学校的時間〉における、〈学校的〉な共同生活体験を表象しているともいえよう。そして、こうしたイギリス的な教育を受けたフランス人少年のリーダーシップのもと、少年たちは文明世界に帰還することになるのである。そこにヴェルヌの批評性がある。一方の森田思軒訳ではイギリスの学校教育の特色について書かれている部分は十分に訳されていない。むしろ、意図的に省かれていると考えられるのである。

さて、話をリーダー（chief、森田思軒訳では「太守」）選出時に戻せば、はじめての選挙が行なわれたのは、六月一〇日の晩、漂流から四ヶ月後のことであった。島にある洞窟に居を決め、生活も落ち着いてきたとき、島の主要な場所に名前をつけ、ここに住むのが一時的なものではないという自覚を共有した晩である。しかし、すべての少年たちがリーダーを決めるのに賛成であったのに対して、ドニファン一人はためらう。「仲間たちが自分ではなくブリアンを選ぶこと」を心配しているからである。それを知ってか知らないでかブリアンは、アメリカ人のゴードンを推薦する。推薦されたゴードンは次のように考える。

初め、ゴードンは、自分は指揮をするよりも組織だてる仕事をしたいと言って、指名された名誉を辞退したいと思った。しかし、少年たちの感情はおとなと同じくらい激しく、そのため将来どんな混乱が生まれるかもしれないと思い、自分がリーダーになることはむだではないだろうと、ゴードンは考えた。（一二章）

決定的な亀裂を避けるためにドニファンでもなくブリアンでもないゴードンというバランスがはたらいている。しかし、一年後の選出時には亀裂は決定的なものになる。その時はドニファンは本気でこの島の指揮者になろうと思っている。それゆえ、ライバルのブリアンがリーダーに選ばれたことを快く思うべくもなく、「ブリアンに命令されたくない」という理由から仲間の三人と、寝食をともにしてきた洞窟を離れ、別行動をとることになる（タブーの侵犯）。

この時、ドニファンは「この前のリーダーはアメリカ人だったね！……今度はフランス人だ！……きっと、この次はモコ（黒人の少年）だろうね……」と、皮肉たっぷりに言い放つ。

一方のブリアンは、「自分はフランス人なので、イギリス人が多数を占める仲間たちのリーダーになることなど考えていなかった」とされるが、彼がリーダーに選出されて最初にしたことは、これまでこの島の丘に目印のため立てられていた「イギリス連邦の国旗」の代わりに、「沼のほとりに生えている」「灯心草」で作った「信号球」を掲げたことである。それは単に「信号球」の方が目立つからではない。もともとこの国旗は、難破したスルーギ号から島の洞窟に居を移そうと決定したときに、ゴードンの提案で近くを通る船への合図のための旗（our flag）として立てることになったものである。しかし、ドニファンとその仲間たちは独断で自分たちの国の国旗——イギリス国旗（the English flag）を掲げたのである。その場面は次のようにされている。

Baxter s'occupa de rehisser un pavillon neuf. (Page 223.)

図１　バクスターらイギリス人少年は島の断崖にイギリス国旗を掲げた。

（略）頂上近くの曲りくねった道を、マストを運び上げるのは大変な苦労だった。しかし、ようやく頂上に着き、マストを地面にしっかりと立てた。それから、バクスターが動索を使ってイギリス国旗を掲揚し、同時にドニファンが銃で礼砲を撃った。

「やれやれ」とゴードンはブリアンに言った。「イギリス代表のドニファンが、この島を所有するってことになるわけか！」
「そんなことだろうと思ってたよ！」とブリアンも言った。（一〇章）

ここにはイギリス人の持つ領土拡張という植民地主義的欲望に対する批判が示されている。個人的レベルの葛藤は、国家的レベルの葛藤であったということができよう。こうした国民性の差異の強度、溝の深さが強調されればされるほど、また敵対の緊張が強ければ強いほど和解のカタルシスが深い。しかしながら、森田思軒訳ではこの点に十分に注意が払われているようにはみえないのだ。事実、このイギリス国旗掲揚の部分は思軒訳では訳されていない。ならば、思軒訳ではどこに中心があったといえるのか。どこに最大の物語を作り上げようとしていたのか。次章ではそこから考えていくことにする。

2 「冒険」と博物学

森田思軒は『十五少年』の「例言」で次のように述べる。

一是篇は仏国ジユウールスヴエルヌの著はす所『二個年間の学校休暇』を、英訳に由りて、重訳したるなり。
一訳法は詞訳を捨てゝ、義訳を取れり、是れ特に達意を主として修辞を従としたるを以てなり。

「重訳」の問題は後に触れるが、ここで注目すべきは、「達意を主として」「義訳」を取ったということだろう。事実、漢文脈の文体の問題を度外視すれば、分量も半分以下に短縮されている。『少年世界』というメディアに掲載するにあたって、簡潔さ・わかりやすさを第一にしたとも思われるが、訳の工夫は随所にみられ、その巧みさはさまざまな形で分析・説明が試みられている。

豊島与志雄は「原作を先ず脳裡に消化して、そして新たに自分の文体を以て書いたのであつて、ここに所謂『思軒調』の成熟せるものが現はれてゐる」（岩波文庫「解説」、一九三八）と評する。また、平川祐弘は「幕末・明治期の翻訳文学」を論じ、「漢語まじりの訳文が、映画的といおうか彫像的といおうか、読者の眼前に喚起するイメージの鮮やかさは比較を絶する」[*6]と激賞する。さらに、前田愛・藤井淑禎両氏は「森田思軒解説——森田思軒と少年文学」[*7]のなかで、「逐語訳」という「窮屈な枠組みから抜け出て」「『気勢』『力量』『声調』を重視する方向へと向かい」、「義訳」という到達点に立つことにより「闊達自在の文章」を得ることができたとしている。「思軒調」であること、「漢語」的であること、あるいは「義訳」であるという全体の印象が問題にされている。しかし、原文あるいは森田思軒が拠ったと考えられる英文との比較がなされておらず、具体的な分析が十分なされているとは言い難い。これは原典の確定がすすんでいない時点では已むを得ないことであった。

一方、波多野完治は『十五少年漂流記』（一九五一、新潮文庫）の「解説」において、ヴェルヌの文章の「美点」と同時に「欠点」をあげ、「文章は正確」であるが、「ダラダラしていて、くりかえしが多く、退屈をさそうもの」とし、これに対して「思軒は英訳からこれを日本語にうつしうえたためにかなり自由に文章をなおし、たるんだ文章に漢語的な緊張をあたえること」[*8]ができたと、思軒の訳文のテンションには「英訳」の介在があるという重要な指摘をしている。

これを踏まえた私市《きさいち》保彦は、波多野が参照した英訳本 *A two year's vocation* (1889) が、思軒の原典としたテクストである可能性が高いことを指摘し、それとの比較の上で、「思軒訳の成功」は、「英訳の特徴に拠りながら、自家薬籠中の漢文体の長所を生かし切った地点でもたらされた」[*9]として、次のように述べている。文章を簡略化させてというより、むしろ「文章の細部では思軒は原文の修辞を膨張し、拡大させている」「とりわけ四文字表現の漢文体を駆使するとき、その特徴が現れる」と。そして、原文の「émotion」が英訳では「The state of alarm」とされているのを森田思軒が「驚愕危懼」と訳している例をあげ、改めて英訳の介在を指摘している。

また、私市は思軒の章立てにも注目している。三〇章立ての原文を、思軒は一五回立てで訳しており、しかも「連載の切り方が原文の章の切り方と一致しない場合」が何回かある。同氏によれば、「その際の手法」は「一回の連載の分量を考えながら筋が盛り上がったところで切って、サスペンスの効果を出すことを狙」うところにあったとされる。

こうした指摘から見てとられるように、思軒訳は、漢語調であることと密接に関わる緊張感《テンション》、あるいは構成の工夫による「サスペンスの効果」というところから高く評価されている。むろん、このような特質は、同様に〈語り〉の観点からも指摘することができる。例えば、つぎのような場面はどうであろうか。

童子等はフハンの導くがまゝ随ひゆくに、やがて一簇の荊棘《けいきょく》潅木雑生せる岩壁の下に至りて、止まりたり。童子等は心を用ひて、恐る恐る荊棘を披《ひら》き、潅木を払ふて、其の中を窮ふに、岩壁の面に、黝然《えうぜん》として黒く見ゆるは洞の口なるべし。武安《ブリアン》は手ばやく枯草を聚《あつ》めて、之に火を点じ、洞中にさし入るゝに、依然として熾燃《しねん》せるは、洞中の空気の呼吸に害なきを知るべし、武安は又た川の上に往きて、松樹の枝を折り取り来りて、之に火を点じて、早速の火把《たいまつ》となし、之をかざして、一同相率ゐて洞中に進み入るに、口は高さ五尺幅二尺に過ぎざるも其の中は呀然《がぜん》として、二十尺四方の一広室を成し、地上は一面に美くしき乾沙平布《かんさへいふ》して、毛氈《もうせん》を履《ふ》むが如し、室の口の右方に、一個の粗製の卓子《テーブル》ありて、卓子の上には、土製の水さし一個、巨なる貝殻数個あり。（第四回）

A little further on Fan came to a sudden halt in front of a clump of briers and bushes by the side of the cliff. Brian stepped forward to see if the tangled growth did not conceal the remains of some animal, or possibly of the man who had once inhabited these wilds.

But behold! on parting the briers he perceived a narrow opening in the cliff.（中略）

The mystery must be solved, however ; but first, as the air within the cave might be impure. Brian threw in a handful of dry grass and weeds to which he had set fire, and which crackled and blazed briskly, thus proving that the air was breathable.

"Shall we venture in?" asked Wilcox.

"Yes," replied Donvan, promptly.

"Let us wait until we have provided ourselves with a light," said Brian ; and cutting a bough from one of the pines growing on the river bank he set fire to it, and then followed his companions into the cave.

The cave at its mouth was about five feet high and two feet broad ; but this proved to be merely a passage leading into a large chamber about twenty feet square, the floor of which was thickly covered with very fine dry sand.（VIII）*10

無人島を探索しているとき、犬の「フハン」が突然吠えたて、少年たちをある場所に導こうとする。引用冒頭部では、英文とは微妙に異なり、語り手はファンではなく「童子等」の側に立って語っている。それゆえ、続く文では「心を用いて、恐る恐る」の語が「童子等」の不安感にそって補われ、目前の「荊棘を抜《ひら》き」「窮ふ」と「黝然として黒く見ゆる」「洞の口」が視界に入ることになる。英文では、単に「狭い穴」(a narrow opening) なのであるが、「童子等」の恐怖感にそうことによって、なかが真っ暗で見えない「黝然」とした「洞の口」と敷衍して語られていると考えられる。しかも、それは「洞の口なるべし」と推量の助動詞が付され、「童子等」の思わぬ発見を「童子等」の側から語っている。

また、引用の後半では会話文が削られ、作中人物たちの行為を中心にスピード感をもって語られる。とくに注目すべきは洞窟内の描写であろう。英文では単なる広さの説明になっているのが、思軒訳では「火把《たいまつ》」をかざして進みゆく行為に即し、緊張する「童子等」に焦点化しながら語られている。それゆえ、英文に書きこまれていない足元の感触も「毛氈を履むが如し」という身体感覚として補われることになる。そして、それと相重なるように時間も現在時に訳し変えられ、現在時制で語られる「童子等」の視覚あるいは感覚に促されるように、読者も彼らとともに未知の洞窟に入り込んでいく——。それは、さしずめ〈語り〉が「実況中継者の位置」[*11]に立っているということになろうが、そうした〈技〉がより洗練された形で実現されているといえよう。

しかしながら、その一方で、こうして繰り返してなされる思軒訳への〈文学的〉称揚が、内容上の問題を覆い隠してしまっているという危惧がないわけではない。例えば、国家的アイデンティティを異にする少年たちの〈共同性〉はいかに訳されているかである。

この洞窟に居を決め、新たな嵐で大破したスルーギ号の船体からさまざまな物品を搬送する場面は以下のように訳される。

其の最も年長者と称する者さへ未だ十五歳には満たざる一群の童子が、或は長き木材を槓杆《てこ》として重きを起すあれば、或は団《まろ》き木材をコロとして重きを転ばすあり、或は担ふあり、或は舁《かつ》ぐあり、互にゑいゑい声をあはせて、一心に奔走労作するさまは、如何に憐れにも、しほらしく、勇ましき観《み》ものなりしとするぞ。（第五回）

It was an interesting sight to see these lads moving some piece of heavy timber, all pulling and straining together, and inciting one another to increased exertion by eager shouts. Usually spars were called into requisition to serve as levers; and sometimes pieces of round wood rendered good service as rollers in the transportation of the heaviest articles. （中略） How greatly any practical man could have assisted them! Had

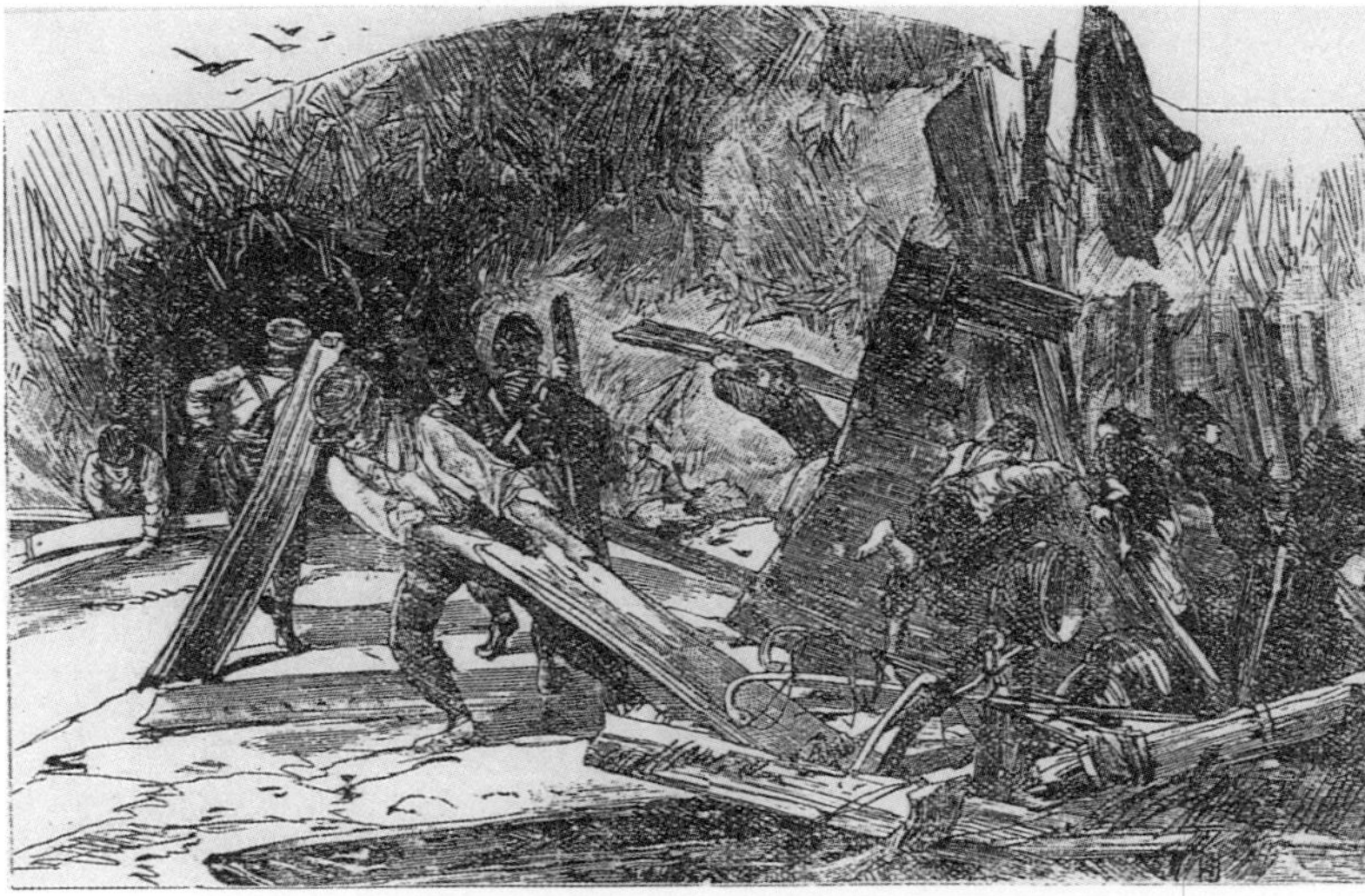

図2　森田思軒訳に付された子どもたちが共同作業をする図（『少年世界』明29.5.1）

Brian only had his father with him, or Garnett his, they might have been saved from many blunders; (X)

思軒訳では、十五歳に満たない「童子」たちが、「互にゑいゑい声をあはせて、一心に奔走労作するさまは、如何に憐れにも、しほらしく、勇ましき観ものなりしとするぞ」と、力を合わせるところに、いじらしい気持と憐憫の情ともいえる感情移入をしながら語られている。一方の英文では、子どもたちの働きぶりを見るのは“interesting”（原文では“curieux”）であるとされ、小説に初めから仕組まれている大人／子どもの対立軸をもとに、大人がいないなかで子どもたちだけで、いかに大変な作業をこなしているかへの〈興味、好奇の気持〉という観点から叙述されている。それゆえ、この後に、ブリアンの父かガーネットの父のような経験に富んだ大人がいれば、多くの失敗をしないですんだだろうと語られることになる。

しかし、思軒訳ではこの部分は訳されておらず、むしろ、英文から逸脱して「馬克太《バクスター》」に「天生一個の木匠たるの才」があり、「他の諸童子は多く馬克太の指揮に従ひて運動せり」と、才能ある少年指導者をもとに、子どもたちが秩序ただしく作業を行なう様子が語られる。いうならば、英文が焦点を当てようとしているのは必ずしも〈協力〉の仕方そのものではないのに対して、森田訳では同質性をもった子どもたちが、自分たちだけで困難に向かって「一心」に力を合わせているところが感動的に語られているといえよう。むろん、こうした訳のありようは『二年間の休暇』の語り方として必ずしも誤っているわけではない。ただし、そこで語られる〈協力〉〈共同性〉は、出生国の異なる少年たちによってなされているということの他者性が、微妙に抜け落ちているように見える。

波多野完治は、この『二年間の休暇』に、少年向けの小説ゆえにヴェルヌの「モラル」がはっきり出ているとし、「それは、子どもたちが、無人島で『共和国』をつくる、という構想にあらわれています」*12と述べているが、森田思軒訳がイメージしているのは国家的アイデンティティを異にした少年たちによる〈共和制〉というよりも、単一民族的な想像力による、同質性をもとにした、内部的な〈共同性〉〈共和制〉といえるのかもしれない。それゆえ、イギリス人の「杜番《ドノバン》」「虞路《クロース》」「乙部《ウヱッブ》」「韋格《ヲルコクス》」の四少年が、善玉であるフランス人「武安《ブリアン》」、アメリカ人「呉敦《ゴルドン》」に対して悪玉的に配置されることになっていると考えられる。思軒訳では、民族・人種的な意味の〈外部性〉は必ずしも中心的な問題ではなかったと思われる。それゆえ、人種的な〈他者〉たちとの軋轢のなかで少年たちが「大人」の世界に近づいていくという成長の物語が後退しているといってもいい。

ならば、思軒訳の説話論的な核心はどこにあるといえるのか。

先に述べたように、思軒訳は原文を半分ほどに短縮しているのだが、次のような箇所はほぼ生かされている。

茂樹は岩壁と川との間にありて、岩壁のかたに近づくに随ひて愈《いよい》よ益《ます》す欝密し、其の中に分け入れば、多くの喬木は自から僵《たほ》れたるがまゝに朽腐し、落葉は陳々《ちん〱》相因りて、高く地上に堆積して、両個《ふたり》の膝を没するばかり、閑々《かん〱》又た寂々《せき〱》、絶えて人の踪蹤《そうしやう》を見ず。然れども時に禽鳥の両個の来るを見て、紛然として驚飛し去る有るは、其の既に人を識りて人の恐るべきを知れる故なるべき歟。茂樹を穿ちて行くこと十分間ばかりにして、岩壁の下に至るに、岩壁は直立二百尺、平面板の如くして、啻《たゞ》に洞穴の類の童子等が仮りの棲居に充つべきもの無きのみならず、縁《よ》りて以て其の頂きに攀ぢ登るべき足がゝりの罅隙《こげき》さへある無し。（第三回）

ブリアンとゴルドンは、難破船から無人島に上陸し、住まいとなるべき地を求めて島を「探求」（expedition）する。英文には書き込まれていない、「茂樹」（woods）の中の雰囲気を「閑々又た寂々」、「落葉」の積もっている様を「陳々相因りて」と補いながら、森の中へ入り込む「両個《ふたり》」の少年の心理に即して緊迫感をもって語られる。こうした難破、脱出、未知の空間の探検、「怪物」（野獣）との遭遇、「大紙鳶《おおだこ》」による偵察、侵入者（悪漢）の撃退という、いうならば「冒険譚」的要素ははずされることはない。前述した思軒訳の語りのテンション、サスペンス仕立てはここに接続している。

西洋世界における冒険の変遷を論じたポール・ツヴァイクは、『冒険の文学』*13のなかで冒険物語の条件として、出来事が「私たちが馴染んでいる人間関係や責任」の圏外、すなわち「〝この世界の外〟」で起きることと、「〝アクション〟が豊富で見事に処理」されていること、すなわち「〝アクション〟こそが物語の真の主題であり」、「人間関係」が副次的な背景に止っていることとをあげている。思軒訳において「人間関係」が副次的な背景に止まっているとは必ずしも言えないが、一つ一つの「アクション」（行為）の緊張度を高め、それらをエピソードの連鎖として提示していこうという構成の意図を読みとることができる。原文よりはるかに〈冒険的〉であるといっていい。

逆説的に聞こえるかもしれないが、ポール・ツヴァイクによれば『ロビンソン・クルーソーの生活と驚くべき冒険』（『ロビンソン・クルーソー』の原題）は、「冒険」からもっとも遠く離れた〈非＝冒険的〉な小説であるとされる。つまり、「冒険的なエピソードは豊富にある」が、「この小説はエピソード的な生活に栄光を認めない。そのヒーローはやけに用心深く、危険に遭遇すると恐怖で麻痺し、いつも自分の過去の人生の〝誤り〟を悔やんでいる」とされる。むしろ、〈父（神）〉の教えに背いて「冒険者」となった自分を「不従順な息子（prodigal son）として裁くこと」に

「主題」があるといえる。また、人間像についても次のようにされる。

ロビンソン・クルーソーは、合理的個人主義のヒーローなのだ。内面と外面の必要から彼はさまざまな人工物を充分に紡ぎだし、世界内での人間の存在を規定する本質的な限界のパターンを創出する。重労働という安心できる方法によって、文化と社会のすべての資源が人間の内面的な性質から抽出される。その人間を代表するのがロビンソン・クルーソーなのだ。

これによれば、ロビンソンは孤島に一人生きようとも「社会全体を自分の内に」含んでいる。それゆえ、命がけで賭と危険という興奮のなかに入ることもしないし、自らすすんで「この世界の外」へ出ようともしない。むしろ、清教徒的な倫理に従って「労働」することによって人間性が救済されていく。

こうした構図は、『ロビンソン・クルーソー』をプレ・テクストした『二年間の休暇』も同様である。異国人どうしの「人間関係」の和解と、スルーギ号の舫い綱を解いてしまったジャック少年の「告白」を縦糸にし、イギリスの寄宿学校のルール（社会的ルール）にそって「疲労を軽視」せず「努力」する――「労働」するという原則のもとに生活が組み立てられる、そのさまが描かれる。そこでは「冒険」的欲望と無縁な合理的判断がなされ、向こう見ずな「冒険」がたしなめられ、慎重な行動が要求される。島に上陸した少年たちは、この島が大陸の一部なのか孤島なのかを調査しようとする時、いつ出発すべきか、またどこを調査すべきかで意見が割れる。このとき指導的位置にいるブリアンとゴードンは、ともかく探検に出ることを望むドニファンに対し、常に慎重な態度をとり、進んで「冒険」へ出ようとはしない。一方の思軒訳では、「武安《ブリアン》と杜番《ドノバン》とが屢《しば》ば互いに其の意見を異にして相反目する」ことは取り上げられるが、話の中心は量的な意味でも質的な意味でも「探検」的行為と体験に向けられている。その過程で、思わぬ出来事に遭遇し、またさまざまな動植物たちとも出会う。時には「ペンギンと呼ばるゝ鳥の群」が「颯然声を成して頭上を過ぐる」のに遭遇したりする（！）。ポール・ツヴァイク風にいえば、こうした少年たちの「〝アクション〟」（行為）そのものが「物語の真の主題」とされているのである。「冒険」「探検」の物語として語っていくことが、まさに森田思軒訳の基本的スタンスであるといえよう。[*14]

『十五少年』の掲載メディアである『少年世界』の記事に目を転じてみても、この『十五少年』完結後、号を空けずに柳井絅採『孤舟遠征北極探検（冒険小説）』（明二九・一〇・一五〜三〇・四・一五）、さらに奥村不染『極西探検（冒険小説）』（明三〇・五・一五〜一二・三〇）が連載されている。ただし、「冒険」的要素の強調は、単に少年読者の興味あるいは雑誌の編集方針にそっているということだけでなく、当時の「博物学」への関心とも重なっていると考えられる。この『少年世界』の「科学」欄には、『十五少年』の連載と重なる時期に、森愛軒「動物界の奇異」（明二九・四・一〜一一・一）、落合城畔「極北土人の話」（明二九・四・一五〜六・一五）、芳菲山人「帝国博物館天産部概況」（明二九・五・一）が掲載されていた。こうした点をふまえ、上野益三は『日本博物学通史』のなかで、「巌谷小波が主宰した雑誌『少年世界』が、少年博物学者たちの研究心を煽った」[*15]と指摘している。一例をあげれば、『十五少年』には直接「博物学」にふれた以下のような部分がある。湖の西岸「探征」の途中、少年たちは「茂林の陰より突出せる一個の巨獣」――「ラマ」に出会う。

（略）是れ渠等《かれら》が博物学に於て学び知れる所の、ラマなり。ラマは駱駝の属《たぐひ》にして、形頗るこれに似たるも駱駝の如く大ならず、之を馴らし之を養へば、以て馬の用をなすべし、南亜米利加の土人の中には、現に之を用ひて馬に代る者あり。渠は性甚だ怯懦なりと見え、繋ぎ住《とゞ》めてより未だ幾ばくならざるに、早くも気沮《はば》みて、復たもがき争はず、馬克太《バクスター》が其の頚に索《なは》を改め係《つな》ぎて、牽きいだすに、渠は再び抵抗する擬勢《ぎせい》も無く、をめをめとして渠等に随ひ去りぬ。（第七回）

むろん、原文でもそうした傾向は強いのだが、思軒訳ではこのような「博物学」的な部分はおおむねそのまま伝えられている。

一八世紀から一九世紀にかけて全盛を誇った博物学ブームは、ヨーロッパ全土を覆い尽くしていた。荒俣宏によれば、ヴェルヌが生きた一九世紀、「探険航海によって、もっとも多大な博物学的成果を手にいれた国はフランスである」[*16]とされる。これは行方不明になった探検家ラ・ペルーズの探索航海と同時になされた博物学的調査が大きな収穫をフランスにもたらしたとされるのだが、そこには新しい航路の発見と植民地獲得という狙いが込められていた。むろん、それはフランスだけに限らず、博物学を支えた「未知の生物あるいは珍奇な博物標本を求めて異国へ探査を試みる――いわゆる〈博物学探検〉[*17]は、列強の植民地経営と結びついていた。それによって得た知識は、植民地の産業的開発の有効な情報となり、そこから収奪された品々のトレードは商業的な大きな意味をもっていた。階層を問わず人々は収集に走り、ヨーロッパの博物学陳列室には〈未開の地＝博物学的に未知の土地〉からもたらされた収奪物であふれ、それらは外部的世界への想像力をかき立てた。すべてのものを分類しつくしたいという博物学的な欲望は、「〝この世界の外〟」を知りたい／領略したいというコロニアルな欲望と結びついているといえよう。そして、それはまさに「冒険」的行為によって支えられていた――。

『少年世界』創刊とほぼ同時に連載された霞城山人の「万有探検 少年遠征」（明二八・一・一五～五・一）には、次のような箇所がある。日本は「日清戦争の結果」「東洋唯一の強大国と称へられ」るようになったが、「益々国防の軍備」が必要となる。そのためには「少年社会」においては「理化博物学の講究は、最も大切なる学科」となるとし、小説中の東野太郎、二郎の兄弟が自らすすんで「万有探検」の「航海」に出ることが「少年」の範たる行為として称揚されている。

此の航海の目的は、二人に敢て貿易のこと見習はせん為めには非ず、各地の風俗、文野の状況を観察せしめ、殊に各世界の動植物の蒐集など、要するに知識を啓発せしめて、国家に有用なる材幹をなすに在れば、蛮地に遠征を試みて、珍らしき獣狩するなどは、最も此の二人の目的として出で行きたる業なり

航海の目的は、「各地の風俗、文野の状況を観察」し、「各世界の動植物の蒐集」「珍らしき獣狩する」ことだという。繰り返すまでもなく、「冒険」「探検」の奨励は「博物学」的な欲望と表裏をなしていた。かつ、それが「科学」欄に掲載されていたことも注目に価する。これらの領域は互いに深く切り結びながら、ともに「蛮地」という外側の世界を志向し、「少年」たちを誘っていた――。翻っていえば、こうした「冒険」と「博物学」の要素を強く持つ森田思軒訳『十五少年』は、一貫して〈人種的・民族的〉な〈外部〉ではなく〈空間的〉な意味での〈外部〉的世界への強い関心と想像力のもとに翻訳されていた、ということができよう。人種的同一性の幻想を背景に「〝この世界の外〟」をめぐる物語として作り上げられていたといってもいい。この意味で、まさに「冒険」的行為が説話論的中心にあったのだ。

しかしながら、その一方で「冒険」的行為によって得た〈外部〉を馴致するはずの「殖産」をめぐる物語には思いのほか冷淡である。無人島で「自然」を人工的に変形させ、〈人間〉としての生活の基盤を整えていく過程――「殖産」が、中心的プロットから外されているのである。こうした意図的ともいえる無関心からいかなる問題がみえてくるのか、次節ではその点から考えていくことにする。

3　「冒険」をめぐる想像力

『二年間の休暇』は大きく三つの時間に分けることができる。一、難破、漂流から島の洞窟に居を決めるまで。二、この洞窟での一年数ヶ月の共同生活。三、ドノバンたちの離脱と、侵入者の登場、島からの脱出ということになろう。

なかでも、先にふれた漂流から四ヶ月後、居を決めこの島に住み着くことを覚悟し、リーダーを選出した一八六〇年六月一〇日の晩は、少年たちにとって大きな転機となっている。

南半球の六月といえば冬のはじまりで、少年たちの住む洞窟フレンチ・デンにも雪が降り始めていた。夜食のあと、みんなはホールのストーブの前に集まり、この島の主な場所に名前をつけることになる。湖はそれぞれの家庭を思い出すように「家族湖（ファミリー・レイク）」、断崖には「オークランド丘」、この島には少年たちが学んでいた寄宿学校にちなんで「チェアマン島」、そして太平洋に突き出ている三つの岬はそれぞれ「フランス岬」「イギリス岬」「アメリカ岬」と命名される。この命名は、「この小さな植民地（colony）のなかで代表者となっている、フランス人、イギリス人、アメリカ人という、三つの国民の名誉のためだった」として、次のように述べられる。

> 植民地だ！　そのとおりだった！　その言葉は、ここに住むことが、もう一時的なものではないことを思い出させるために、使われたものだった。そして、むろん、それはゴードンが先にたって提唱したことだった。彼はいつも、この新しい領地から出ることよりも、そこで生活を組織だってやることに、心を遣っていたのだった。この少年たちは、もう〈スルーギ号〉の難船者ではなくて、島の植民者だったのだ……（一二章）

この直後、この「植民地」の“governor”“chief”（森田思軒訳では「太守」「首長」）が決められることになる。自分たちがこの島の住人であり、「植民者」であるという認識が、少年たちの意識の転換点になっている。この後、少年たちは語り手から繰り返し「植民者」あるいは「少年植民者」と呼ばれることになる。

この部分は、英訳では次のように手短に語られている。

French Cape, British Cape, and American Cape, in honor of the three nations represented in the little colony

—for colony was the word that must be applied to the little settlement now that it had been established on a permanent basis.（XII）

それでも、何故「植民地」と呼ぶのかの理由ははっきりと示されている。この言葉は、この島に住むのはもう一時的ではないことを心にとめるために使われたというわけだ。また、英文でも少年たちは「植民者（colonists）」「少年植民者（young colonists）」と同様に呼びなされている。しかし、一方の森田訳では、この「植民地」「植民者」の語は厳重に消され、引用の部分は全く訳されていない。意図的に関心が向けられていないようにみえる。むしろ、この島と彼らの住居である洞窟は、〈植民〉すべき地であるというよりも、「冒険」の最前線という仮の住まい的な意味合いが強められている。そして、それと重なるように、先の「young colonists」も「渠等《かれら》衆童子《しゅうどうじ》」あるいは「衆童子」と言い換えられている。こうしたことからすると、思軒訳では、少年たちが「植民者」としてこの地での生活を組織だてて作り上げていこうする点、いわば――〈外部〉を〈内部化〉しようとする点は、物語の主要な問題となされていないのではないかと考えられるのである。

それは、『二年間の休暇』のプレ・テクストとされる『スイスのロビンソン』の翻訳である『孤島の家族』（桜井鷗村訳、『少年世界』明三二・八・一五～一〇・一）においても同様である。

ウィースの『スイスのロビンソン』（一八一二）は、両親と子ども四人の家族が、嵐にあってある無人島に漂着し、一〇年の長きにわたって共同生活を行なう話である。家族が乗り込んでいた船は、「ヨーロッパのあらゆる果樹の若木」「鍛冶道具一式、つるはし、シャベル」から「袋づめのトウモロコシ、エンドウ、カラスムギ、スイートピー」、また牛、ロバ、ブタ、ニワトリなどの家畜まで、「ヨーロッパの移民が遠い世界のはてで生きていくのに必要なものが、ほとんど無限に準備してある」とされる、「南洋に新しい移住地を作る」[*18]ための輸送船であった。この家族は、難破した後も無事に残ったこれらの物資を有効に使い、無人島を「開墾」していく。灌漑施設をはじめ、穀物畑、野菜畑、綿花の畑も苦労の末に作られる。まさに、殖産的移民である。一家は、一〇年後この地にしっかり根を下ろし、「新たな故郷」「万物共存の楽園」の思いを強くし、通りがかった船に救助されたのちも、両親と二人の息子はこの島に留まることを希望する。そして、「『新スイス』」という名称のもとに、「協力して、幸福な植民地を建設」していくことになるのである。

一方の桜井鷗村訳『孤島の家族』は、分量は十分の一以下に、物語の時間も「一年余」に短縮されており、「殖民」する家族という意味合いははるかに弱い。事実、後に「殖民」の計画は立てることになるが、「故郷」を思う念が強く、家族全員救助船でこの島から引き上げてしまうことになる。対照は鮮やかである。

ただし、少年向けとはいえ、こうした小説内の「植民」「植民者」の扱いと、同時代の日本の移民状況とを重ね合わせることはそう難しいことではない。明治三〇年前後の、移民は定住目的の永住移民ではなかった。「彼らのほとんど大部分のものが一攫千金を夢見た出稼ぎ労働者」*19であったと考えられる。この意味で、ある土地に「殖民」して、開拓や経済活動を通じて新たな「故郷」を作り上げようという意識は低かったといえよう。また、明治期最大の規模を記録したアメリカ向け移民の旅券発給数の統計をみると、そのピークは一九〇〇（明三三）年前後と、一九〇六（明三九）年前後の二回あった。移民会社の悪行などを含め、移民が社会問題としてクローズアップされるようになるのは、明治三〇年代の半ば以降である。『十五少年』（明二九）、『孤島の家族』（明三二）において「殖民」「移民」の問題が前景化されないのも当然といえば当然である。

それが『孤島の家族』の翌々年に出版された、同じく桜井鷗村訳述の『世界冒険譚第七編　殖民少年』（原著者不明、明三四・二、博文館）では、それまでと違った形で問題化されている。巻頭に付されたことばには次のように記されている。

殖民とは本国を去つて他国に移り住み、一つの新しい故郷を建設することで、実際は国民の領分を他に拡げるわけ

> になるのです。米国でも濠州でもいづれも殖民で成立つた国でして、英国人がエライと云ふ一つの理由は殖民の精神に満ちてゐるからです。これは実に愛国心に富んでゐるものが一大奮発をなすべき愉快な冒険的な事業でして、現に日本人で墨西哥《メキシコ》や巴西《ブラジル》などへ殖民するものも少なく無いが、追々は少年諸君の中でも、大志を決して実行して貰ひたいものです。それで今回は殖民少年の一模範を示して、諸君の冒険心起業心を鼓舞することにしたのです。

「殖民」の意味から説き起こし、それが「愛国心に富」む「愉快な冒険的な事業」であるとし、まさに少年たちに「冒険心起業心を鼓舞」しようというのである。それまでの『少年世界』には盛り込まれてこなかった、「殖民」という生き方を少年たちに示そうとしている。新しい時代に応えたテーマであるといっていい。しかしながら、この小説を読み進めていくと、ここに書き込まれた物語は、巻頭言として高く掲げられた言辞をことごとく裏切っているようにみえるのである。

イギリス人である、語り手「僕」（ツラバートン）は一六歳の時「一廉の大地主になりたいものだと決心し」、父親の友人を頼って、「馴れた故郷を遙々と去り」四ヶ月をかけて「濠洲」までやって来る。しかし、頼りとすべき父の友人は既に他界しており、わずかなお金を懐に、職を求め「濠洲」を放浪することになる。本国で積んできた「学問」を、職探しの足しにしようと思うが、あっさり「学問ていのが、コンナ処ぢや、何の役にも立たねい」と言われてしまう。ツラバートン少年は折々、次のようなことを思う。

> これでも英国に在つた時には、天晴れ良家の息子だが、冒険心といふものに駆られて、遙々と此他国に来てから、日傭かせぎの風になつて、肩へ荷物をかけ、顔は真黒に焦げ、衣服は埃だらけになつてゐては、誰も先の身分を察して呉れるものが無い（第五回）

> 手も節くれ立ち、顔は日に焦げて真黒に、衣服は色が脱げて、ドウ見ても濠洲の殖民少年になつて仕舞つたのです

（第六回）

殖民の悲しさには、これでも我慢しなければ、雨露を凌ぐことが出来ないのです。しかも此荒漠たる原野の只中には、これ丈の小ッぽけな小屋でも実に珍らしいのです。殖民風情には実に結構過ぎる位なものなのです。（第九回）

僕の生活は丸で野蛮人同様になつて仕舞ひ、昔、英国に居つた日に比べて、悲しい辛いことであつたですけれども致方が無い（第一八回）

僕は丸で、画にあるロビンソン　クルーソーのやうな風姿《なり》になつて仕舞つたのです（第一八回）

一度故郷の父母に逢つて死にたや（第一八回）

「殖民地」では、学問も家柄も役に立たない。「学問」することによる「立身」という生き方そのものを改めざるをえない。「学問」「家柄」という〈内部的〉価値が、問われているといってもいい。確かに、「黒鬼のボツブ」退治、「濠洲駝鳥」狩り、海豹猟と、冒険的な行為・出来事が記されている。しかし、それも「愉快な冒険的な事業」とはほど遠く、〝この世界の外〟に入り込み世界を領略するというようなものではない。また、「冒険」と同時に、飢餓、大病という試練にも立たされることになる。ツラバートンは羊飼場の粗末な小屋で熱病に冒され、文字どおり瀕死の状態で「一度故郷の父母に逢つて死にたや」と悲惨なうめき声をあげている。

原文との比較の上でなければ正確な指摘はできないが、巻頭言と遠く隔たっているのは間違いない。ほんとうに「殖民」は、「新しい故郷を建設することで、実際は国民の領分を他に拡げる」「愛国」的行為なのか。それが、メッセージとされているのか。ここに「殖民」をめぐる錯綜したイメージの一端が読みとられる。

現実的に機能したかは別にして、「殖民」は「国民の領分を他に拡げる」という国家的な膨張意欲と結びつけられていた。それは「冒険」的行為によって拡張した〈外部〉を〈内部化〉することでもあった。だが、当時の日本における海外殖民は資本のない者が労働力を欲している他の国で賃労働して帰ってくるという形が一般的であり、「国民の領分」の拡張とはほど遠く、『殖民少年』序でいう「愛国」的行為とははじめから位相を異にする。しかし、メディアのなかで「殖民」が国家との関わりで絶えず鼓舞され続け、それが「殖民」のイメージの重要な部分を占めていた。

また、和田敦彦が指摘するように、「殖民」は「立志」とも結びつけられていた。[20] 例えば堀内新泉によって実業系の雑誌『殖民世界』などで繰り返し小説化されている。それでいて殖民小説は、和田の述べるように「学問」を積んで社会的ポジションを上げ、「故郷」に錦を飾るという従来の「立身出世」のパターンから明らかに外れていた。さらに、明治三〇年代に起こりつつあった、「正統的な学歴コースに乗れない者」たちによる「苦学ブーム」とも結びついてはいない。[21] 先にも述べたように、「殖民」するためには学歴という資本は役に立たないのである。役に立つのは経済的資本である。だが、経済的資本がないからこそ「殖民者」として海外に渡ることになるのであって、そこにははじめから矛盾が潜んでいる。根本的に「学問」によって身を立て、国家有為の人物になっていくという説話論的なパターンとは異なっている。小説作法からいっても、「殖民」していく過程はあるポジションからあるポジションへステップ・アップしていくものではなく、境界線を越境するような事件として物語化しにくい。このような意味では、『殖民少年』のなかに国家的事業としての「殖民」を鼓舞する〈殖民小説〉がはやばやと自己崩壊していく道筋を見て取ることができよう。[22]

一方の「冒険」を問題にすれば、『殖民少年』の本文に「冒険心というものに駆られて、遙々と此他国に来てから、日傭かせぎの風になつて」しまったことが反省的に述べられていることに着目しなければならない。この小説は少年たちを「冒険」に誘うことが基本的なメッセージの一つなのであるが、「冒険心」に駆られた自分をさめた見方で対象化している。例えば、「袋鼠《カンガルー》」狩りという「冒険」に夢中になったために「貴い命を、濠洲の森中に棄てゝ、山犬か袋鼠かの餌食にする処であつた」というエピソードなども書き込まれる。ここでは「冒険」が世界を拡げる契機になっていないわけではなく、むしろ「冒険」を禁じているようにみえる。また、このツラバートン少年は最終的に「父の親友」の「遺産」をついで「大地主」になりおおせる。それは「僕が困難辛苦の冒険をした後で、始めて遺産を受継ぐやうになつたのは、天が僕を真の人間らしい人間にしやうと思し召しての事であらう」と受け止められている。一見すると、「冒険」の後に成功を得ることができたことになっているのだが、「冒険」そのものが何らかの形で問題の解決に結びついているわけではない。むしろ、「冒険」の奨励と同時になされる「冒険」の禁止は、「殖民」を〈外部的〉膨張の欲望と結びついた「冒険」という形で語ることの不可能性を露呈させてしまっているのではないか。

振り返れば、明治二〇年代においては、「冒険」は国家的な使命を帯びていた。国土の空間的拡張——境界線を押し広げる行為は、海国日本の海事思想・教育と重なりながら、男子たる少年たちに強く求められていた。[*23] 例えば、明治二八年一〇月の『太陽』(博文館)に掲載された論説にはつぎのようなものがあった。

> (略)帝国海軍の拡張と、之と相伴ふべき航海事業の発達は、専心経営、矻々《こつこつ》として日夜之を計画するも、尚及ばざらんことを恐るゝなり(中略)有為起業家の驥足《きそく》を展《の》ふべき所は、其唯海外に在らんか、長風に駕して万里の浪を破り、他郷新天地に入りて自由独立の新生涯を求むるは、人生の一大快事ならずや、何ぞ進んで此の新天地を一開せざるや[*24]

ここには臥薪嘗胆《がしんしょうたん》とされる三国干渉後のファナチックなナショナリズムと同時に、「他郷」を侵すことも辞さない「冒険」・進取の精神を促す帝国主義的な欲望を読みとることができる。改めていうまでもないが、森田思軒訳の『十五少年』——空間的な〈外部〉への関心と想像力をベースにしている——は、意図するせざるにかかわらず、こうした時代の方向と重なりながら翻訳されていたのである。

これからすれば、明治三〇年代の中葉に書かれた／翻訳された『殖民少年』には「冒険」という形で〈外〉に向かう力の臨界点が見出されるのではないか。[*25] 既に、事実上、世界はヨーロッパ列強によって分割が終わっており、新たに冒険すべき地も失われつつある。関心は〈外部〉から反転して〈内部〉に向かわざるをえず、「冒険」の意味が微妙に変質することになる。この意味で、『殖民少年』には、外部的な拡張の欲求と内部的な凝縮という二つの力の拮抗状態の先蹤が見て取られる。もし、そうした状況を〈文学〉場の問題系でいうならば、三〇年代末に書かれた二つの小説を思い起こしてみればいい。島崎藤村の『破戒』（明三九・三）では、「テキサス」殖民を思い立つ瀬川丑松が〈内部〉から排除される人物として描かれ、二葉亭四迷の『其面影』（明三九・一〇〜一二）では、こちらは「殖民」ではないが、「支那」に渡る小野哲也が〈内部〉からはみ出していく人物として、その〈内面〉が描かれている。明治三〇年代の初頭に書かれた『くれの廿八日』（内田魯庵、明三一・三）の有川純之助が、「墨西哥《メキシコ》経綸」のために自らすすんで〈外部世界〉へ「雄飛」しようとするのと好対照をなしている。ここには、向かう国が異なっているということにとどまらない差異がおのずと現われている。すなわち、『破戒』『其面影』には、単なる〈外部〉の拡張ではなく、〈内部〉的な強固な凝縮性と同時にその反対側の極に殖民／移住が据えられていると考えられるのである。

その一方で、やや時代は下るが、笹山準一訳『漂流奇談新訳ロビンソン』（明四三）の「はしがき」には、次のように記されている。

> 愛国の至誠に奮起して冒険の大勇猛心と痛絶なる男児の本懐とを一片の孤舟に載て北海の離島に志し、単騎西比利《シベリ》亜《ア》の曠野を蹂躙せし当年の快男児は今将《ま》た何地《いづこ》[26]

こうした、紋切り型の国家的事業としての「冒険」への誘いは声高に繰り返され続ける。それが、明治三〇年代の『殖民少年』でいえば、「冒険」を勧めながら「冒険」を疑うという身振りにも現われていると考えられる。

ただし、四〇年代に入ると、「冒険」のおかれている位置がさらに変わる。それは端的にいえば、『冒険世界』という雑誌の創刊に見て取られる。「英雄主義、武俠主義を高唱して、青少年の意気向上を目的とした雑誌[27]」とされるが、その創刊の辞は以下のように述べられている。

冒険世界は何故に出現せしか、他無し、全世界の壮快事を語り、豪胆、勇俠、磊落の精神を鼓吹し、柔弱、奸佞、堕落の鼠輩を撲滅せんが為に出現せしなり。

冒険世界は鉄なり、火なり、剣なり、千万の鉄艦鉄城を造り、五大洲併呑的の壮闘を語る事もあらん猛火宇宙を焼尽すが如き、破天荒の怪奇を述る事もあらん、又た抜けば玉散る三尺の秋水、天下の妖髡《えうこん》を圧殺するの快談を為す事もあらん

夫れ二十世紀は進取的、奮闘的勇者の活舞台にして、広き意味に於て、冒険的精神を有する者即ち勝つ、最も広き意味に於て観察すれば、人界何事か冒険的ならざらん、戦争は一大冒険なり、航海も一大冒険なり、幾多の成功の裏面には常に冒険的壮談あり、曠世の偉業多くは大冒険を経て初めて成る、更に極言すれば汽車に乗る事も冒険なり、市街を歩む事も冒険なり、更に更に極言すれば、人間が此地球上に住ふ事すでに一大冒険ならずや（後略）[*28]

「豪胆、勇俠、磊落の精神を鼓吹し、柔弱、奸佞、堕落の鼠輩を撲滅せん」、つまり少年の〈チャレンジ精神〉を養うために創刊したというのは分かりやすいが、そのために「五大洲併呑的の壮闘」や「猛火宇宙を焼尽すが如き、破天荒の怪奇」を語ることもあるという。また、「進取的、奮闘的勇者の活舞台」である「二十世紀」においては、「極言」すれば「汽車に乗る事」も「市街を歩む事」も、さらにいえば「人間が此地上に住ふ事すでに一大冒険」であるとされている。[*29] しかし、ここで語られる〈チャレンジ精神〉涵養のための「冒険」は、明治二〇年代的な領土の空間的拡大の夢想——ともかくも現実の世界認識と地続きだった——と同じベクトルにあるわけではない。「五大洲」から「宇宙」に広がる勇壮なこと、あるいは極めて身近なことを語りながら、ある政治的な見取り図に則って少年たちに何らかの現実的な行為を促しているわけではない。この『冒険世界』創刊号の目次を飾っているのは、押川春浪

「冒険小説怪人鉄塔」、嘯羽生「空中戦争気艇」、木村小舟「火星奇譚」などであり、これらは「冒険」譚というジャンルの枠内に自足しようとしているようにみえるのだ。

江見水陰は『実地探検捕鯨船』（明四〇、博文館）のなかで、「冒険」譚について、捕鯨船同乗記である「実地探検」との相違を際立てながら、「鰐魚《がくぎょ》が出る、大蛇が出る、蛮人が毒矢を向ける、大森林、大沙漠、冒険の舞台には必らず此献立が伴はぬと物足らぬのであるが」と対象化してみせる。こうした「冒険」についてのシニカルな自己言及には、もはや〈外部〉でも〈内部〉でもない遠く隔たったフィクショナルな空間を舞台にした「冒険」という物語世界を、純粋に楽しみ消費する体制ができあがりつつあることが暗に示されている。自然主義とともに〈文学〉が成立していく過程で、よりおたく化されたカウンター・ジャンルとしての「冒険」小説が括り出されてようとしている。

ポール・ツヴァイクによれば、「最良の小説とは、最大の秘密を最も多く告げている小説、それもなるべくなら登場人物自身が自覚していない秘密を物語る小説だ」[*30]とされる。「最良の小説」というのは、「冒険小説」を葬り去った一八世紀以後の「小説」、まさに〈文学〉を指している。こうした小説は、「理想的な覗き屋である語り手の視点を生み出し、その語り手は、登場人物の平常の習癖などを紹介することによってその人物のさまざまな秘密、個人性を私たちに暴露したりする」こと、それを主な手法にしているというのである。いうならば、〈内面〉の「秘密」を明かす小説の登場が、未知の「空間」の「秘密」を解き明かそうという「冒険」小説を「通俗文学」として追いやっていくというのだ。こうした見取り図は明治四〇年前後の日本の〈文学〉成立期の状況とも似ている。あるジャンルが中心にせり上がることが他のジャンルを周縁に追いやる。ただし、消えてなくなるわけではなく、カウンター・ジャンルとして特別な位置が与えられる。のみならず、「冒険」という〝この世界〟からはみ出る危険な行為さえも、そうしたカウンター・ジャンルのなかに押し込められ無毒化されていく——。ここでは、『十五少年』を取り巻いていた〈内部〉と〈外部〉の対立の意味はすっかり変質してしまっている。むしろ、内部／外部という二項対立では語りえない「冒険」をとりまく新しいナラティヴが成立しつつあったといえよう。

こうした観点に立つと、雑誌『冒険世界』が『日露戦争写真画報』の後をうけて創刊され、大正期に『新青年』に引き継がれていくことが、「冒険小説」の来し方を表わして特別な意味合いをもっているような気がしてならない。「冒険」をめぐる小説は、明治四〇年代にできあがりつつある〈文学〉場をめぐるマトリックスの一隅で新たに消費されていくことになった。明治の少年たちを熱く駆り立てた「冒険」をめぐる想像力も、ひとつのサイクルを終えたといえるのではないだろうか。

註

＊1 『少年世界』(明二九・三・一〜一〇・一)の「小説」欄に連載。
＊2 波多野完治訳『十五少年漂流記』(一九五一、新潮文庫)。
＊3 (2)に同じ。
＊4 杉本淑彦は『文明の帝国――ジュール・ヴェルヌとフランス帝国主義文化』(一九九五、山川出版社)のなかで、ヴェルヌの「反イギリス感情」には波があったとし、その原因の一つとして「スエズ運河会社株買収事件(一八七五年)以降、エジプト支配や、その東方のマグレブ地方、さらにサハラ南辺地域の覇権をめぐりフランスとイギリス両国の軋轢」の「漸増」をあげている。
＊5 伊村元道『英国パブリック・スクール物語』(一九九三、丸善ライブラリー)。
＊6 平川祐弘「幕末・明治期の翻訳――『ロビンソン・クルーソー』と『十五少年』」(『現代詩手帖』一九七六・九)。
＊7 前田愛・藤井淑禎「森田思軒解説――森田思軒と少年文学」(『若松賤子　森田思軒　桜井鷗村』日本児童文学大系2、一九七七、ほるぷ出版)。
＊8 波多野完治「解説」(『十五少年漂流記』一九五一、新潮文庫)。
＊9 私市保彦「日本の〈ロビンソナード〉――思軒訳『十五少年』の周辺」(『近代日本の翻訳文学』叢書比較文学比較文化3、一九九四、中央公論社)。
＊10 "A TWO YEAR'S VACATION" (GEORGE MUNRO, PUBLISHER. 1889) による。波多野完治氏と私市保彦氏のご厚意により、お見せいただいた。
＊11 小森陽一『構造としての語り』(一九八八、新曜社)。

＊12 （8）に同じ。

＊13 ポール・ツヴァイク『冒険の文学——西洋世界における冒険の変遷』（中村保男訳、一九九〇、法政大学出版局）。

＊14 『少年世界』（明三〇・一・一）に掲載された『十五少年』の広告文でもこの点が強く意識されている。それには次のように記されている。「英国重要の殖民地ニュージランドの学校生徒十五名、一隻の両檣船スロー号に搭じ沿岸週航に出でたるに、風濤の為めに吹き流され、絶島に漂着し具《つぶ》さに千辛万苦を嘗め、満二年の後漸く一汽船の救ふ所となり、故郷に帰ると云ふ大冒険小説なり。事既に奇にして文之に称ふ、思軒君が訳文中傑作の一なるべし」。

＊15 上野益三『日本博物学史』（一九七三、平凡社）。

＊16 荒俣宏『地球観光旅行　博物学の世紀』（一九九三、角川選書）。

＊17 西村三郎『リンネとその使徒たち——探検博物学の夜明け』（一九八九、人文書院）。

＊18 ヨハン＝ダビット＝ウィース『スイスのロビンソン』（小川超訳、一九七六、学研世界名作シリーズ）。

＊19 鈴木譲二『日本人出稼ぎ移民』（一九九二、平凡社選書）。

＊20 和田敦彦「〈立志小説〉と読書モード——辛苦という快楽」（『日本文学』一九九九・二）。

＊21 竹内洋『立身・苦学・出世——受験生の社会史』（一九九一、講談社現代新書）。

＊22 詳しくは和田敦彦「〈立志小説〉の行方——『殖民世界』という読書空間」（本書所収）を参照。

＊23 拙稿「ジャンルとモード」（『日本近代文学』一九九四・五）。

＊24 久松義典「海国日本に於る海事思想」（『太陽』明二八・一〇）。

＊25 冒険に懐疑的な言説はさまざまな場でみられる。例えば、明治三五年に尋常小学校の児童たちが「修身」の授業に聞いた『ロビンソン・クルーソー』の話を、「文集」にまとめた『ろびんそんくるーそー』（鈴木虎市郎編、明三五、育成舎）。これは、「児童の平生用ふる言語といふものが、なか〱研究の価値もあると思ふ」という理由で出版されたものであるが、ここでは「船のりになつて遠くの島へ行つて」みたいというロビンソンの気持、あるいは行為は、父の言に背いた「親不孝」の行ないであるとして、繰り返し批判されている。それによれば「人の知らない、とーくの島などを見に行く人」は「おちぶれた人」とされている。「修身」の授業らしいといえばそうなのであるが、〈冒険〉的行為が手放しで推奨されていたわけではない。

＊26 笹山準一訳『漂流奇談新訳ロビンソン』（明四三・七、精華堂書店）。

＊27 笠井秋生「『冒険世界』」（『日本近代文学大事典』第五巻、一九七二、講談社）。

＊28　『冒険世界』（一巻一号、明四一・一、博文館）。

＊29　『冒険世界』には創刊号（明四一・一）から「△金牌銀牌の懸賞問題▽」という投稿課題が提出されている。第一回は「△家庭内の最大冒険は何か？」――「平和なる家庭内にも千種万様の冒険あるべし、食客が抓み喰いするのも一種の冒険なり、火事見に屋根に登るも一種の冒険なり、滑稽なると真面目なるとを問はず、奇抜なる答案を求む」とある。

＊30　ポール・ツヴァイク『冒険の文学』（前掲）。

付記　『十五少年』の引用は『明治少年文学集』（明治文学全集95、一九七〇）に拠っている。また、『二年間の休暇』の訳については、荒川浩充訳『十五少年漂流記』（一九九三、創元SF文庫）をベースに、波多野完治訳『十五少年漂流記』（一九五一、新潮文庫）、石川湧訳『十五少年漂流記』（一九六二、角川文庫）、金子博訳『十五少年漂流記』（一九七二、旺文社文庫）、横塚光雄『二年間のバカンス』（一九九三、集英社文庫）を参考にしている。

原文の英訳本であるA TWO YEAR'S VACATION（GEORGE MUNRO, PUBLISHER, 1889）は、波多野完治氏と私市保彦氏のご厚意によりお見せいただいた。このご厚意がなければ、拙稿は成り立ちえなかった。記して深謝する次第です。

〔展望〕

文学研究／文化研究と教育のメソドロジー

――なにが必要なのか

紅野謙介

1　「文化研究」と「カルチュラル・スタディーズ」

明治三〇年代研究会の論文集『メディア・表象・イデオロギー――明治三十年代の文化研究』（一九九七、小沢書店）は、書き手たちが所属する日本近代文学研究の世界のみならず、その内外でさまざまな反響を呼んだ。学界内の一部にはきびしい批判を生み、論争をも招いた。ただし、そのこと自体は、狭い学者共同体における「コップのなかの争い」でもあって、特にここにとりあげようとは思わない。

だが、文学研究を専攻しているものたちが「文化研究」を自称する論文集を出すにいたるについては、専門領域のかぎられた世界の出来事とは言いきれないので一定の説明責任があると思う。しばしば、批判者たちは文学研究と文化研究という対立軸を強調するが、それ自体は共同体の防御的なふるまいを出ていないし、学問的な生産性をもちえていないからだ。ただし、明治三〇年代研究会は、共同研究のプロセスを通して相互にゆるやかな連係を保ってはいるが、メンバーに共有された理念を掲げているわけではないし、そうした同一化を求めてもいない。論文間の落差やへだたりも決して小さくはない。したがって、いまこうして書いていることがら自体は、あくまで年齢的にも性別においても特殊個人的なわたしの文脈に限定されることになる。そのことを前提に、文学研究／文化研究の必要性をめぐってわたしなりに考えているところを書き記しておくようにしたい。

「文化研究」という言葉をかかげる以上、「カルチュラル・スタディーズ」に言及しないわけにはいかない。この学問の理論や政治的立場については、最近でも、伊豫谷登士翁、酒井直樹、テッサ・モリス・スズキ編『グローバリゼーションのなかのアジア――カルチュラル・スタディーズの現在』（一九九九、未來社）、花田達朗、吉見俊哉、コリン・スパークス編『カルチュラル・スタディーズとの対話』（一九九九、新曜社）、グレアム・ターナー『カルチュラル・スタディーズ入門――理論と英国での発展』（一九九九、作品社）など、この数年間に日本においておこなわれたシンポジウムの記録や、英米におけるさまざまな歴史的な総括やら啓蒙書などが刊行されるにいたった。「カルチュラル・スタディーズ」の動向や歴史については、それらの専門書がより的確に、かつふさわしい内容を伝えてくれるだろう。

しかし、わたし自身は、「カルチュラル・スタディーズ」という言葉を使わずに「文化研究」という名称を用いている。むろん、この翻訳語では、イギリスの新左翼《ニューレフト》運動と結びついた「カルチュラル・スタディーズ」のもつ政治性がまず第一に消去されてしまうし、実体としての「文化」がすでにそこにあるかのようにとらえられてしまう危険性もある。少なくとも「カルチュラル・スタディーズ」は、「日本文化」といった自国のナショナルな「文化」の研究を進める文化実体主義的思考とは一戦を交えこそすれ、同一視されたくもないだろう。文化と非文化を切り分ける切断線を問いなおすとともに、高級文化ではなく大衆文化や、生活の細部を支えているさまざまなモノやコトをも文化としてとらえ、それらが果たしてきた政治的機能を批評するのが「カルチュラル・スタディーズ」だからだ。しかし、そうしたことを了解したうえで、なおまだ「文化研究」という名称を、とりあえず使っておこうと思う。とりあえず、である。それはひとつには「カルチュラル・スタディーズ」を生み出した歴史と、わたしたちの歴史が同一ではないからである。近代日本文学の研究の場では、新左翼の政治思想も運動も、アカデミズムの補完物にこそなったものの、政治性をほとんど機能させてはこなかった。政治はつねに大文字で語られるものとして、学問の場の外にあったのである。そうした「伝統」の欠如したなかで学者としての自己を形成してきたものにとっては、簡単に「カルチュラル・スタディーズ」を標榜することはできない。それにまた明治三〇年代研究会の共同研究自体は、「カルチュラル・スタディーズ」とはまったく無関係に活動をはじめていたのである。共同研究の数年をへて、積み重ねられてきたテーマや題材、枠組み、論議の方向性がちょうど日本で注目されてきた新しい学問動向とリンクすることがわかったのである。

先か後かにこだわるのはたしかに無意味である。「カルチュラル・スタディーズ」そのものがアントニオ・グラムシやルイ・アルチュセール、ロラン・バルトやミシェル・フーコー、ミシェル・ド・セルトーなど、大陸の知性を取り込むことで成長した学問であるし、いまや大西洋、太平洋を越えて、「カルチュラル・スタディーズ」のグローバル化が現象として指摘されている。しかし、当事者性を問い、アイデンティティ・ポリティクスを掘り返すその政治的スタンスに対して、わたし個人は大学アカデミズムのなかで保護されているし、国籍、階級、ジェンダーにおいても相対的にはマジョリティに属している。そうした自身を組みかえる作業を欠いたまま、名前だけを仮装することはできない。ただ、そのマジョリティのなかで起きていることを明らかにし、実はマジョリティではなくなっている現状を見つめるとともに、わたしたちを支えているマクロな次元からミクロな次元にいたるまでのさまざまな制度や思考、習慣、認識の地平がどのような暴力性を秘めているかを究明する義務と必要はあるだろう。そのことをひとつの共有点として、「カルチュラル・スタディーズ」と「文化研究」という言葉の翻訳のずれを意識しながら、しばらくは「文化研究」という語を使おうと思う。

2　必然と必要

最初に「必要性」という語を用い、いまは「義務と必要」という語を使った。理論的な正当性や歴史的な必然性ではなく、「文化研究」の「必要」を強調したいからである。たとえば、「文化研究」にいたる必然性については、すでに高橋修によって『メディア・表象・イデオロギー』の「はじめに」や「あとがき」で委曲を尽くした説明がなされてはいる。

ここ十年間の文学研究における作品論・作家論からテクスト論へという大きなうねりは記憶に新しいが、その後、語り手論・構造論など分析の仕方が精緻になればなるほど改めてそうした分析方法の自閉性が自覚されるようになってきている。かつて作品論が陥ったのと同じような隘路にはまりこんでいるように見えるのだ。本来テクストは相互に置換される他のテクスト・言説と対照させることによって意味性を帯びることになるはずなのだが、テクストを取り巻く社会的、歴史的な諸言説と関係づける回路が十分見えていないことに、その原因のひとつがあると思われる。さらに、既成の社会構造や〈知〉の枠組み、また文学神話そのものが揺らぐなか、文学を研究することの意味がかつてのように無前提に見出せないでいることもそうした閉塞感に関わっていよう。とするならば、文学研究の意味が改めて問われ、文学的言説を他の同時代的な諸言説（政治・経済・宗教など）から切り離し特別視する文学主義的なあり方への疑問が浮かび上がるのは当然のことであり、関心が文学テクスト解釈主義から文学に限定しないトータルな言説の研究へ向っているのも故ないことではない。この意味で、作品論以降のテクスト論が背景化した歴史的コンテクストを積極的に取り込み、同時にまたテクスト理論の達成を文化研究に接続すること。本書で目指した実践はこうした問題意識に基づいているということができる。（『メディア・表象・イデオロギー』第二刷「あとがき」)

もちろん「文学に限定しないトータルな言説」をどこに想定するべきなのか、「同時代的な諸言説」とは「政治・経済・宗教など」という具合に無限にひろがりうるのかといった問いを立ててみればわかるように、これまで自明化されていた文学というカテゴリーを越えて線を引く場合、その資料体の設定方法についてまだまだ議論の余地はある。無限定になってしまえば、恣意的にデータ選択がなされる危険性を増すだろうし、限定した際にもその限定条件によって見えるものと見えなくなるものとをたえず意識化させなければならないはずだ。しかし、まずなによりも背景として、本来は無数の他の言説との関係をふくんで成り立ちえたテクストという概念があたかも一個の自立した実体として枠付けられた「作品」と同義語になって使われることが多くなる現状に対して、コンテクストを強調した「文化研究」が呼び込まれたと言うことはできる。その意味で高橋の「あとがき」は背景について過不足ない説明だった。

だが、研究方法上の隘路を突破するための〈新しい方法〉として「文化研究」を自称したのかと問われると、それではまた逆にいささか語弊があると答えなければならないだろう。「文化研究」とは、あとから名付けられた事後的な名称であって、それまでに重ねられていた模索や試みの、とりあえずの総称としてあったからである。では、いったいどのような模索や試みをしてきたのか。それに答えるためには、高橋も言及している「近代文学研究をめぐる環境・情勢」にふれなければならない。

周知のように、一九九〇年代になって、近代文学だけでなく、ひろく日本文学から人文科学全体の分野にわたり、いま学問の制度的基盤を支えてきた教育・研究機関がグローバリゼーションの大義のもとに大きな変容を強いられている。すでに耳にたこができるほどの話柄ではあるけれども、人文科学の多くの学問領域がその権威を失い、大学によっては学生定員を割ろうとしている現状がある。大学組織をとりまく産業界から通産省—文部省までを貫く市場の論理が圧倒的優勢となり、学内の「知的資源」を資本主義社会の産業構造によって効率的に運用することを第一目的とし、投資の対象ともなりえない人文科学などの研究を存続させる余裕がないという声が学内でささやかれている。志願者が多かった時代ならばともかく、学生もついてこない学問は、研究所などのごく一部の機関で担えばいいではないか。学問に市場原理を持ち込むそうした声が内外から澎湃として起きている。これに対して、滅亡させないでくれという学者集団の怨嗟の声もまた大合唱となっている。ときとしてそれは「日本」の文化、文学をめぐる研究を強調することで、ナショナリズムの論調とも手を結ぶ方向さえ見せている。

しかし、変動の最大の根拠は、少子化現象にともなう入学志願者の自然減少率を標準として、それより大きいか、小さいかという数字にすぎない。ただ、小さくなったパイを相手にしているため、志願者の小さな動向が大きく反映し、偏差値の落ちはじめた大学は落下に拍車をかけ、踏みこたえたわずかな大学がかろうじて息をつく状況になっている。それにしても、アドミッション・オフィス制度（試験にたよらない入学選抜制度）や、寄付金を収めれば推薦入学を認める制度にしても、これまでの日本の大学が導入を怠ってきたからかく成り果てただけのことであって、言われて当然、太平楽を決め込んでいた大学人の責任にほかなるまい。あとは予算配分の分捕り合戦や学内へゲモニーをめぐる学部・学科間のみみっちい政治闘争によって、人文科学批判の声が増幅されているにすぎない。総じて、志願者の人数減少はこれまでのような入学システムを変える意思もなく、無為にあぐらをかいてきた以上、予想された結果であり、当たり前すぎる結論でもあったのだ。

問題の中心は数字にはない。偏差値が入学段階で低かろうと、学生たちがその大学の学びのプロセスにおいて一定の充実と達成が得られるならば、結果としての数字におびえる必要はない。だが、その学びのプロセスに問題があるとすれば、ことは人文科学系の一学問分野が滅びるなどという小さなことがらにとどまらなくなる。わたしの研究は日本文学のなかの近代専攻という分野に属していることになるが、いま目の前で起きているのは、その分野の教育をめぐる、ぬきさしならない崩壊現象であり、そのなかでいかなる認識と方法が可能なのかが焦眉の課題となっているのである。滅びる、滅びないなどという不安は、「滅亡は私たちだけの運命ではない。生存するすべてのものにある」と言い、滅亡させた国家自体の滅亡、そのまた先の国家、ひいては人類の滅亡を説いた武田泰淳の卓抜な評論「滅亡について」(一九四八)を知っている研究者・教育者にとってほとんどナンセンス以外のなにものでもない。その不安自体、市場原理がもたらした二元論図式の裏返しにすぎず、保守主義的な反応のひとつにほかならない。そのようなものは滅びればいいではないか。しかし、いま目の前で起きていることがそんな類のものではないとしたら、どうなるのか。

3 文学研究の立つ場所

文学研究は人文科学の一分野であり、日本近代文学の研究もその一分枝にすぎない。しかし、それはたんに全体のなかの部分という関係をもつだけではない。結局は近代日本の哲学が講壇哲学を脱することができず、難解なジャーゴンと高尚な談論のなかに終始し、歴史学が「国史」の呪縛と「唯物史観」の制約を抜け出るのに長い迂路をへなければならなかったのに対して、日本の近代文学はとりわけ小説という不純なジャンルを中心に発達したため、新聞雑誌を読む多くの読者層の期待と関心に応えるべく、この困難であわただしい百年間の人々の生と死に寄り添いながら物語を紡いできた。文学も小説も基本はあらゆる価値の源泉とみなされた西ヨーロッパに起源をもつとされ、そのため不純でいかがわしいジャンルであるにもかかわらず、同時に西欧的価値観に照らされて初めて見えてきた人生の「真実」をとらええた数少ない言説と見なされるようになった。リテラシーをもち、自分たちをとりまく現実との葛藤を抱え込んでいた近代読者にとって、少なくとも大正期以降、文学は自分たちの人生の「深さ」や「重さ」を測る参照系となり、欧米における哲学や歴史学の果たしていた社会的役割をも担ってきたのである。戦前・戦後を貫いて、日本における文学が欧米と比べものにならないほど大量の読者の需要をえたことは、文学本来の力に拠るというよりも、そうした知を担う言説相互のアンバランスにかかわっていたと言えよう。

戦後、新制大学の文学部に国文学科あるいは日本文学科が設置され、近代文学を専攻する教員が配置されるようになる。ここには戦中に国漢科として国学的伝統を利用され、また国学的な言説構制に積極的に加担した古典文学研究者に対する牽制があり、一方また一挙にふえていく大学入学希望者の実際的な要望への対応があった。しかし、戦後も長きにわたって学問的な体系をもたないと言われ、またみずからも言い続けた近代文学研究が、古典学へのコンプレックスを抱きつづけたことに見られるように、大学のカリキュラムのなかに組み入れられながらも近代文学研究はつねに文学そのもの、小説そのものを読み書きする文学営為との密接な関係を切り離すことができなかった。文学の生産に直接たずさわりたいと思っている青年たちが文芸雑誌にすぐに投稿するわけにもいかず、新人賞にも執着しながら、文学の香気にふれていることのできる場所、あわよくば出版社やジャーナリズム、教育をふくめてその現場のなかに入り込むことが可能かもしれない回路として、大学の日本文学系学科は選ばれてきたのである。とりわけ近代の文学を専攻することは古典学が学問的には精緻な本文研究や書誌学を前提として、閉ざされた職人集団へと編成されてしまいかねないなかで、小説のいかがわしさを断ち切れないがゆえに教育の実体とはまたべつな魅力を放っていた。実際の教育の場がどのようになっていたかは棚上げにしたとしても、その現実認識をカバーするだけのイメージの力が働いていたのである。

しかし、それらすべては教える側の教員にとっても、教わる側の学生にとっても、いまを生きている文学のアウラが教室の外に出ればすぐそこにあると錯覚できたからこそ成立しえた現象だった。その特定のアウラが雲散霧消し、レベルの異なるさまざまなカテゴリーに分解していることが見えてきたとき、教室の空間はコンテクストを共有しないものどうしが見知らぬ顔を向き合わせた冷え冷えとした場所に変わっていたのである。日本文学について学びたいといって入学してきた学生であるにもかかわらず、その大半と文学のコンテクストが共有できない。現在刊行されている文芸雑誌の名前がまったく記憶されておらず、固有名詞に対する反応を期待することのできない状況がある。与えられるすべては知識にしかならず、それぞれにコンテクストをもたずにばらばらに屹立する名前としてのみ受容される。

もちろん、それはいわゆる文学書が売れないという状況とたしかに関係していないわけではない。しかし、一九八〇年代以後、旧来の文庫の復刊や、講談社文芸文庫、河出文庫、ちくま文庫などでそれぞれ制約はありながらも、多く入手困難になっていたり、絶版になっていた小説集が購入可能になっている。井伏鱒二のエッセイ集『鶏肋集』（講談社文芸文庫、初版は一九三六、竹村書房）や、闘病小説・私小説の作家と見なされていた上林暁の戦後の酒場小説が坪内祐三編『禁酒宣言』（ちくま文庫）という文庫で読めるということは二十年前にはまったく想像できなかったことだ。だが、日本文学科に所属し、近代文学のゼミに参加している学生が聞き手であったとしても、それらの名前をあげることが何かを喚起したり、読むことの快楽へとうながすことにならない。それらはせいぜいがノートに書きとめる知識で終わってしまう。仮に綾辻行人らのミステリー小説の新刊には興味をもつ学生がいるとしても、それはそれで点として存在し、群れを形成しない。サブカルチャーがメイン／サブの階層を前提にしているかぎり、メインカルチャーはサブカルチャーを横目にみながらまだ安心することができた。しかし、すべてがサブカルチャーになって均質化したとき、多元的だが、相互に切り離された小さな断片的な集団が散在している光景に変わっていたのである。

こうしたことは、人文科学のなかで特別な位置を占めていたはずの近代文学、そしてそれと密接不可分な関係をもっていた近代文学研究にとって、未曾有の事態だったはずである。少なくともわたしにとっては、それは愛情をもって語る対象をともに愛してくれる人たちと眺めるという幻想の成立する余地がもはやどこにもないことをはっきりさせた。その結果、感覚や感情を共有するためには、あらためて自分が寄せている愛情を論理的な言葉で置き換えていかねばならず、さらにその対象が愛情に値するどうかを説明しなければならなくなった。このことを対象となるテクストだけを前にして語るのはとてもむずかしい。

ある叙述の決定的な美しさを語り伝えるには、大きな飛躍と勇気がいる。それは言葉に置き換えるのが不能な瞬間をはらむからだ。しかも、それを成り立たせるためには、美しいと感じるわたしと、そう感じえない相手との異なるコンテクストを引き寄せるための長く困難な時間が必要である。語る「わたし」自身を、教室内の小集団のなかで特別な人格として神話化することも、そうしたコンテクスト作りのひとつと言えなくもない。マスメディアのなかで流通する名前、記号的存在に化することで、それも不可能ではないが、しかし、しょせんは一時的なものにすぎないだろう。実はこれまでもすでにこうした現実は潜在していたにちがいないのだが、教員と少数の学生との間で成り立っていた小集団を、教室大の集団とあえて錯覚することで押し隠していたのだ。

こうした状況がもたらしたのは、現在でも多くの読者をもち、教える側―教わる側の共有可能なテクストばかりが取り上げられるという事態であった。すなわちこの数年の夏目漱石論、宮沢賢治論の大流行である。発表された論文にはそのこと自体を意識的に対象化したものもあったし、すぐれたものも少なくなかったが、漱石や賢治のテクストを現在形において受けとめるという大義名分に加えて、それなら安心して扱うことができるという安直さがなかったとは言いきれない。しかも、教室の場でとりあげうるということは、そのまま国文学系出版社でも販売部数を見込むことができることにもつながっていた。研究書の刊行も、一般書としても流通していた近代文学の領域だからこそ、完全なる学術専門書にはなりきれず、出版資本主義のコスト・パフォーマンスを無視できなかったのであろう。

もちろん、教員と学生とが文学を媒介にして共通したコンテクストを持てずにいるという現象がどのように発生したのかについては、いまのわたしはまだ説明のことばを持てずにいる。徐々に起きていた事態がもはや隠しようがなくなり、現象として認識されるにいたったというほかない。わたし自身、その崩落のさなかにいて、みずから地滑りを起していたと言えなくもない。その意味ではまったく超越的な立場をとることはできない。それに文学を鑑賞するうえでのリテラシー、前提となるべき教養がないことは、わたしたち自身が先行世代から指摘されつづけたことでもある。だが、いま学生たちの大半は期待される教養の不足にほとんど負い目を抱くことがない。これは明らかにこれまでと異なる事態の出現であった。

4　共有されないコンテクスト

しかし、その程度の認識だけならば、新しい世代の学生たちに対する旧世代の慨嘆という、あまりにも醜悪な反応と大差はない。事態はもっと錯綜している。

これまでの大学教員たちは自分たちの教えている授業科目に暗黙のヒエラルキーを与えていた。大学院の専門科目を頂点として、学部の日本文学科の専門科目、基礎教育科目、そして学科外の学生に向けて開かれている一般教養科目、さらに文章表現系の科目群というように。これに四年制大学と短期大学の差異も加わって、ヒエラルキーは強固にはりめぐらされていた。しかし、それらの授業を受講している学生のあいだで文学リテラシーの差が相対的に小さくなり、動機のレベルでも大差なくなってしまい、こうした差別化、階層化を支えている前提そのものが実質的に壊れてきたのだ。偏差値によって大学・短大といった高等教育機関が序列化されているにもかかわらず起きたこの相似性の現実から目をそむけて見ないふりをするか、あらためてそこから考えはじめるか。

近代文学の批評や研究にたずさわっている人々の学会として最大のものが、日本近代文学会である。この学会の会員総数は現在千八百人近くいる。そのうち約六割が全国各地の大学・短大の専任教員、非常勤講師を勤めている。概算して千人強が毎週、大学の教壇にのぼっていることになる。さまざまなバラエティある授業で千人の教員が教壇にのぼり、数十人から数百人の学生を相手に教育活動を行なっている。この教員たちは学生のこうした微妙な変化と、わたしたちを取り巻いていたヒエラルキーの形骸化という現実をそれぞれ肌で感じ取っているはずである。

たしかに異様な事態である。しかし、ひるがえって考えてみれば、ことここに立ちいたってようやく、文学をめぐる言説の総体がみずからの暗黙の前提としていたコンテクストから離陸しはじめたのである。むりやり明治から大正期の文学史について語ろうとしたならば、そこで取り上げられた小説や詩歌のどこがおもしろいのかという素朴な疑問が寄せられる。それが文学だから、古典となった作家のテクストだからという前提は成り立たない。樋口一葉や幸田露伴や斎藤緑雨のテクストについてはまったく知らないだろうし、なぜ夏目漱石の名が日本の近代化の「ゆがみ」を説明する際に呼びだされなければならないのか、近松秋江や宇野浩二の、ほとんどストーカーまがいの物語内容の小説がなぜ受け入れられたのかなどなど、問うこと自体を禁じられていた無数の問いが、発されることのなかった無言のメッセージが、コンテクストを共有しない彼らから、問いのかたちをとらない違和のまなざしとして送られてくる。果たして、それらの問いやメッセージをふくんだ反応を無知として否定しきれるだろうか。

そもそも教員と学生のあいだに成立していた文学をめぐるコンテクストとは、歴史的に限定された条件のなかでのみ機能する可変項のひとつにすぎなかった。しかも、「日本人」というカテゴリーを前提にして成り立つ可変項であり、文学をめぐる教養はわずかに中流階層の階層文化と結びついて支えられてきた文化資本にほかならなかったのである。それがあらわになったときが、ようやく現在ただ今なのだ。しかし、それによって戦後初めてコンテクストの共有によって棚上げにされていた文学の「知」の根拠が問われるようになった。樋口一葉についても、幸田露伴や斎藤緑雨についても、知っていなければならない根拠はない。その認識からはじまらねばならないと思う。井伏鱒二のエッセイのおかしさや上林暁の酔態のおもしろさは、これまで二の次、三の次の地位におかれていた。しかし、ヒエラルキーがこわれたところでは、いったん等価に置いたうえで、そのおかしみやおもしろさの拠って来たるコンテクスト、価値の座標系を明らかにしなければならない。

では、近代以前の古典文学の教育に近づいたのだろうか。ある意味ではそうだと言える。受験教育によって学生たちの教養は文法的な安定と美学的な伝統意識に訴える平安朝の中古・中世文学に大きくかたよっており、それ以外の時代の古典文学についてほとんど知識は共有されていない。ただし、ほかの人々が知らない知識を集中的に蓄積し、そのストックによって他との差異化をはかるのでは、ふたたび閉ざされた共同体的な「知」の再形成に終わる。それは学問の名におけるいわゆる「オタク」化にすぎないだろうし、やはり近代以後に成立した「国文学」的な「知」をなぞり、国民国家の遺産へ奉仕するだけのことになる。もちろん、すでにある制度がいかなるものかについて知らなければ、あらゆる次の認識も意味をもたない。したがって、言葉を覚えなければならないことと同じように、課されなければならない「知」のストックはたしかに存在する。だが、そのことは決して差異の線を引くことには結びつかない。そうではなくて、もはや知識の共有は不可能だという認識に徹底すること。コンテクストを共有して閉ざすのではなく、互いに異なるコンテクストに立っていることを踏まえることが求められているのだ。

そのときには既存の文学という概念の価値は相対的に下落する。ストックのなかから発見される古典テクストがあったとしても、それは古典としての価値を自明のものとはしていない。なぜ、これが古典として価値づけられるにいたったかをもふくめて、問われるからだ。「文学研究」という学問領域と、「文化研究」という新たな学問の地平とがわたしのなかで交差するように思えてきたのは、ここにおいてである。

5　教育と研究の交差

この二十年間、語り分析やテクスト論は、ひとつの主題に向けて統合的に解釈し、意味づけ、価値づけることから小説テクストを解放し、さまざまな因子によって組み合わされた可能性の束として読み替えることで一定の成果をあげてきた。しかし、装置としての小説テクストに対して、多元的な解釈を可能にする精緻なメカニズムを検証しようとすればするほど、対象は古典として価値づけられたものにかたよっていかざるをえなかった。たとえば、ナラトロジーの研究は古典文学の研究でも飛躍的に発展をみせたが、その物語学が『源氏物語』の話法の独自性を主張して、多くがふたたび文学「主義」的な単一性に回帰しようとしたように、研究だけを自己目的化したときには、たえず自閉的な領域を形成してしまう。そのとき啓蒙でも、知識伝達でもない、「教育」の介入がかろうじて閉鎖系を開放系に変えるのである。

「文化研究」が可能にしたのは、小説ジャンルを中心とした対象選択をずらし、異なる場所、異なる空間に資料体を設定することである。現代の小説を扱うならば、いま小説がどのように生産され、消費されているか、流通や受容、作者の神話作用や読者との小さな回路の設定や、他ジャンルとの相互乗り入れなどの事態を分析しなければならないだろう。もし、特定の時期の特定の雑誌に注目したならば、その創作欄に書いているメジャーな作家の小説テクストと、投稿欄にかかげられている読者のテクストを並列して、資料とすることができる。両者がどのように関係するかは、当時のジャーナリズムの空間のなかでその雑誌が占めていた位置にもよるし、編集方針、誌面構成、読者への働きかけ、どのような作家を常連執筆者として選んでいたのか、などが問われることになる。創作以外の論説やエッセイ、六号活字や広告の言説も、資料体となりうる。特徴的な言説パターンが集中的にある時期のあるレベルの言説のなかに現われ、つぎつぎに連鎖していく過程をたどることもできる。もちろん、小説テクストならば、これまでまったく注目されていなかった通俗的な小説群を対象に選び取ることができるわけだし、そのことによってテクストの統一的な解釈を行なうのではなく、テクストの非連続性や不統一性、亀裂や矛盾からその小説にはたらいていた力の分析をすることもできるようになる。

少なくとも、これまで「文学研究」から正統とみなされていなかった領域が取り上げられるようになったのである。しかも、これは決して文学の周辺をめぐる研究ではない。周辺研究がしょせんは山登りの途中に見つけた野の花にみずからを投影しているにすぎないのに対して、「文化研究」は文学という文化現象をさまざまなフェイズにおいてとらえようとする試みなのである。文学という観念が非ヨーロッパ圏の特定地域に散種され、近代化=西欧化という偏向圧力の加わった社会のなかで、さまざまな装置や機構と相互関連しながら、発生とともにみずから繭をつむぐように自己完結の幻想を抱き、変化をとげていく過程を追うことである。

もちろん「文学研究」以上に知識を要求される。しかし、その知識はあらかじめその総量が決められたなかで競い合うものではなくなっている。制約しようがないからだ。だから、そこでは知識の量は比較の対象にならない。知識は調査し、集められて、初めて資料となる。集められた資料体は初めて見るものが多い。もはや、それを前にして、権威ある読み手、事前に何度もそれらのテクストを読んできた〈精読者〉としての指導者のすがたはない。同時にそれは、資料体の設定において制約が弱まることであるとともに、設定する主体の側の問題構成が問われることにもつながるのである。いったいいかなる目的で、どのような意図のもとに、それらの資料体が集められたのか。「文化研究」はたえず論ずる側のコンテクストをも問い返す。それは対象の側のコンテクスト、論ずる主体のコンテクスト、それらが交互に互いの前提を問うことになる。それは「文学研究」のフィードバック的な知の機制なのだと言っていい。

教室の空間を見すえることによって「文学研究」と交差した「文化研究」が必要だという以上、それは権力論をかかえていなければならないだろう。教える側と教えられる側とのあいだにあるものこそ、教室のなかの権力であるからだ。しかし、これまでのその権力は成績評価をつけるパワーであるだけでなく、文化資本をめぐる絶対的な差異に根ざしてもいた。文学をめぐるコンテクストの共有と言ってきたが、実際は圧倒的な知識、文学読書量の差にもとづいたコンテクストにすぎなかったのである。そしてまた教室の空間が同じ言語を話す、同じ生活習慣を共有するもので満たされているという幻想もまた決定的に同質化の権力を発揮してきていた。だが、そうした権力の拠って立つ空間そのものがきわめて危うい、共約不可能なものどうしの向き合う場だとしたらどうなるか。権力は主と奴の関係を内面化したものたちによって構成的に組み立てられるはずだが、その関係の内面化をずらし、揺らぎのプログラムをインストールすることが求められている。

わたしたちが踏まえなければならないのは、「カルチュラル・スタディーズ」が生み出された場所、それがリチャード・ホガードが初代センター長になったＣＣＣＳ（バーミンガム大学現代文化研究センター、一九六四年設立）であり、その二代目のセンター長であるスチュアート・ホールが移った先がロンドンのオープン・ユニヴァーシティのマスコミュニケーション&社会課程講座（一九七七年）であったことである。学部型カリキュラムをもたない専任スタッフ三人ばかりのセンターが中心となり、社会人学生を対象とした大衆《ポピュラー》・文化《カルチャー》の学位課程が必読文献集を作成するなかで、「カルチュラル・スタディーズ」は育ってきた。もちろん、その開放性について考えるとき、学際性とか、領域横断といったきれいな用語ではとらえきれないことを前提にしなければならない。横断はきわめてリスクの高い行為であるとともに、気づかぬうちにいつのまにか達成されている行為でもあるのだ。

既存の「文学」はたしかに制度的にも市場的にも弱体化しているように見える。しかし、あいかわらず多くの小説が出版され、消費されている。また、ノンフィクションや報道の言説のなかに「文学」でさんざん使われてきた物語構造が流用され、レトリックが駆使されている現状がある。物語の話法は言語媒体にさらに映像媒体を付加して、分散配置している。既存の「文学」は見えなくなったが、文学の浸透度は高まったのではないだろうか。この事態を幸福といえるかどうかは定かでない。だが、文学という機械はつねにいまも社会のなかで作動していることを意識しなければならない。文学と呼ばれてきた言説の枠組みを広げながら資料体を設定していく「文学研究／文化研究」は、このマシーンがいかなる仕組みで動き、どのように変調を来すかを見つめていく作業である。さまざまなコンテクストにおいて、しかも、異なる立場から、共同で。この限定辞のなかに、いまもっとも必要なことが隠されている。

おわりに

本書は明治三〇年代研究会のメンバーによる論文集である。研究会の最初の本である『メディア・表象・イデオロギー』（小沢書店）をまとめて以降、一九九七年春から昨年までに研究会でなされた報告が、ここに収められた論文のベースとなっている。とはいえ研究会では、二冊目の論集の刊行を目指すべく、一冊目で積み残された課題を個々人に割り当て、機械的に報告を積み重ねてきたわけではない。わたしたちが志向したのは、取り上げるべき問題をあらかじめ設定し、方法的枠組みを強固に定めたうえで、明治三〇年代という時代を網羅的総合的に捉えようという方向ではなかった。むしろ、そうした在り方を意図的に避け、試行錯誤に満ちたフレキシブルな道を歩んできた。役割や方法に拘束されることなく、お互いの問題意識を自由にぶつけあい、批判を交し合い、新たな議論を生成してゆく開かれた場として、明治三〇年代研究会は今日まであり続けてきた。幾つもの声が時にざわめきを伴いながら絶え間なく飛び交う、そんな雰囲気のなかで交された言葉の息吹が、文字として定着された文章を通しても少しでも読者に伝わることを願っている。

しかし、いかに自由なモチーフのもとになされた発表がベースにあり、個々の主題や方法が多岐に渉ろうとも、ここに収められた論考には相互に浸透し合う面も少なくはないだろう。同じ時間と空間とを共有してきた者たちによる論集である以上、重なり合う部分が多いのはむしろ当然なのだが、ただそのことをわたしたちは、単純に望ましい事態とは考えていない。自由に書かれたはずの言葉がはまり込んでゆく陥穽を、研究会という場で意識してこなかったわけではないからだ。例えば、特定の学問的批評的パラダイムに無前提に依拠してしまえば、論じる対象は異なっても結論は同じだという批判に晒されることは目に見えていたし、かといって紋切型の歴史という「大きな物語」を避けようとするあまり、今度は微視的な実証主義の罠に囚われてしまう危険も避けねばならなかった。実のところ、この二つの罠は見かけほど異なってはいない。論証に値するものとして個々の事例を拾いあげる主体は、先験的な価値観の枠組みに（たとえ自らはそう意識せずとも）囚われてしまっている。とすれば、自らの眼差しを拘引するものをまずは自覚的に相対化してゆく必要があったし、逆に調査のさなかにノイズとして飛び込んできたものから、自明と思われていたものへの疑義が呼び覚まされることも少なからずあった。ここに収められた論考が、待ち受ける陥穽を十全に回避し得ているとは言い難いかも知れないが、少なくとも研究主体と対象との関係が自明で普遍的なものだと信じ込むことなく、自らの研究スタンスを意識し、対象との関係性自体への問いかけをそれぞれの内に抱えながら書かれたものであるとは言えるはずである。

そのことはさらに、研究会メンバーのほとんどが所属する日本近代文学研究という場の、制度的な在り方を問い直すことにもつながっていった。だからこそ、従来の文学研究ではほとんど取り上げられることのなかった事象にまで関心は及んでいったのだが、それは同時に、文学研究を起点として始められた自分たちの研究が、例えば隣接する歴史学や社会学のアプローチとどう重なりどう異なるのか、という問いともつながっていった。文学テクストを他の領域の諸言説との関係性のなかで捉え直すことから出発したわたしたちの研究会は、明治三〇年代の言説空間に文字として書き記されたさまざまな言葉を、歴史的な事実関係を論証するための史料としてではなく、あるいは社会学的な分析のためのデータとしてでもなく、まさしく「テクスト」として捉え直し、読み直そうとしてきたのだと言っていいかも知れない。もちろんそれがどれほど方法的に貫徹されているかといえば、まだまだ考えるべきことは多いとは思う。しかし、従来は文学作品の読みを補完するための歴史的な資料体としてしかみなされてこなかった同時代の諸言説をも「テクスト」として扱うことは、恣意的な読みによってそれらを消費するためにではなく、「テクスト」としての多義性、可変性、「テクスト」相互の関係性をも含み込んだ場に働く、微細で複綜的な「力」を歴史的に掘り起こすために必要な選択でもあったのだ。このことは、最終的にわたしたちが選んだ書名が、『帝国のディスクール』ではなく、『ディスクールの帝国』であったこととも関連する。歴史的に実在した帝国主義国家のイデオロギーを表象するものとして当時の言説を事後的に意味づけるのではなく、その言説空間に働いた複数の「力」の、とりあえずは「帝国」的としか呼びようのない在り方を、それぞれの関心から選別された「テクスト」群を通してみつめることに、執筆者の眼差しは向かっていたからである。

こうした思考的プロセスを経て成立した点において、本書は日本近代文学研究者による「明治三〇年代の文化研究」に他ならないとは思う。しかしそのことは、文学研究を「文化研究」へと組み替えることで対象領域を拡張し、かつ学問的な正当性、独自性を主張することを意味してはいない。一つの世紀が終ろうとする転換期のはざまで、日本の学問＝教育システムもいま大きな変容を余儀なくされている。大学改革や出版資本とも密接に関連するこの問題は、決して文学研究に限られたことではない。例えば歴史学や社会学においてもそうであろうが、既存の学問的秩序が危機に直面し境界がゆらぐ時代であればこそ、それぞれの場から起こった新たな流れが、相互に浸透し活性化し合いながら大きなうねりとなる可能性も生まれつつあるのだと思う。その意味からもわたしたちは、本書が文学研究の場だけで専門書として流通することなく、少しでも多くの人々の手に触れ、それぞれの立場から読まれ、生産的な議論の糸口が生まれることを期待したい。

本書をまとめるまでには、相応の困難があったことも確かではある。それは本来的には執筆者個々人に帰属する言葉を、たとえゆるやかな形であっても、研究会という主体に帰属させてゆくことに他ならなかったからだ。だが、それでもこうして研究会による一冊の書物として刊行するのは、ここに収められた言葉が、研究会という場の時間的空間的制約を超えて、名前も顔も知らない読者のもとへと送り届けられることを何よりも願ったからだし、開かれた場であり続けようとした明治三〇年代研究会の方向ともその思いが合致していたからだ。

ほぼ百年の時間的隔たりを経て当時のテクストを読むなかで、発表媒体やジャンル的な制約に強く拘束されつつそこに刻まれた言葉が、制度的には明らかに別の場所に配置されていたはずの言葉と思いがけぬ遭遇を遂げる瞬間を、わたしたちは研究会という場で幾度となく経験してきた。言葉は書き手の意思を超え、他の言葉と結び合い、葛藤し合い、あるいは差異を際立たせることで、単独に置かれた時には持ち得ぬ力を時に身にまとってゆくことができる。執筆者の一人として、わたしはここに収めた自分の言葉が、他の者たちの言葉とゆるやかに連動しつつ、書き手自身でさえも予期せぬ形で読み換えられてゆくことを心ひそかに期待したいと思う。いや、本書に収められた言葉たちが、それぞれにせめぎ合い、反照し合い、ざわめき合いながら、一冊の書物という枠を超えて、わたしたちが身を置く学問的トリアーデをも超えて、読者のなかにある多くの見知らぬ言葉と出会うことを夢見たいと思う。

最後に、遅々として進まぬ執筆作業を辛抱強く見守りながら、こちらの及びもつかなかった部分にまでこまやかな配慮を加えつつ編集にあたって下さった新曜社の渦岡謙一さんに、心からの感謝を申しあげたい。

（吉田司雄）

執筆者紹介（所属大学　主要著作・論文）

中山　昭彦（なかやま　あきひこ）
北海道大学　「翻訳する／される〈言文一致〉――多言語性と単一言語性の間」（『日本文学』一九九八・四）、「〝芸術〟の成型――〈文学〉と〈美術〉の場および抱月・花袋・天渓」（『日本近代文学』一九九九・一〇）

内藤千珠子（ないとう　ちずこ）
東京大学大学院　「声の『戦争』――『虞美人草』における身体と性」（『現代思想』一九九八・九）、「『性器』なき恋愛の地平で――松浦理英子『ナチュラル・ウーマン』」（『恋愛学がわかる。』朝日新聞社、一九九九・七）

五味渕典嗣（ごみぶち　のりつぐ）
慶應義塾大学大学院　「街鉄の技手はなぜこの手記を書いたか　〈教室〉から読む『坊っちゃん』」（『漱石研究』一九九九・一〇）、「谷崎潤一郎――散文家の執念」（『三田文学』一九九六・五）

金子　明雄（かねこ　あきお）
日本大学　『文学がもっと面白くなる』（共著、ダイヤモンド社、一九九八）、『〈改訂版〉現代文章講座』（共著、世織書房、一九九九）

小平麻衣子（おだいら　まいこ）
埼玉大学　「尾崎紅葉『不言不語』論――母親・相続・書くこと」（『日本近代文学』一九九六・一〇）、「女が女を演じる――明治四十年代の化粧と演劇・田村俊子『あきらめ』にふれて」（『埼玉大学教育学部紀要』一九九八・九）

村瀬　士朗（むらせ　しろう）
鹿児島国際大学　『近代秩序への接近』（共著、日本経済評論社、一九九九）、「変容する『金時計』（プログラム）――『虞美人草』論」（『近代文学論集』一九九七・一一）

吉田　司雄（よしだ　もりお）
工学院大学　『近代小説〈都市〉を読む』（共編、双文社出版、一九九九）、「競馬で大儲けする方法――菊池寛『日本競馬読本』とその周辺」（『日本文学』一九九九・一一）

五井　信（ごい　まこと）
二松学舎大学　「柳田国男／田山花袋と〈樺太〉――花袋の『アリユウシヤ』『マウカ』をめぐって」（『日本近代文学』一九九八・五）、「鉄道・〈日本〉・描写――花袋の紀行文『草枕』をめぐって」（『二松学舎大学論集』二〇〇〇・三）

高　榮蘭（こう　よんらん）
日本大学大学院　「『破戒』改訂過程と民族論的言説」（日本大学国文学会『語文』一九九八・三）

和田　敦彦（わだ　あつひこ）
信州大学　『読むということ――テクストと読書の理論から』（ひつじ書房、一九九七）、『読書論・読者論の地平』（編著、若草書房、一九九九）

高橋　修（たかはし　おさむ）
共立女子短期大学　「若松賤子訳『小公子』のジェンダー――「家庭の天使」としての子ども」（共立女子大学『研究叢書』一九九九・二）、「『舞姫』から『ダディ』へ／『ダディ』から『舞姫』へ」（『日本文学』一九九九・四）

紅野　謙介（こうの　けんすけ）
日本大学　『書物の近代』（ちくま学芸文庫）、『文学がもっと面白くなる』（共著、ダイヤモンド社、一九九八）、「漱石、代作を斡旋する」（『文学』二〇〇〇・三）

索引として立項した単語には，今日の見地に照らして不当で不適切な差別的表現が含まれている。しかし，当時の文章中にそれらの語句が頻出し，かつ他の表現と共存していた歴史的事実を考慮し，特に他の語句と区別しなかった。

は 行

ま 行

な　行

た 行

か　行

さ　行

索　引

あ　行

ディスクールの帝国
——明治三〇年代の文化研究

初版第1刷発行　2000年4月20日©

著　者　金子明雄・高橋　修
吉田司雄ほか

発行者　堀江　洪

発行所　株式会社　新曜社
〒101-0051　東京都千代田区神田神保町2-10
電　話(03)3264-4973(代)・FAX(03)3239-2958
URL　http://www.shin-yo-sha.co.jp

印刷　星野精版印刷　Printed in Japan
製本　協栄製本
ISBN4-7885-0716-1　C1021